Susanne Rauchhaus,
geboren 1967 in Gladbeck, entdeckte schon als Jugendliche ihre Begeisterung für Sprachen und das Geschichtenerzählen. Nach der Ausbildung zur Europasekretärin und später zur Werbetexterin arbeitete sie in einer Hamburger Werbeagentur und in der Redaktion einer Fachzeitschrift. Als 2002 ihr Sohn geboren wurde, machte sie ihr Hobby zum Beruf und schrieb Kurzgeschichten und Glossen für verschiedene Zeitschriften, 2008 erschien ihr erstes Jugendbuch. Heute lebt sie als freie Autorin in der Nähe von Stuttgart. Aktuelle Neuerscheinungen und Termine gibt es unter www.susanne-rauchhaus.de

Von Susanne Rauchhaus im Verlag Carl Ueberreuter erschienen:
Die Übersinnlichen
Der Hexenspiegel

Susanne Rauchhaus

UEBERREUTER

Für Nina, Julie und Kadja.
Mit ihren Rotstiften sind sie
mindestens so treffsicher
wie drei Messertänzerinnen.

Das säurefreie und alterungsbeständige Papier EOS liefert Salzer, St. Pölten
(hergestellt aus chlorfrei gebleichtem Zellstoff aus nachhaltiger Forstwirtschaft).

ISBN 978-3-8000-5603-3
Alle Rechte vorbehalten. Das Werk darf – auch teilweise –
nur mit Genehmigung des Verlages wiedergegeben werden.
Übereinstimmungen und Ähnlichkeiten mit lebenden Personen
oder Familien sind rein zufällig und nicht beabsichtigt.
Umschlaggestaltung von init, Büro für Gestaltung, Bielefeld,
unter Verwendung von Fotos von © Ivan Blitnetsov / iStockphoto.com
und © Tony Hutchings / Getty Images, München
Copyright © 2011 by Verlag Carl Ueberreuter, Wien
Gedruckt in Österreich
1 3 5 7 6 4 2

Ueberreuter im Internet: www.ueberreuter.at

MESSER

Jolissa umklammerte den Sorgenstein unter dem Stoff ihrer Vesséla. Der Anhänger prickelte auf ihrer Haut, als könnte er ihre Einsamkeit inmitten der Hochzeitsgesellschaft fühlen. Mit geübtem Lächeln bahnte sie sich einen Weg durch den überfüllten Saal. Über die Köpfe der Gäste hinweg hatte sie gesehen, wie die Diener die Terrassentüren öffneten, damit kühle Nachtluft hereindringen konnte, und dorthin zog es sie. Das blasse Mondlicht erinnerte sie an andere Nächte, an den Duft der Schattenkelche, die an der Hauswand emporwuchsen. Und an seine leise Stimme. An seine geflüsterten Lügen.

Jolissa hatte die Terrasse fast erreicht, als eine Fanfare ertönte. Das Programm ging weiter, sie musste ihren Platz einnehmen. Ein Diener entdeckte sie am Rande des Gewühls und führte sie zurück zu ihrem Stuhl und an die Seite ihres Bräutigams.

Plötzlich ging ein empörtes Raunen durch die Menge. Aber wem galt es? Jolissas Blick folgte denen der anderen in Richtung Bühne. Obwohl es ihr völlig gleichgültig war, was noch geboten wurde. Noch ein Sänger, noch ein Fächertanz, noch ein Gedicht zu ihren Ehren? Was sie dort sah, erstaunte sie aber doch. Eine Frau trat durch den Vorhang. Ihre Vesséla war nicht ungewöhnlich geschnitten – sie floss so weit über ihre Gestalt, dass man ihre Figur nicht einmal erahnen konnte. Dazu trug die Gauklerin eine Maske, wie es sich für unverheiratete Frauen in Anwesenheit von fremden Männern gehörte. Aber ihre Kleidung ... war schwarz! Nicht dunkelbraun wie bei der Kaste der Krieger. Nein, richtig tiefschwarz! Die Farbe, die den Toten vorbehalten war. Ihre Maske war aus schwarzer Spitze und so durchsichtig, dass man die grellrot geschminkten Lippen darunter mehr als nur erahnen konnte. Im nächsten Moment warf die Frau auf der Bühne die Kapuze zurück und entblößte ihr schwarzes Haar, das offen über ihre Schultern fiel.

»Unglaublich!«, wetterte eine Frau, die in das helle Blau der regierenden Kaste gekleidet war.

Jolissas Ehemann stand auf und warf seinen Gästen blitzende Blicke zu.

»Dies ist meine Hochzeit!«, sagte er gefährlich leise, und dennoch erreichten seine Worte den letzten Winkel des Saals. »Und nun lasst uns der Tänzerin zusehen. *Ich* habe sie eingeladen!«

Erstaunt stellte Jolissa fest, dass sofort tiefe Stille einkehrte, als wären die vielen Gäste auf einmal nicht mehr da.

Die Tänzerin hob ihre Hände und drehte die Finger kunstvoll ins Licht, sodass man die spitzen Metallstücke erkennen konnte, die daran befestigt waren. Jolissa war selbst jahrelang in der Kunst des Tanzens unterwiesen worden und hatte gelernt, mit Holzaufsätzen zurechtzukommen, die die Finger länger und geschmeidiger wirken ließen. Aber diese Stücke waren doch sehr unkonventionell. Gleich darauf erkannte Jolissa auch ihren Sinn. Die Tänzerin, die in ihrer Körperhaltung verharrte, begann langsam und beinahe hypnotisch, die Metallstücke gegeneinanderzuschlagen. Die Musiker wollten anheben, das scharfe Geräusch mit einer Melodie aufzuweichen, doch

6

die Frau machte eine elegante, aber entschiedene Geste in ihre Richtung, und die Musiker setzten sich ergeben wieder hin.

Der metallene Rhythmus war wie ein Bann. Er legte sich über die Menschenmenge und ließ sie schweigend abwarten. Die Frau begann ihren Körper im Takt zu bewegen – zunächst langsam, nur einen Arm, einen Fuß, dann schneller. Ihr Tanz hatte nicht viel von dem traditionellen Njurtanz, den die hohen Töchter lernten, und als sie sich zum ersten Mal drehte, flogen ihre Haare, wild und ungebändigt. Jolissas Mundwinkel zuckten. Das Schwarz erinnerte sie an ihre Freundin Divya, das einzige Mädchen, an dem sie diese Haarfarbe je gesehen hatte. Fast jede Frau in Pandrea hatte entweder von Natur aus blondes Haar oder färbte es sich nach dem Schönheitsideal – je heller, desto besser. Divya aber durfte ihr Haar nicht färben. Sie war eine Dienerin, und damit stand sie unter jeder anderen Kaste der Stadt.

Auf einmal stieß eine Frau einen heiseren Schrei aus, und ein Raunen ging durch die Menge. Die Gauklerin hatte mit einer kurzen Handbewegung einige Nähte an ihrer Kleidung gelöst. Solange sie sich drehte, schwang der dunkle Stoff der Vesséla in mehreren Lagen empor und entblößte die Figur der Tänzerin. Darunter trug sie ein hautenges schwarzes Nichts, in dem sie sich sinnlich, weiblich und mit unergründlichen dunklen Augen bewegte. Jolissa warf einen Blick ins Publikum und sah, dass die Frauen schockiert tuschelten, während die Männer ihr Vergnügen an der Vorstellung nicht verhehlen konnten. Unvermittelt erhob sich der Gastgeber mit rotem Gesicht und klatschte in die Hände.

Niemand wagte zu atmen. Jeder wollte seine Worte hören. Nur die Tänzerin wirbelte weiter, ohne ihn zu beachten.

»Schluss!« Die Stimme hallte wie ein Peitschenschlag durch den Raum. Die Frau auf der Bühne blieb ungerührt, sie schien sich dem Höhepunkt des Tanzes zu nähern. Schwarzer Stoff und schwarze Haare flammten wie eine Totenkerze, und die weißen Arme flogen wie die Schwingen eines weißen Vogels, der in dieser Flamme verbrannte. Jolissa erstarrte. Auf dem nackten Arm meinte sie eine halbmondförmige Narbe erkannt zu haben.

Mit einem Ruck blieb die Tänzerin plötzlich stehen und sah dem Gastgeber direkt ins Gesicht. Niemand hatte genau erkennen können, wo das Messer herkam, aber alle waren sich sicher, dass nur *sie* es geworfen haben konnte. Niemand hatte es fliegen sehen. Es vibrierte in der hohen Rückenlehne – und hatte Jolissas Ehemann nur um wenige Zentimeter verfehlt.

Innerhalb von Sekunden bildeten die Wachen einen Halbkreis um die Bühne und hoben ihre Lanzen. Die Tänzerin hatte keine Chance zu entkommen. In diesem Moment nahm sie ihre Maske ab. Jolissa stockte der Atem. Es *war* Divya!

Ihre beste Freundin griff mit blitzenden Augen nach einer Lanzenspitze, setzte sie sich direkt an den Hals und sagte zu dem Mann, der die Waffe festhielt: »Jetzt musst du mich töten.«

LICHTER

Als Kind war Divya immer davon überzeugt gewesen, dass alle Mädchen so wären wie sie. Dass alle mit vier Jahren von ihren Müttern verkauft wurden. Dass alle anfangs als Dienerinnen arbeiten mussten. Und dass alle die schimmernden *Lichter* sehen konnten, die manchmal im Zimmer herumschwirrten.

Zumindest das mit den *Lichtern* konnte aber nicht stimmen, denn niemand außer Divya verfolgte ihren Flug mit seinen Blicken. Und sie fragte sich oft, warum die anderen Mädchen erst mit zwölf Jahren an diese Schule kamen. Erst ein Jahr bevor sie selbst so alt war, verstand sie den Weg, der ihr vorgezeichnet war. Seit dem Tag, an dem Sada sie zur Seite genommen und ihr das Geheimnis verraten hatte: dass nämlich jedes Mädchen, aus welcher Kaste es auch sei, an seinem zwölften Geburtstag eine Ausbildung wählen dürfe. Es musste nur richtig gekleidet und pünktlich am frühen Morgen dazu erscheinen. Divya hatte es zunächst kaum glauben können. Aber Sada hatte eine Schülerin, die zufällig in der Nähe stand, hinzugerufen und das Mädchen hatte ihre Worte bestätigt. Seit diesem Tag hatte es Divya nichts mehr ausgemacht, die anderen bedienen zu müssen. Sie wusste ja, dass das nur die erste Stufe war.

An ihrem zwölften Geburtstag stand sie auf, als alles noch schlief. Sie wusch ihr langes Haar mit dem duftenden Saft des Kumjabaumes, bis es glänzte – tiefschwarz. Die falsche Farbe, aber das konnte sie in den nächsten

9

Jahren ändern. Danach flocht sie es kunstvoll in acht schmale Zöpfe, so wie sie es schon oft bei den Mädchen an dieser Schule getan hatte: Vier Zöpfe wurden ihrerseits auf dem Kopf miteinander verflochten, als Symbol für die vier Geheimnisse der Frauen, vier wurden so gelegt, dass sie nach vorn über die Schultern fielen, als Symbol für die vier Tugenden einer Tana. Als Divya im ersten Licht der Sonne vor den Spiegel trat, lächelte ihr eine völlig Fremde entgegen. Mit dem blass gepuderten Gesicht und den zu Halbmonden gezupften Augenbrauen sah sie endlich genauso aus wie eine Schülerin.

Wie oft hatte sie davon geträumt! Und wie oft hatte sie den Unterricht heimlich vom Holzsteg der Dienerschaft aus verfolgt und Maitas Worten gelauscht. Genau vor einem Jahr, nach dem Gespräch mit Sada, hatte die Schulleiterin die Neuen mit den Worten begrüßt: »Es liegt an jedem Mädchen selbst, ob es die harte Ausbildung zur Tana schaffen kann. Ihr braucht Aufmerksamkeit, Disziplin und Demut. Wenn ein Mädchen sich dafür entscheidet, diesen schweren Weg bis zum Ende zu gehen, wird ihm als Tana jeder Palast dieser Stadt offenstehen. Möchtet ihr das?«

An dieser Stelle ging ein Raunen durch die Reihen und jede Schülerin murmelte ein leises »Ja«. Und Divya hatte von ihrem Holzsteg aus mitgemurmelt.

»Die Erziehung einer Tana«, fuhr Maita mit lauter Stimme dazwischen, »vollzieht sich auf vier Stufen. Mit vier Jahren übernimmt sie leichte, untergeordnete Aufgaben und beobachtet die anderen Tanas, um von ihnen zu lernen. Mit zwölf Jahren wird sie in einer Schule aufgenommen und unterrichtet. Sie lernt zu singen, mit dem Njur zu tanzen, die Elleija zu spielen und die Kunst der leichten Unterhaltung. Außerdem wird sie in die Geheimnisse der Frauen eingeweiht. Mit achtzehn wird sie verheiratet, an einen Mann, den ich zusammen mit der jeweiligen Familie für sie aussuche. Ihr werdet gut darauf vorbereitet, einem hohen Haushalt vorzustehen. Nehmt eure Aufgabe hier ernst und strengt euch jeden Tag aufs Neue an. Beweist mir, dass ihr würdig seid, Tana zu werden!«

Von diesem Augenblick an hatte Divya den Unterricht regelmäßig aus ihrem Versteck heraus angesehen, die Mädchen in ihren eleganten Bewegungen nachgeahmt und alles gelernt, was sie einmal brauchen würde. Sie war sicher, dass sie die Lehrerinnen später in Verzückung versetzen würde, weil sie bereits alles konnte. In ein paar Jahren würde sie diese Schule verlassen und endlich jemand sein. Jemand, der von anderen Menschen angesehen und angesprochen wurde. Sie wollte die Straßen und den ganzen Rest von Pandrea erkunden! Wie lange schon träumte sie davon, zu erfahren, was hinter der Biegung lag, die sie von ihrem Holzsteg aus sehen konnte ... Hinter den Häusern. Hinter der Stadt.

Ihr erster Tag! Divya hätte springen können, während sie vor Maitas Schreibzimmer auf die Schulleiterin wartete. »Eine Tana ist immer geduldig«, hörte sie ihre innere Stimme flüstern, »und ihre Schritte sind sanft wie ihr Herzschlag.« Divya atmete tief ein, wie sie es gelernt hatte, und spürte, wie ihr Puls deutlich ruhiger wurde.

Die Schulleiterin kam spät, aber dafür sehr eiligen Schrittes heran. Aufrecht, wie immer, und mit fließenden Bewegungen, die nicht zu ihrem faltigen Gesicht und ihrer rundlichen Figur zu passen schienen. Schon von Weitem konnte Divya ihre Sandalen über den Stein klappern hören. Das war ungewöhnlich. Wenn sie es wollte, dann rauschte nicht einmal ihre gelbe Vesséla beim Gehen. Irgendetwas musste sie verärgert haben, und so bemerkte sie Divya auch erst, als sie schon fast vor der Tür stand.

»Wir suchen dich seit Stunden! Die beiden Köchinnen mussten allein das Frühstück vorbereiten und einige Schülerinnen brauchten Hilfe beim Ankleiden.«

Maitas Blick wanderte über Divyas ungewohnte Aufmachung.

»Anscheinend hattest du wichtigere Dinge zu tun.«

Divya neigte den Kopf und legte ihre linke Hand aufs Herz, wie es sich vor einer Höhergestellten gehörte.

»Ja, Tana.« Ihre Stimme war kaum mehr als ein Hauch. »Vielleicht habt Ihr es vergessen. Heute ist mein zwölfter Geburtstag.«

Maita zögerte, als wartete sie auf mehr, bevor sie einen Finger unter Divyas Kinn legte und es anhob.

»Tatsächlich?«, sagte sie leise.

»Ja. Mein erster Schultag.« Divya schenkte ihr ein schüchternes Lächeln. »Ich habe mir sogar einen Njur genäht, weil ich doch keine Familie habe, die ihn mir vererben könnte. Aber er fliegt genauso gut beim Tanzen wie ein richtiger, seht Ihr?«

Sie zog den hauchdünnen Stoff des langen Schleiers aus einer Tasche ihrer Vesséla, legte ihn in beide Hände und machte ein paar Tanzschritte, wobei sie die Augen schloss, den Kopf angemessen zur Seite neigte und den Njur an ihrem Kinn vorbeigleiten ließ. Sie war sicher, dass sie es richtig gemacht hatte – genau wie beim Tanz des Windes, den Rudja nur die Ältesten lehrte.

Aber als sie die Augen wieder öffnete, sah sie keine Be-

12

wunderung in Maitas Blick, sondern völliges Unverständnis. Dann zuckten Maitas Mundwinkel nach oben.

»Du willst zur Schule gehen, um eine Tana zu werden?«

Divya nickte. Endlich hatte sie sie verstanden!

»Du willst einen Mann der höheren Kasten heiraten, schöne Kleider tragen und in einem Palast leben?«

Divya zögerte. Das traf es nicht ganz, aber schließlich nickte sie wieder. Schneller, als sie es begreifen konnte, nahm die Schulleiterin ihr den Njur aus den Händen und zerriss ihn in zwei Teile. Selbst jetzt noch, als die Überreste zu Boden schwebten, kam es Divya vor, als wäre der feine Stoff nicht von dieser Welt. Sie hatte ihn von einem Mädchen bekommen, dem sie als Gegenleistung monatelang vor Sonnenaufgang die Haare kunstvoll aufstecken musste.

»Wie lautet das erste Gebot?«, zischte Maita.

Divya schüttelte den Kopf. »Aber ...«

Die Schulleiterin holte aus und schlug ihr mit Wucht ins Gesicht, sodass Divya erschrocken rückwärtsstolperte. Es war nicht das erste Mal, dass sie geschlagen wurde, aber es war noch nie absolut grundlos geschehen.

»Was habe ich getan?«, keuchte Divya mit weit aufgerissenen Augen.

»Das frage ich mich auch! Und nun sag mir: Wie lautet das erste Gebot?«

Divya senkte den Kopf. »Diene deiner Kaste!«, flüsterte sie.

Maita nickte befriedigt. »Wir leben in einer wohlgeordneten Welt. Ein Sohn lernt den Beruf des Vaters, eine Tochter lernt von der Mutter, den Haushalt zu führen. Oder sie hat das Glück, einer höheren Kaste anzugehören und auf eine solche Schule gehen zu dürfen. *Du* hast weder Vater noch Mutter. Welcher Kaste gehörst du an?«

Divya schwieg. Was sollte die Frage?

Maita zupfte wütend an der grauen Vesséla. »Du kennst die Farben doch«, stieß sie hervor. »Staub – die Farbe, die man auf der Straße unter den Füßen hat. Du bist eine Dienerin! Wie kommst du darauf, dass sich daran je etwas ändern könnte?«

Divya war völlig verwirrt.

»Aber Sada hat gesagt, dass jedes Mädchen mit zwölf Jahren an eine Schule gehen kann, um Tana zu werden.«

Die Augen der Schulleiterin blitzten auf. »Sada? So?« Sie wandte sich schnell um, und Divya meinte hinter dem Treppenaufgang zwei Schatten hastig verschwinden zu sehen.

»Du solltest dich mit den Schülerinnen überhaupt nicht unterhalten«, fuhr Maita streng fort, »und ich werde auch Sada noch mal darauf hinweisen. Natürlich nehmen wir hier nur Mädchen aus den höheren Kasten auf, andere ganz bestimmt nicht!«

Divya senkte beschämt den Kopf, als sie spürte, dass Tränen über ihr Gesicht liefen. Sie konnte sich kaum an das letzte Mal erinnern, als sie geweint hatte.

«Ich dachte, mit ausreichend Aufmerksamkeit, Disziplin und Demut ...«

Maita lachte auf. »Ah, du meinst, wir alle entscheiden uns freiwillig für das Leben, das wir führen?«

Divya hob das Kinn, um ein Nicken anzudeuten. Dabei begegnete sie Maitas Blick und er jagte ihr Angst ein. So kalt hatte sie die Schulleiterin noch nie erlebt.

»Wofür hältst du dich? In Pandrea hat jeder seinen Platz. Und wenn du deinen suchst, dann geh in die Küche!« Sie

14

schnaubte. »Du solltest dankbar sein für dieses Leben. Ein anderes gibt es nicht!«

Als die Tür zum Schreibzimmer ins Schloss fiel, sank Divya auf den Boden und fuhr mit der Hand durch den Staub. Die Farbe ihrer Kaste. Die Farbe ihrer Zukunft.

Später konnte sie sich nicht mehr daran erinnern, wie sie in ihre Kammer gelangt war, in der sie mit fünf anderen Mädchen und Frauen schlief. Sie wusste nur, dass etwas in ihrem Innersten gestorben war. Die Versuche der Dienerinnen, sie zum Aufstehen zu bewegen, waren vergebens. Es war, als befände sich die ganze Welt hinter einer dichten Schicht aus Stoff und als sprächen die Menschen um sie herum eine andere Sprache. Den Sinn der Worte erahnte Divya an ihrem Klang, aber mehr drang nicht mehr zu ihr durch. Irgendwann tauchte Maitas Gesicht vor ihrem auf, ganz nah, und sie sprach sehr laut. Divya schloss die Augen und versuchte sich vorzustellen, dass starker Wind an ihren Ohren toste, und je mehr sie sich darauf konzentrierte, desto weniger spürte sie ihren nutzlosen Körper. Der Wind in ihrem Innern verdrängte alles. Schmerz, Hunger, Durst und nochmals Schmerz. Dann fühlte er sich an wie Schlaf, ganz weich, nur tiefer.

Als Divya glaubte, noch weiterzufallen, sah sie ein *Licht*. Nicht ihr erstes, nein, an die Existenz dieser Wesen war sie seit ihrer Kindheit gewöhnt. Auch wenn sie schon vor Jahren erfahren musste, dass andere sie nicht sehen konnten. Niemand sonst schien sie zu bemerken, obwohl die älteren Dienerinnen ihnen stets etwas Zuckerwasser hinstellten. Wenn Divya aber um eine Erklärung für die Schalen bat, bestritten sie, sie hingestellt zu haben. Bis die Köchin ihr einmal zuraunte: »Geisterglaube wird vom Fürsten nicht gern gesehen. Sprich nicht darüber.«

Erstaunlicherweise gelang der Köchin meist der Kuchen, wenn eine solche Schale in der Nähe war. Auch wenn die alte Seluria neue Farbe zum Färben der Kleidung anrührte, gab es immer ein Gefäß, das keinen erkennbaren Zweck erfüllte. Divya tat es ihnen nach, aber sie musste sehr darauf achten, dass niemand ihre Blicke bemerkte, wenn sie die Wesen beobachtete. Sie empfand sie als ebenso selbstverständlich wie die Fliegen, die Spinnen und die Mäuse im Haus, nur dass sie kein Ungeziefer waren, sondern wunderschön! Winzige Wesen, die Schmetterlingen mit durchsichtigen Flügeln glichen. Sie flatterten in einer kleinen Kugel aus hellem Nebel, als hätten sie eine Luftblase aus ihrer Welt ins Diesseits mitgebracht.

Dieses *Licht* aber war das Erste, das Divya im Traum aufsuchte – oder wo auch immer sie sich gerade befand. Und es war das Erste, dessen Stimme sie hören konnte.

»Niemand kann wachsen, wenn er sich fallen lässt.«

Divya sah sich um. Die Halle, in der sie stand – oder von der sie träumte? –, war dunkel. Aber am dunkelsten war der Krater, der sich hinter dem *Licht* im Boden auftat. Und er schien größer zu werden. Als Divya sich vorbeugte, um hineinzusehen, raste das *Licht* auf sie zu und hielt sie damit zurück.

»Erinnerst du dich? Du wolltest jemand sein. Einen eigenen Weg gehen. Warum liegst du dann herum? Steh *jetzt* auf und sei jemand!«

Noch immer hörte Divya Wind, der die Worte des Wesens überdeckte. Aber er kam nicht aus einem Fenster oder einer Tür in die Halle. Er wehte tief in ihrem Innern.

»Du kannst dem Rauschen des Windes folgen und mit ihm fliehen. Oder du kannst dich gegen ihn auflehnen«, sagte die Stimme. »Aber wenn du dich von ihm treiben lässt wie Staub, wirst du auch nur Staub sein – und dich verlieren. Finde deinen eigenen Weg!«

Divya trat einen Schritt von dem Loch zurück. Hatte hinter ihr jemand eine Fackel angezündet? War es nicht heller geworden?

Das *Licht* flirrte und drängte sie ein paar weitere Schritte zurück. Jetzt war es eindeutig! Die Schwärze ging von dem Krater im Boden aus! Die Halle war gar nicht so dunkel!

»Lerne! Und kämpfe! Ohne zu lernen, kannst du deinen Weg nicht sehen. Und ohne zu kämpfen, wirst du ihn verlieren.«

Divya war verwirrt. Sollte das ein Auftrag sein? Ein Versprechen? Eine Prophezeiung?

Das *Licht* schien jetzt direkt hinter ihren Augenlidern zu flackern. Und das erinnerte Divya daran, dass ihr wirklicher Körper in einem Bett lag und sie brauchte. Mühsam versuchte sie die Augen zu öffnen, um festzustellen, ob sich das Wesen auch im wirklichen Leben genau vor ihr befand. Aber Divya fühlte sich nur schmerzhaft geblendet von der Helligkeit und sie fror mit einem Mal bis in die Knochen. Als sie versuchte aufzustehen, gehorchten ihre Beine nicht.

»Steh auf! Lerne! Und kämpfe!«, flüsterte es aus weiter Entfernung.

»Das glaub ich nicht!«, sagte eine andere Stimme, die viel näher war als die vorhin. »Divya? Kannst du mich hören?«

Nur langsam wurde das Tageslicht erträglicher. Sie konnte die Umrisse einer Frau erkennen.

17

»Seluria?«, wollte sie flüstern, aber es kam kein Ton heraus. Jemand benetzte ihren Mund mit Wasser, und als sie die ersten Tropfen schmecken konnte, spürte sie, dass ihre Lippen wehtaten und dass sie vor Durst fast umkam.

Es dauerte viele Stunden, bis sie richtig stehen konnte, und auch dann war sie noch sehr wackelig auf den Beinen. Seluria half ihr, stützte sie, fütterte sie und gab ihr mehr Wasser, als einer Dienerin zustand. Divya hätte gern weniger getrunken, weil sie vermutete, dass die alte Frau auf ihre eigene Ration verzichtete, aber ihr Durst schien kein Ende zu nehmen.

»Was ist passiert?«, fragte Divya schließlich.

»Du hast tagelang im Bett gelegen und wurdest immer weißer. Wir konnten dich nicht einmal dazu bringen, etwas zu trinken. Maita kam und brüllte dich an. Sie sagte, eine Dienerin, die nicht arbeitet, habe keinen Wert mehr für sie. Ich glaube, wenn sie gekonnt hätte, hätte sie dich verkauft.« Seluria legte ihre Hand auf die Divyas. »Sie hat uns verboten, dir Essen und Trinken zu bringen, weil sie der Meinung war, dass du irgendwann schon wieder aufstehen würdest. Ich habe es trotzdem versucht, aber du hast nichts angenommen. Gestern Abend hat Maita gesagt ...« Sie wandte den Kopf ab. »Nun, sie glaubte nicht mehr daran, dass du überleben würdest. Wenn die Sonne aufgeht, sollten wir dich für das Totenviertel bereit machen. Der Träger wird bald hier sein.«

Sie zog ein Stück Stoff unter dem Bett hervor. Divya erschrak. Schwarz, die Farbe der Toten! Hatte sie das wirklich gewollt?

»Ich werde lernen«, murmelte sie leise vor sich hin. Dann setzte sie beide Füße auf den Boden und stand langsam auf. Sie brauchte fünf Versuche, bis sie ohne Selurias Hilfe stehen konnte. Bis Maita mit dem Träger kam, hatte sie sich angezogen und ihr Haar gerichtet. Sie sah der Schulleiterin fest in die Augen, während ihre Hand hinter dem Rücken eine Stuhllehne umkrampfte.

»Ich war gerade auf dem Weg in die Küche, Tana!«, sagte sie leise. »Es tut mir leid, dass ich etwas zu spät bin, aber ich werde die Zeit sicher aufholen.«

Im gleichen Moment sah sie ein *Licht* unter ihrem Bett aufflattern. Es hatte dort gesessen und an einem Schälchen genippt, das vermutlich Seluria hingestellt hatte.

FARBE

Die Schule bestand aus drei Stockwerken, deren Außenwände wenige, sehr hoch gelegene Fenster hatten, um die unverheirateten Mädchen vor fremden Blicken zu schützen. An der Innenseite des viereckigen Gebäudes lagen offene Gänge, die durch Säulen vom Garten getrennt waren. Hier fanden Zusammenkünfte und Feiern statt, und heute konnte man schon ab dem frühen Nachmittag auf allen Ebenen des Hauses Lachen und Gesang hören. Es war Donneas Abschiedsfeier. Sie war eines der ältesten Mädchen, das morgen verheiratet werden sollte.

Divya hatte bereits viele solcher Abende miterlebt, von der Agida aus, dem Holzsteg für die Dienerschaft. Die Agida war mehr als ein Steg, sie führte wie ein geschlossener Käfig aus dunklem Holz um das Haus herum, teils oberhalb der Gänge, teils durch Mauerspalten hindurch und an den Außenwänden entlang. Durch die aufwendig geschnitzten Blumenornamente konnten die Dienerinnen sehen, wo sie gebraucht wurden, blieben aber unsichtbar, wenn sie störten. Zu den Unterrichtsräumen führten höhergelegene Türen aus verziertem Holz. Wenn es nötig war, konnte man diese öffnen und ein Tablett an einem Flaschenzug herunterlassen.

Divya, die sonst meist eilig über den Steg huschte, konnte heute nur sehr langsam gehen, sie fühlte sich immer noch wackelig auf den Beinen. Gestern hatte sie nicht viel arbeiten können, heute konnte sie immerhin das Kleiderbündel tragen, das sie zur Wäscherei bringen sollte. Aber es kam ihr schwerer vor als sonst.

Gedankenverloren blickte sie hinab in den Garten, auf die tanzenden Mädchen, die mit bedächtigen Schritten Kerzen im Kreis trugen. Ein Anblick, der den Innenhof des sonst so strengen Hauses in ein Traumland verwandelte. Wie hätte es auch anders sein können? Es war der Tanz in die Freiheit, hinaus in die Welt.

Auf einmal stieß Divya mit dem Fuß gegen ein Hindernis, stolperte und landete weich auf den Kleidern, die sie noch immer im Arm hielt. Im Dämmerlicht sah sie einen Schatten aufspringen. Ein Mädchen, das bis eben auf dem Boden gehockt hatte. Divya konnte das Gesicht nicht erkennen, aber sie hatte nicht das Gefühl, dass sie das Mädchen kannte.

»Bist du verrückt, dich einfach in den Weg zu setzen? Wo kommst du überhaupt her? Bist du neu?«, schimpfte Divya leise. Maita hatte nichts von einer neuen Dienerin erzählt.

Das Mädchen machte einen Schritt auf sie zu, sodass das Mondlicht das Gesicht und das goldblonde Haar traf. Und eine blaue Vesséla und eine blaue Haarsträhne – die Farbe der regierenden Kaste! Divya holte tief Luft, neigte dann schnell den Kopf und legte die linke Hand auf die Brust. Das musste eine neue Schülerin sein. Ob sie sich bei Maita über Divyas Ausbruch beschweren würde?

»Verzeih!«, sagte das Mädchen ebenso leise wie Divya. »Und bitte verrate mich nicht! Ich wollte so gern den Tanz der Kerzen sehen, deshalb hab ich mich hier versteckt.«

Divya sah in den Garten. Niemand hatte den Zwischenfall bemerkt.

»Ich bitte *dich* um Verzeihung!«, erwiderte Divya. »Ich

wusste nicht ... Ich dachte, weil du auf der Agida bist ...«
Sie schluckte den Rest hinunter, weil das Missverständnis
nicht zu entschuldigen war. Doch die Fremde lächelte nur.
Sie war eine richtige Schönheit, fand Divya. Ihre Augen waren so blau wie ihr Kleid, und sie betrachteten die Welt, als
wäre sie gerade erst neu entstanden, voller Neugier. Selbst
Divya. Der Blick der Schülerin ging nicht durch Divya hindurch, wie sie es von den anderen gewohnt war, und sie
sprach sogar mit ihr!

»Wenn du nicht möchtest, dass Maita es bemerkt, solltest du am Ende des Festes in deinem Bett liegen«, riet
Divya vorsichtig. »Manchmal sieht sie nach. Möchtest du
bis dahin nicht mitfeiern?«

Die andere schüttelte den Kopf. »Ich darf noch nicht.
Ich bin erst seit drei Tagen hier, und die Schulleiterin sagte, ich bräuchte noch eine Fest-Vesséla und müsse erst mal
lernen, wie man sich bei einem solchen Anlass benimmt.«

»Vor drei Tagen ...«, fragte Divya zaghaft, »... hattest du
deinen zwölften Geburtstag? ... Wie ich!«

Die Fremde strahlte. »Meine Kinderfrau hat immer gesagt: ›Wen die *Lichter* am gleichen Tag in die Welt führen,
dem schenken sie auch eine Verbindung der Seelen.‹« Sie
musterte Divya interessiert. »Wer weiß, was wir noch zusammen erleben werden?«

»Nun, wenn ich nicht gerade für dich arbeite, dürfen
wir eigentlich nicht miteinander reden«, merkte Divya an.
»Und du solltest nicht auf diesem Steg sein, wenn du keinen Ärger mit Maita haben möchtest.«

»Jaja, ich sollte auf meinem Zimmer sein, die zehn obersten Regeln einer Tana auswendig lernen und früh zu Bett
gehen ... Pah!« Das Mädchen verzog die Mundwinkel. »Viel

besser finde ich es aber, heimlich beim Fest dabei zu sein und zu wissen, dass sie mich nicht sehen können. Heute Abend wollte ich einfach mal meine neue Freiheit genießen.«

Freiheit? Divya verstand den Sinn des Wortes nicht angesichts der Enge der Agida. Aber sie beneidete die Fremde um das Funkeln in ihren Augen, als sie in den Garten blickte. Um ihre Hoffnung.

Die Mädchen hatten inzwischen einen Kreis um Donnea gebildet, die eine Kerze in einem goldenen Halter in der Hand trug. Maita klatschte und es wurde schlagartig still. Beinahe ehrfürchtig öffnete sie ein kleines tragbares Schränkchen: das traditionelle Geschenk des künftigen Ehemannes. Dabei umflatterten zwei *Lichter* die Schulleiterin, die natürlich niemand sehen konnte. Wodurch wurden sie wohl angelockt? Vielleicht von Maitas süßlichem Duftwasser, vermutete Divya.

Die Schulleiterin nahm eine weitere Kerze heraus und zündete sie an. Alle hielten den Atem an, als Maita mit der Kerze in ihren ausgestreckten Händen auf Donnea zuging. Und als die Flammen ganz dicht beieinander waren, vereinten sie sich – das Zeichen für die passende Verbindung. Donnea strahlte, und alle Schülerinnen klatschten, als wäre es eine große Überraschung. Divya hatten in den letzten Jahren gelernt, dass es das nicht war. Sie raffte ihr Kleiderbündel zusammen, verneigte sich und wollte weitergehen.

»Ich heiße Jolissa«, sagte das Mädchen lächelnd. »Und weißt du was? Ich beneide dich darum, jeden Tag ungesehen auf diesem Steg hin- und herhuschen zu können. Zu Hause wurde ich auf Tritt und Schritt von einer persönlichen Dienerin verfolgt, die mir gesagt hat, was ich anziehen soll, wie ich meinen Rücken durchstrecken muss und mit welchem Finger ich in der Nase bohren darf.«

Divya konnte das Kichern nicht unterdrücken, aber sie versuchte eine Hand vor den Mund zu halten, sodass ihr eine grüne Vesséla durch die Finger glitt. Jolissa bückte sich ganz selbstverständlich danach und legte das Kleidungsstück oben auf das Bündel. Divya senkte erschrocken den Blick und verneigte sich noch einmal, bevor sie hastig in Richtung Wäscherei lief.

In den nächsten Tagen verfolgte Divya den Unterricht der Mädchen noch intensiver als sonst. Wenn ihr Weg, um jemand zu sein, wirklich über das Lernen führte, dann war das ein guter Weg. Einer, dem sie unbewusst schon längst gefolgt war. Jede Minute, die sie entbehren konnte, verbrachte sie von nun an auf der Agida und starrte durch die Ornamente im dunklen Holz in die Unterrichtsräume hinein. Am besten gefiel ihr der Tanzunterricht bei der zierlichen und hübschen Rudja. So gern wäre Divya gewesen wie sie! Wenn Rudja über den Boden schwebte, hörte man keinen Laut, als wäre sie ein wunderbarer Nebel, der nur Form annahm, um die schönsten Figuren auf dem polierten Holzboden zu tanzen. Umso enttäuschender fand Divya es, wenn sie stehen blieb, denn dann erlosch das innere Strahlen der kleinen Frau.

Divya freute sich immer, wenn sie Jolissa in der Gruppe der Mädchen entdeckte. Sie war bei den Anfängern, und obwohl sie bereits jetzt die Haltung einer befehlsgewohnten Tana hatte, wirkte sie niemals arrogant. Ihre Mutter musste ihr eine gute Lehrerin gewesen sein. Heute stand sie mit den Neuen zusammen im großen Saal um Maita herum. Schade, ihr Tanzunterricht war offenbar gerade beendet! Divya seufzte. Maitas Stunden waren eindeutig die langweiligsten, da sie immer und endlos die Regeln wiederholte, die Divya manchmal wie ein Labyrinth aus hohen Wänden vorkamen. Nun, heute ging es immerhin um die Schmuckstücke, die die Mädchen zu Beginn von der Schule bekamen. Es waren Ketten mit einem runden, leuchtenden Anhänger, den sie stets unter der Kleidung tragen sollten, am Hals oder in einer Tasche. Maita nannte ihn Sorgenstein.

»Nur abends, wenn ihr beim Umkleiden allein seid und über euren Tag nachdenkt, solltet ihr ihn in die Hand nehmen. Die Bürden einer Tana sind oft schwer, deshalb gewöhnt euch daran, eure Sorgen täglich diesem kleinen Anhänger zu erzählen. Vielleicht wird er euch danach etwas schwerer vorkommen – und euer Herz um einiges leichter.« Sie lächelte den Mädchen zu, und Divya musste an dieser Stelle immer an das Maul eines Buria-Fisches denken, den die Köchin an Feiertagen servierte. Das lächelnde Maul eines Tieres, das kleinere Fische mit seinen spitzen Zähnen zerfleischen konnte.

»Dieser Brauch mag euch seltsam erscheinen, aber als Tana dürft ihr niemals Leid mit euch herumtragen, das eines Tages Falten in eure Gesichter graben könnte.«

Divya rollte mit den Augen. Die Logik einer Frau, die niemals das Leben einer verheirateten Tana geführt hatte und dennoch ein Gesicht voller Falten hatte. Wie kam sie bloß darauf, dass man Sorgen einfach ausspucken könnte?

Am nächsten Morgen wurde Divya mit ihren Farbschalen zu Sada gerufen, der sie seit dem schrecklichen Erlebnis an

25

ihrem Geburtstag aus dem Weg zu gehen versuchte, aber es schien eilig zu sein. Tatsächlich riss die Sechzehnjährige sofort die Tür auf, als Divya klopfte, und wartete gar nicht erst ab, bis die Dienerin sich korrekt verbeugt hatte.

»Willst du warten, bis der Wind dich hereinträgt?«, schimpfte Sada und zog sie am Ärmel. »Drei Tage hast du es dir in deinem Bett gemütlich gemacht, und gestern hätte ich beinahe nicht zu Donneas Abschiedsfeier gehen dürfen. Siehst du das hier?«

Sie hielt ihre vorderste linke Haarsträhne hoch, und Divya verstand sofort ihre Aufregung: Der Zopf über dem Herzen, der mit tiefem Faeria-Blau zeigen sollte, zu welcher Kaste das Mädchen gehörte, war fast schon wieder blond. Bis dieser Makel nicht behoben war, durfte Sada ihre Kammer nicht mehr verlassen, nicht einmal zum Unterricht.

Divya stellte die fünf Holzschalen, die sie mitgebracht hatte, auf den dunklen Dielen ab und brachte sie in die richtige Reihenfolge. Neben jede Schale gehörte ein Werkzeug aus dem kräftigen Holz des Graidabusches. Nur die letzte Schale erfüllte keinen erkennbaren Zweck und war mit Zuckerwasser gefüllt.

Sada stöhnte auf und trat mit dem Fuß dagegen, sodass der Inhalt in den Ritzen des Dielenbodens versickerte.

»Lass den Unsinn! Der Fürst sagt, wenn das Volk weniger den *Lichtern* dienen und schneller arbeiten würde, gäbe es keine Schlamperei mehr!«

Divya erschrak, ließ sich aber äußerlich nichts anmerken und begann mit ihrer Arbeit. Zunächst legte sie jeden toten Faeria-Käfer einzeln von der ersten Schale in die zweite, um den Panzer mit einem gewölbten Holzkeil vorsichtig abzupellen. Direkt darunter versteckten sich meist rote Läuse,

26

die extrem stark färbten. In der dritten Schale konnte Divya nun die Käfer zerdrücken und die Masse über der vierten Schale durch ein Schilfsieb geben. Nur wenige Tropfen von dem kostbaren Faeria-Blau landeten im Inneren.

Ihre Gedanken waren jedoch weit weg. Was hatte das *Licht* gesagt? »Lerne! Und kämpfe! Ohne zu lernen, kannst du deinen Weg nicht sehen. Und ohne zu kämpfen, wirst du ihn verlieren.« Hatte dieser Weg schon begonnen? Würde sie es spüren, wenn sie den richtigen Weg fand?

Nachdenklich zog Divya die gläserne Pipette aus ihrer Vesséla. Die kleine Kostbarkeit hatte Maita sicher ein Vermögen gekostet, und es war ein großer Vertrauensbeweis gewesen, als sie sie Divya letztes Jahr übergeben hatte. Sie war im Umgang mit Farbe am geschicktesten, sogar Maita ließ sich ausschließlich von ihr die Haare färben. Mit der Pipette konnte Divya ganz genau die acht Tropfen Taublütenöl abmessen, das teuerste Öl der Stadt. Nun noch acht Herzschläge lang einwirken lassen, dann war die Farbe perfekt!

Aber Divya hatte diesmal Mühe, die Herzschläge abzuzählen. Und wenn sie das *Licht* nur geträumt hatte? Konnte man die Worte eines Wesens, das es nicht geben durfte, ernst nehmen? Wobei ihr gerade einfiel, dass sie noch kein *Licht* in dieser Kammer gesehen hatte, seit sie sie betreten hatte. Hatte Sada sie vertrieben, als sie die Schale umgestoßen hatte?

»Wir können anfangen«, sagte Divya leise und verneigte sich, wie es das Ritual verlangte.

Sada saß auf einem Stuhl, während Divya sich einen Hocker nehmen musste, auf dem sie ein winziges Stück tiefer saß. Niemals durften Tana und Dienerin auf einer Höhe sein. Sada legte den Kopf zur Seite, damit die Haarsträhne gut zu trennen war, und Divya hielt den Pinsel locker in der Hand. Damit fuhr sie nun so über das Haar, dass jedes einzelne einmal durch die weichen Borsten gezogen wurde. Ihre Gedanken waren noch immer bei dem Rätsel um ihren Traum, als ein seltsamer Farbton vor ihren Augen schimmerte. Die Strähne trocknete im lauen Luftzug schnell, aber das war nicht das Blau der Kaste der Regierenden. Das war Lila!

Divya ließ das Haar los, als hätte sie sich verbrannt, und starrte auf ihre Hand. Konnte ihr so ein Anfängerfehler wirklich unterlaufen sein? Warum trug sie eigentlich keine Handschuhe? Wie hatte sie so vergesslich sein können? Die Handschuhe hätten verhindern sollen, dass die roten Läuse an ihrer rauen Haut haften blieben und sich mit der Faeria-Farbe vermischten. Aber ihre Hände waren bedeckt mit blauen, roten und lila Flecken. Divya stieß ein Keuchen aus und Sada fuhr erschrocken herum.

»Was ist los? Ich schwöre dir, wenn du auf den Boden kleckerst, wirst du den ganzen Nachmittag hier hocken und ...«

Sadas Blick wanderte so weit nach links, wie es ging, um die eigene Haarsträhne sehen zu können. Entsetzt sprang sie vom Stuhl und stieß Divya zur Seite, die es nur durch einen geschickten Sprung schaffte, den Schalen auszuweichen. Dafür trat Sada in die vorderste hinein, und die Spitze ihrer hellen Ledersandale verfärbte sich ebenso lila wie ihr Haar, aber sie achtete nicht darauf. Blindlings hastete sie zum Spiegel und blickte mit schmerzverzerrtem Gesicht hinein.

»Das hast du absichtlich getan, um dich zu rächen!«,

28

keuchte Sada und strich dabei schnell und immer schneller mit der Hand über die Farbe, bis ihre Finger fleckiger waren als die von Divya.

»Es tut mir so leid«, sagte Divya leise.

Völlig unvermittelt stieß Sada einen Schrei aus, riss den Spiegel von der Wand, schwang ihn herum und schleuderte ihn auf Divya. Die konnte sich so schnell gar nicht ducken und schützte ihr Gesicht, indem sie die Arme hochriss und den Kopf wegdrehte. Der Aufprall des splitternden Spiegels schmerzte, und der Schrecken über das, was sie getan hatte, schmerzte fast noch mehr. Sie stürzte zu Boden, neigte den Kopf nach unten und drückte die unbenutzten Handschuhe auf ihren blutenden Arm. Sadas Schreie wollten indessen nicht enden, und Divya konnte nur hoffen, dass sie sie nicht weiter attackierte.

Da ging die Tür auf und Maita hastete herein. Als die Schulleiterin auf Divya zukam, senkte sie den Kopf noch tiefer. Aber ihre Demutsbezeugung nützte ihr nichts. Maita forderte sie auf, sich zu erheben, und schlug ihr die Hand ins Gesicht.

»Wie konnte das geschehen?«, fauchte sie.

»Es tut mir so leid!«, sagte Divya.

»Das nützt mir nicht viel!«, erwiderte die Schulleiterin schneidend. »Du wirst zusätzlich zu deinen normalen Aufgaben für drei Tage alle Arbeiten übernehmen, die die anderen Dienerinnen dir abtreten. Da du das unmöglich alles tagsüber schaffen kannst, wirst du auch die drei Nächte durcharbeiten. Und denk dran, dass wir alle nachts schlafen, also sei leise!« Ihre Augen funkelten. »Weißt du, warum die Strafe über drei Tage geht?«

Divya nickte, wütend auf sich selbst. »So lange wird es

dauern, Sadas Haar mit dem gegorenen Saft von Lassabeeren zu behandeln, bis es wieder blond ist. Ich werde mir Mühe geben ...«

»Nein! *Sada* wird sich Mühe geben.« Maita wandte sich an das andere Mädchen. »Du wirst dein Haar selbst drei Tage lang einreiben. In dieser Zeit wirst du das Zimmer nicht verlassen. Wir mögen hier unter uns sein, aber du weißt, was geschehen kann! Wenn ein Mann dich mit einer lila Strähne sieht, kann er dich für den Preis einer Handwerkerstochter bekommen.«

Sada stieß einen Schrei aus. »Aber es ist Divyas Schuld!«, protestierte sie unter Tränen.

Maita zuckte mit den Schultern und musterte Divyas blutenden Arm.

»Ja, und du hast sie bereits dafür bestraft, wie ich sehe. Aber auch du verdienst eine Strafe. Wenn du eine Tana sein willst, musst du die Arbeit deiner Dienerinnen überwachen und kontrollieren. Beim nächsten Mal lass dir die Farbe auf einem alten Stück Stoff vorführen.«

»Aber alle sagen, dass Divya ...«

Maita sah Sada tief in die Augen. »*Alle sagen ...?* Wenn du dich als Tana darauf verlässt, was alle sagen, dann wirst du nicht lange Tana bleiben. Männer sind wankelmütig, du darfst ihnen keinen Grund geben, eine andere zu erwählen. Du musst unangreifbar sein!«

Sada funkelte Divya an. Die stumme Botschaft war klar: Das wirst du büßen!

Ein paar Tage später war Divya fürs Bedienen beim Frühstück eingeteilt und lief mit zwei anderen Dienerinnen eilig zwischen den langen Tischen hin und her, brachte sauberes Besteck, heiße Karaffen mit Tee und Wasserschüsseln für die Reinigung von Mund und Fingern. Dabei herrschte absolute Stille im Raum, denn jedes noch so leise Geschirrklappern oder Hüsteln wurde durch Maitas strengen Blick bestraft. Als die Schulleiterin aber kurz vor Beendigung des Essens hinausgerufen wurde, schlug die Stimmung um. Wie immer. Mit einem Mal wurde geredet, gelacht, mit Essen geworfen und mancher Becher absichtlich so umgekippt, dass der Inhalt auf der Vesséla der Nachbarin landete. Die Lehrerinnen konnten das nicht verhindern, da sie den angehenden Tanas hierarchisch untergeordnet waren. Keine von ihnen hätte es je gewagt, das Fehlverhalten einer hohen Tochter anzuprangern, das stand nur Maita zu.

Divya fürchtete diesen Moment jedes Mal, denn es war immer eine günstige Gelegenheit für Racheakte. Schon vorher hatte Divya Sadas Blicke auf ihrem Nacken gespürt wie Nadelstiche, die jetzt in offenen Hass umschlugen. Eilig sammelte Divya Wasserschalen ein und wandte sich in Richtung Küche unter dem Vorwand, sie aufzufüllen. Dafür musste sie an Sada vorbei, und es geschah schneller, als Divya ausweichen konnte. Die Sechzehnjährige hatte ihr ein Bein gestellt, Divya stolperte und ging in die Knie. Dabei schwappte das Wasser aus den Schalen auf Sadas Schuhe.

»Sieh dir an, was du getan hast!«, kreischte Sada und sprang auf. Sie drückte ihren rechten Schuh auf Divyas Rücken, bis diese ganz am Boden lag. Sicherlich hätte sie sich gegen das zierliche Mädchen wehren können und einen Augenblick lang erwog sie ernsthaft diese Möglichkeit. Aber die Strafe dafür mochte sie sich nicht einmal vorstellen.

»Tief, tiefer, Tassari!«, grinste Sada von oben auf sie herab, griff nach einer Karaffe und goss lauwarmen Tee auf Divyas Haar.

Gleich darauf stand Jolissa auf und kippte den Inhalt ihrer Teetasse in Sadas Gesicht.

»So fühlt sich das übrigens an«, sagte sie ganz ruhig.

Schlagartig war es still im Saal. Man hätte einen Njurschal schweben hören können. Divya nutzte die Gelegenheit, um aufzuspringen und einen sicheren Abstand zwischen sich und Sada zu bringen.

»Du magst diesen Abschaum also?«, zischte Sada in die Stille.

Jolissa hob das Kinn. »Ja, warum nicht? Man hört so einiges darüber, dass auch dein Vater den Tassari-Frauen sehr zugetan ist.«

Sada wurde blass und hier und da war ein verstecktes Kichern zu hören. Dann ertönten Schritte auf dem Gang, und als Maita den Raum betrat, saßen alle Mädchen wieder mit durchgestrecktem Rücken und höflichem Lächeln an ihren Tischen.

Am nächsten Morgen wurde Divya zu Jolissa gerufen, um ihr die Haare aufzustecken. Geschickt trennte Divya eine dichte, blonde Strähne von den anderen, nahm sie zwischen die Finger und begann sie zu flechten, während ein munteres *Licht* um ihre Arme herumschwirrte.

»Warum hast du das getan?«, fragte sie leise und wunderte sich selbst, dass es sie keinen Mut kostete, Jolissa anzusprechen.

»Weil kein Mensch so mit einem anderen umgehen darf«, antwortete Jolissa erstaunt. »Meine Mutter ist eine

Tana mit einem Haus voller Diener, aber sie würde niemals auf die Idee kommen, einen von ihnen so zu behandeln.«

»Leider darf Sada tun, was sie möchte.«

Jolissa wandte sich ruckartig um und griff nach Divyas Handgelenk.

»Du bist eine Dienerin, kein Abschaum. Lass dir das von niemandem einreden.«

Divya musterte sie. »Darf ich dir eine Frage stellen?«

Jolissa sah sie freundlich an. »Dafür brauchst du nicht meine Erlaubnis! Wenn wir allein sind, rede bitte einfach mit mir.«

»Wer sind die Tassari?«

Einen Moment lang war es still. »Hat dir das nie jemand gesagt?«, fragte Jolissa. »Deine Mutter vielleicht?«

Divya spürte plötzlich einen Schmerz irgendwo in ihrem Inneren. Dieses Wort hatte für sie bisher nie eine Bedeutung gehabt: Mutter. Ob diese Frau sich je gefragt hatte, was mit ihrer Tochter geschehen war?

»Maita hat mich gekauft, als ich vier Jahre alt war. An meine Eltern kann ich mich nicht erinnern. Aber Maita hat mir gesagt, dass sie keine Tassari waren, auch wenn ich dunkelhaarig bin.«

»Und Maita hat dir nie von deinen Eltern erzählt?«

»Nicht viel. Sie sagt, sie seien der Mühe nicht wert.«

»Und das glaubst du?«, fragte Jolissa erschrocken.

Divya zögerte. »Was soll ich von Menschen halten, die ihr eigenes Kind verkaufen? Maita sagt, sie waren Diener. Man hatte sie aus einem Palast hinausgeworfen, weil sie ohne Einwilligung geheiratet und ein Kind bekommen haben. Also mussten sie mich möglichst schnell wieder loswerden, um Arbeit zu finden.«

Jolissa holte tief Luft. »Das klingt ... als wären sie dir egal.«

Divyas Finger fuhren über die Zinken des Kamms. »Es ist lange her. Aber manchmal ... stelle ich mir vor, dass die Geschichte gar nicht stimmt und dass etwas viel Geheimnisvolleres dahintersteckt.«

Jolissa zwinkerte ihr zu. »So wie du dich bewegst, bist du bestimmt die Tochter eines Fürsten, die von Dieben entführt und verkauft wurde.«

Divya erwiderte ihren Blick irritiert. »Wohl kaum. Und wer sind nun die Tassari? Sada ist nicht das erste Mädchen, das dieses Wort benutzt. Aber die anderen Dienerinnen reden nicht darüber.«

Jolissa runzelte die Stirn.

»Die Tassari haben schwarze Haare wie du. Sie sind ein Volk, das angeblich von weit her gekommen ist. Sie sind früher viel gereist, heißt es.«

Divyas Augen leuchteten auf. »Vielleicht stamme ich ja doch von ihnen ab. Mein größter Traum ist es, die Welt zu sehen!«

Jolissa schüttelte den Kopf. »Niemand darf reisen. Nicht mal mehr die Tassari. Sie leben in einem Viertel, das sie nur mit Ausnahmegenehmigung verlassen dürfen. Von den Bürgern bekommen sie all die Arbeiten zugeteilt, die sonst niemand machen möchte. Sie waschen, sie kehren, sie sammeln den Müll ein und tauchen nach Muscheln. Sie sind die ärmste Kaste der Stadt.«

»Und was war das für eine Geschichte mit Sada und ihrem Vater?«

Jolissa setzte sich wieder gerade auf den Stuhl.

»Das war eine dumme Beleidigung! Vergiss es und

34

mach mir lieber die Haare, sonst kriegen wir noch beide Ärger!«

Divya nickte, aber in Gedanken war sie bei den Tassari. Und wenn sie nun doch von ihnen abstammte?

Am späten Abend nahm sie Jolissa mit auf die äußere Agida und zeigte ihr ihren Lieblingsort. Im zweiten Stock, wo der Holzsteg wie ein Käfig über der Straße hing, konnte man einen großen Teil der Stadt überblicken. Divya staunte jedes Mal wieder, wie riesig sie war, und auch Jolissa legte begeistert ihr Gesicht gegen die Holzwand mit den geschnitzten Ornamenten und ließ sich den Wind um die Nase wehen.

»Das große blaue Gebäude dort drüben ist der Regierungspalast des Fürsten. Unser Haus liegt gleich daneben, in einer Gasse rechts davon, ganz in der Nähe vom Großen Platz. Oh, sieh mal, man kann sogar das Lobean sehen! Das grüne Haus mit den Türmchen, das ist das beste Gasthaus von Pandrea!« Jolissa deutete noch auf einige Häuser, deren Namen Divya nichts sagten. Und schließlich auf einen hässlichen schwarzen Turm, angeblich die Überreste des abgebrannten alten Regierungspalastes, der auf einer Flussinsel gelegen hatte.

Das alles klang so aufregend! Divya beneidete das Mädchen. Was für sie selbst einfach nur *draußen* hieß, war für Jolissa eine ganze Welt mit faszinierenden Namen, Bildern, Erinnerungen. Immerhin zeigte sie ihrer neuen Freundin all diese Dinge, und dass es auch für sie aufregend war, bewies ihr wenig tanahaftes Hüpfen, wenn sie auf ein Gebäude zeigte. Zu Hause, erklärte sie, habe ihre Dienerin sie meist von den Fenstern zurückgehalten, wenn sie keine Maske trug. Und so empfand sie diesen Platz auf der äußeren Agida, genau wie Divya, als Aussicht auf die Freiheit. Aus völlig anderen Gründen, aber es fühlte sich gut an, in dieser Vorstellung vereint zu sein.

»Hast du Träume?«, fragte Divya plötzlich. »Wie deine Zukunft aussehen soll, meine ich.«

Jolissa lächelte. »Natürlich. Ich werde heiraten und eine Tana sein. Kinder haben. Ein schönes Haus.«

Divya runzelte die Stirn. »Ist das ein Traum? Etwas, das du wirklich willst? Oder ist es die Zukunft, die für dich vorgesehen ist?«

»Beides, denke ich«, erwiderte Jolissa verblüfft. Dann wurde ihr Gesicht weich und ihr Blick verlor sich irgendwo in der Ferne. »Vor ein paar Jahren durfte ich bei der Hochzeit meines Cousins dabei sein. Seine Braut trug eine Vesséla aus Hunderten von Njurschichten und eine wunderschöne Maske aus blauen Federn. Nach der Zeremonie durfte sie sie natürlich vor allen Gästen abnehmen, als Zeichen dafür, dass sie nun verheiratet war. Und in diesem Moment, als sie zum ersten Mal ihr Gesicht zeigen konnte, hatte sie das glücklichste Lächeln, das ich je gesehen habe. Alle haben sie bewundert und sich vor ihr verneigt, als sie vorbeiging.«

Nach einer Weile sah Jolissa Divya an und biss sich auf die Lippen.

»Entschuldige. Wie ... ist es für dich? Wovon träumst du?«

Divya betrachtete eine Fahne, die auf einem der Nachbardächer im Wind flatterte.

»Eines Tages würde ich gerne die Welt sehen. Alles, was hinter diesen Mauern liegt. Und hinter der Stadtmauer.«

Jolissa folgte ihrem Blick. »Die Stadt kann ich dir eines

Tages vielleicht zeigen. Aber hinter der Stadtmauer gibt es nur noch die Felder, die von Bauern bewirtschaftet werden, und hinter den Feldern beginnt das Wilde Land. Niemand wagt sich dort hinaus. Es ist zu gefährlich und die Stadtwache steht an allen Toren.«

Divya versuchte sich nicht anmerken zu lassen, wie enttäuscht sie war. »Nun, vielleicht werde ich ja die erste Reisende im Wilden Land sein und euch allen davon berichten?«

Jolissa lachte auf und hielt ihre Worte offenbar für einen Scherz.

»Du bist verrückt! Aber nun sag schon: Was ist dein Traum?«

»Das finde ich noch heraus«, sagte Divya nachdenklich. »Jemand hat mir einmal gesagt, dass ich lernen muss, meinen Weg zu finden.«

Jolissa legte eine Hand auf Divyas Schulter. »Vielleicht haben wir ja wirklich den gleichen Weg. Was meinst du? Ob ich dich mitnehmen kann, wenn ich einmal heirate? Wäre das nicht eine Idee? Dann könnten wir immer Freundinnen sein.«

Das Wort ging ihr so einfach von den Lippen! Freundinnen! Divya lächelte zurück und hoffte sehr, dass Jolissa recht hatte. Aber der Wind in ihren Ohren flüsterte etwas anderes.

Blut

Seit ihrer Begegnung mit dem *Licht* war das Lernen für Divya eine Art Schlüssel zur Zukunft und sie empfand es als völlig selbstverständlich. Es machte ihr sogar Spaß. Während sie die stumpfsinnigen Tätigkeiten einer Dienerin ausführte, wiederholte sie im Kopf die Gedichte, die die Mädchen auswendig können mussten, oder erinnerte sich an all die komplizierten Regeln, die es bei der Begrüßung und Anrede verschiedener Kastenmitglieder gab.

Im ersten Sommer nach ihrem zwölften Geburtstag beherrschte sie bereits die Gesten, die eine Tana bei Tisch kennen sollte. Wie sie ihren Löffel zum Mund führte, mit welcher Hand sie ihrem Mann und mit welcher Hand sie einem Gast Speisen anreichen durfte.

Der darauffolgende Winter brachte ungewöhnlich kalte Luft mit sich, sodass es ihr immer schwerer fiel, lange Zeit aufmerksam auf der Agida in der Hocke zu verbringen, deshalb nutzte sie die unbeobachteten Momente immer öfter für ihre Tanzübungen. Und wenn ihre Hände vom Waschen ganz durchgefroren waren, wärmte sie sie auf, indem sie die Bewegungen mit den »Halas« nachahmte, den hölzernen Fingeraufsätzen, die einen rhythmischen Takt für den Tanz vorgaben. So kam es manchmal, dass sie einer Melodie folgte, die außer ihr niemand hören konnte - quer durch die Wäscherei. Bis sie eines Tages dabei von einer anderen Dienerin beobachtet wurde und daher beschloss, dass sie bald einen anderen Ort zum Tanzen finden musste.

Als der nächste Sommer endlich wieder dafür sorgte, dass ein Teil des Lebens draußen stattfinden konnte, verbrachte Divya noch mehr Zeit als früher auf der Agida neben den Unterrichtsräumen. Sie lauschte sogar mit rotem Kopf Maitas Ausführungen über die Geheimnisse der Frauen und kannte sich nun auch darin aus – obwohl sie nicht alles glauben konnte, was Männer und Frauen angeblich miteinander tun sollten.

Am meisten Spaß machte Divya aber noch immer der Tanz, und ihre Füße begannen jedes Mal zu zucken, wenn sie Musik hörte oder sah, wie elegant die Schülerinnen sich bewegten und wie gezielt sie dadurch einen bestimmten Schwung ihrer Vessélas herbeiführten. Die Kunst bestand darin, keinen Blick auf die nackte Haut darunter zu erlauben und gleichzeitig die Fantasie des Zuschauers so weit zu reizen, dass er sich diese Haut vorstellen konnte. Die Lehrerin für Tanz, Rudja, drückte es anders aus: »Tanz ist Verführung – hinter der Maske der Bescheidenheit.«

Inzwischen war Divya vierzehn Jahre alt und sie hatte ihren geheimen Ort gefunden. Heute war es wieder so weit: Sie hatte Nachtdienst in der Wäscherei und durfte am Morgen ein paar Stunden länger schlafen. Die Zeit in der Dunkelheit aber gehörte ihr allein. Wenn sie ihre Arbeit getan hatte, würde sie über die Agida schleichen und tanzen!

In dieser Nacht wusch und schrubbte und wrang sie etliche Wäschestücke und hängte sie im Keller unter der Wäscherei auf. Vollkommen allein, bis auf das schimmernde *Licht*, das müde in der Ecke saß, in der sich die Zuckerwasserschale befand. In diesem Raum gab es zwar keine Fenster, aber Lüftungsschlitze zur Straße hin, und Divya konnte hören, wie das Leben draußen langsam erstarb. Nur gelegentlich erklangen Schritte auf dem feuchten Pflaster, und als sie zwei Vessélas für eine neue Schülerin grün färbte, war es beinahe ganz still. Das gleichmäßige Tropfen der nassen Kleider lullte sie ein, bis Selurias Bastsandalen über den Steinboden im Gang näher schlurften. Ihre Ablösung!

Mit leiser Stimme erklärte Divya der alten Frau, wie weit sie mit der Arbeit gekommen war. Seluria nickte und sah ihr aufmerksam ins Gesicht. »Du kannst alles mir überlassen. Und dorthin gehen, wo du so gern deine Nächte verbringst.«

War das ein Zwinkern?

»Du meinst sicher unsere Schlafkammer?«

Seluria wandte sich ab und ließ den Stoff der grünen Vessélas durch ihre Finger gleiten.

»Natürlich. Aber denk daran, dass Maita überall Augen hat.«

Je weiter sie über den Holzsteg nach oben kletterte, desto mehr hatte sie das Gefühl, sich von ihren Fesseln zu lösen. Und als sie die äußere Agida erreichte, spürte sie bereits den Wind im Gesicht. Vor Kurzem hatte sie bemerkt, dass die obere Holzabdeckung an einer Stelle lose war. Sie hob sie an und kletterte auf die Agida, griff nach der Dachkante und zog sich hinauf. Dann erstreckte sich die unglaubliche Ebene des Flachdaches vor ihr. Hier war der Wind nicht nur ein Hauch, sondern wild und frei! Die Lichter der schlafenden Stadt lagen unter ihr, und die Weite des Sternenhimmels war überwältigend. So viel Platz für einen Menschen! Jedes Mal, wenn Divya diesen Ort betrat, fühlte sie sich, als könnte sie mit ihren Tanzschritten über das Dach fliegen. Und sie fing gleich damit an. Mit einer Freude, die ihr Herz wild schlagen ließ, bewegte sie sich zu einer Musik, die immer in ihr ertönte, wenn sie hier war. Es war eine schnellere und fröhlichere Melodie als die der Mädchen im Unterricht, so als würden die Finger in doppeltem Tempo über die Saiten der Elleijas gleiten, im Rhythmus von Divyas schnellem Herzschlag. Ihre Beine wirbelten über die glatte, weite Fläche, und ihre Vesséla bauschte sich im Wind.

Schließlich blieb sie erschöpft, aber befreit stehen und beschloss, zu einem ruhigeren Tempo zurückzukehren, um den Tanz des Frühlings zu probieren. Die Schritte waren einfach und wiederholten sich immer wieder, aber die Handhaltung war äußerst kompliziert, denn die Mädchen mussten einen Zweig mit Blüten zwischen ihren Fingern drehen und tanzen lassen. In Ermangelung eines Zweigs benutzte Divya einen hölzernen Kochlöffel, und als sie endlich verstanden hatte, wie man ihn wirbeln lassen konnte, schmerzten bereits ihre Hände. Aber Divya liebte diesen Tanz, den Rudja perfekt beherrschte, und sie wollte ihn ebenso gut können wie sie. Wenn ihre Lieblingslehrerin den Zweig um ihre Finger tanzen ließ, wirkte sie wie der Geist des Frühlings selbst, der sich keinen Regeln unterwerfen musste.

Als Divya den Kopf in den Nacken legte und die Finger in den Himmel streckte, hörte sie ein Geräusch ganz in der Nähe. Das musste von der Agida kommen. Oder hatte sie sich getäuscht? Blitzschnell huschte sie zum einzigen Sichtschutz auf dem Dach: zum Schornstein, der direkt zur Küche hinunterführte. Hinter dem schmalen gemauerten Kamin konnte sie sich gerade eben verstecken.

Angespannt starrte sie links zu der Stelle, an der sie selbst vorhin aufs Dach gestiegen war. Aber niemand war zu sehen. Plötzlich weckte eine Bewegung ganz rechts ihre Aufmerksamkeit. Auf der gegenüberliegenden Seite des Daches, auf der anderen Seite des Innenhofes, stand ein Mann. Er war ganz in Schwarz gekleidet und sein Gesicht war maskiert. Aufmerksam blickte er sich um, aber glücklicherweise bemerkte er Divya in ihrem Versteck nicht. Jetzt nahm er ein Seil mit einem Haken von der Schulter und befestigte es an der Dachkante. Langsam und lautlos glitt er daran hinab in den Garten.

Divya war wie erstarrt. Was hatte der Mann vor? Kam er, um eines der Mädchen zu entführen? Etwas zu stehlen? Aber was sollte es hier schon Wertvolles geben? Divya spähte vorsichtig über die Kante in den Garten. Gestern hatte es wieder ein Abschiedsfest gegeben: Sadas Tanz der Kerzen. Und ... natürlich! Das kleine Schränkchen, das Geschenk des Ehemannes, stand noch immer dort. Es enthielt die beiden Kerzen, das Pergament mit Sadas Stammbaum und das Hochzeitsgeschenk des Mannes: eine kostbare Glaskette. Wenn die Braut durch ihren Tanz in die Ehe eingewilligt hatte, dann durften die Insignien dieser Vereinbarung nicht mehr unter ihrem alten Dach aufbewahrt werden. Für gewöhnlich war der Innenhof ein sicherer Ort. Noch nie war es vorgekommen, dass jemand in die Schule eingebrochen war!

Divya begann zu zittern, als ihr klar wurde, was hier geschah. Sie spürte die Gefahr geradezu in der Luft knistern. Ein Mädchen ohne schriftlichen Stammbaum konnte nicht mehr verheiratet werden. Ausgerechnet bei Sada hätte ihr das sicher egal sein sollen ... aber sie konnte nicht

42

einfach zusehen! Sie beschloss, so schnell wie möglich über die Agida zu Maita zu laufen. Vielleicht konnten sie die Tat ja noch verhindern.

Noch bevor sie sich dem Holzsteg zuwenden konnte, kletterte ein zweiter Mann über die Kante aufs Dach – diesmal genau vor ihr! Wäre sie eine Sekunde früher losgerannt, hätte sie ihm Auge in Auge gegenübergestanden! Hastig duckte sie sich wieder hinter ihren Kamin. Hatte er sie gesehen? Nein, zum Glück nicht! Eine Wolke hatte sich gnädig vor den Mond geschoben.

Inzwischen flatterte Divyas Herz vor Angst und sie hielt den Atem an. Der zweite Mann war ebenfalls dunkel gekleidet, allerdings war er nicht maskiert. Seine Bewegungen wirkten athletisch, fast katzenhaft. Ohne Respekt vor der Tiefe ging er direkt am Abgrund in die Hocke und blickte hinab. Dann nahm auch er ein Seil von seiner Schulter, hakte es fest und ließ sich hinuntergleiten.

Divya sah ihm nach und wollte nun endlich Hilfe holen. Doch plötzlich entdeckte sie unten im Garten einen Schatten. Wer war das? Er gehörte zu keinem der beiden Diebe! Während der eine Mann noch am Seil hing und abwartete, stand der andere bereits im Garten vor dem Schränkchen, das er soeben mit einem weiteren Seil umwickelte, um es zu schultern. Der Schatten trat ins Mondlicht. Es war Seluria! In ihrer rechten Hand trug sie ein Küchenmesser.

»Weißt du eigentlich, was du da tust?« Sie ging drohend auf den Dieb zu. »Du stiehlst einem meiner Mädchen die Zukunft. Lass den Schrank stehen!«

Schneller, als Divya es begriff, sprang der Mann nach vorn und entriss der alten Dienerin das Messer. Als sie den Mund öffnete, um zu schreien, drehte er die Klinge

43

um und stieß sie ihr ins Herz. Seluria starrte ihn ein paar schreckliche Augenblicke lang verblüfft an und sank dann ohne einen Laut ins Gras.

Divya stieß unwillkürlich einen heiseren Schrei aus. Im nächsten Moment wusste sie, dass das ein Fehler gewesen war, denn der Mann am Seil sah nach oben. In seiner Hand hielt er einen blitzenden Gegenstand. Noch ein Mörder! Divya war sich sicher, dass er gleich auf dem Dach auftauchen und sie töten würde. Aus einem Instinkt heraus griff sie nach dem Haken, an dem das Seil des Mannes befestigt war. Mit aller Kraft versuchte sie ihn zu lösen. Durch das Gewicht des Eindringlings war das nicht einfach, deshalb verwandte Divya all ihre Kraft darauf, den Haken über die Dachkante zu schieben. Aus den Augenwinkeln konnte sie sehen, dass der Mann hochkletterte, ihr entgegen. Mit aller Kraft gelang es ihr endlich, den Haken seitlich zu verdrehen. Das Seil wurde ganz leicht und rutschte in die Tiefe.

Divya spähte wieder nach unten. Im Gras konnte sie das zusammengerollte Seil entdecken, aber keinen abgestürzten Dieb. Der schien unter ihr an der Wand zu kleben – mit Fingern und Füßen krallte er sich fest – und begann nun sich weiter nach oben zu schieben. Glitzerte da etwas Metallisches unter seinen Schuhsohlen?

Zutiefst erschrocken sprang Divya zurück, hechtete in Richtung Agida und lief, so schnell es ihre Vesséla zuließ, in den ersten Stock. In der Nähe von Maitas Kammer wagte sie einen Blick in den Garten. Die Diebe waren verschwunden. Das Schränkchen war noch da. Und Seluria lag daneben im Gras. Sie gab ein leises Stöhnen von sich. Divya erstarrte. Zögerte. Wollte Hilfe holen. Und Seluria retten.

Kurz entschlossen klopfte Divya laut an Maitas Tür,

rannte aber weiter, bis in den Garten. Dort kniete sie neben der alten Frau nieder und hielt ihre Hand. Ihre Augen waren matt und müde. Als Divya die Wunde in ihrer Brust sah, wusste sie, dass sie nichts mehr für ihre Freundin tun konnte. Tränen rannen über ihre Wangen und sie konnte auch dagegen nichts tun.

»Haben ... Schrank ...?«, drang plötzlich ein Krächzen an ihr Ohr.

Divya tat die Mühe, die Seluria beim Sprechen hatte, in ihrer eigenen Brust weh.

»Nein, du hast Sadas Besitz gerettet«, sagte Divya und bemühte sich zu lächeln.

Seluria verzog das Gesicht wie unter einem Krampf und Divya drückte ihre Hand. Dann aber entspannten sich die schwachen Muskeln der alten Frau wieder und ihre Augen waren wieder klar.

»Unter meiner Matratze ... dir gehört ...« Sie schien noch viel mehr sagen zu wollen, aber ihre Stimme war zu brüchig für viele Worte. »Sag es nicht Maita!«, fügte sie noch beinahe trotzig hinzu. Der Druck ihrer Hand ließ nach und ihr Blick verlor sich im Nachthimmel. Divya spürte, dass ein Teil von Seluria diesen Ort verließ, und sie hatte das Gefühl, unendlich allein zu sein.

»Was ist passiert?«, rief eine herrische Stimme von oben herunter.

Maita stand an der Brüstung. Offenbar hatte sie bis jetzt gebraucht, um sich anzuziehen und um ihre Tür zu öffnen.

Divya erhob sich. Unfähig zu sprechen deutete sie auf Selurias Körper. Als Maitas fragender Blick sie regelrecht durchbohrte, raffte sie sich auf und ging über die Steinstufen hinauf in den ersten Stock. Dort schilderte sie der

45

Schulleiterin etwas wirr, was geschehen war, und Maitas Gesicht wurde immer blasser.

»Warum hat sie das nur getan?«, fragte sie leise.

»Sie wollte Sadas Pergament beschützen«, erwiderte Divya tonlos, und sie hätte gern hinzugefügt, was für eine sinnlose Verschwendung das war. Aber Seluria hatte eine Entscheidung getroffen und die wollte sie nicht beschmutzen.

»Lauf auf die äußere Agida und ruf laut nach der Stadtwache!«, befahl Maita. Divya wollte es gerade tun, als ein Geräusch sie herumfahren ließ.

»Nicht mehr nötig«, sagte die Stimme eines Mannes.

Divya erstarrte, als wäre ihr Innerstes eiskalt geworden. Vor ihr stand der Dieb, dessen Seil sie in die Tiefe geworfen hatte. Das Mondlicht traf auf seine Züge und zeigte ihr, dass er noch sehr jung war, nicht viel älter als sie selbst. Seine Augen waren dunkel, ein starker Gegensatz zu seinem hellbraunen Haar, und sein Hemd und seine Hose waren nicht schwarz, wie sie anfangs gedacht hatte, sondern braun. Die Farbe der Krieger und der Wachen. Außerdem trug er inzwischen einen Umhang über seiner Kleidung, den er zum Klettern vermutlich beiseitegelegt hatte.

Maita reagierte schnell und zog ihre gelbe Maske aus der Vesséla. Mit fliegenden Fingern versuchte sie die Bänder an ihrem Kopf zu befestigen, was ohne Hilfe fast unmöglich war. Divya stellte sich hinter sie und zog die Bänder fest. Als Dienerin brauchte sie selbst zum Glück keine Maske.

Maita hob den Kopf und stand so stolz wie eine Fürstentochter vor dem Fremden.

»Wer seid ihr? Und wie kommt ihr dazu, diese Schule mitten in der Nacht zu betreten?«

46

Der Mann senkte den Kopf und legte die linke Hand an die Brust.

»Verzeiht meine Eigenmächtigkeit. Ich gehöre zur Stadtwache und war auf meinem abendlichen Patrouillengang durch dieses Viertel. Auf einmal bemerkte ich einen schwarz gekleideten Mann an einem Seil an der Außenwand Ihrer Schule. Ich bin ihm aufs Dach gefolgt.«

Divya war bei dem Wort Stadtwache zusammengezuckt. Konnte es wahr sein? Hatte sie soeben das Seil von einem Mann der Wache in die Tiefe geworfen? Wenn er sie gesehen haben sollte, war das sicher ein Mordversuch! Stand darauf der Galgen?

»Und Ihr wart ganz allein auf Patrouille?«, fragte Maita schneidend.

Er schüttelte ernst den Kopf.

»Ich habe meine Männer aus Rücksicht auf diese Institution zurückgelassen. Sie haben inzwischen das Haus umstellt.«

»Dann haben sie den Einbrecher bereits gefasst?«

Sein Blick wurde dunkel. »Nein, leider nicht. Er ist nicht zurück auf die Straße gekommen, sondern auf das Dach eines Nachbarhauses gesprungen und dort weitergelaufen.«

Maita nickte, und Divya konnte von der Seite sehen, wie sie unter ihrer Maske die Gesichtsmuskeln anspannte.

»Wie schade, dass Sie den Eindringling nicht fragen können, woher er wusste, dass es heute etwas zu stehlen gab.« Ihre Stimme klang wütend.

Der Wächter räusperte sich. »Nun, in letzter Zeit hat es einige Einbrüche in öffentliche Gebäude gegeben, und in mehreren Fällen waren es Tassari, die ihr Viertel unerlaubt verlassen hatten. Sie beobachten ihr Ziel recht genau, bevor sie zuschlagen, heißt es. Ihr habt vermutlich keinerlei Bewachung hier an der Schule?«

»Bewachung?« Divya spürte Maitas Anspannung mehr, als dass sie sie sah, und plötzlich war der Tonfall der Schulleiterin sehr klar und präzise, als wollte sie im Unterricht ein Mädchen wegen seiner Dummheit vorführen.

»Was nützt die beste Bewachung, wenn der Einbrecher entkommt? *Euch* ist natürlich kein Fehler anzulasten. Ihr seid noch sehr jung, wie ich sehe, und vielleicht hätte Euer Hauptmann einen erfahreneren Mann schicken sollen. Aber ich versichere Euch, ich werde gern Stillschweigen bewahren. Es *muss* ja keinen Bericht geben, der beweist, dass es einen Dieb gab, der Euch entkam. Wir könnten uns auf eine ... Sinnestäuschung im Mondlicht einigen, nicht wahr?«

Der junge Wächter hob empört das Kinn, während Divya leise keuchte. Selurias Ermordung – nur eine Sinnestäuschung? Sie hatte das Gefühl, nicht mehr atmen zu können. Im Garten lag die Leiche der selbstlosesten Frau, die Divya kannte. Seluria hatte sich um sie gekümmert, seit sie denken konnte. *Wie konnte Maita es wagen ...?*

Der Wächter musterte Maita mit einem scharfen Blick, als wollte er ihre Maske durchdringen, um ihr wahres Gesicht zu entdecken.

»Ein Mord an einer Dienerin ist keine Kleinigkeit und der Diebstahl eines Stammbaums schon gar nicht. Natürlich muss ich einen ausführlichen Bericht an den Fürsten weiterleiten, und ich denke, dass zusätzliche Sicherheitsmaßnahmen nötig sein werden.«

»Wachen an dieser Schule?«, fuhr Maita auf. »Das werde ich nicht zulassen! Ich will sofort Euren Hauptmann sprechen!«

Der Wächter ging einen Schritt auf Maita zu und seine braunen Augen funkelten.

»Ich *bin* der Hauptmann und selbst verantwortlich für den Fehler, der mir unterlaufen ist.«

»Ach«, gab Maita mit veränderter, fast höflicher Stimme von sich. »Habe ich mich so in Eurem Alter getäuscht?«

Über sein Gesicht zog ein dunkler Schatten.

»Vielleicht nicht. Beurteilt Ihr Menschen denn nach der Anzahl ihrer Falten? Ich bin achtzehn. Mit vier Jahren begann meine Ausbildung und mit siebzehn wurde ich Hauptmann in Fürst Warkans Wache. Ich bin ein Sujim.«

Die Schulleiterin zögerte einen Moment.

»Das Missverständnis tut mir leid. Sendet dem Fürsten bitte meinen Dank, dass seine Wache uns so gut beschützt hat. Aber weist ihn auch darauf hin, dass der Einbruch heute Nacht der erste an dieser Schule war. Und sicherlich auch der letzte.«

Der Hauptmann verneigte sich. »Ihr schuldet uns keinen Dank, aber ich werde ihn gern übermitteln. Würdet Ihr so freundlich sein, mir den Ausgang zu zeigen?«

Maita schritt hoheitsvoll voraus und brachte den Mann ins Erdgeschoss, während Divya kraftlos in den Garten starrte. Es schien ihr ungerecht, dass der versuchte Diebstahl eines Stammbaums heute Nacht so viel wichtiger war als der Tod der alten Dienerin. Was machte Sada besser als Seluria? Ob sie je begreifen würde, was diese Frau für sie getan hatte?

Noch am gleichen Abend sah Divya unter Selurias Matratze nach. Was war nur so wichtig gewesen, dass ihre letzten Worte diesem Gegenstand gegolten hatten? Divya fand ihn ohne große Anstrengung. Aber was das sein sollte, konnte sie nicht sagen. Jemand hatte sich die Mühe gemacht, mit viel Kunstfertigkeit ein Tier aus Holz zu schnitzen. Ein seltsames Tier mit vier langen Beinen und einem Höcker auf dem Rücken. Zu welchem Zweck man so etwas Hübsches, aber Nutzloses erschuf, war Divya ein Rätsel. Aber als sie es befühlte, schmiegte es sich in ihre Handfläche, als hätte es immer dorthin gehört. Irgendetwas in den Augen des Tieres rührte sie, als wäre sie diesem Blick schon einmal begegnet, vor langer Zeit. Nachdenklich steckte sie es in die Tasche ihrer Vesséla. Vielleicht würde sie ja eines Tages herausfinden, was es war.

Sujim

Am nächsten Morgen hatte Divya das Gefühl, die Schule hätte das Gleichgewicht verloren, wie eine Tänzerin, die nach einem falschen Schritt nicht in den Takt zurückfindet. Maita hatte bereits in der Dämmerung alle Lehrerinnen in ihr Schreibzimmer gerufen und sie über die Vorkommnisse der letzten Nacht informiert. Beim Frühstück wurde den Schülerinnen – ohne Angabe eines Grundes – gesagt, sie sollten ihre Masken bei sich tragen und sie auf den Gängen anlegen. Die angehenden Tanas gerieten daraufhin vollkommen durcheinander und hielten sich so oft wie möglich in den Gängen auf, um nichts zu verpassen.

Divya erzählte den anderen Dienerinnen nur das Notwendigste. So hatte sie es Maita versprochen, bis klar sein würde, wie es weitergehen sollte. Als endlich der Unterricht begann und sich die Illusion des Alltags über die Schule gelegt hatte, hämmerte jemand so kräftig an die Eingangstür, dass Divya zusammenzuckte. Sie huschte über die Agida näher, sodass sie von dort oben alles beobachten konnte. Der junge Wachmann von gestern Nacht stand vor der Tür und überreichte Maita ein Stück Papier, das sie zögernd auseinanderfaltete. Widerwillig trat sie einen Schritt zurück und ließ ihn und vier weitere Wachen herein. Sie waren alle älter als der Sujim – was auch immer das sein mochte –, aber sie gehorchten seinen leisen Befehlen mit respektvollem Nicken und verteilten sich. Zwei gingen in Richtung Küche, zwei zur Wäscherei, wo Seluria aufgebahrt lag. Der Hauptmann folgte Maita in ihr Schreibzimmer. Kurz bevor er es betrat, wandte er sich suchend um und sagte: »Danach möchte ich die Dienerin sprechen, die gestern Nacht dabei war.«

Seine funkelnden Augen fingen Divyas Blick auf. Konnte er sie hier denn sehen? Sie hockte noch immer bewegungslos hinter dem Gitter der Agida, wohin selbst die Sonnenstrahlen kaum ihren Weg fanden. Aber seine Worte hatten ihr gegolten. War das eine Warnung? Noch immer litt sie Todesängste, ob er sie bei dem Versuch, ihn in die Tiefe zu stürzen, erkannt hatte. Aber es war doch dunkel gewesen ...?

Ihr Herz klopfte so wild, dass sie keinen klaren Gedanken fassen konnte, und sie kehrte ohne nachzudenken zurück zu Seluria, der sie so gern von ihren Sorgen erzählt hätte. Stattdessen lag sie mit der linken Hand auf der Brust und geschlossenen Augen auf der Pritsche in der Wäscherei. Sie sah so klein und zierlich aus, als würde sie mit jeder Minute weniger. Divya hatte die Nacht auf einem Strohsack neben ihr verbracht, und im Licht der ersten Sonnenstrahlen hatte sie ihr das schwarze Gewand angezogen. Jetzt standen zwei Wächter neben dem Bett und untersuchten Selurias Wunde. Zum Glück schienen sie die Schale mit Zuckerwasser unter der Pritsche nicht zu bemerken.

»Ist das die Waffe, mit der sie getötet wurde?«, sprach einer der Männer Divya unvermutet an, während er ihr ein schmales Gemüsemesser entgegenhielt. Erschrocken zuckte sie zurück, als hätte er sie damit bedroht.

»Ja«, erwiderte sie leise. »Sie muss das erstbeste Messer aus der Küche genommen haben, als sie Geräusche draußen hörte.«

Der Wächter hielt in seiner Bewegung inne und starrte sie an. Divya, der die Situation peinlich war, sah zu Boden, aber sie bemerkte, dass er seinen Kollegen in die Seite stieß.

»Langsam begreife ich, woher die Tassari wussten, dass es in dieser Nacht etwas zu holen gab«, knurrte der Mann schließlich.

Der andere kam um Selurias Bett herum und ging schnell auf Divya zu. Sein Blick ließ keinen Zweifel darüber, was er dachte, als er nach ihrem langen schwarzen Haar griff.

Divya duckte sich zur Seite und sprang aus dem Stand über einen Wäschekorb auf Rollen, den sie auf den Mann zuschubste, und rannte in Richtung Tür, ohne ihn aus den Augen zu lassen.

»Wohin willst du?«, grinste der erste Wächter, während er versuchte, ihr den Weg abzuschneiden.

»Theoretisch überallhin«, erwiderte eine Stimme vom Ausgang her.

Divya wirbelte herum. In der Tür, genau vor ihr, stand der Hauptmann, der die beiden Wächter streng ansah.

»Als Verdächtige hätte sie eine gute Chance gehabt, euch zu entkommen.« Er warf ihr einen nachdenklichen Blick zu. »Und ich hatte letzte Nacht den gleichen Gedanken wie ihr, sie sieht wirklich aus wie eine Tassari. Aber die Leiterin hat mir soeben ihre Papiere gezeigt. Sie sind in Ordnung.«

Die beiden Wächter nickten unterwürfig.

»Weitermachen«, befahl der Sujim ihnen und führte Divya aus dem Raum hinaus auf den Säulengang, wo Maita sie mit undeutbarer Miene erwartete.

53

»Ihr hattet recht, sie war bei der toten Dienerin. Kann ich für meine Befragung Euer Schreibzimmer nutzen?«, bat er höflich.

Maita zog die Augenbrauen hoch. »Wenn ich bei der Befragung anwesend sein kann, gern.«

»Tut mir leid ...«

»Dann tut es mir auch leid«, erwiderte Maita. »Auf mich wartet Arbeit. Ihr werdet schon einen anderen Ort für die Eure finden.«

Mit hoch erhobenem Kopf rauschte sie über die Steintreppen nach oben. Divya warf dem Hauptmann einen Seitenblick zu und stellte fest, dass er die Provokation gelassen wegsteckte.

»Gibt es hier einen Raum, in dem wir allein sein können?«

Die Frage ließ Divya zusammenzucken. Allein? Mit einem Mann? Der Gedanke schien ihr völlig abwegig und sie schüttelte den Kopf.

»An dieser Schule ist man nie allein.«

»Außer auf dem Dach«, ergänzte er.

Divya senkte schnell den Blick. War das eine Ermahnung? Eine Anklage? Ein Scherz?

»Habt ihr denn keine Vorratskammer oder so etwas?«

Divya nickte und deutete auf eine schmale Tür neben der Küche. Als er geradewegs darauf zuging, hätte sie sich ohrfeigen können und folgte ihm nur zögernd. Ausgerechnet dieser enge Raum! Der Hauptmann schloss die Tür und zog sich einen Hocker heran. Divya wusste, dass es sich nicht gehörte, wenn sie über ihm stand, also setzte sie sich auf einen Sack Reis und grub ihre Finger in das raue Gewebe. Hätte Maita nicht darauf bestehen können, sie in ihrer

54

Gegenwart zu befragen? Sicherlich gab es einen Grund, warum sie die Mädchen immer vor Männern warnte. Nervös musterte Divya den jungen Wächter. Seine dunkelbraune Kleidung lag eng an, ganz anders als die Vessélas einer Frau, auch wenn ein weicher Umhang darüberfiel. Auf seinen sonnengebräunten Wangen sprossen helle Stoppeln. Divya hatte von ihrer Agida aus schon gelegentlich ältere Männer mit Bart gesehen und immer gedacht, dass er bei jüngeren einfach noch nicht vorhanden war. Doch offenbar mussten sie sich regelmäßig enthaaren. Nicht an den Beinen, sondern im Gesicht. Faszinierend!

»Ist da etwas?«, fragte der Wächter irritiert und wischte sich mit dem Ärmel über den Mund.

Divya spürte, dass sie rot wurde. »Nein. Verzeiht!«

»Dann möchte ich jetzt von dir hören, was du letzte Nacht genau gesehen hast.«

Divya war an das vertrauliche Du gewöhnt, mit dem jeder sie ansprach. Dennoch gab es ihr das Gefühl, dass er sie als Kind betrachtete, und das ärgerte sie, ohne dass sie hätte erklären können, warum.

»Ihr wisst doch, was geschehen ist«, sagte sie zögernd.

Als er sie immer noch abwartend ansah, konzentrierte sie sich und erzählte von der letzten Nacht, ohne zu erwähnen, was sie auf dem Dach zu suchen hatte.

»Kannst du mir sagen, warum die alte Frau ihr Leben so völlig unnötig weggeworfen hat?«

»Weggeworfen?« Divya wurde wütend. »Seluria hat ihr Leben für ein Mädchen aufs Spiel gesetzt, das ohne ihre Papiere keine Zukunft mehr gehabt hätte.«

Er schnaubte ungeduldig. »Sein Leben aufs Spiel zu setzen mag mutig sein. Es zu opfern ist dumm.«

»Was wisst Ihr von Seluria?«, fragte sie sehr leise. »Sie *war* mutig!«

»Daran zweifle ich nicht«, erwiderte der Hauptmann. »Aber sie war nur eine Dienerin ohne Kampferfahrung. Es wäre besser gewesen, sie hätte in der Küche gewartet, bis alles vorbei gewesen wäre.«

»Warten ...«, sagte Divya gepresst, »ist manchmal schwieriger, als zu handeln.«

Überrascht zog der Hauptmann die Augenbrauen hoch. »Deshalb hast du wohl auch mein Seil gelöst?«

Der Schreck durchfuhr ihren Körper wie ein Blitz. Sie wurde tiefrot und betrachtete die Kalanüsse im Regal so konzentriert, als wollte sie sie mit ihren Blicken knacken.

»Stehe ich unter Anklage? Dass ich ... Euch töten wollte?«

Der Hauptmann schmunzelte. »Du mich töten? Durch einen Sturz aus so geringer Höhe? Von einem Seil, das du erst nach mehreren Versuchen lösen konntest?«

Erleichtert atmete sie auf – und doch empfand sie den Stempel der eigenen Harmlosigkeit auch als Beleidigung.

»Wenn du das nächste Mal einen Dieb siehst, dann solltest du besser fliehen. Und die Alarmglocke läuten. Warum hast du das nicht getan?«

»Ich hatte Angst, aus meinem Versteck zu kommen. Und als Ihr am Seil hingt, habe ich einfach gehandelt.«

»Es hätte dir genauso ergehen können wie der alten Dienerin«, kommentierte er ernst. »Warum hast du nicht einfach geschrien? Ich hätte gedacht, dass jedes Mädchen das in so einer Situation tun würde.«

»Schreien?« Divya sah ihn irritiert an. »Eine Dienerin lernt schon sehr früh, jedes Geräusch zu unterdrücken.

Selbst wenn ihr ein Kessel mit kochendem Wasser auf die Füße fällt, hat sie zu schweigen.«

Der junge Wächter runzelte die Stirn.

»Tut mir leid, ich hatte noch nicht viel Umgang mit Dienern. Ist dir noch irgendetwas Ungewöhnliches aufgefallen?«

Divya überlegte. »Dass der Dieb schwarze Kleidung trug. Und dass er sehr schnell klettern konnte. Vermutlich weil er unter den Schuhen irgendetwas Metallisches hatte, genau wie Ihr.«

Erstaunt horchte der Wächter auf. »So?« Er schwieg eine Weile und zupfte geistesabwesend an seinem linken Ohr. »Sonst noch etwas?«

Divya schüttelte den Kopf. »Das Einzige, was ich mir überlegt habe ...« Sie zögerte.

»Ja?«

»Ihr habt Maita doch gesagt, dass Ihr jemanden an der Außenmauer gesehen habt und der Person gefolgt seid. Aber der Dieb erschien auf der anderen Seite des Daches, und Ihr seid direkt neben mir aufgetaucht. Wie kann das sein?«

Der Hauptmann musterte sie nachdenklich und schließlich lächelte er. *Er konnte lächeln?* Divya hätte gedacht, dass es überhaupt nicht zu ihm passte – doch es stand ihm.

»Gut beobachtet. Tatsächlich bin ich nicht auf den Dieb aufmerksam geworden, sondern auf jemanden auf dem Dach, den ich nicht genau erkennen konnte. Der Jemand, den ich für einen Einbrecher hielt, war ein tanzendes Mädchen. Aber ohne diesen Zufall hätte ich den echten Dieb nicht verfolgen können.«

Seine Augen blitzten und Divya musste den Blick abwenden. Er hatte sie gesehen! *Wie viel* hatte er gesehen?

»Wenn wir beide nicht mehr darüber reden, wird es niemand erfahren.«

Sie schluckte. Und hätte jetzt alles für eine Maske gegeben.

»Weiß man denn, wer der Einbrecher war?«, fragte sie, ungeachtet der Röte in ihrem Gesicht.

»Tassari!« Der Wächter stieß das Wort durch die Zähne wie den Namen einer schrecklichen Krankheit. »Du solltest gut auf dich aufpassen! So wie meine Männer vorhin reagieren viele Bürger derzeit auf schwarzes Haar, und manch einer wurde schon schneller verhaftet, als Beweise gegen ihn gefunden werden konnten.«

Divyas Finger krallten sich noch tiefer in den Sack Reis als vorher.

»Keine Sorge, Maita hat mir deine Kaufpapiere gezeigt, und ich weiß, dass du nicht zu diesem Volk gehörst. Damit stehst du natürlich auch nicht mehr unter Verdacht.«

Dann *hatte* sie also unter Verdacht gestanden? Divya spürte, wie ihr Herzschlag sich wieder beschleunigte. Bisher hatte sie immer in dem Bewusstsein gelebt, dass niemand außer Maita Macht über sie besaß. Ihre Welt endete an den Mauern dieser Schule.

»Was wäre passiert, wenn ich eine Tassari wäre?«

Das Gesicht des Hauptmanns wurde düster. »Bisher hat der Fürst die Tassari in seiner Stadt geduldet und akzeptiert, dass die Menschen ihnen Arbeit gaben, für die sie niemand anderen finden konnten. Aber in den letzten Wochen haben sie eine Serie von Einbrüchen verübt, bei denen oftmals harmlose Bürger und ihre Diener getötet worden sind. Heute Morgen hat der Fürst entschieden, dass das Viertel der Tassari von einer hohen Mauer eingefasst werden soll.«

58

Der Hauptmann stand auf und Divya folgte ihm zur Tür. Eine Frage brannte noch auf ihrer Zunge.

»Was ist ein Sujim?«

Erstaunt wandte er sich zu ihr um. »Etwas Ähnliches wie ein Diener.« Trotz seiner Worte lag Stolz in seiner Stimme. »Wir suchen uns einen Herrn, dem wir bedingungslos folgen. Wir sind für ihn Augen, Ohren und Schwert. Wenn nötig bis in den Tod.«

»Und wer ist Euer Herr?«

»Bis heute Morgen habe ich dem Fürsten gedient, in der Stadtwache«, erwiderte er, während er die Tür öffnete. »Auf seinen Wunsch hin ist meine Aufgabe aber ab sofort der Schutz dieser Schule. Ich habe mich mit Maita darauf geeinigt, dass meine Männer das Gebäude von außen bewachen. Und ich darf mich ab heute überall frei bewegen und alles tun, was für die Sicherheit nötig ist.«

Divya hielt den Atem an. Er würde also bleiben! Diese Vorstellung beunruhigte sie. Sie mochte vielleicht keine Tassari sein, aber es war ein ungutes Gefühl, dass nur ein dünnes Stück Papier zwischen ihr und dem Gefängnis lag.

»Steht schon fest, wie lange Ihr bleibt?«, rutschte es Divya heraus.

Der Hauptmann schien einen Moment in sich zu horchen, als müsste er die Antwort erst finden. »Das wird der Fürst entscheiden. Aber ich glaube nicht, dass diese Schule je wieder ohne Schutz sein wird.«

Divya zuckte leicht zusammen. Bisher hatte alle Macht innerhalb dieser Mauern bei Maita gelegen, aber der Sujim hatte gesagt, er habe sich mit ihr *geeinigt*. Niemand einigte sich mit Maita. Es musste einen Befehl von ganz oben gegeben haben. Jetzt verstand Divya ihre Versuche, den

59

Vorfall letzte Nacht zu vertuschen. Der Wortwechsel mit dem Sujim war in Wirklichkeit ein Kampf gewesen – um die Alleinherrschaft. Maita hatte ihn verloren und musste nun das Schlimmste erdulden, was es in ihren Augen geben mochte: einen Mann an ihrer Schule!

Am späten Nachmittag ließ Jolissa Divya von einer Dienerin ausrichten, sie brauche dringend ihre Hilfe, ihre Zöpfe würden sich lösen. Divya war von Maita zum Bodenwischen eingeteilt worden, aber als Mädchen in Blau hatte Jolissa Vorrang vor allen Pflichten. Vor ihrer Tür verneigte Divya sich angemessen und trat ein, aber als die Tür geschlossen war, schenkte sie ihrer Freundin ein offenes Lächeln.

»Du musst dir demnächst etwas anderes einfallen lassen, dein Haar sitzt immer so perfekt, das glaubt dir doch niemand mehr.«

Jolissa, deren goldblonde Zöpfe wirklich makellos aussahen, ebenso wie der Rest ihrer weiblichen Erscheinung, hob empört das Kinn. »Die Entscheidung, ob eine Arbeit nötig ist oder nicht, steht dir nicht zu, Kind!«, stieß sie mit der präzisen Aussprache von Maita hervor. Dann begann sie zu kichern und ließ sich mit Anmut aufs Bett fallen.

»Ich hab dich beim Wischen gesehen und dachte, du könntest eine Abwechslung gebrauchen«, grinste Jolissa. »Manchmal denke ich, dass die alte Fürstin dich bewusst in die Knie zwingen will. Dass sie dich fürchtet, wenn du zu lange mit ihr auf Augenhöhe stehst.«

»Nenn sie nicht so«, mahnte Divya. »Sie hat feine Ohren, und wenn sie dich eines Tages hört, wird sie dir den hässlichsten alten Mann der Stadt aussuchen!«

Jolissa verzog die Mundwinkel und klopfte auf den

Platz neben sich. »Komm und erzähl mir endlich alles! Seit heute Morgen rennen die Hühnchen wild durcheinander und gackern dummes Zeug. Niemand weiß etwas Genaues, und die Dienerinnen huschen mit gesenktem Blick an uns vorbei, als könnten wir sonst etwas Schreckliches in ihren Gesichtern lesen. Trotzdem habe ich deinen Namen aufgeschnappt und er wurde geflüstert wie ein Geheimnis. Weißt du, was diese grimmigen Wachen hier tun?«

Jolissa hatte eine ungewöhnliche Gabe: Sie sah und hörte mehr als andere, als könnte sie tatsächlich in Gesichtern und Worten lesen, was diese eigentlich verbargen. Aber sie war ein viel zu guter Mensch, um zu begreifen, was dieses Verbergen bedeutete. Manchmal beneidete Divya sie um ihre sanfte Sicht der Dinge.

»Letzte Nacht wurde eingebrochen.« Divyas Stimme bekam einen anderen Ton, ohne dass sie es wollte. »Und Seluria wurde ermordet.«

Jolissa hob die Hand vor ihr Gesicht, denn eine Tana durfte keine Gefühle zeigen, die über höfliche Anteilnahme hinausgingen.

Divya schloss die Augen und erzählte, was sie wusste. »Maita vertraut darauf, dass niemand Seluria vermissen wird«, schloss Divya. »Sie hat darauf bestanden, dass der Mord verheimlicht wird. Sollte jemand nach ihr fragen, ist Seluria eben an Altersschwäche gestorben. Irgendwann. Nicht in dieser Nacht.«

»Einbruch und Mord! *Deshalb* sollen die Wachen also hierbleiben«, nickte Jolissa. »Sie hat es uns heute nach dem Unterricht erzählt, als wäre das eine Vorsichtsmaßnahme, um die sie selbst gebeten hat. Aber sie hat so wütend dabei ausgesehen, dass ich ihr das nicht ganz glauben konnte.«

»Sie hat sich mit scharfen Krallen und stiller Würde dagegen gewehrt«, bestätigte Divya.

»Und der Sujim hat gewonnen«, ergänzte Jolissa.

»Was ist ein Sujim?«, fragte Divya, die die Antwort des Wächters nicht ganz befriedigt hatte.

Ihre Freundin seufzte. Dann beugte sie sich vor und flüsterte: »Der Fürst schwört auf ihre Treue und ihre Fähigkeiten und hat die wichtigsten Positionen seiner Palastwache mit Sujim besetzt. Mein Vater ist hingegen der Meinung, sie seien ehrlose Mörder und Spione, die von jedem angeheuert werden können, der genug bezahlt. Aber bitte behalte meine Worte für dich, sonst ist mein Vater nicht mehr sicher.«

Divya runzelte die Stirn. »Aber er ist Teil der Regierung. Darf dein Vater nicht sagen, was er möchte?«

Jolissas Augen funkelten. »Dem Fürsten offen widersprechen? Das wagt niemand. Natürlich wird hinter Warkans Rücken viel getuschelt, aber ein Anführer muss unangreifbar sein, sagt auch mein Vater. Sonst würde Pandrea bald im Chaos versinken, so wie früher unter der alten Regierung.«

Divya zuckte mit den Schultern. Sie hatte nicht gewusst, dass es vor Warkan eine andere Regierung gegeben hatte.

»Die letzte Regierung hat behauptet, im Sinne des Volkes zu handeln, und ständig Befragungen durchgeführt«, erklärte Jolissa, die Divyas Unkenntnis wohl spürte. »Täglich waren Hunderte von Gästen im Palast, angeblich zu Besprechungen. Es heißt aber, sie hätten die Nächte durchgefeiert, viel getrunken und nichts getan. Daran ist dieses System gescheitert.«

Divya nickte höflich, aber Politik interessierte sie nicht sehr.

»Warum schickt Warkan wohl ausgerechnet einen so jungen Wächter an unsere Schule?«, wechselte sie das Thema. »Wäre es nicht besser, einen alten, erfahrenen Mann zu nehmen? Allein schon, damit die Mädchen nicht ... gestört werden?«

Jolissa sah Divya neugierig an und grinste schließlich breit.

»Dieser Junge macht dich doch hoffentlich nicht nervös?« Sie zwinkerte. »Immerhin wärst du damit nicht die Einzige.«

Divya wehrte empört ab. »Mich? Bestimmt nicht! Ich dachte nur daran, dass ihr ab sofort jeden Tag mit Masken über die Gänge laufen müsst. Was für ein Umstand!«

»Das wird nicht nötig sein«, klärte Jolissa sie auf. »Es gibt ab heute eine Ausnahmeregelung für diesen Tajan. Er darf uns alle ohne Maske sehen. Und seine Männer bleiben draußen.«

»Tajan?«

»Das ist sein Name«, gab Jolissa ganz selbstverständlich zurück.

»Ach, und weil ihr den kennt, darf er hier alles?«

Aus irgendeinem Grund ärgerte es Divya, dass die Schülerinnen seinen Namen kannten, während er ihn ihr bei der Befragung nicht genannt hatte.

Jolissa hob grinsend eine Augenbraue. »Sein Name kann uns egal sein. Aber Sujim dürfen sich in ihrem Leben nur einmal für eine Frau entscheiden. Und der Ehrenkodex dieser Kaste ist sehr streng.« Sie kicherte. »Die Versuchung liegt wohl eher auf der anderen Seite. Unsere Hühnchen fühlen sich erst recht angestachelt, seit sie das alles wissen. Die liebe Evjon läuft seitdem mit rotem Gesicht herum und hat in ihrem Köpfchen gar keinen Platz mehr für andere Dinge, sodass sogar Maita aufmerksam geworden ist und sie am Ohr gezogen hat, als sie sie beim Tuscheln erwischte. Aber ich bin sicher, dass die Hühnchen diesem Sujim das Leben nicht leicht machen werden.«

»Der Ärmste«, rutschte es Divya heraus.

Jolissa sah sie ernst an. »Sag mir, dass wenigstens du vernünftig bist. Es gibt so viele Männer da draußen. Da müssen wir uns doch nicht an dem Erstbesten vergreifen, der in diese Mauern eindringt, oder?«

»Du magst ihn also nicht?«, stellte Divya fest.

Jolissa runzelte die Stirn. »Mögen? Eine seltsame Formulierung für einen Mann, der uns beschützen soll. Die Männer, die ich aus dem Haus meines Vaters kenne, sind gewandte Diplomaten. Und wenn ich einen von ihnen ... mögen würde, dann wäre es wegen seiner freundlichen Art oder seiner geistreichen Konversation. Dieser junge Sujim ist weniger ein Mann der Worte als ein Mann des Kampfes. Er ist mir unheimlich.«

Divya nickte, weil sie verstand, was sie meinte. Aber Jolissa hatte soeben eine Saite in ihr zum Klingen gebracht, die sie fast vergessen hatte. Kampf ... das klang interessant. Und Kampf erinnerte sie an die Worte des *Lichtes*. Vielleicht war die Ankunft des Sujim ja ein Zeichen.

Kampf

In einer Schule, in der eiserne Regeln den immer gleichen Alltag bestimmten, war jegliche Abwechslung willkommen. Und die Mädchen, die ab ihrem zwölften Lebensjahr keinen Mann mehr zu Gesicht bekommen durften, hatten diese Abwechslung endlich gefunden. Tajan, der Sujim, der sich wirklich bemühte, unauffällig wie ein Holzpfosten in der Ecke zu stehen, war der eindeutige Mittelpunkt des Interesses. Maita ermahnte die Mädchen zwar mehrfach, mit gesenkten Köpfen an ihm vorbeizugehen und ihn weder anzusehen noch mit ihm zu sprechen. Aber kaum war Maita weg, drückten sie sich in der Nähe des jungen Wächters herum, streiften ihn wie unabsichtlich ganz leicht mit dem Arm und übten an ihm die Blicke und Bewegungen, die sie in »Geheimnisse der Frauen« lernten. Der Sujim, der wiederum nicht wusste, wie ein unverheirateter Mann angemessen auf dieses Verhalten reagieren sollte, wurde oft rot und starrte verbissen auf einen Punkt an der gegenüberliegenden Wand. Schließlich mied er bei Unterrichtsende die Gänge des zweiten Stockwerks und am Abend die des ersten. Die Mädchen aber hinderte das nicht. Sie suchten andere Möglichkeiten, ihm zu begegnen.

Divya beobachtete das Geschehen hauptsächlich vom Holzsteg aus, wo niemand sie bemerkte. Nun, bei Tajan war sie sich nicht ganz sicher. Er sah sie zwar nie direkt an, aber an seinen Kopfbewegungen, wenn das Holz leicht

knarrte, glaubte sie zu erkennen, wann er ihre Anwesenheit erahnte. Für Divya war dies ein Ansporn, noch mehr
eins zu werden mit den Geräuschen des Tages. Und so wurde sie auch Zeuge von Evjons Bemühungen.

Das Mädchen in Blau pflückte jeden Tag im Garten eine
kleine Blüte, um sie dem Wächter später an den Knopf
zu heften, der seinen Umhang zusammenhielt. Und jeden
Tag bemühte sich Tajan, diese Tat zu ignorieren, während
er mit erhobenem Kopf an Evjon vorbeistarrte, als würde
ihr Lächeln nicht ihm gelten. Später nahm er dann jedes
Mal die Blüte wieder heraus und legte sie ganz vorsichtig,
als könnte sie zerbrechen, auf die Balustrade. Divya fragte
sich, warum er sie nicht einfach wegwarf.

Ein paar Nächte später hatte Divya wieder Dienst in der
Wäscherei. Zwei Wochen waren inzwischen seit Selurias
Tod vergangen und sie fehlte ihr entsetzlich. Jeden Tag erwischte sich Divya bei dem Gedanken ›Das muss ich nachher Seluria erzählen‹ oder ›Was sie wohl davon hält?‹, und
als sie in der Wäscherei die leisen Schritte ihrer Ablösung
im Gang hörte, wandte sie sich strahlend der Person zu, die
nicht Seluria war, und ihr Lächeln erlosch.

»Alles in Ordnung?«, fragte die neue Dienerin.

Kurz darauf war sie bereits wieder auf ihrem gewohn-
ten Weg nach oben, dem Sternendach entgegen. Tanzen!
Der Gedanke daran kribbelte in Armen und Beinen – aller
Vorsicht zum Trotz. Sie durfte einfach nicht mehr an die
Außenseite des Daches gehen, wo der Sujim sie entdeckt
hatte. Obwohl es sie immer noch wunderte, dass er sie von
der Straße hatte sehen können.

Als sie sich auf die Überdachung der äußeren Agida
schob und sich dort auf die Zehenspitzen stellte, um sich

über die Dachkante zu ziehen, konnte sie das Gefühl der Freiheit fast nicht mehr abwarten.

Doch kaum hatte sie die Fläche des Daches überblickt, zog sie den Kopf schnell wieder zurück. Dicht vor ihr stand ein Mann mit einer dunklen Hose und einem dunklen Hemd, ohne Umhang. Tajan! Nur: Was tat er da? Er balancierte mit jedem Fuß auf einem runden Stein, ging tief in die Knie und richtete sich wieder auf, ohne dass er ins Schwanken geriet. Dabei legte er seinen linken Arm auf den Rücken, den rechten hob er über die Schulter ebenfalls zum Rücken. Etwas blitzte im Mondlicht auf. Divya erkannte, dass es Messer waren. Tajan warf und fing sie *hinter* seinem Rücken in einem seltsamen Rhythmus wieder auf. Mal hielt er sie am Griff, mal quer, mal an der Klinge, sodass sie sich drehten wie die Zeiger einer Uhr. Plötzlich schnellte er aus den Knien hoch und warf die Messer in die Nacht. Divya starrte in die Dunkelheit. Am Ende des Daches befanden sich ein paar aufrecht stehende Bretter mit weißen Markierungen. Jedes der beiden Messer steckte etwa einen Meter voneinander entfernt in solch einer Markierung. Tajan ging soeben mit raumgreifenden Schritten auf die Bretter zu und zog die Messer wieder heraus.

Divya vergaß vor Verblüffung ihren Kopf zurückzuziehen, und als er ein paar Meter von ihr entfernt war, blickte er sie nachdenklich an.

»Ich hatte schon befürchtet, dass das Dach nicht mir allein gehören würde.«

»Es gehört mir auch nicht«, sagte Divya, während sie sich nach oben zog. Da sie nicht sicher war, ob sie näher kommen durfte, blieb sie auf der Dachkante sitzen.

»Es ist ein besonderer Ort für mich ... wie Ihr wisst.«

»Ich erinnere mich«, sagte er mit undurchdringlicher Miene und stellte sich wieder auf seine Steine, als wäre das Gespräch damit beendet. Divya sah ihm interessiert zu. Seine Balance war beeindruckend, und sie wollte unbedingt sehen, wo er die Messer versteckte, bevor er sie warf. Am Gürtel steckten sie zumindest nicht.

Tajan ging in die Knie und griff sich an den Rücken. Ohne Messer, da war Divya sicher. In diesem Moment wandte er den Kopf und stieg von den Steinen herunter.

»Falls du warten möchtest, bis du das Dach für dich allein hast, muss ich dich enttäuschen. Ich brauche für gewöhnlich ein paar Stunden und habe gerade erst angefangen. Vielleicht solltest du dir einen anderen Ort für deine ... Übungen suchen. Ein Dach ist gefährlich, mich wundert es, dass du in deiner Vesséla überhaupt hierherauf klettern kannst.«

Einen anderen Ort? Divya fühlte sich, als hätte er die Messer direkt in ihre Brust geworfen. Wie konnte er von ihr verlangen, dass sie so einfach auf ihren Tanz verzichtete? Und was konnte sie dagegen tun, wenn ein Wächter ihr Dach für sich beanspruchte?

Wortlos ließ sie sich auf die Überdachung der Agida rutschen. Jetzt ragte nur noch ihr Kopf über die Kante. Unfähig sich zu rühren, beobachtete sie Tajan weiter. Er ging wieder in die Knie, unglaublich langsam, und Divya wusste durch das Tanzen, wie viel Kraft das kostete: die Kunst der Langsamkeit. Überhaupt ähnelten seine Übungen sehr einem Tanz, wenn auch keinem, den Divya kannte. Seine Bewegungen waren anmutig, aber auch eine Drohung. Körper und Geist wurden eins und bereiteten sich auf den Kampf vor.

Wie zur Bestätigung tauchten plötzlich wieder die Messer in seinen Händen auf, wieder hatte sie sich einen Herzschlag lang ablenken lassen. Versteckte er sie in seinen Ärmeln? Und als er die Klingen erneut mit dem ganzen Körper von sich wegfeuerte, durch die Luft und genau ins Ziel schleuderte, spürte Divya ein Prickeln auf der Haut. Seine Körperbeherrschung faszinierte sie. Elegant und tödlich.

Als Tajan seine Messer zurückgeholt hatte und sie immer noch dort stehen sah, atmete er tief ein und zupfte sich am Ohr.

»Gibt es noch etwas?«, fragte er mit schneidender Höflichkeit.

Divya dachte nicht lange nach. »Könnt Ihr mir das beibringen?«

Tajan kam auf sie zu und stand nun mit den Füßen auf der Höhe ihres Kopfes. Als er in die Hocke ging, bemerkte Divya das Blitzen in seinen Augen.

»Nein. Kann ich nicht. Das ist nicht wie der Unterricht, den du heimlich von deinem Steg aus verfolgst.«

Hatte er sie beobachtet? Divya wollte widersprechen, aber er hob ungeduldig die Hand.

»Deine Heimlichkeiten gehen mich nichts an. Aber das hier ... ist kein Spiel. Ich habe zwölf Jahre lang gelernt, ein Sujim zu sein, und das ist weitaus mehr als Messerwurf und Balance. Es ist etwas, das in deinem Blut fließt, wenn du es annimmst. Etwas, das über dein Leben bestimmt – und über deinen Tod.«

»Ich lerne schnell«, nickte Divya ehrfürchtig. »Ich könnte es doch versuchen.«

Tajan stand auf und sah auf sie herab. »Versuchen ist ein Wort, das den Erfolg ausschließt.«

Sie nickte noch einmal. »Dann werde ich es also *tun*. Wenn Ihr mir zeigt, wie.«

Inzwischen bemühte er sich nicht mehr, seine Ungeduld zu verstecken. »Nein! Endgültig nein! Selbst wenn du noch so schnell lernst, du kannst niemals lernen ein Mann zu sein. Sujim sind Männer. Du bist ein Mädchen. Eine Dienerin. Und ... wie alt?«

»Vierzehn«, erwiderte Divya leise.

»Na, siehst du! Zehn Jahre zu alt, selbst wenn du ein Junge wärst.«

Divya fühlte sich mutlos, als hätte sie die ganze Zeit mit einem Holzstock gegen jemanden mit einem Schwert gekämpft.

Auf einmal sprang Tajan neben sie auf die Agida, legte die Hand unter ihr Kinn und betrachtete sie.

»Warum willst du unbedingt etwas tun, was anderen vorbehalten ist?«, flüsterte er. »Warum solltest du kämpfen wollen? Und vergiss auch den Tanz! Warst du schon einmal in jenem Teil der Stadt, in dem Tassari-Mädchen für Männer tanzen durften, bevor ihr Viertel abgesperrt wurde?«

Divya erstarrte. Sie wusste nicht, was er meinte, aber die Beleidigung war dennoch nicht zu überhören.

»Ich bin keine Tassari!«

Er runzelte die Stirn. »Mag sein. Aber du tanzt wie eine.«

Sie ging einen Schritt rückwärts, weil sie nicht wollte, dass er sah, wie verletzt sie war. Schnell umklammerte er ihren Arm mit der Hand.

»Vorsicht! Da geht es tief runter.«

»So tief, wie ich in deinen Augen stehe, werde ich nie fallen können«, flüsterte Divya zurück. Sie riss sich los, hielt sich seitlich an der Außenwand der Agida fest, holte mit

70

den Beinen Schwung und verschwand durch ein Loch ins Innere des Käfigs, sodass sie plötzlich unter dem Wächter stand. Dennoch fühlte sie sich ihm hier überlegen. Die Agida war *ihr* Gebiet.

»Du irrst dich: Mit einer Vesséla zu klettern ist einfach, Dienerinnen können das lernen. Wie man alles lernen kann.«

Er bückte sich und sprach leise zu ihr herunter: »Mach es dir doch nicht so schwer. Die oberste Regel der Sujim lautet: Erkenne, wer du bist – und lebe danach!« Er hob die Hände und suchte nach Worten. »Bäume haben Wurzeln und sie bleiben ein Leben lang an einem Ort, werden groß und kräftig. Sie müssen nicht wandern, um die Welt zu verändern.«

Divya hatte das Gefühl, vor Wut platzen zu müssen. Aber etwas hielt sie davon ab, dieser Wut Worte zu verleihen. Mit den entschlossenen Schritten einer Tana bog sie um die nächste Ecke und hoffte, dass Tajan ihr nachsah. Aber sie war stolz genug, sich nicht davon zu überzeugen.

Erst als sie fast ganz unten angekommen war, fiel ihr eine passende Erwiderung für den arroganten Sujim ein. Eine, die beweisen würde, dass sie sein Gleichnis durchaus verstanden hatte. Dass sie keine dumme Dienerin ohne Bildung war. Sie beschloss, ihn auf seinem eigenen Feld zu schlagen – und sich anzuschleichen, um ihn zu erschrecken. Und wenn er am dümmsten guckte, würde sie ihm die Erwiderung entgegenschleudern: »Wenn du Bäume so bewunderst, warum stellst du dann Teile von ihnen aufs Dach und erdolchst sie? Beweist das nicht die Unfähigkeit des Baumes, dem Dolch auszuweichen?«

So lautlos wie möglich näherte sie sich zum zweiten Mal

dem Dach. Zuerst entdeckte sie den Wächter gar nicht. War er, verärgert von ihrem Gespräch, in seine Kammer zurückgekehrt? Aber dann hätte sie ihm doch begegnen müssen! Auf einmal sah sie seine Silhouette, direkt neben dem Kamin, hinter dem sie sich in der Nacht des Einbruchs versteckt hatte. Auch heute Nacht saß jemand dahinter und versteckte sich. Ein Tuscheln war zu vernehmen, ohne dass Divya Worte verstehen konnte. Tajan beugte sich dieser Person unangemessen weit entgegen. Er redete, wedelte dabei mit den Händen in der Luft und lachte mehrmals leise auf, als wäre er sehr vertraut mit ihr. Sein Tonfall war so locker und ungezwungen – ganz im Gegensatz zu seinem Gespräch mit Divya noch vor wenigen Minuten.

Nun, wer konnte diese Person wohl sein? Evjon, folgerte Divya nach kurzem Überlegen. Evjon, deren Blüte Tajan tagsüber immer in seiner Nähe aufbewahrte. Die sich mehr als alle anderen Mädchen um ihn bemühte, auf freundliche, stille Weise. Natürlich! Jeder Mann würde der hübschen, anmutigen Evjon zu Füßen sinken, wenn sie ihn umwarb. Das konnte sie ihm nicht einmal vorwerfen. Und schließlich gingen Tajans Gefühle sie auch nichts an. Alles, was sie brauchte, war ein Lehrer.

Die Wut war auch am nächsten Morgen noch nicht verraucht, obwohl Divya versuchte, sich auf ihre Arbeit zu konzentrieren. Maita hatte sie gebeten, die Lampenschirme auf den Gängen zu säubern, die vom Licht der Kerzen völlig verrußt waren. Bei dieser Tätigkeit wehrte sie sich erfolglos gegen den ewigen Strudel der Gedanken, der sie immer wieder im Kreis führte und ihre Wut sogar noch steigerte, je mehr sich Divya über Tajans Arroganz aufregte.

Sie schnaubte leise, als sie an den erniedrigenden Blick seiner dunklen Augen dachte. Natürlich war sie in der Lage, diese dummen Übungen zu lernen! Hatte sie nicht sogar den Tanz des Frühlings und den Tanz der Gräser erlernt? Das sollte dieser Sujim mal versuchen! Oder das Werfen und Fangen eines Schals, der leichter schien als Luft! Tajan mochte vielleicht glauben, dass Frauentänze einfach waren, aber auch diese Fertigkeiten hatten sie Jahre der Übung gekostet. Er musste gar nicht so angeben mit seiner Männerehre!

Sie ging von einem Lampenschirm zum anderen und versuchte erfolglos, nicht an die letzte Nacht zu denken. Fast zu spät bemerkte sie, dass Tajan ein paar Schritte von ihr entfernt Stellung bezogen hatte, direkt neben dem nächsten Schirm. Mit verschlossener Miene und gekreuzten Armen sah er über den Garten. Wartete er etwa darauf, dass sie sich ihm näherte? Divya polierte das Glas in ihren Händen noch einmal und noch einmal, obwohl es bereits so sauber war, dass es in der Sonne funkelte. Wenn er jetzt nicht gleich abzog ... dann würde die Lampe in seinem Rücken eben schmutzig bleiben, beschloss Divya aufgewühlt. Es war zu früh, ihm entgegenzutreten. Ihr fehlten noch die Worte für das, was sie ihm sagen wollte.

Würdevoll schritt sie, mit dem Lappen über der Schulter und dem Poliermittel in der Hand, an Tajan vorbei bis zur übernächsten Lampe. Hinter sich hörte sie auf einmal seine Stimme, leise wie ein Windhauch, aber klar zu verstehen.

»Gestern Nacht auf dem Dach hast du etwas vergessen.«

Verwundert fuhr Divya herum und blickte auf seine Hände, aber er hielt nichts darin.

73

»Du hast deine Beherrschung verloren und ich möchte sie dir zurückbringen.« Sein ernstes Gesicht verzog sich zu einem breiten Lächeln. »Ich wollte mich entschuldigen für das, was ich gestern gesagt habe. Natürlich hat deine Art zu tanzen nichts mit diesen Mädchen in der Stadt zu tun. Und ich möchte mich auch entschuldigen, dass ich das Dach, ohne zu fragen, für mich beansprucht habe. Du warst vor mir da.«

Divya ging langsam auf ihn zu und streckte die Hand in Richtung seines Kopfes aus. Blitzschnell wich er ihrer Bewegung aus, als erwartete er einen Schlag. Doch Divya griff hinter ihn an die Wand und zog den Lampenschirm unsanft aus seiner Halterung.

»Ihr scheint gern zur falschen Zeit am falschen Ort zu sein«, sagte sie und sog den Duft ein, der ihn stets umgab. Er erinnerte sie an frisches Holz.

Tajan machte einen Schritt zur Seite und nahm wieder seine übliche Haltung ein, den Blick in die Ferne gerichtet.

»Vielleicht können wir uns einigen? Du hast einmal die Woche Dienst in der Wäscherei. In diesen Nächten werde ich erst später mit meinen Übungen beginnen.«

Divya bemühte sich, ebenso undurchdringlich zu wirken wie er, obwohl es sie erschreckte, dass er wusste, wann sie wo arbeitete.

»Einigen ist gut«, sagte Divya langsam. »Aber vielleicht ist die Zeit des Tanzens ja vorbei.«

Seine Mundwinkel zuckten, während er noch immer den Garten zu überwachen schien. »Freut mich, das zu hören. Eine gute Entscheidung! Und ein Zeichen dafür, dass du erwachsen wirst.«

Erwachsen? Für wie alt hielt er selbst sich denn? Divya

spürte, wie der Lampenschirm ihr durch die Finger glitt, aber bevor er seinen Sturz zu Boden mit einem Knall beenden konnte, hatte sie ihn bereits mit einer schnellen Bewegung aufgefangen. Als sie aufsah, begegnete sie Tajans Blick. Seine Hände waren genau unter ihren, sie hätten den Schirm ebenfalls noch rechtzeitig fangen können.

»Wenn Ihr erwachsene Mädchen mögt, warum trefft Ihr euch dann heimlich mit einem Kind, das Euch tote Blütenblätter schenkt?«, flüsterte Divya ihm ins Gesicht.

Tajan runzelte die Stirn. »Was willst du damit sagen?«

»Das Dach ist kein Ort für intime Treffen und der Kamin kein gutes Versteck. Wenn ein Mädchen Euch dort gefunden hat, kann es auch ein anderer. Oder er könnte es Maita verraten.«

Als sie in Tajans Blick las, dass er begriff, spürte Divya, wie die Situation ihr entglitt. Am liebsten wäre sie weggelaufen und hätte Tajan mit seinem verletzten Gesichtsausdruck einfach stehen lassen. Aber sie hatte keine Zeit gehabt, das hier vorzubereiten. Wenn er sie ständig zurückwies, war dies eben der einzige Weg!

»Verstehe ich dich richtig?«, fragte Tajan mit schneidendem Unterton.

Divya senkte den Kopf.

»Noch nicht, glaube ich«, sagte sie leise und polierte das Glas weiter. »Ihr braucht das Dach – und mein Schweigen – für Eure nächtlichen Treffen. Und ich brauche einen Lehrer.«

Während Divya die Lampe wieder an ihren Platz hängte, ignorierte sie seine Wut. Oder was auch immer es war, auf jeden Fall hatte sie ihn zutiefst verstört.

»Du willst mich erpressen?«, zischte er. »Einen Sujim?«

75

»Das würde ich nicht wagen«, widersprach Divya, ohne zu zögern. »Aber ich gebe Euch etwas ... und hätte gern etwas anderes dafür.«

»Das *ist* Erpressung!«, flüsterte er in Richtung Garten.

Divya legte sich den Lappen wieder über die Schulter und verschloss die Flasche mit dem Poliermittel so umständlich, dass sie noch ein paar Sekunden stehen bleiben konnte.

»Was muss ich noch tun, damit Ihr mir endlich zeigt, wie man kämpft?«, flüsterte sie verzweifelt zurück.

»Mit wem willst du denn kämpfen?«, fragte er spöttisch. »Wenn du dich mit Maita anlegen möchtest, würde ich dir empfehlen, lieber zu fliehen.«

»Man kann nicht vor allem im Leben fliehen.«

»Eine Frau darf es und manch ein Mann beneidet sie darum.«

Divya schüttelte entschlossen den Kopf. »Gestern habt Ihr mir gesagt, ich soll es mir leicht machen und so sein wie ein Baum. Bäume können nicht weglaufen.«

Tajan musterte sie. Schließlich schloss er die Augen und stieß Luft aus den Lungen.

»Heute Nacht. Wenn du mit *einem* Messerwurf eine Markierung treffen kannst, dann bringe ich dir etwas bei.«

»Welche Markierung?«

»Irgendeine«, erwiderte der Wächter tonlos und nahm wieder Haltung an, während Divya zur nächsten Lampe ging, um sie zu polieren.

Als Divya am Abend Jolissa auf dem Weg zum Speisesaal traf, gab diese ihr ein Zeichen. Daraufhin bückten sich die beiden nach dem Saum der blauen Vesséla, als wollten sie

76

eine Änderung besprechen. Jolissa raunte: »Wir müssen reden. Kurz nach Einbruch der Dunkelheit auf der äußeren Agida.«

Divya strich mit einem Nicken über den Saum. Hatte ihre Freundin sie beobachtet? Oder wollte sie ihr mitteilen, dass jemand anderes sie belauscht hatte und darüber tratschte? In dieser Schule ließ sich einfach nichts verheimlichen.

Nach dem Essen, als die Schülerinnen noch zusammensaßen, war es Divyas Aufgabe, die Schlafzimmer nach schmutziger Kleidung zu durchsuchen und alles zur Wäscherei zu tragen. Sie musste mehrmals gehen, weil die stoffreichen Vessélas sehr schwer waren, und als es langsam dunkel wurde, war sie sich nicht mehr sicher, ob sie ihre Verabredung mit Jolissa noch einhalten konnte. Hastig kletterte sie nach ihrem letzten Gang nach oben, durch einen Mauerspalt quer durchs Gebäude, wo sie schließlich den Steg an der Außenwand erreichte, den sie Jolissa vor zwei Jahren gezeigt hatte. Divya machte sich deshalb manchmal Vorwürfe, denn der Aufenthalt auf dem Steg war den Schülerinnen streng verboten, Jolissa spielte ein gefährliches Spiel. Wenn nun ein Mann sie sehen würde? Oder noch schlimmer: Maita!

Am äußersten Ende des Stegs saß eine dunkle Gestalt. Das Mondlicht ließ die Schatten der Schnitzereien in der Holzwand über ihr Gesicht schweben wie einen Totenschleier aus schwarzer Spitze. Jolissa sah darunter geheimnisvoll und schön aus, fand Divya. Da drückte Jolissa ihr Gesicht noch näher ans Holz und sagte leise: »Ich habe schon gedacht, du kommst heute nicht mehr.«

Divya wollte ihr gerade erklären, warum sie es nicht

schneller geschafft hatte – als sie ein halblautes Flüstern von der Straße her vernahm. Erschrocken blieb sie auf dem Steg sitzen, drückte sich in den Schatten eines Pfostens und lauschte.

»Heißt das, dass du auf mich gewartet hast?« Es war die Stimme eines Mannes, jung und herausfordernd.

»Natürlich *nicht*«, flüsterte Jolissa bestimmt zurück. »Ich habe dir doch beim letzten Mal gesagt, dass ich abends immer um diese Zeit hier bin, um den Mond anzusehen.«

»Wie bedauerlich! Und ich dachte, wir wären verabredet gewesen.«

»Niemals!«, erklärte Jolissa empört. »Und du hättest es nie wagen dürfen mich anzusprechen.«

»Aber du sprichst doch auch mit mir. Darf eine angehende Tana das?« Der Mann klang belustigt.

»Ich bin eine Dienerin. Sonst wäre ich wohl kaum auf der Agida.«

Er lachte leise. »Eine wunderschöne Dienerin mit blondem Haar und einer blauen Vesséla.«

Jolissa wich zurück. »Das Mondlicht täuscht deine Augen. Ich trage staubfarbene Kleidung, die in der Nacht blau schimmert.«

Er trat aus dem Schatten eines Busches hervor. Divya spähte neugierig um die Ecke ihres Pfostens. Der Mann war eher noch ein Junge, vielleicht achtzehn Jahre alt, recht groß und ein bisschen schlaksig. Er hatte hellbraunes, leicht verwuscheltes Haar und einen breiten Mund, der vermutlich oft lächelte. Über seiner Kleidung trug er einen blauen Umhang und darüber die große Tasche eines Boten.

»Meine Augen lassen sich nicht so leicht täuschen, und

78

das Mondlicht versteckt nichts, sondern bringt die wahre Natur der Dinge hervor«, widersprach er. »Verrätst du mir heute deinen Namen?«

Jolissas Finger umklammerten das Holz, aber sie hielt ihr Gesicht jetzt im Schatten verborgen. »Du weißt schon viel zu viel.«

»Dann sage ich dir meinen: Ich heiße Roc. Und ich werde übermorgen wieder hier sein, um die gleiche Zeit.« Er schmunzelte. »Natürlich ist das keine Verabredung. Es wäre ein Zufall, wenn wir uns wiedersehen würden.«

»Ein großer Zufall«, bestätigte Jolissa mit sanfter Stimme. »Weil ich niemals mit einem Mann sprechen würde.«

Sie trat näher ans Holz heran und betrachtete Roc noch einmal, bevor sie ihre Vesséla zusammenraffte, sich elegant erhob und mit erhobenem Kopf die Agida entlangschritt, auf Divya zu.

Divya huschte schnell und lautlos in den Mauerspalt zurück, durch den die Agida sie hergeführt hatte. Hier konnte zumindest dieser Roc sie nicht sehen.

Als Jolissa um die Ecke bog, zuckte sie erschrocken zusammen.

»*Das* ist also dein Geheimnis«, platzte Divya heraus, und zum ersten Mal, seit sie sich kannten, war sie wütend auf ihre Freundin. Jolissa bemerkte das nicht, ihr Gesicht schien in der Dunkelheit von innen zu leuchten.

»Geheimnis? Ja! Findest du nicht auch, dass Roc ...«, Jolissa sprach den Namen so vorsichtig aus, als könnte er zerbrechen, »... ganz ungewöhnliche Augen hat? Sie lachen, selbst wenn er ernst ist.«

»Was interessieren dich seine Augen?«, stöhnte Divya. »Ich weiß nur, dass sie zu viel gesehen haben!«

Das Strahlen in Jolissas Gesicht erlosch. »Niemand weiß davon und ich werde ihn ja auch nicht mehr treffen. Jedenfalls nicht mit Absicht.«

Divya schüttelte den Kopf. »Du darfst ihn *nie* wiedersehen! Du spielst mit Worten, aber dennoch ist es eine Verabredung mit einem *Mann*. Denk an deine Zukunft als Tana! Du weißt, dass Maita den Ruf ihrer Schule mit allen Mitteln schützen muss.«

»Mach dir keine Sorgen!«, wehrte Jolissa schuldbewusst ab. »Niemand kann mich dort hinten beobachten.«

Sie wandte sich in Richtung Mond, und sein Licht fing sich in ihren Augen, die heute Nacht einen besonderen Glanz hatten.

»Alles in Ordnung?«

»Ja natürlich. Es ist ein ... Spiel. Und es gibt so wenig Abwechslung für uns.«

Divya seufzte. »Wem sagst du das?«

Die beiden setzten sich nebeneinander auf den Steg und schlangen die Hände ineinander. Jolissas Pulsschlag verriet sie: Es war mehr als ein Spiel für sie! Sie wirkte wie in einem Rausch zwischen Begeisterung und tiefer Traurigkeit, als wollte sie gleich aufstehen, um zu tanzen oder zu weinen. Oder beides.

»Meinst du, dass ein Mann eine Frau wirklich lieben kann?«, fragte sie beinahe zaghaft.

Divya verzog die Mundwinkel. »Du hast im Unterricht doch zugehört. Eine gute Tana wird ihren Mann immer unterstützen, lieben und ehren«, referierte sie. »Dafür wird er ihr Respekt entgegenbringen und sie zur Herrin seines Hauses machen.«

Jolissa bedachte Divya mit einem vorwurfsvollen Blick.

»Das meine ich doch nicht! Was interessiert mich Maitas Vorstellung von der Welt? Ich habe *dich* gefragt!«

Divya zuckte unbehaglich mit den Schultern. »Ich kenne keine verheiratete Dienerin und ich habe diese Schule noch nie verlassen. Ich vermute mal, dass Maita mehr Ahnung hat als ich.«

»Sie hat keinen Mann«, widersprach Jolissa flüsternd. »Es heißt, ihr Bräutigam sei noch vor der Hochzeit gestorben. Die Kerzen hatten ihr eine gute Ehe versprochen.«

Obwohl Maita Divya nie einen Grund gegeben hatte, sie zu mögen, tat die Frau ihr in diesem Moment leid.

»Ich rede von etwas anderem«, tuschelte Jolissa mit einem ungewohnten Kichern in ihrer Stimme. »Meine Cousine hatte Bücher unter ihrem Bett versteckt. Darin geht es um Männer und Frauen, die sich vor ihrer Hochzeit heimlich sehen, und meistens brennen sie vor Liebe, schenken sich heiße Blicke und wollen sich ständig berühren.« Selbst im Dämmerlicht hatten Jolissas Wangen eine deutlich dunklere Färbung angenommen. »Ich frage mich, ob es eine solche Liebe wirklich geben kann, wenn der richtige Mann die richtige Frau trifft.«

Divya stöhnte. »Wozu sollte so was gut sein?«

Jolissa wirkte beleidigt. »Kann es sein, dass du noch nie einem Mann begegnet bist, so von Angesicht zu Angesicht?«

Divya stand auf und streckte Jolissa eine Hand hin, um ihr auf die Beine zu helfen. »Doch, natürlich. Mit dem Wächter habe ich schon einige Gespräche geführt und da waren wir sogar allein.«

Jolissa schnaufte.

»Du meinst den Sujim? So einen Mann meine ich nicht!«

Divya hob die Augenbrauen.

»Du magst also lieber Männer, die unter der Agida warten, bis sie ein unschuldiges Mädchen angaffen können?«

»Vielleicht bist du einfach noch nicht reif genug, um das zu verstehen«, schnappte Jolissa. »Er trägt die gleiche Farbe wie ich, er wird eines Tages ein Mädchen in Blau heiraten. Was steht uns im Wege?«

»Die Mauern dieser Schule?«, erwiderte Divya leise und erntete einen scharfen Blick. Schließlich zuckte sie mit den Schultern und sagte: »Tut mir leid. Ich will dir deine Träume nicht nehmen und vielleicht hast du ja recht. Aber bitte pass auf, dass niemand dich erwischt!«

Sie legte die Hand auf den Rücken ihrer Freundin, um sie vorwärtszudrängen, damit sie pünktlich zum Abendläuten in ihrem Schlafzimmer sein konnte. Aber Jolissa wich ihr aus. Divya biss sich auf die Lippen. Sie wollte keinen Streit. Und sie hoffte, dass Jolissas Begeisterung für den Jungen mit den angeblich so ungewöhnlichen Augen bald verfliegen würde. Diese Sache mit der Liebe würde ihr nichts als Ärger einbringen!

STERNE

Dieser Wächter sollte bloß nicht glauben, dass er sie so schnell abwimmeln konnte! Auf dem Weg zum Dach versuchte Divya so leise wie möglich zu sein. Sie ärgerte sich immer noch über seine Arroganz, und sie hatte sich vorgenommen, ihn beim Messerwerfen zu beeindrucken. Als sie den Kopf über die Dachkante schob, sah sie, dass es ihr zumindest bis hierhin gelungen war, sich anzuschleichen, Tajan schien so früh noch nicht mit ihr zu rechnen. Er hatte den Körper gerade ausgestreckt, wie einen straffen Bogen, und stützte sich nur auf die Hände, nicht einmal die Füße berührten den Boden. Divya betrachtete die unmenschliche Haltung fasziniert und vermutete, dass er das wohl nicht lange durchhalten konnte. Aber er setzte nicht ab, sondern murmelte mit geschlossenen Augen ein paar Worte, die sich immer wiederholten. Feuerte er sich selbst an? Oder war es ein Gebet? Divya nutzte die Gelegenheit, um das Dach zu überblicken. Am rechten Ende waren die Bretter befestigt, auf die Tajan das letzte Mal gezielt hatte. Die weißen Markierungen waren irgendwelche Symbole, die Divya von hier aus nicht genauer erkennen konnte. Ganz in der Nähe blitzte etwas im Mondlicht auf. Dort lagen zwei Messer auf Tajans zusammengefaltetem Umhang. Vermutlich hatte er sie für die Zielübungen mit Divya bereitgelegt.

Divya versicherte sich, dass er die Augen noch immer geschlossen hatte, dann zog sie sich mit einer schnellen Bewegung aufs Dach, griff mit jeder Hand nach einem Messer und schleuderte sie knapp hintereinander in Richtung der Bretter. Gleich darauf spürte sie, wie ihre Handgelenke festgehalten und auf den Rücken gezogen wurden.

»Wollt Ihr nicht wenigstens nachsehen, ob ich getroffen habe?«, fragte Divya und bemühte sich, ihre Stimme unter Kontrolle zu bekommen. Der Schreck über seine schnelle Reaktion saß ihr tief in den Knochen, aber das sollte Tajan nicht merken. »Oder habt Ihr inzwischen Angst vor kleinen Mädchen?«

Sie versuchte sich zu ihm umzudrehen, und tatsächlich ließ er ihre Handgelenke los, als hätte er sich an ihnen verbrannt.

»Tut mir leid«, sagte er mit undurchdringlicher Miene. »Das ist ein Reflex, wenn mir jemand meine Waffen stiehlt.«

Divya hob eine Augenbraue. »Kommt das denn öfter vor?«

Mit Genuss sah sie, wie die Wut in sein Gesicht schoss, bevor er sich abwandte. Langsam folgte sie ihm zu den Brettern, und ihr Übermut wurde nur ein wenig gebremst, als sie feststellte, dass eines der Messer zwar eine Markierung getroffen hatte, dass das zweite aber verschwunden war. Tajan zog die Klinge aus dem Holz.

»Ich hatte gesagt, du solltest ein Mal werfen und ein Mal treffen«, sagte er mit einer Strenge, unter der Divya noch immer Wut vermutete. »Und ich hätte dir gern vorher gezeigt, wie man wirft. Du suchst doch einen Lehrer, oder? Dann solltest du zuerst lernen zuzuhören, sonst hättest du auch mit Küchenmessern auf Töpfe werfen können.«

»Niemandem ist gedient, wenn ich die Köchin ermorde.« Divya bemühte sich um ein versöhnliches Lächeln. »Und? War der Wurf denn gut?«

»Kommt darauf an, worauf du gezielt hast.« Tajan deutete auf die Kerbe im Holz. »Zuerst das Gute: Dein Wurf war ungewöhnlich kräftig. Ein Anfänger wirft meist zu schwach, sodass das Messer die ersten Male vom Holz abprallt, und einen Angreifer würde es nicht einmal ritzen.«

»Habt Ihr darauf gehofft, als Ihr sagtet, ich dürfe nur ein Mal werfen?«

Er ignorierte die Frage und deutete in die Tiefe, in der, irgendwo im Vorgarten, sein Messer verschwunden war. »Das Schlechte: Verliere niemals deine Waffen! Dein Gegner kann sie gegen dich verwenden oder du hinterlässt zumindest eine deutliche Spur. Außerdem war deine Handhaltung ... sagen wir mal, unkonventionell. Dass du damit etwas getroffen hast, ist die eigentliche Leistung.«

Divya sah ihm offen ins Gesicht. »Ich bin hier, um zu lernen.«

»Dann solltest du das nächste Mal warten, bis dein Lehrer bereit ist.«

Sie spürte ein Brennen in den Adern.

»Das nächste Mal? Heißt das, Ihr werdet mich unterrichten?«

»Solange du Talent zeigst und dich bemühst: ja.« Er schmunzelte. »Vielleicht ist es ganz gut, wenn der nächste Einbrecher in dieser Schule eine Überraschung erlebt.«

»Also *habe* ich Talent?«, freute sich Divya.

Er blickte nachdenklich zurück zur Dachkante über der Agida. »Dein Messerwurf war ziemlich gelungen – das Ergebnis katastrophaler Technik unter dem positiven Einfluss des Zufalls.«

Divya verzog die Mundwinkel. Warum konnte er ihre Leistung nicht einfach anerkennen?

»Dennoch ist es das erste Mal seit langer Zeit, dass jemand sich an mich anschleichen und meine Waffen stehlen konnte. Jemand mit einer raschelnden, knisternden *Vesséla!*«

»Eine Vesséla tut nur das, was man sie tun lässt«, warf Divya übertrieben sanft ein.

Kurzfristig flackerte die Wut wieder über sein Gesicht. »Das nächste Mal bringe ich dir das Klettern bei, damit du die Messer selbst zurückholen kannst.«

Divya fühlte sich großartig. Zum einen, weil sie sich durchgesetzt hatte, zum anderen, weil es ihn so offenbare Mühe kostete, seine Verärgerung darüber zu verstecken.

»Hast du heimlich geübt?«, fragte er sie wie beiläufig, als er sich bereit machte, seinem verschollenen Messer hinterherzuklettern. »Das Anschleichen? Und die schnellen Bewegungen?«

Divya schüttelte den Kopf. »Der Tanz ist meine Übung. Ich glaube, er ist gar nicht so verschieden vom Kampf, er erfordert Kontrolle von Körper und Geist, von innerem und äußerem Gleichgewicht. Und er soll eine Wirkung auf andere erzielen – wie der Kampf.«

Tajan lachte leise auf. »Du willst also dem nächsten Einbrecher etwas vortanzen? Nun, vielleicht kannst du ihn damit ja entwaffnen. Wenn du vom Kämpfen nur keine falsche Vorstellung hast.«

Damit kletterte er schnell und sicher an der Außenfassade hinunter.

»Wenn du nur vom Tanzen keine falsche Vorstellung hast«, flüsterte Divya ihm hinterher.

86

In den folgenden Nächten lernte Divya schneller als in den vergangenen Jahren. Und es war etwas ganz Neues: Diesmal stahl sie ihr Wissen nicht durch heimliches Beobachten, sondern es gab wirklich jemanden, der ihr etwas beibringen wollte. Das Messerwerfen, Kämpfen und Klettern machten ihr dabei ebenso viel Spaß wie das Tanzen – ein weiterer Beweis dafür, dass beides sich sehr ähnlich war, wie sie fand. Allerdings musste sie auch lernen Kritik einzustecken. Bisher hatte sie nur versucht, so perfekt wie möglich zu imitieren. Jetzt hatte sie einen Lehrer, der ihr sofort sagte, wenn etwas falsch war. Keinen sehr nachsichtigen Lehrer.

»Du hältst das Messer, als wolltest du damit Kartoffeln schälen!« – »Du gehst vor meinem Stock in Deckung und machst die Augen zu? Willst du dich beim Kämpfen verteidigen oder willst du die Prügel blind ertragen?« – »Wenn dir deine Waffe vom Dach fällt, musst du sie selbst holen. Beim letzten Mal hattest du noch Welpenschutz, aber jetzt bist du meine Schülerin. Und ich will mein Messer zurückhaben!«

Es war ein seltsames Gefühl, an der Hauswand diesmal bis ganz unten zu klettern. Die Tiefe schreckte Divya nicht, außerdem war sie anfangs angeseilt. Aber fremden Boden zu betreten, außerhalb der Schule! Auch wenn sie in greifbarer Nähe zur Mauer blieb – sie spürte förmlich, wie die Luft um sie herum knisterte und ihr sagte, dass dies verbotenes Terrain war. Was für ein Reiz! Die nächste Straßenecke war noch nie so nah gewesen.

Mit der Zeit begriff Divya, dass Tajans Übungen für ihn nicht nur eine körperliche Herausforderung waren. Stets begann er den Unterricht mit einer »Meditation«. Etwas, wovon Divya noch nie gehört hatte und was sie zunächst auch für ziemliche Zeitverschwendung hielt. Was konnte gut daran sein, wenn man mit geschlossenen Augen herumsaß? Erst nach mehreren Monaten musste sie zugeben, dass sie diese Momente der Stille, wenn sie gemeinsam ihren »Mittelpunkt« fanden, nicht mehr missen wollte. Sie gaben ihr ein ganz neues Selbstgefühl, als wäre ihr Körper ein Werkzeug, das sie mit ihrem Geist lenken konnte, wenn sie sich konzentrierte.

An Tajans Weisheiten der Sujim, die er immer wieder in allen passenden und unpassenden Momenten beisteuerte, konnte Divya sich allerdings kaum gewöhnen. Als sie sich zum Beispiel beim Werfen an einem Messer verletzte, hatte Tajan keinen Verband für sie, sondern einen Tadel: »Du musst deine Waffen zu einem Teil von dir machen, sonst wenden sie sich gegen dich.«

»Waffen sind Gegenstände«, murmelte Divya undeutlich, während sie ihren blutenden Finger in den Mund steckte. Aber Tajan wurde wütend, als hätte sie ihn persönlich beleidigt, und ging drohend auf sie zu.

»Gegenstände, die von einem Willen beseelt sind, ja! Mit denen du eine Absicht verfolgst. Du musst deinem Messer eine Richtung weisen, und das kannst du nicht allein mit deiner Hand. Dafür brauchst du auch deinen Kopf, aber nicht diesen elenden Dickkopf.«

Divya ging ebenfalls auf ihn zu, bis ihr Gesicht dicht vor seinem war. Sie wusste nicht, wie er es immer wieder schaffte, sie so sehr in Wut zu versetzen.

»Aha! Nur du weißt also, wie man seinen Kopf benutzt? Wie erklärst du mir dann, dass ein Sujim für seinen Herrn alles tut, was der ihm befiehlt? Ist er eine Hand, die ohne Kopf kämpft?«

Tajans Augen blitzten, als wäre er kurz davor, sich mit Divya zu prügeln. Urplötzlich aber wandte er sich ab und starrte in die Nacht. Irrte sich Divya oder leierte er gerade einen Spruch über innere Ruhe mehrmals herunter?

»Warum willst du lernen, was ein Sujim kann, wenn du alles infrage stellst, wofür wir stehen?«, fragte er schließlich mit rauer Stimme. »Du hörst nicht einmal zu, wenn ich dir sage, worum es beim Kämpfen geht.«

»Ich höre immer zu«, widersprach Divya trotzig. »Das Einzige, was ich nie von dir zu hören bekomme, ist, dass ich in der kurzen Zeit schon sehr, sehr gut geworden bin. Treffe ich nicht meist das Ziel, das du mir zeigst? Klettere ich nicht inzwischen ohne Seil an der Fassade rauf und runter wie eine Eidechse? Sehe ich beim Stockkampf nicht ohne Zwinkern deinen Schlägen entgegen und weiche oft auch schon geschickt aus?« Nach Monaten des Lernens hätte sie wirklich gern mal ein Lob gehört statt seiner ständigen Kritik. »Bin ich nicht auf dem Weg, ein guter Sujim zu werden?«

Trotz seines Zorns lachte er auf. »Du wirst niemals einer werden, weder ein guter noch ein schlechter.«

»Und wenn ich ein Mann wäre?«, hakte sie nach.

»Auch dann würdest du vermutlich niemals ein Sujim. Weil du an allem zweifelst, was du lernen sollst. Weil du nicht einmal weißt, was einen Sujim ausmacht, abgesehen vom Messerwerfen und Kämpfen. Und weil du dir von allem nur nimmst, was du brauchen kannst.«

»Ich benutze meinen Kopf«, sagte Divya beleidigt. »Was ist so schlimm daran?«

Noch immer mit dem Rücken zu ihr setzte er zu einer Erwiderung an, schluckte sie aber hinunter. Stattdessen sagte er ganz leise, als gäbe er den Gedanken hinter seiner Wut endlich Worte: »Es ist nicht schlimm. Es ist nur schade, dass du mir nicht vertrauen kannst.«

Sie trat ganz nahe an ihn heran und legte ihre Hand auf seine Schulter, um ihm zu zeigen, dass er sich irrte. Wem hatte sie je so vertraut wie ihm?

»Wir verbringen sehr viel Zeit miteinander. Da wäre es einfach schön, einmal etwas Freundliches von dir zu hören«, gestand sie.

Eine ganze Weile lauschte sie auf seinen Atem, dem sie anhören konnte, dass Tajan versuchte, wieder zu seiner üblichen Ruhe und Beherrschung zurückzufinden.

Leise sagte er: »Du bist erstaunlich. In allem, was du tust. Manchmal denke ich allerdings, dass es gefährlich ist, jemandem wie dir die Künste der Sujim beizubringen.«

»Jemandem wie mir?«, wiederholte Divya irritiert.

Plötzlich wandte er sich um und sein Gesicht war so nah vor ihrem wie noch nie. Sie wusste nicht, warum, aber sie war sicher, dass er sie gleich küssen würde. Und das hatte nichts mit den Gesten zu tun, die Maita in ihrem Unterricht beschrieb. Dies würde ein ganz anderer Kuss werden. Divya sah Tajan in die Augen, und sein Blick fühlte sich seltsam vertraut an, ebenso wie seine Hand, die ihre ganz sanft umschloss.

»Du bist wie eine Ameise«, sagte er mit einem Lächeln.

Divya zog ihre Hand zurück und ging auf Abstand.

»Lass uns weitermachen, du wolltest mir die Schritte beim Stockkampf noch genauer zeigen«, sagte sie betont sachlich und stolz darauf, dass ihre Enttäuschung nicht durchklang.

Das hielt er also von ihr! Sie war eine Ameise – ein

Arbeitstier! Eine Dienerin, die mit ihrer täglichen Arbeit nicht ausgelastet war und sich zusätzliche Schufterei auf dem nächtlichen Dach antun musste, um glücklich zu sein.

Sichtlich irritiert, beinahe beleidigt wandte Tajan sich ab und holte die Stöcke, die sie für die nächste Übung brauchten. Nun, mochte er doch denken, was er wollte! Vielleicht war es gut, wenn die Grenzen zwischen ihnen so klar gezogen waren.

Bis zum nächsten Winter hatte Divya herausgefunden, wie sie Tajan bewusst wütend machen konnte. Ihre Diskussionen, ihr Hinterfragen, ihre Gegenargumente zu den Weisheiten der Sujim ließen ihn jedes Mal die Beherrschung verlieren. Und jedes Mal wurde er umso wütender, weil er seine eigene Schwäche bemerkte. Der ideale Sujim war immer ruhig und beherrscht, aber in Divyas Nähe gelang ihm das nicht immer.

Insgeheim musste sie zugeben, dass sie die Streitgespräche mit ihm mochte. Noch nie hatte jemand so ausgiebig mit ihr diskutiert, ihre Meinung so ernst genommen und so verzweifelt versucht, sie von der Philosophie seiner Vorbilder zu überzeugen. Dabei fand sie einige der Sujim-Weisheiten sehr treffend, sie konnte sogar verstehen, dass man auf diesen wohlklingenden Worten sein Leben aufbaute. Und dennoch versuchte sie oft Tajan davon zu überzeugen, die Worte zu prüfen und das Gegenteil dessen in Erwägung zu ziehen, was sie bedeuteten. Allein deshalb, weil er sich den Gesetzen seiner Kaste so bedingungslos fügte, dass er doch auf die Meinung einer Dienerin gar nicht reagieren durfte. Seltsamerweise verursachte dieser Gedanke ein prickelndes Gefühl auf ihrer Haut.

In den kommenden Jahren lernte Divya vor allem, dass das Anschleichen ihre größte Stärke war und dass sie selbst ihren Lehrmeister darin übertraf. Es gelang ihr sogar, Tajan noch drei Mal mit seiner geheimnisvollen nächtlichen Besucherin zu beobachten, nun allerdings nicht mehr auf dem Dach – er hatte wohl dazugelernt –, sondern hinter einem Busch im schmalen Vorgarten der Schule. Leider konnte sie immer noch nicht erkennen, ob es wirklich Evjon war, und hören konnte sie ebenso wenig, aber die Nähe der beiden gab ihr einen Stich, den sie sich selbst nicht erklären konnte. Divya wusste ja, dass ihr nur die heimlichen Lehrstunden gehörten, sein Schicksal und ihres hatten rein gar nichts miteinander zu tun.

In dem Sommer, in dem sie siebzehn wurde, wagte sie ein letztes Mal, Tajan zu einer Aussage über ihre Leistungen zu provozieren. In dieser gewittrigen und dunklen Nacht hatte sie mit jedem Wurf die Markierungen auf dem Brett getroffen, sogar nach einer übermütigen Pirouette auf der Fußspitze.

»Hast du das gesehen?«, fragte Divya begeistert. »Ich habe mich viermal um die eigene Achse gedreht, in der Drehung das Ziel im Auge behalten und den Schwung für den Wurf genutzt.«

»Und vorher ein paar Tanzschritte gemacht, als wolltest du als Tana deine Hausgäste amüsieren«, fügte Tajan trocken hinzu.

Divyas Lächeln gefror, als sie die Kritik in seiner Stimme hörte.

»War irgendetwas schlecht an diesem Wurf?«

»Wenn du jagen willst, lass deine Flöte zu Hause, sagen

die Sujim«, erwiderte Tajan stirnrunzelnd. »Das soll bedeuten ...«

»Ich weiß, was das bedeuten soll!«, unterbrach Divya ihn verärgert. »Ich bin nicht halb so dumm, wie du glaubst, und du musst mir nicht erklären, dass mein Tanz dir nicht gefällt.«

Erstaunlicherweise suchte Tajan nach Worten. »Dein Tanz würde jedem Mann gefallen, der nicht blind ist. Und ich habe nie gesagt, dass ich dich für dumm halte.«

Divya hob geschmeichelt den Kopf und begegnete kokett dem Blick von Tajans dunklen Augen. Konnte es sein? Hatte er wirklich bemerkt, dass sie erwachsen geworden war? Dass sie sich ganz besonders im Tanz immer mehr wie eine Frau und nicht mehr wie ein Kind fühlte?

»Aber wenn ich dich zur Gauklerin ausbilden wollte, wären wir schon seit zwei Jahren fertig«, fuhr er fort – und zerstörte damit ihre übermütige Stimmung.

»Dass mein Messer sein Ziel getroffen hat, ist also unwichtig?«, stellte Divya enttäuscht fest.

»Du hast mich nach deiner Wurftechnik gefragt«, gab er ernst zurück. »Nicht nach dem Ergebnis. Wärst du ein Mann, wärst du der begabteste Messerwerfer, den ich je gesehen habe.«

»Dann bin ich die beste Messerwerferin!«, lachte Divya auf.

Tajan schüttelte den Kopf. »So etwas gibt es nicht.«

Er kam langsam auf sie zu. Seinen Blick konnte Divya nicht deuten, und sie wusste nicht, ob sie sich bedroht fühlen sollte.

»Hast du dir je überlegt, wohin du willst? Was du mit deinen neuen Fähigkeiten machen kannst, wenn du sie niemals zeigen darfst? Wirst du dein Leben als Dienerin noch wollen?«

Dies war einer der Momente, die in letzter Zeit immer häufiger wurden. In denen ihr die Nähe zu Tajan beinahe unerträglich war, weil sie spürte, dass er sie völlig falsch einschätzte, und weil sie ihm zeigen wollte, wer sie wirklich war.

»Vielleicht werde ich ja nicht den Rest meines Lebens Dienerin bleiben«, flüsterte sie und zwang sich, den Kopf abzuwenden und über die Dächer der Stadt zu sehen. »Vielleicht werde ich ja eines Tages herausfinden, was hinter der nächsten Hausecke liegt oder hinter der Stadtmauer. Eines Tages werde ich reisen und andere Städte sehen ...«

Tajan folgte ihrem Blick zu den Sternen.

»Du wirst die Welt verändern und frei sein?«

Divya nickte. »Hast du keine Träume?«

Er zupfte sich am Ohr, wie immer, wenn er nervös war, und seine Finger streiften wie unabsichtlich ihre Hand, als er Divya von der Kante zurück zur Dachmitte lenkte.

»Wünsch dich nicht zu weit dort hinaus. Da draußen warten nicht nur deine Träume auf dich.«

Tana

Bisher hatte es Divya immer Freude gemacht, Jo – wie sie sie inzwischen gern nannte – dabei zu helfen, so schön wie möglich auszusehen. Und auch heute hatte sie sich besondere Mühe mit allen Details gegeben. Die Fest-Vesséla, in die Jolissa gerade mühsam hineinstieg, hatte sie eigenhändig genäht und gefärbt, die blaue Strähne leuchtete in perfektem Faeria-Blau, und die aufgesteckten Zöpfe glänzten so blond wie frischer Weizen, den Divya auch tatsächlich aus der Vorratskammer stibitzt, aufgekocht und gepresst hatte, um ihn in Jolissas Haarkuren zu mischen. Sie konnte zufrieden sein mit ihrem Werk, fand sie selbst, während sie einen Knopf nach dem anderen schloss. Aber ihre Finger zitterten, und als sie Jos glühendem Blick im Spiegel begegnete, wich sie ihm aus.

»Was ist? Sehe ich nicht gut aus?«, fragte Jolissa zum siebten Mal an diesem Morgen.

»Nicht, wenn du weiterhin herumhüpfst wie eins von deinen ›Hühnchen‹.«

Divya senkte den Kopf und zupfte an Jolissas Rock, weil sie es kaum ertragen konnte, *wie* schön und erwachsen ihre Freundin aussah. Es war der Tag ihrer Prüfung. Wenn sie bestand, dann war sie eine Tana. Und Maita durfte mit den Heiratsverhandlungen beginnen.

»Die Mädchen werden ihren Brüdern sicher schreiben, wie ich heute ausgesehen habe«, plapperte Jo weiter. »Und ich bin inzwischen fast sicher, dass Roc der Bruder von ei-

nem der Hühnchen sein muss. Er ist so oft in der Nähe ...
dafür muss es doch einen Grund geben. Vielleicht fragt er
ab und zu nach dem Befinden seiner Schwester? Findest du
nicht, dass er Evjon ein bisschen ähnlich sieht?«

Divyas Gesichtsausdruck versteinerte sich. Evjon war
kein gutes Thema, fand sie. Aber Jolissa redete unbeirrt
weiter. Wie sollte sie auch davon wissen? Divya hatte ihr
zwar erzählt, dass sie sich mit Tajan für Übungen auf dem
Dach traf, was Jo schon ziemlich schockiert hatte, aber dass
sie ihn mochte – und Evjon daher hasste –, das hatte sie
nicht einmal ihrem Spiegelbild gestanden.

»Also, wie sehe ich nun aus?«, fragte Jo mit leuchtenden
Augen und strahlte Divya erwartungsvoll an.

»Wunderschön«, sagte Divya schließlich ganz ehrlich
und umarmte ihre Freundin, um ihr Glück zu wünschen.
»Und jetzt beeil dich! Vergiss deinen Njur nicht!« Sie drückte ihr das hauchfeine Stück Stoff in die Hand und schob
sie zur Tür hinaus, damit sie nicht doch noch bemerkte,
wie schwer ihr das Lächeln fiel. Auf dem Gang verwandelte
sich Jo in dieses andere Wesen, das die Schule aus ihr gemacht hatte. Ihre Schritte wurden weich und fließend und
die Sandalen schienen den Boden nicht mehr zu berühren.

Die Zeit des Abschieds hatte bereits begonnen, nur
Jolissa hatte es im Rausch ihrer Gefühle noch nicht verstanden. Divya gönnte ihr diesen Tag von ganzem Herzen.
Und gleichzeitig war sie wütend, dass ihre Freundin nicht
begriff, was er für sie beide bedeutete: Jo würde sehr bald
durch die Türen dieser Schule in eine andere Welt gehen.
Divya nicht.

Die Prüfung ging über mehrere Stunden, und natürlich
schlich Divya, sooft sie konnte, über die Agida, um von

dort aus zu spionieren. Auch wenn sie nie Zweifel an den Fähigkeiten ihrer Freundin gehabt hatte, machte sie Maitas strenger Blick, mit dem sie Jolissa musterte, vollkommen nervös. Aber als die Schulglocke für die anderen Mädchen zum Essen läutete, legte Maita die Hand auf Jolissas Schulter und nickte ihr freundlich zu. Das Zeichen, dass sie bestanden hatte!

Divya blieb noch eine Weile auf dem Holzsteg sitzen, während Maita ihre Notizen ordentlich auf ein Blatt Papier übertrug, und sie war unfähig zu begreifen, was dieser Tag für ihre Freundschaft bedeuten würde. Ob Jolissa sie wirklich als Dienerin mitnehmen würde? Ob sie ihren Mann überzeugen konnte?

Auf einmal ertönte eine leise Stimme, die Divya sehr mochte. Rudja, die Tanzlehrerin, hatte die Tür zum Unterrichtsraum geöffnet.

»Jolissa ist im Hof. Sie warten alle darauf, dass Ihr den Kuchen anschneidet.«

»Ungeduld gereicht einer Tana nicht zur Zierde«, erwiderte Maita streng.

»Es ist ihr Geburtstag«, sagte die Lehrerin nachsichtig, und Divya konnte ihr Lächeln hören. »Sie ist so glücklich heute, als wäre sie bereits eine junge Braut.«

Maita schnaubte. »Ihre Mutter war wesentlich beherrschter. Und ebenso schön. Immerhin hat das die Verhandlungen vereinfacht. Ich fürchte nur, Jolissas Ehemann wird sie noch bändigen müssen. Geduld schien mir bisher allerdings nicht seine Stärke zu sein.«

»Es gibt bereits einen Bewerber?«, stutzte Rudja. »Vor ihrem Geburtstag?«

Divya beugte sich weiter vor.

»Einen?«, lachte Maita. »Eine ganze Handvoll. Natürlich durfte ich noch keinem von ihnen Hoffnung machen, aber dieser eine hat sich in den letzten Jahren schon öfter nach ihr erkundigt, er scheint so fest entschlossen zu sein ...«

Sie unterbrach sich selbst, als sie bemerkte, dass sie zu viel redete. »Eine äußerst gute Partie«, murmelte sie, bevor sie Rudja ohne große Eile folgte und die Tür hinter sich schloss.

Divya lehnte ihr Gesicht gegen die Holzornamente der Agida und schloss die Augen. Sie wusste, dass sie sich für ihre Freundin freuen sollte. *Männer und Frauen, die sich vor ihrer Hochzeit heimlich gesehen haben, und meistens brennen sie vor Liebe, schenken sich heiße Blicke ...* Jos Traum war also wahr geworden! Roc hatte wirklich um sie geworben! Warum nur konnte sie sich nicht für ihre Freundin freuen? Was ließ sie noch immer daran zweifeln, dass diese Verbindung gut für Jo war?

Divya versuchte den ganzen Tag über, Jolissa einen Moment lang heimlich zu sprechen, um ihr die Neuigkeiten zu erzählen, aber sie erwischte sie nie allein. Im Garten wurde gefeiert, die Elleijas wurden gespielt und später sollte es im Speisesaal ein Festessen geben. Divya gab es irgendwann auf und hoffte, Jo nach dem Essen treffen zu können.

Als sie von der Köchin erfuhr, dass es am Abend einen riesigen Zwiebelkuchen geben würde, meldete sie sich freiwillig zum Küchendienst. Eine Stunde lang hackte sie mit roher Gewalt auf dem wehrlosen Gemüse herum, erleichtert, ihren Tränen so unentdeckt freien Lauf lassen zu können. Auf einmal stand die Köchin mit den Händen in den Hüften neben ihr und unterbrach sie mit ungewohnt leiser Stimme und gerunzelter Stirn.

»Habe ich dir beigebracht, das Messer so zu halten? Du benutzt es ja nicht wie ein Werkzeug, sondern wie eine Waffe!«

Divya sah erstaunt auf. »Tut mir leid, ich war wohl in Gedanken.«

»Kraftvolle Gedanken«, versuchte die Köchin zu scherzen. »Vielleicht kannst du deine Energie besser einsetzen, indem du meinen Teig knetest, er könnte deine rohe Behandlung gut gebrauchen.«

Divya folgte ihr zum Tisch, auf dem die große Schüssel bereitstand, bestäubte ihre Hände mit Mehl und wollte schwungvoll hineingreifen. Doch etwas ließ sie innehalten. Etwas fehlte. Über dem Tisch, nein, in der ganzen Küche konnte sie kein einziges *Licht* sehen. Jetzt erinnerte sie sich, dass sie heute – und gestern? – noch gar keines gesehen hatte. Für gewöhnlich schwebten sie über dem Herd und flatterten um die Vorräte herum.

»Kein Wunder, dass dein Teig nichts wird«, rief sie über die Schulter der Köchin zu. »Du hast die Schale mit Zuckerwasser vergessen.«

Die alte Frau schüttelte mit bedrückter Miene den Kopf. »Hast du nicht gehört?«, flüsterte sie. »Der neue Erlass des Fürsten! Wer den *Lichtern* noch etwas hinstellt oder über sie spricht, kann schwer bestraft werden, sogar mit Gefängnis.«

Divya versenkte ihre Finger im Teig und runzelte die Stirn. »Warum?«

Die Köchin zögerte und sah sich um, bevor sie weitersprach: »Man hat herausgefunden, dass in manchen Teilen der Stadt die Geisterwesen wieder sehr stark geworden sind, wie früher schon einmal. Sie *beeinflussen* Menschen.

Und schwache Menschen wie die Tassari können sich dagegen nicht wehren. Sie werden von ihnen benutzt! Es gab Einbrüche, sogar Morde in den letzten Jahren! Ich dachte immer, wenn die *Lichter* nur bei kleinen Dingen helfen, wie hier, dann sind sie ungefährlich ... Aber die Ereignisse der letzten Zeit haben wohl doch das Gegenteil bewiesen. Du solltest ab sofort keine Schalen mehr aufstellen.«

Divya nickte und knetete den Teig mit der gleichen Wucht, mit der sie vorhin die Zwiebeln malträtiert hatte. Die *Lichter* hatten auch ihr Leben verändert. Aber was sie tat, war mit Sicherheit nicht schlecht: lernen und kämpfen. Nun gut, beides stand ihr nicht zu, beides musste sie heimlich tun. War das etwa ein Zeichen dafür, dass das, was sie tat, nicht gut war?

Am Abend, nach den Feierlichkeiten, suchte Divya ihre Freundin in ihrer Kammer, in den Aufenthaltsräumen und im Garten. Als sie sie nirgends fand, vermutete sie sie auf dem Holzsteg. Falls sie dort heute Abend ihren Liebsten traf, würde Divya einfach warten. Sie wollte sie nicht belauschen, aber sie musste sie unbedingt sprechen!

Schon als sie durch den Mauerspalt von der inneren auf die äußere Agida ging, hörte sie sie.

»Erst du.«

»Nein du.«

»Nein du.«

Divya konnte sie nicht sehen, aber die schnurrenden Stimmen brachten eine Saite in ihrem Inneren zum Schwingen, wie es nicht einmal der wohligste Ton der Elleija vermochte. Die Vertrautheit der beiden überraschte sie und tat gleichzeitig weh.

»Mein heutiges Geheimnis ...«, flüsterte der Mann unter

der Agida gerade, »ist, dass ich heute das schönste Gesicht von Pandrea wiedergesehen habe.«

Divya verdrehte die Augen, aber Jolissa kicherte. »Ihr übertreibt natürlich, wie immer. Nein, heute möchte ich etwas Neues hören.«

»Gut, dann ist mein heutiges Geheimnis ...« Er zögerte sehr lange, und Divya hörte Jolissas Ungeduld am Rascheln ihrer Vesséla. »... dass ich heute ein sehr kostbares Brautgeschenk in den Händen gehalten habe.«

Diesmal setzte Jolissas Atem aus. Und Divya glaubte ihre Gedanken lesen zu können: *Wer ist deine Braut?* Aber sie schwieg, wie es sich für eine Tana gehörte.

»Nun bist du an der Reihe.« Seine Stimme klang, als würde er näher herankommen. »Was ist dein Geheimnis?«

»Meines ist«, sagte Jolissa mit Verwirrung in der Stimme, »dass heute ein besonderer Tag ist. Mein achtzehnter Geburtstag.«

»Ich weiß«, flüsterte er von unten.

In diesem Moment knarrte eine Tür, sehr leise Schritte ertönten auf der Straße. Was folgte, war eine Stille, die schwerer wog als zuvor. Auf einmal raschelte Jolissas Vesséla. Lauter und schneller, als es in der Nacht angemessen war, rannte sie direkt auf Divya zu. Als sie ihre Freundin vor sich sah, hielt Jo inne und starrte sie mit gehetztem Blick an.

»Maita!«, hauchte sie kaum hörbar. »Die Seitentür! Sie hat Roc gesehen! Und dann *mich*!«

Panik leuchtete in ihren Augen, und Divya spürte, wie ihr Blut ebenso heiß in ihren Adern rauschte. Wenn Maita wusste, dass Jolissa so kurz vor ihrer Heirat mit einem Mann auf der Straße sprach ... selbst wenn es der richtige Mann war, konnten diese gestohlenen Minuten ihren Lebenstraum vernichten. Aber *wie viel* hatte die Schulleiterin gesehen?

Im Hof schlug eine Tür zu, und Divya hörte gleich darauf am leisen Knarren der Agida, dass jemand den Holzsteg betrat. Jemand, der eilig näher kam!

»Zieh deine Vesséla aus!«, befahl Divya atemlos.

Jolissa öffnete den Mund, aber Divya hielt ihn zu. »Wenn du ihn heiraten willst, dann tu, was ich dir sage!«

Noch immer verblüfft bemühte sich Jolissa, so schnell wie möglich aus dem Kleidungsstück zu steigen, während Divya mit fliegenden Fingern die Knöpfe löste. Die letzten riss sie einfach ab.

»Am Ende der Agida ist ein Loch. Zieh dich dort hoch und geh aufs Dach«, zischte Divya. Sie wusste, dass Jolissa das noch nie getan hatte, aber im Unterkleid war es gar nicht so schwer – zumindest, wenn man keine Zeit hatte darüber nachzudenken.

Jolissa war der Ernst der Lage zum Glück klar. Hastig lief sie davon, während Divya in entgegengesetzter Richtung die Agida entlangging, wo sie prompt an der nächsten Ecke auf die Schulleiterin traf.

»Wo ist sie?«, knurrte Maita, während sie versuchte an Divya vorbeizukommen, die sich ihr immer wieder ungeschickt in den Weg stellte.

»Sie? Wen meint Ihr?«

Maita stieß sie beiseite und stieg gebückt in den schmalen Mauerspalt ein, folgte dem Holzsteg nach außen und stürzte um die Ecke. Trotz des schwachen Mondlichts konnte Divya an ihrem Gesicht die Enttäuschung ablesen.

»Wo kann sie hin sein?«, murmelte Maita auf ihrem Weg zurück.

»Wer?«

»Ich weiß, was ich gesehen und gehört habe«, schnauzte die Schulleiterin sie an. Auf der Agida saß ein Mädchen in Blau und hat mit diesem Mann geredet! Ein Mädchen mit blondem Haar!«

Divya schüttelte den Kopf und atmete tief ein. »Es tut mir leid. Ich wollte das nicht! Aber er hat mich angesprochen, und ich ... Ich weiß ja, dass es falsch war!«

»Du? Du warst das nicht!« Maita funkelte sie böse an, aber Divya senkte den Kopf und duckte sich, als erwartete sie einen Schlag. Dabei hielt sie die blaue Vesséla auf ihrem Arm hoch. »Wahrscheinlich habt Ihr die hier gesehen, ich sollte ein paar Knöpfe annähen. Ich wollte nur ganz kurz auf die äußere Agida gehen, um die Stadt im Mondlicht anzusehen.«

Maita hob Divyas Kinn mit dem Finger an. »Wenn das so ist ...« Ihr Blick durchbohrte sie regelrecht, bis Divya sicher war, dass sie all ihre Geheimnisse gelesen haben musste. »... dann hast du eine echte Strafe verdient. Du weißt, was mit Mädchen geschieht, die sich von fremden Männern ansprechen lassen?«

Divya zuckte zusammen. Bisher hatte sie geglaubt, dass die Strafe für Jolissa schlimmer sein würde als für sie selbst. Aber was, wenn Maita sie einfach verkaufte?

»Verzeiht mir!« Sie ging vor der Schulleiterin in die Knie, denn sie wusste, dass Maita solche Gesten der Unterwerfung meistens schmeichelten. Solange jeder ihr zeigte, dass sie das Sagen hatte, blieb Maita - innerhalb ihrer engen Grenzen - gerecht.

»Steh auf und sieh mich an!«, forderte sie nun sanft, und Divya gehorchte überrascht. Das Gesicht der Schulleiterin

103

war eine lächelnde Maske, hinter der gerade irgendetwas anderes geschah. Was sahen diese Augen in ihren?

»Die Strafe wird ein Gefallen sein. Kein Bodenscheuern, keine Nachtschichten in der Wäscherei. Ein ganz einfacher Gefallen.«

Divya runzelte die Stirn.

»Und ich werde entscheiden, wann du mir diesen Gefallen erweisen wirst. Dir sollte klar sein, dass du ihn mir seit heute Abend *schuldig* bist.«

Sie nickte, weil Maita es wohl so erwartete. Viel lieber aber hätte sie darum gebeten, fünf Nächte hintereinander die Böden scheuern zu dürfen.

TASSABI

Tajan stand über seine Messer gebeugt und polierte sie mit einem Stück Stoff. Jolissa saß auf einer Holzkiste, mit dem Rücken zu ihm, eingehüllt in Tajans Umhang. Divya sah beiden die Erleichterung über ihr Erscheinen an, als sie sich über die Dachkante schob. Beide hatten offenbar mühsam versucht in ihren Rollen zu bleiben: Jolissa als Unnahbare, als Tana, der Unrecht geschah, und Tajan als ungeduldiger Sujim, der Besseres zu tun hatte, als auf kleine Mädchen aufzupassen.

»Ich bringe dich gleich zurück«, sagte sie, aber Jolissa schüttelte den Kopf.

»Du hast schon genug riskiert. Jetzt erzähl! Was ist passiert?«

Divya berichtete, wie sie Maita belogen hatte und auch von dem Gefallen.

Tajans Augen wurden noch dunkler.

»Das klingt nicht gut. Ich frage mich, was sie mit dir vorhat.«

Jolissa seufzte und zog Divya in ihre Arme. »Wie kann ich mich dafür je revanchieren? Hab ich ein Glück, dass ich so eine Freundin habe!«, flüsterte sie.

»Wohl wahr!«, bestätigte Tajan düster und fing sich damit einen bösen Blick von Divya ein.

Jolissa ignorierte ihn hoheitsvoll und verschwand hinter dem Kamin, um sich wieder anzuziehen. Als sie zurückkam, zog sie ein kleines Päckchen aus ihrer Vesséla.

105

»Ich wollte ... Das war eigentlich ganz anders geplant. Bei Kerzenlicht und Kuchen in meinem Zimmer wäre es passender gewesen.«

Sie warf Tajan einen Seitenblick zu. »Aber dann gebe ich dir das Geschenk eben hier. Herzlichen Glückwunsch zum Geburtstag!«

Sie umarmte Divya und drückte ihr eine flache Schachtel in die Hand. Divya war so verblüfft, dass sie nicht wusste, was sie damit anfangen sollte. Sie hatte noch nie ein Geschenk bekommen. Jolissa nickte ihr auffordernd zu und Divya öffnete schließlich den Deckel. Im Innern, in glänzendes Papier eingeschlagen, lag ein hauchfeines, dunkles Etwas, und als Divya es berührte, fühlte es sich an wie ein Nichts, das nur leicht auf der Haut prickelte.

»Ich dachte mir, zum Tanzen solltest du einen eigenen Njurschal haben. Eine Dienerin hat ihn mir eingefärbt. Grau. Auch wenn eine andere Farbe dir besser stehen würde – so passt er genau zu deiner Vesséla. Probier ihn doch gleich einmal aus!«

Divya sprang auf, ließ die Schachtel fallen und den Njurschal durch ihre Finger gleiten. Er schwebte, als wartete er sehnsüchtig auf den nächsten Nachtwind. Sie machte ein paar Schritte übers Dach damit, ließ ihn fliegen und ihr Kinn umschmeicheln, und als sie einen kraftvollen Sprung durch die Luft machte, der Maita mit Sicherheit missfallen hätte, flatterte der Njur in ihrer Hand wie ein Banner.

Atemlos kehrte Divya zu Jolissa zurück und fiel ihr in die Arme.

»Du bist verrückt!«, lachte sie. »Danke!«

Als Jolissa sich verabschiedet hatte und Divya ihr geholfen hatte, zurück in die Agida zu klettern, wandte Divya sich zu Tajan um. Sein Blick war unergründlich.

»Du schickst mir halb nackte Mädchen aufs Dach, tanzt mit einem grauen Njur und lässt dich freiwillig anstelle deiner Freundin bestrafen. Du erstaunst mich immer wieder.«

Divya lächelte verunsichert.

»Jetzt habe ich eine Überraschung für dich. Auch wenn ich nur der Zweite bin.« Er legte einen schmalen Gegenstand in ihre Hand, der in ein Stück Stoff geschlagen war, das so aussah wie die, die er für die Pflege seiner Waffen benutzte. Tatsächlich hatte es ein paar dunkle Flecken vom Poliermittel. Beim Auswickeln spürte Divya bereits, was es war. Verblüfft starrte sie auf ein glänzendes Messer. Ihr erster Verdacht war, dass Tajan schnell ein Geschenk gesucht hatte, weil er eben erst von ihrem Geburtstag erfahren haben konnte. Aber dann bemerkte sie die Gravur im metallenen Griff.

»Eine Ameise?«, fragte Divya erstaunt.

Sie sah gerade noch rechtzeitig auf, um zu bemerken, dass er rot wurde.

»Erinnerst du dich an die Nacht, in der ich dich ›Ameise‹ genannt habe?«

Divya nickte. Wie konnte sie die vergessen?

»Du hast mich damals falsch verstanden. Schon an deinem ersten Tag hier oben auf dem Dach – als du getanzt hast – musste ich daran denken, was mein Sujim-Meister mir gesagt hat: ›Unterschätze nie deinen Gegner. Du hältst eine Ameise für schwach? Hätte sie deine Größe, könnte sie zehnmal so viel tragen wie du und wäre fünfzehnmal schneller.‹ Deshalb erinnerst du mich an eine Ameise. Klein, schnell, zielstrebig. Leicht zu unterschätzen.«

Divya wurde rot und wusste nicht, was sie sagen sollte. Was sie für eine Beleidigung gehalten hatte, war in Wirklichkeit ein Kompliment gewesen.

»Jetzt habe ich einen Njur und ein Messer«, lächelte sie. »Ich werde mir einen Tanz ausdenken müssen, bei dem ich beides zusammen benutzen kann.«

»Manchmal muss man sich entscheiden«, sagte Tajan.

»Manchmal liegen die Dinge auch näher beieinander, als sie scheinen«, gab Divya zurück, während sie Tajan fragend musterte. Was empfand er für sie, wenn er ihr Geschenke machte? Warum war er nur manchmal so abweisend, und dann wieder schienen seine Augen ihr etwas sagen zu wollen, was er nicht über die Lippen bekam.

»Wie kommt es, dass du mir ein Geschenk machst?«, bohrte sie nach. »Eines, das du anfertigen lassen musstest. Woher wusstest du, dass ich heute Geburtstag habe?«

Diesmal wurde Tajan tatsächlich rot im Gesicht. Tajan, der sich sonst immer so beherrschte!

»Ich ... habe das Datum damals auf deinen Papieren gesehen, die Maita mir gezeigt hat, als ich den Einbruch untersucht habe.«

»Das ist lange her«, stellte Divya fest. »Das weißt du noch?«

Seine Zurückhaltung machte sie wahnsinnig. Warum konnte er nicht einfach zugeben, dass sie Freunde waren? Divya musterte ihn, aber er wich ihrem Blick aus. Nachdenklich ließ er sich auf den Boden nieder und betrachtete die im Mondlicht silbergrau schimmernden Häuser der Stadt. Lautlos setzte sich Divya neben ihn.

»Ich habe das Messer bei einem Schmied bestellt und gravieren lassen. Siehst du, meine Messer hat er in den letzten Jahren auch graviert.«

108

Mit einer schnellen Bewegung zog Tajan ein Messer aus einer verborgenen Tasche im Rücken seines Umhangs und legte es Divya in die Hand. Sie kannte seine Messer natürlich, aber so genau hatte sie sie noch nie angesehen. Im Griff war die feine Zeichnung eines Adlers im Flug zu erkennen.

»Ich habe dasselbe Symbol wie mein Vater, so ist es bei den Sujim üblich. Der Adler steht für Mut, Weitsicht und Kampfgeist.«

Sie nickte, obwohl sie es erstaunlich fand, dass ein Sohn dieselben Eigenschaften haben sollte wie sein Vater.

»Ist dein Vater auch bei der Wache?«

Tajan wandte das Gesicht ab und starrte in die Ferne. Divya kannte diese Stimmungen bereits. Manchmal, wenn sie eine falsche Frage stellte, wirkte er plötzlich düster und war eine Weile nicht mehr ansprechbar. Heute redete er weiter, aber die dunkle Wolke in seinem Inneren zog wieder auf.

»Er starb vor vier Jahren. Offiziell durch die Hand eines Einbrechers. Aber ich war schuld, dass er an diesem Tag in den Tod ging.«

»Das glaube ich nicht«, sagte Divya so leise, dass sie sich kaum selbst hörte. »Und wer war der Täter?«

Tajan schüttelte den Kopf und bemühte sich, die Geister der Vergangenheit mit einem Lächeln zu vertreiben, aber Divya spürte, dass diese Geister sich nicht so einfach vertreiben ließen.

»Beinahe wäre dein Messer nicht pünktlich fertig geworden«, sagte er. »Kein Handwerker darf zurzeit noch fremde Aufträge annehmen. Du ahnst ja nicht, was in der Stadt los ist.«

109

»Was du nicht sagst!«, sagte Divya mit Sarkasmus in der Stimme.

Tajan deutete vage auf die Straßen unter ihnen. »Seit Tagen wird die Umsiedlung der Tassari vorbereitet, Handwerker verstopfen die Gassen mit ihren Fuhrwerken, und alle anderen Arbeiten bleiben liegen.«

»Umsiedlung?« Divya horchte auf.

Die Tassari faszinierten sie, seitdem sie von den Schülerinnen zum ersten Mal als solche beschimpft worden war. Tajan wandte ihr endlich wieder das Gesicht zu und sah sie erstaunt an.

»Weißt du nichts davon? Hat Maita euch wenigstens von dem Erlass des Fürsten erzählt? Dass niemand mehr den *Lichtern* dienen darf?«

»Was hat das mit den Tassari zu tun?«, wich Divya aus, während sie sich selbst darüber wunderte, dass sie das nur von der Köchin erfahren hatte und nicht von Maita selbst.

»Niemand darf mehr Schälchen mit Zuckerwasser aufstellen oder sonst irgendwie dazu beitragen, dass Menschen an *Lichter* glauben!«, fügte Tajan düster hinzu.

»So etwas würde hier nie jemand tun.«

Er nickte, aber seine Mundwinkel zuckten. »Natürlich nicht, das wäre mir ja aufgefallen.«

Sein Seitenblick durchfuhr Divya wie ein Blitz. Was wollte er ihr damit sagen? Dass er seit Jahren alle Bediensteten beobachtete und sie jederzeit verraten konnte?

»Der Erlass sieht außerdem die Umsiedlung der Tassari vor«, fuhr er fort. »Sie müssen ihre Häuser bis nächste Woche verlassen, bis dahin ist ihr neues Viertel fertig, außerhalb der Stadtmauern.«

»Außerhalb? Im Wilden Land?«, fragte Divya erschrocken. »Ich dachte, dort kann niemand überleben?«

Er schüttelte den Kopf. »So nahe bei der Stadt wird es ihnen an nichts fehlen. Ihr Lager wird von einer Mauer umgeben sein und einen Brunnen haben. Dafür, dass die Stadt sie weiterhin versorgt, können sie innerhalb ihrer Mauern arbeiten. Nähen, Färben, einfache Schmiedearbeiten – eben alles, was man ihnen geben kann, ohne dass sie ihr Viertel verlassen müssen.«

Divya wusste nicht, warum, aber Tajans sachlicher Bericht schmerzte sie.

»Warum diese harte Bestrafung? Hat man ihnen inzwischen nachweisen können, dass sie in Paläste eingebrochen sind und Menschen umgebracht haben? Warum bestraft der Fürst dann nicht die Täter, sondern das ganze Volk?«

Tajan runzelte die Stirn.

»Weil sie alle Täter sind. Es war immer schon ein Risiko, sie innerhalb der Stadtmauern leben zu lassen, aber natürlich konnte der Fürst sie nicht einfach ins Wilde Land schicken und sterben lassen. Also waren sie lange Zeit Gäste hier, aber sie haben sich nicht so benommen. Bereits vor vier Jahren, als die ersten Einbrüche stattfanden, gab es Gerüchte, dass sie sich mit den Rebellen zusammengetan hätten.

»Rebellen?«

Divya hatte sich nie sonderlich für die Dinge in der Stadt interessiert, sie waren viel zu weit weg gewesen. Jolissa hatte einmal erwähnt, dass es Rebellen gab, die gegen Warkan kämpften, aber sie hatte gleichzeitig darüber gelacht. Selbst ihr Vater hielt sie wohl nur für einen Haufen Verrückter, denen entgangen war, dass die Lebensumstände sich seit Warkans Regierung wesentlich verbessert hatten.

Tajan lächelte gequält. »Vergiss sie! Wir sollten an deinem Geburtstag wirklich über angenehmere Dinge sprechen.«

Aber Divya schüttelte den Kopf. Das Schicksal der Menschen, die so dunkel aussahen wie sie selbst, bewegte sie mehr, als sie zugeben mochte.

»Was macht die Tassari eigentlich so gefährlich?«, bohrte sie nach. »Dass sie mit ein paar Rebellen gesprochen haben? Wie können sie denen nutzen, wenn sie hinter einer Mauer leben? Und das tun sie doch jetzt schon, hier mitten in der Stadt, oder?«

Tajan legte seine Hand auf ihre.

»Verschwende dein Mitleid nicht an solche Menschen. Sie bringen das Gift nach Pandrea, das uns töten kann. Sie standen den *Lichtern* schon immer sehr nahe. Jetzt hat man erfahren, dass unter den Rebellen ein Magier ist. Der Letzte, der in der Lage ist, *Lichter* zu rufen. Allein wäre er vermutlich harmlos, aber er soll den Tassari den Ruf beigebracht haben. Bisher waren es nur ein paar weitere Leute, die Schälchen auf den Boden gestellt haben. Wir wissen, dass es Bürger in der Stadt gibt, die das noch heute tun. Aber jetzt könnten sie zusammen viel mehr bewirken.«

Divya sah ihm trotzig ins Gesicht und begegnete seinem Blick, der ihr etwas sagen wollte. Dass er die Schälchen in der Schule gesehen hatte? Und dass er sie nicht verraten würde? Aber wollte sie, dass er solche Macht über sie hatte? Wusste er nicht bereits zu viel über sie? Und er hatte gesagt: Wir wissen. *Wir.* Er gehörte noch immer zur Wache. Bisher war das nicht wichtig gewesen. Bisher hatte sie nicht gewusst, dass er sie mit ihren Geheimnissen in seiner Hand hatte.

»Was ist so schlimm an den *Lichtern*?«, fragte sie und entzog ihm ihre Hand.

»Sag bloß, du weißt nichts über die *Nacht der Lichter*?«, seufzte Tajan.

Divya schüttelte den Kopf.

»Wie kann man so fern von der Welt aufwachsen?«, fragte er erstaunt.

Divya rollte mit den Augen. »Dann behalt dein Wissen eben für dich!«

Sie wollte aufstehen, aber Tajan hielt sie am Handgelenk fest.

»Ungeduld gereicht einer Tana nicht zur Zierde.«

Sein verschmitztes Lächeln war eine halbe Entschuldigung und Divya gab nach.

»In der letzten Regierung saßen einige Magier, die *Lichter* rufen konnten. Diese Wesen sollten den Menschen helfen, und das taten sie früher auch – bis zur *Nacht der Lichter*. Wie es zum Schlimmsten kommen konnte, weiß niemand genau. Man vermutet, dass der oberste Magier, Yorak, die Macht ganz an sich reißen wollte und zu diesem Zweck in einer Nacht alle *Lichter* auf einmal rief. Aber er hatte sich verrechnet: Diese Wesen spürten, wie stark sie nun waren, gemeinsam beherrschen sie sogar die Elemente. Zuerst brachten sie eine Flut über den Fluss in die Stadt. Wie du sicher weißt, lag der alte Regierungspalast auf der Flussinsel. Die Brücken waren innerhalb weniger Minuten nicht mehr passierbar, niemand kam mehr herein oder hinaus. In diesem Moment der Schwäche schickten die *Lichter* ein Feuer, das den Palast bis auf die Grundmauern niederbrennen ließ. Alle Menschen darin starben, selbst Yorak, der das Unglück heraufbeschworen hatte.«

»Wer konnte dann überhaupt noch die Regierung übernehmen?«, fragte Divya nachdenklich.

»Eine Handvoll Senatoren hatte das Glück, in jener Nacht in der Stadt zu sein. Sie hatten es nicht mehr vor der Flut in den Palast geschafft. Der damals noch junge Fürst Warkan und ein paar andere mussten aus dem Nichts eine neue Regierung aufbauen. Und sie schworen, alles anders zu machen. Sie bauten einen neuen Palast in der Stadt und sorgten für Aufklärung über die *Lichter*. Und je mehr Menschen sich von den *Lichtern* abwandten, desto mehr dieser Wesen verließen Pandrea. Was auch immer sie sind – sie haben nur Macht, wenn wir sie ihnen geben.«

Divya runzelte nachdenklich die Stirn, sagte aber nichts.

»Wir dürfen sie nie wieder rufen«, bekräftigte Tajan seine Worte. »Aber die Tassari sind unsere Schwachstelle. Oder der Schlüssel zu den *Lichtern* durch ihre Riten und Legenden.«

»Warum sie?«

»Weil nur Tassari in der Lage sind, die *Lichter* zu sehen.«

Der Satz traf Divya unvermittelt und hallte in ihr nach, als müsste ihr Verstand ihn wieder und wieder hören, um ihn zu verstehen. Dennoch wandte sie ihr Gesicht Tajan zu, obwohl sie ahnte, dass es so weiß war wie der Mond.

»Was?«, flüsterte sie erschrocken.

Tajan seufzte. »Die Tassari sind ein Volk von Wilden. Vermutlich haben sie ihre Seelen an die Geisterwelt verkauft, damit sie die *Lichter* sehen können. Hüte dich einfach vor ihnen und stelle immer klar, dass du anders bist.«

Divya hörte das Blut in den Ohren rauschen und fand keine Worte. Tajan interpretierte ihr Schweigen falsch.

»Keine Sorge! Maita kann beweisen, dass du nicht zu

ihnen gehörst, du solltest aber mit deinem Rabenhaar und deinen Feuerkohlenaugen nicht auf die Straße gehen. Hier bist du sicher!«

Seine Hand wanderte in Richtung ihrer Haare, aber Divya wich ihm aus und starrte angestrengt auf den Horizont. Ihr Herz schlug so schnell, sie war sicher, dass er es hörte. *Nur die Tassari können die Lichter sehen?* Sie konnte sie sehen, seit sie denken konnte. Aber wer war sie dann? Was war das Papier wert, mit dem Maita angeblich ihre Herkunft beweisen konnte? Divya wusste inzwischen, dass Maita eine Künstlerin war, wenn es um die Manipulation von Kerzenflammen – oder von Stammbäumen ging.

»Und normale Menschen können wirklich niemals die *Lichter* sehen?«, fragte sie leise und hatte im gleichen Moment Angst, dass er hören könnte, wie ihre Stimme zitterte.

»Divya, was soll das? Vergiss diese Dinger, du kannst auch ohne sie Haare färben und Kuchen backen. Und lass uns endlich über etwas anderes reden. Ich darf eigentlich nicht einmal wissen, dass die Köchin des Hauses bisher *Lichter* angelockt hat. Von anderen Dienerinnen ganz zu schweigen.«

Er sprang auf und hielt Divya eine Hand hin, um ihr aufzuhelfen – wie einer Tana. Aber sie ignorierte die Geste und stand in einer fließenden Bewegung auf.

»Du wirst dich von heute an nicht mehr um die *Lichter* kümmern. Nicht wahr?«, sagte er mit Nachdruck.

»Natürlich nicht«, erwiderte Divya und hoffte, dass sie ihren Gesichtsausdruck wieder im Griff hatte. Dennoch sah sie an seinem steinernen Blick vorbei. »Ich war nur neugierig.«

In welcher Welt hatte sie bis eben gelebt? In einer, in

der sie mit einem Sujim befreundet sein konnte und sogar
Geschenke von ihm annehmen durfte? Als Dienerin? *Als
Tassari?* Sie spürte, dass sich vor ihr ein großes schwarzes
Loch öffnete, in das sie nicht hineinsehen wollte, aber es
gab keinen Weg daran vorbei. Sie war eine Tassari, und
ihr Unterbewusstsein hatte es vermutlich längst gewusst. Es
war so offensichtlich, dass es an ein Wunder grenzte, dass
Maita ungestraft das Gegenteil behaupten konnte.

»Willst du gehen?«, fragte Tajan erstaunt. Dann lächelte
er. So wie vermutlich schon Hunderte Male zuvor, aber erst
heute Nacht bemerkte Divya die Lachfalten dicht neben
seinen Augen. Hatte sie ihn noch nie so genau angesehen?
Ihre Hand wollte sich nach seiner Wange ausstrecken, aber
sosehr sie sich diese Berührung wünschte – eine innere
Stimme sagte ihr, dass jede Nähe zu ihm vorbei war. Wie
hatte sie einem Mann vertrauen können, der vermutlich
über jede Bewegung in diesem Haus Bescheid wusste? Der
selbst darüber entschied, was davon er der Wache berichtete? Und der die Tassari für Wilde hielt, die man zu Recht
wie Vieh einsperrte.

»Gute Nacht!«, sagte sie mit dem letzten Rest ihrer Beherrschung, aber sie war dem Mond dankbar, dass er gerade hinter einer Wolke verschwand.

Im Bett, ungesehen und im Dunkeln, kamen die Tränen.
Sada und so viele andere hatten instinktiv mehr über sie gewusst als sie selbst: Sie war eine Tassari! Zwar hatte sie kein
Bild in ihrem Innern für diesen Begriff, aber sie versuchte
sich zu erinnern, was die anderen gesagt hatten: Wild. Un-
kultiviert. Dreckig. Abschaum. Und nun auch noch mit
gefährlichen Magiern im Bunde. Wozu sie die *Lichter* wohl

116

riefen? Um die Stadt noch einmal zu zerstören? Um sich an Warkan zu rächen? Konnten sie die Geisterwesen wohl auf einen Menschen hetzen und ihn so mit einem einzigen Blick vernichten?

Je mehr sie darüber nachdachte, desto weniger konnte sie fassen, was »Tassari« überhaupt bedeutete. Früher hatte sie ihnen gegenüber Neugier empfunden. Aber was empfand sie seit heute Nacht ... für ihr Volk? War es wirklich so schlimm, zu ihnen zu gehören? Ob sie wohl die Einzige von ihnen war, die unerkannt außerhalb ihres Viertels lebte? Warum nur hatte Maita für sie gelogen?

Divyas erster Gedanke war, gleich morgen früh mit der Schulleiterin darüber zu reden. Und gleichzeitig ahnte sie, dass sie das niemals tun würde. Was sollte sie ihr auch sagen? Habt Ihr meine Papiere gefälscht? Keine gute Idee.

Bis jetzt war sie immer davon ausgegangen, dass sie eines Tages an Jolissas Seite durch die Stadt schlendern und so auch am Tassari-Viertel vorbeikommen würde. Interessiert, aber unbeteiligt. Nun würde es dieses Viertel schon bald nicht mehr geben. Sie spürte, dass die prickelnde Neugier in etwas anderes umgeschlagen war. Etwas, das Krallen und Zähne hatte und sich mit diesen in ihr Bewusstsein kämpfte, ohne dass sie es auch nur eine Sekunde lang zähmen konnte. Sie *musste* wissen, wer die Tassari waren. So bald wie möglich. Gleich in der nächsten Nacht!

117

MAUERN

Wie oft hatte sie schon mit dem Gedanken gespielt, die Schule zu verlassen! Nicht endgültig, nein, ein paar Meter nur, bis zur nächsten Hauswand, bis zur nächsten Ecke. Gewagt hatte sie es nie. Aber das Gedankenspiel war immerhin so weit gegangen, dass sie Vorbereitungen für das Abenteuer ihrer Träume getroffen hatte: Als ihr in der Wäscherei eine zerschlissene Vesséla in die Finger geriet, die sie hätte wegwerfen sollen, hatte sie sie aufgehoben, ausgebessert und für das Klettern präpariert. Sie war schwarz gefärbt, hatte zwei Stoffschichten statt sechs, lag enger an und war ein Stück kürzer. Als sie sie auf dem Dach ausprobiert hatte, war Tajan immerhin einen Moment lang fassungslos gewesen. Auf ihre Frage, ob das Kleidungsstück ihm nicht gefiel, hatte er gesagt: »Im Gegenteil, es ist sehr ... praktisch«, und dabei gegrinst.

Jetzt, als sie die Vesséla in der dunklen Wäscherei anzog, fühlte sie sich hin- und hergerissen zwischen dem Drang, die Tassari in ihrem Viertel sehen zu können, und ihrer Angst. Niemals, seit sie hier lebte, hatte sie einen Schritt vor die Mauern dieser Schule getan! Würde sie dort draußen zurechtkommen? Sich orientieren können? Ihre schlimmste Befürchtung war nicht der Sturz von einem Dach – so weit traute sie ihren Fähigkeiten –, sondern in dem Gewirr der Häuser nicht mehr zu wissen, wo sie war.

Sie startete von der östlichen Agida aus, die von Tajans Dachseite so weit entfernt war, dass er sie dort nicht entdecken konnte. Außerdem war die Entfernung zu den gegenüberliegenden Häusern hier am geringsten. In geduckter Haltung stand Divya auf dem Holzkäfig und starrte hinunter. In einem Hauseingang schräg gegenüber lehnte eine Wache mit geschlossenen Augen an der Wand, vermutlich einer von Tajans Männern. Von Jolissa wusste Divya, dass sie ihre Aufgabe nach vier ereignislosen Jahren nicht mehr so ernst nahmen, denn auch Roc hatte ja die Lücken in ihrer Aufmerksamkeit entdeckt. Dennoch stand dieser Mann äußerst ungünstig.

Divya überlegte, ob sie es von der Westseite aus probieren sollte, aber dort wäre die Gefahr, dass Tajan sie vom Dach aus bemerkte, viel größer.

Divya befestigte die Aufsätze mit Metalldornen, die Tajan ihr fürs Klettern angefertigt hatte, an den Stiefeln. Dann warf sie ihr Seil quer über die schmale Gasse zum nächsten Hausdach. Das Geräusch, das der Haken an der Dachkante verursachte, zerschnitt die Stille der Nacht und Divya zuckte zusammen. Sie war fast sicher, dass der Mann es gehört haben musste. Hatte er nicht die Augen geöffnet? Spielte er seine Unaufmerksamkeit nur vor?

Erst nachdem er sich eine ganze Weile nicht bewegt hatte, zog Divya das Seil straff, schwang sich daran hinüber und federte den Aufprall mit ausgestreckten Beinen ab. Die Metalldornen kratzten laut auf Stein. Mit angehaltenem Atem verharrte sie in ihrer Haltung und blickte hinunter. Nichts! Konnte das sein? War es nur ihr so laut vorgekommen? Hastig kletterte sie am Seil hinauf aufs Dach, wo sie angespannt noch einmal abwartete. Ihre Instinkte spielten verrückt und in ihren Ohren rauschte die Stille.

Wenn der Mann auch ein Sujim war wie Tajan, wäre

119

es gut möglich, dass er längst an der Mauer hochkletterte. Divya wollte keinesfalls auf die Antwort warten, sondern so viel Abstand wie möglich zwischen sich und den Wächter bringen. Schnell verstaute sie Seil und Dornenaufsätze an den dafür vorgesehenen Bändern ihrer Veсséla. Dann begann sie zu rennen. Die nächste Dachkante rauschte auf sie zu und sie schätzte die Entfernung ab. Beim Tanz der Schmetterlinge wären es knappe drei Schritte, bei ihrem jetzigen Tempo nur einer. Ohne anzuhalten, teilte sie ihre Sprünge so ein, dass sie sich direkt an der Kante abstoßen konnte. Und sie flog – viel weiter, als sie dachte – und erreichte das Dach ohne große Anstrengung. Sie wusste, hier sollte sie stehen bleiben und sich orientieren, aber es war wie ein Rausch, der all ihre Sinne beherrschte. Ein Meer von flachen Dächern erstreckte sich vor ihr, sodass sie ihre Beine fliegen lassen konnte, wie sie es sonst nur beim Aufwärmen tat. So weit und kraftvoll, dass Rudja vermutlich rot geworden wäre. Ihre Füße waren wie der Wind, wenn er im Herbst durch die Bäume fuhr, um sie ihrer Blätter zu berauben, und sie fühlte sich so frei wie noch nie in ihrem Leben.

Irgendwann zwang sie schließlich ein größerer Abgrund anzuhalten und zu überlegen. Ihr Blick wanderte über die Stadt in Richtung Fluss. Von der Agida aus hatte Jolissa ihr einmal gezeigt, wo das Viertel der Tassari lag: von dort aus in einer Linie bis zum grünen Haus mit den Türmen, dem Gasthaus Lobean, und ein gutes Stück dahinter. Aber sie war heute Nacht nicht in einer geraden Linie gelaufen, sondern den Möglichkeiten und Unmöglichkeiten ihrer Sprünge gefolgt. Das helle Grün des Gasthauses war im Mondlicht zum Glück gut zu erkennen, etwa fünfzehn

Hausdächer vor ihr. Aber konnte sie von dort aus noch die richtige Richtung finden? Musste sie sich nicht weiter links halten? Sie wandte sich um, zurück zur Schule, um ihren Weg zurückzuverfolgen.

Sie sah ihn nur den Bruchteil einer Sekunde lang. Auf einem Palast, zwei Dächer hinter ihr. Der Schatten eines kleinen Turms schien sich nach außen zu wölben, die Kontur einer schmalen Hüfte, die gleich darauf mit dem Schatten wieder verschmolz. Aber Divya wusste sofort, dass es keine Täuschung war: Der Wächter verfolgte sie! Und er war sicher nicht langsamer als sie!

Kurz entschlossen kletterte sie an der Hauswand nach unten. Dort würde sie versuchen, sich zu verstecken und ihm zu entkommen. Und dann stand sie plötzlich allein auf der mondbeschienenen Straße. Die Fremdartigkeit ihrer Umgebung wirkte so real, wie sie es von oben nie gewesen war. Jeder heimliche Schritt in der Schule hatte sie nach oben geführt, auf den Dächern fühlte sie sich sicher, weit entfernt von der Welt, als wäre sie nur ein Bild, das sie betrachtete. Aber hier unten holte die Wirklichkeit sie mit einem Schlag ein. Hier unten stand sie in einem Teil der Stadt, den sie nicht kannte, ohne den Hauch einer Ahnung, wohin sie wollte. Jeder Schritt kribbelte in ihrem Innern, als wären die Mauern mit Augen bedeckt, die sie vorwurfsvoll anstarrten. Vereinzelte Fackeln warfen helle Lichtkegel auf die Häuser ringsumher, raschelnde Bäume markierten in regelmäßigen Abständen den Rand der Fahrspuren für Fuhrwerke, und ihre Blätter wehten im sanften Wind über den festgetretenen Sand. Ganz ruhig, befahl sie ihrer aufgewühlten inneren Stimme. Zuerst musste sie ihren Verfolger abschütteln.

Divya verschwand in einer schmalen Seitengasse und rannte, so schnell sie konnte, um in das Gewirr von Straßen einzutauchen, die von Hausecke zu Hausecke immer ärmlicher wirkten. Immer tiefer wurden die Schlammlöcher in den Straßen, Gerüche nach Essen und Müll vermischten sich, und Wäscheleinen mit verblichenen Tüchern waren quer durch die Schluchten gespannt. Divya hoffte, dass dies ein gutes Zeichen war und dass sie ihrem Ziel näher kam. Und je öfter sie sich umdrehte und auf Schritte lauschte, desto sicherer war sie, dass sie ihren Verfolger abgehängt hatte.

Auf einmal öffnete sich die Gasse auf eine große Straße. Zum ersten Mal in ihrem Leben sah Divya Straßenlaternen, und ganz in der Nähe ertönte Hufschlag. Divya entdeckte einen Reiter, gefolgt von einer Pferdesänfte, die auf den Rücken zweier bedächtiger Schimmel schaukelte. Die Sänfte hatte dunkelrote Vorhänge, genau wie die Paläste rechts und links. Hier lebten also die Kaufleute der Stadt, so dicht neben den Armen? Das Kastensystem musste komplizierter sein, als sie angenommen hatte. Es wurde Zeit, dass sie wieder auf die Dächer zurückkehrte. Besonders auf den Straßen der höheren Kasten wollte sie ungern umherlaufen die Gefahr, dass die Stadtwache in diesem Viertel ihre Runden zog, war viel zu groß.

Auf dem Dach eines Palastes atmete sie tief durch und genoss den leichten Wind auf ihren Wangen, der sich nach Freiheit anfühlte. Er kam, wie vorhin schon, von vorn, also musste die grobe Richtung noch stimmen. Und dann bemerkte sie sie: Eine nackte, tiefgraue Mauer, so hoch wie zwei Männer, zog sich quer durch eine Straßenschlucht. Beleuchtet wurde sie von winzigen Lampen, die in unregelmäßigen Abständen auf ihr zu tanzen schienen.

Eilig sprang sie auf das nächste Dach, geriet ins Straucheln, rannte weiter und blickte schließlich auf jene massive Mauer, von der sie bisher nur gehört hatte. Dahinter lag ein Areal, das Platz für zwei Paläste geboten hätte, stattdessen standen etwa zwanzig einfache Holzhütten auf dem Sandplatz. In der Mitte loderte ein großes Feuer, und die vielen Gestalten, die davor saßen, warfen Schatten an die Wände der Hütten. Genau aus dieser Richtung erklang Musik. Die Instrumente ähnelten in keiner Weise den sonst üblichen Elleijas, und auch die Melodie klang sehr fremd, sehr exotisch, sehr betörend. Als Divya versuchte Genaueres zu erkennen, trat eine Frau vor und begann zu tanzen. Gefährlich nah an den Flammen bewegte sie nicht nur Arme und Beine, sondern ihren ganzen Körper, wobei sie ihre Hüften zu dem hypnotischen Rhythmus erst langsam schwingen ließ, dann immer schneller, als die Melodie in Galopp verfiel. Divya musste zugeben, dass dieser provokante Tanz sie vom reinen Zusehen atemlos machte und dass sie die Frau um ihre Leichtigkeit und um ihr Selbstbewusstsein beneidete.

Als sie sich wieder der Mauer und ihrer seltsamen Beleuchtung zuwandte, musste sie sich die Hände vor den Mund halten, um einen Schrei zu unterdrücken. Das waren keine Lampen! So viele *Lichter* auf einmal hatte sie noch nie gesehen, es mussten Hunderte sein!

Als sie sich endlich von diesem Anblick losreißen konnte, entdeckte Divya einen Vorsprung am Haus unter ihr, der allerdings zu weit von der Mauer entfernt war um hinüberspringen zu können. Oder doch nicht? Eilig kletterte sie bis dahin hinunter und schätzte die Entfernung ab. Etwa sieben Schritte beim Tanz der Schmetterlinge oder etwa zwei

123

Aufwärmsprünge, wenn sie viel Anlauf hatte, und den gab es hier nicht. Also musste sie das Seil nehmen. Ein wenig ängstlich betrachtete sie die *Lichter*, die sich neugierig der Stelle näherten, auf die Divya springen wollte. Ob sie wirklich gefährlich waren? Ob sie die Tassari verteidigen würden?

Vorsichtig warf Divya ihr Seil hinüber. Die *Lichter* wichen geschickt aus, aber der Haken fand keinen Halt auf der glatten Mauer. Der zweite Versuch schlug wieder fehl, ebenso der dritte und der vierte. Schließlich fiel Divya etwas ein. Sie griff in die Tasche, in der sich noch ein Stück Geburtstagskuchen von Jo befand, das sie als Proviant eingepackt hatte. Mit zitternden Fingern zerteilte sie ihn und versuchte ihn genau auf den Mauerrand zu werfen. Dabei sprach sie leise auf die *Lichter* ein, mit der gleichen Stimme, mit der sie die Hühner beruhigte, wenn sie zum Eierholen geschickt wurde: »Kennt ihr mich nicht mehr? Jahrelang habe ich euch Zuckerwasser hingestellt, wir haben uns doch immer sehr gut verstanden.«

Die *Lichter* schienen innezuhalten, dann näherten sie sich vorsichtig den Kuchenkrümeln und huschten darüber hinweg. Wenige Herzschläge später waren alle Krümel verschwunden.

»Ich will niemandem etwas tun«, murmelte Divya und warf fast schon zu zart noch einmal ihr Seil. Diesmal hielt der Haken – ohne dass Divya eines der *Lichter* in seiner Nähe gesehen hätte – und sie wagte den Sprung hinüber. Im gleichen Moment hörte sie vom Dach hinter sich den Schrei eines Windvogels. Ihr Unterbewusstsein sagte ihr, dass diese Vögel niemals nachts unterwegs waren, aber sie musste sich viel zu sehr auf das Klettern konzentrieren, um sich umsehen zu können.

Mit einem Satz landete sie auf dem Lehmboden, ein Stück entfernt von den ersten Hütten, neben einem großen Stapel Holz. Die *Lichter* waren ihr gefolgt und umschwirrten sie wie Fliegen einen alten Apfel. Sie konnte so lautlos sein, wie sie wollte – wenn die Tassari *Lichter* sehen konnten, war ihr Auftritt so unauffällig wie ein Gewitter.

Und tatsächlich! Schnelle Schritte näherten sich, und eine kleine, dunkle Gestalt sprang zu einem Holzklotz und zog etwas heraus, das sie hoch ins Mondlicht hielt: eine Axt! Divya starrte verzweifelt auf das schimmernde Metallstück, das sich wundersamerweise nicht weiterbewegte, dann auf den Mann dahinter. Der alte, bucklige Tassari sah aus, als wäre er an die hundert, sein Gesicht war mit Narben übersät und die Augen darin funkelten wütend. Kein Zweifel, dieser Mann war in der Lage zuzuschlagen! Doch plötzlich runzelte er die Stirn und senkte die Axt.

»Farya?«, fragte er so leise, dass Divya nicht sicher war, ob sie ihn richtig verstanden hatte. Hatten die Tassari eine eigene Sprache? Sie ärgerte sich, dass sie das nie jemanden gefragt hatte.

Sie legte die linke Hand auf die Brust und deutete eine leichte Verbeugung an, als Zeichen ihrer Harmlosigkeit. Aber der Mann sah sie an, als hätte er eine Erscheinung gesehen. Er stieß einen schrillen Warnschrei aus, der Divya durch Mark und Bein ging, und blieb in sicherer Entfernung mit vorgehaltener Axt stehen. Flüsternd, wie eine Beschwörung, wiederholte er das Wort »Farya«. Ob es *Geist* bedeutete?

Der Gesang und die Musik endeten abrupt. Menschen mit Fackeln näherten sich, ihre Schatten huschten vergrößert über die Wände der Holzhütten. Divya geriet in Panik. Hastig machte sie ein paar Schritte zur Seite und griff nach ihrem Seil. Sie warf es im gleichen Moment, als die ersten Tassari eintrafen, aber der Haken glitt ab. Wie sollte es auch anders sein?, dachte Divya. Die *Lichter* standen auf seiten dessen, der sie rief.

Da entdeckte sie ein gutes Stück weiter den Brunnen. Sie rannte darauf zu, sprang auf die Umrandung und wollte von dort aus einen gewagten Satz zu der hohen Mauer riskieren. Aber noch bevor sie Gelegenheit dazu hatte, stürzte sich einer der Männer auf sie und riss sie vom Brunnen herunter. Das Ganze geschah so schnell, dass Divya sich nicht wehrte. Bisher war Kampf für sie Kunst gewesen, aber zum ersten Mal begriff sie: Kampf war auch ein brutaler Angriff gegen das Leben.

Der Mann, ein Koloss in Lederkleidung, mit kräftigen nackten Oberarmen, drückte sie zu Boden, und sie wusste, was Tajan sagen würde: »Gegen einen übermächtigen Gegner benutze nur die Waffen, die er nicht hat: Schnelligkeit, Wendigkeit, Geschicklichkeit.« Nun, dafür war es zu spät. Der Mann kniete auf ihr und spuckte voller Wut dicht neben ihrem Gesicht auf den Boden.

»Giftmischerin! Jetzt schickt Warkan schon Weiber, um unseren Brunnen zu verseuchen, weil er es nicht wagt, uns offen zu töten.«

Plötzlich flog ein Schatten von oben aus der Nacht auf sie herab und kickte dem knienden Mann ins Gesicht. Die Fackel fiel ihm aus der Hand, während der Schatten gleich nachsetzte und dem Koloss mit einem stumpfen Gegenstand in den Nacken schlug. Kraftlos sank er zu Boden und blieb dort liegen.

Divya sprang erschrocken auf und sah, dass drei Männer

auf den schattenhaften Angreifer losgingen. Sie hatte keine Zeit, über ihn nachzudenken, denn zwei junge Tassari näherten sich ihr mit Messern in den Händen und Zorn in den Augen. Ganz instinktiv ging sie in Kampfstellung, griff nach einem Holzstück und hielt es vor sich. Während die Männer das Holz fixierten, wirbelte sie herum und trat dem ersten mit dem Stiefel das Messer aus der Hand. Als sie die Drehung vollendete, traf das Holz genau den Arm des zweiten, und unter Schmerzgeheul ließ auch er sein Messer fallen.

Inzwischen war ein regelrechter Tumult ausgebrochen, und Divya erschrak, als sie sah, wie hart ihr schattenhafter Verteidiger und seine Angreifer kämpften. Einer ging durch einen Schlag mit dem Ellenbogen zu Boden, ein Mann hielt sich bereits mit schmerzverzerrtem Gesicht den blutenden Arm. Die Bewegungen des dunkel gekleideten Neuankömmlings bestätigten ihren Verdacht, den sie seit seinem Eingreifen gehabt hatte.

»Aufhören!«, schrie Divya instinktiv, ließ den Holzklotz vorsichtig fallen und wedelte mit den Armen. Verblüfft hielten die Kämpfenden tatsächlich ein paar Herzschläge lang inne. Dann wandte sie sich an den Schatten, der sie von dem Koloss befreit hatte.

»Tajan!«, sagte sie leise und eindringlich. »Bitte … Ich bin nicht gekommen, um jemanden hier zu verletzen. So war das alles nicht geplant!«

Tajan zögerte und behielt seine Angreifer im Blick, ohne das Messer zu senken. Er sah Divya nicht an, aber sie hatte das Gefühl, dass er wütend war. Nicht auf die Tassari, sondern auf sie.

Mit einer beschwichtigenden Geste musterte sie die Tassari. Noch nie hatte Divya so viele Menschen mit dunklen Haaren und dunklen Augen auf einem Fleck gesehen. Ihre Gesichter waren wettergegerbt und ihre Kleidung war einfach. Meist bestand sie aus einfachem Stoff oder Leder, dafür aber war sie mit gestickten Mustern und Bildern verziert. Eine Frau in der vordersten Reihe fesselte Divyas Interesse. Auf dem Saum ihres Rockes waren Tiere dargestellt. Tiere mit einem Höcker, die dicht hintereinanderhergingen.

Divya fasste langsam, ohne nachzudenken, in die Tasche ihrer Vesséla. Bisher hatte sie das geschnitzte Stück Holz nur Jolissa gezeigt, und die hatte gesagt, das müsse wohl ein Fabelwesen sein, so ein Tier habe sie noch nie gesehen. Als Divya es hervorholte und gut sichtbar in die Luft hielt, senkten die Tassari ihre Waffen und absolute Stille legte sich über das Lager.

»Naschiyn«, sagte ein Mann mit einer Narbe auf der linken Wange und er trat auf Divya zu. Ob das eine Begrüßung war?

»Wer bist du?«, fragte er, nachdem er sie eine Weile einfach nur angestarrt hatte, scheinbar atemlos. Dann griff er nach dem Holztier und strich ihm sanft über den Kopf.

»Wir sollten uns unterhalten«, sagte er leise. »Aber nicht vor allen anderen.«

Divya war der Seitenblick auf Tajan dabei nicht entgangen, und als er sie durch die Menge hindurch in die Mitte des Lagers führte, war sie sich nicht sicher, ob es gut war, so weit von Tajan entfernt zu sein.

»Mein Name ist Keiroan und ich bin das Oberhaupt der Tassari«, sagte der Mann, als sie in der Nähe des Feuers ankamen. Er deutete auf ein rotes Sitzkissen und ließ sich

128

selbst auf einem grünen nieder. »Und ich habe dieses Dromedar vor vielen Jahren für ein Kind geschnitzt. Woher hast du es?«

»Dro-me-dar?«, wiederholte Divya zögernd. »Es gehörte einer Freundin. Als sie starb, wollte sie, dass ich es bekomme. Aber ich habe keine Ahnung, warum sie es jahrelang versteckt hat.«

»Weil es ein eindeutiger Hinweis auf deine Herkunft ist«, sagte Keiroan und atmete tief ein. »Vermutlich wusste sie darüber Bescheid und wollte nicht, dass du dich verrätst.«

»Mich verraten? Ich weiß *gar nichts* über meine Herkunft.« Divya sah ihn mit fragendem Blick an. »Könnt Ihr mir weiterhelfen? Kennt Ihr meine Mutter?«

Keiroan nickte und starrte ins Feuer.

»Deine Mutter hieß Farya. Sie war meine Schwester.«

Mutter! Ein Wort, das Divya von anderen Menschen kannte. Aber nicht im Zusammenhang mit sich selbst. Wie mochte es sein, eine Mutter zu haben?

»War?«, fragte Divya vorsichtig.

»Ja, sie ist schon vor vielen Jahren gestorben«, sagte Keiroan, und sie sah den Schmerz in seinem Gesicht.

»Woher glaubt Ihr zu wissen, dass *ich* ihr Kind bin?«

»Weil du das einzige Kind bist, das je ein Tassari weggegeben hat. Was auch immer dir über unser Volk erzählt wurde: Es ist bei uns nicht üblich, dass wir unsere Kinder verkaufen!«

Keiroan hatte Divyas Gedanken erraten und sie wurde rot.

»Farya hätte das niemals getan, wenn ihr irgendein anderer Weg geblieben wäre!«, setzte Keiroan energisch hinzu.

»Sie ... hatte ein Kind. Niemand außer ihr wusste, wer der

Vater war. Und er sollte niemals von diesem Kind erfahren. Als es geboren war, gaben meine Frau Verua und ich es als unser eigenes aus. Aber Wächter kamen und suchten es. Farya war verzweifelt. Sie erzählte ihnen immer wieder, dass das Baby bei der Geburt gestorben sei, aber sie hatte furchtbare Angst, dass der Vater dennoch dahinterkommen würde. Eines Tages stand ein prächtig gekleideter Mann vor diesem kleinen Mädchen, sah es an und fragte nach seinem Namen. Noch in derselben Nacht nahm Farya das Kind und flüchtete mit ihm durch die Stadt, um es an einen sicheren Ort zu bringen. Am nächsten Morgen hörten wir von den Wachen, dass sie eine Tassari dabei erwischt hätten, wie sie einen Palast für einen Einbruch auskundschaftete. Beim Versuch, sie festzunehmen, wurde sie getötet. Ein Kind hatte sie nicht bei sich. Farya kam nach dieser Nacht nie mehr nach Hause.«

Divya hatte das Gefühl, keine Luft mehr zum Atmen zu haben.

»Wisst Ihr, welcher Palast das war?«, brachte sie mühsam hervor.

»Nein«, erwiderte Keiroan, »aber ich bin sicher, er war weit von dem Kind entfernt. Sie wollte es in Sicherheit bringen.«

»Und wer ... könnte dieser Vater sein, vor dem sie das Kind verstecken musste?«

Keiroan griff nach ihrem Handgelenk. »Zum Glück weiß ich es nicht. Aber du solltest niemals nach ihm fragen! Suche ihn nicht und sprich mit niemandem darüber, wer du bist! Wir werden morgen nicht mehr wissen, dass du hier warst. Und er darf es auch nicht erfahren. Farya fürchtete ihn – und wir sollten es auch tun.«

Divya sah ihn verzweifelt an. »Aber ich will doch wissen ...«

Ein Schatten huschte über sein Gesicht und ließ seine Narbe zucken. »Nein!«, sagte er mit entschlossenem Blick. »Und ich darf auch niemals wissen, wer du bist. Wenn du einen Ort gefunden hast, an dem du achtzehn Jahre alt werden konntest, dann bleib dort und genieße jeden einzelnen Tag.« Unvermittelt legte er den Arm mit einer unerwartet zärtlichen Geste um Divya. »Kleine Naschiyn«, flüsterte er.

»War das mein Name?«, fragte sie mit brüchiger Stimme.

Er wandte sein Gesicht ab, aber sie hatte bemerkt, dass seine Augen feucht wurden. Er stand auf und hielt ihr eine Hand hin.

»Du musst gehen. Du und dein Wächterfreund. Gleich wird die Stadtwache kommen und uns zur Nachtruhe auffordern. Wir dürfen nicht so lange singen und am Feuer zusammensitzen, wie wir wollen, damit stören wir die Herrschaften in den Palästen.«

Als sie die anderen erreichten, setzte sich Bamas, der Koloss, gerade wieder auf und rieb sich den Kopf.

»Die anderen sagen, ich soll den Fremden nicht töten. Kannst du mir das erklären? Hat das Weib nun nicht den Brunnen vergiftet?«

»Nein.« Keiroan lachte verkrampft. »Lass sie in Ruhe ziehen, sie gehört nicht zu den Spionen des Fürsten.«

»Warum sollte Warkan euren Brunnen vergiften wollen?«, fragte Divya nach, »wenn ihr doch in wenigen Tagen umgesiedelt werdet?«

Vier Herzschläge lang war es still wie am Ende der Welt. Dann brach die Hölle los. Alle Tassari schrien gleichzeitig durcheinander und versuchten Divya zu berühren, um ihre Aufmerksamkeit zu erringen. Und sie alle stellten die gleiche Frage: »Umgesiedelt?«

Tajan wollte zu ihr gelangen, aber sie konnte sehen, wie er abgedrängt wurde. Und plötzlich standen Wachen auf der Mauer und starrten auf die Menge herab. Divya wurde von einem Tassari – sie konnte nicht erkennen, von wem – zu Boden gestoßen und unter den weiten Rock einer Frau geschoben. Nach einem kurzen Schreck begriff Divya, dass es zu ihrem Schutz geschah. Und sie hielt still, während sie den lauten Stimmen lauschte.

Während die Wächter ihre Meinung kundtaten, dass die Tassari sich gern umbringen könnten, aber bitte leise, waren die Tassari wütend über die Einmischung bei einem ganz normalen Bruderstreit. Nach kurzer Zeit folgten sie aber den Anweisungen und zerstreuten sich. Divya musste ihre gesamte Körperbeherrschung aufbringen, um den langsamen Schritten der Frau zu folgen, ohne aufzufallen. Zum Glück wandte sich ihre Retterin bald einer Hütte zu und verschwand darin. Divya kletterte unter dem Rock hervor und begegnete dem neugierigen Blick einer schlanken, älteren Tassari, die ihr langes schwarzes Haar offen trug. Keine Strähne war eingefärbt, und ihre Kleidung lag am Oberkörper so eng an, dass man ihre Taille sehen und ihren Busen erahnen konnte. Maita hätte diesen Anblick sicher als skandalös bezeichnet, aber Divya fand es faszinierend. Schließlich hatte die Frau eine gute Figur, es machte sie viel weiblicher.

»Ich bin Verua«, sagte sie sanft und streckte die Hand nach ihr aus. »Sagt dir der Name etwas?«

Divya wusste, dass sie den Namen eben schon einmal gehört hatte, aber aus ihrem Munde ... erinnerte er sie nun an etwas, und auch der Duft dieser Frau sandte ihr plötzlich Bilder von bunten Decken, von Wärme und einem Schlaflied. Das war also ihre Tante, bei der sie die ersten vier Jahre verbracht hatte! Wie gern hätte sie sich mit ihr unterhalten! Aber Verua wandte ruckartig den Blick ab und spähte aus einem glaslosen Fenster mit einem Ledervorhang. »Du musst fliehen! Die Wagen sind jetzt weg, aber geh am besten zur anderen Seite des Lagers.«

Divya wollte noch etwas erwidern, aber die Frau schüttelte den Kopf.

»Zwischen uns darf es keine Worte geben«, flüsterte sie und deutete auf die Tür.

Tajan erwartete sie neben Keiroan an der westlichen Mauer. Gerade wollte sie ihn fragen, ob die Tassari auch ihn vor den Wachen versteckt hatten, da bemerkte sie sein hochrotes Gesicht und sie schwieg. Nur mühsam bekam sie das Bild von einem verwirrten Sujim unter einem Frauenrock wieder aus ihrem Kopf. Das Lachen kitzelte in ihrem Hals und in ihren Augenwinkeln, aber sie unterdrückte es.

»Alles in Ordnung?«, fragte sie.

»In Ordnung ...«, zischte er, »... war mein Leben das letzte Mal vor vier Jahren.«

Seine Worte trafen sie wie ein Schlag mit dem Holzstock. Wäre ihr eine Erwiderung eingefallen, hätte sie mit Sicherheit damit zurückgeschlagen, aber sie war einfach sprachlos.

»Kannst du mir noch etwas über die Umsiedlung sagen?«, fragte Keiroan Divya.

Als sie den Mund öffnete, warf Tajan ihr böse Blicke zu, aber sie gab vor, sie nicht zu bemerken, und berichtete kurz und knapp, was sie wusste.

»Ins Wilde Land?« Sie sah, dass Keiroan blass wurde.

»Tajan sagt, dass es dort einen Brunnen gibt und dass ihr versorgt werdet«, versuchte sie die schreckliche Mitteilung abzumildern.

»So? Sagt Tajan das?«, gab er zurück. »Bisher waren wir Gefangene, die aber immerhin für ihren Lebensunterhalt arbeiten konnten, mit einer kleinen Hoffnung darauf, dieses Land eines Tages verlassen zu können. Das nächste Gefängnis wird sicher noch besser sein und wir werden mit den Bürgern dieser Stadt nicht mehr reden dürfen.«

Divya seufzte. »Sie sagen, Ihr hättet zu viele *Lichter* gerufen.«

»Gerufen?« Keiroans Stimme klang traurig. »Wohl kaum. Sie sind einfach immer in unserer Nähe. Aber das ist nicht der Grund, warum man uns einsperrt.«

»Warum dann?«

Ihr Onkel sah sie mit merkwürdigem Blick an. »Das wäre eine lange Geschichte von einem Volk, mit dem du nichts zu tun haben solltest. Folge deinem Freund. Er brennt darauf, dich hier wegzubringen, und damit hat er vollkommen recht.«

WIND

Die Häuser der Stadt hatten in der Nacht ihre Farbe verloren und schimmerten alle im gleichen unirdischen Silber des Mondlichts. Kaum ein Geräusch drang hier herauf, und ebenso lautlos huschten zwei Schatten im gleichen Rhythmus über die Dächer.

Divya ließ sich vom Rausch des Kletterns und Springens weit forttragen, fort von den Bildern ihrer verlorenen Kindheit und fort von der düsteren Stimmung Tajans. Erst kurz vor der Schule, auf einem Dach mit zwei kleinen Türmen, blieb er stehen und wandte sich zu ihr um.

»Weißt du, was geschehen wäre, wenn die Wachen mich dort gesehen hätten?«, zischte er Divya an, als hätte er die letzte halbe Stunde damit verbracht, seine Wut noch weiter anzufachen.

Überrascht hob sie die Augenbrauen. »Habe ich dich gebeten, mir nachzuschleichen? Wie bist du überhaupt dorthin gekommen?«

Tajan fauchte die angestaute Luft aus den Lungen, während er im Kreis über das Dach ging. Dabei schüttelte er den Kopf, als ärgerte er sich selbst über seine eigene Wut.

»Es ist doch nichts passiert«, sagte Divya irritiert. »Was predigst du mir immer? *Nimm den Wind aus deinen Gefühlen. In einem Sandsturm findest du niemals den Weg nach Hause.*«

»Komm mir nicht mit den Weisheiten der Sujim!«, gab er schneidend zurück.

Divya seufzte und sah ihn fragend an.

Tajan stützte die Hände in die Hüften und ließ den Blick über die Dächer schweifen. »Ich habe mir ... Gedanken gemacht. Nach unserem Gespräch warst du so anders. Ich wusste, dass du etwas vorhattest. Also bin ich dir gefolgt. Bis zu den Tassari!«

Er sprach das Wort aus, als könnte es seinen Mund beschmutzen. Aber vorher hatte Divya die Sorge in seiner Stimme gehört. Und ihr wurde bewusst, dass er seine Karriere für sie aufs Spiel gesetzt hatte. Er hatte für sie gekämpft.

Langsam trat sie von hinten an ihn heran und legte ihre Hände auf seine Schultern. »Es tut mir leid«, flüsterte sie. »Ich konnte dir nichts von meinen Plänen erzählen, weil ich keine hatte. Und es tut mir leid, dass du meinetwegen in Gefahr warst.«

»Gefahr?« Er fuhr zu ihr herum, sodass sein Gesicht ganz nah vor ihrem war.

»*Du* warst in Gefahr«, sagte er beinahe traurig. »Wenn du doch meinen Warnruf noch rechtzeitig gehört hättest.«

»Der Windvogel?«, fragte Divya und wunderte sich, dass sie es nicht gleich begriffen hatte. War das nicht ein Warnsignal der Sujim?

Er legte seine Hand auf ihren Rücken und zog sie an sich. Divya spürte, wie ihre Knie weich wurden, und ihre Haut prickelte wie unter tausend Nadelstichen. Was war das nur zwischen ihnen beiden? Auf einmal war sie davon überzeugt, dass dieses Etwas schon immer in der Luft gehangen hatte. Dass sie bloß die Hand ausstrecken musste.

»Du hättest mit mir reden können«, flüsterte er. »Ich hätte dir zugehört. Und ich hätte deine Zweifel zerstreuen können.«

136

»Zweifel?« Divya runzelte die Stirn.

»Du hast schwarzes Haar«, fuhr er fort und ließ seine Finger über ihre Zöpfe gleiten. »Aber das ist das Einzige, was du mit diesen Tassari gemeinsam hast.« Seine Mundwinkel zuckten. »Du hast einen sehr direkten, aber auch sehr gefährlichen Weg gewählt, dir das selbst zu beweisen. Aber jetzt weißt du immerhin, dass du nicht zu ihnen gehören kannst. Hast du sie dir genau angesehen? Es sind Wilde! Und du bist ...«

Er zögerte, und Divya hatte den Eindruck, dass er diesen Satz niemals beenden würde. Aber dann fand sein Blick sie wieder, und die plötzliche Zärtlichkeit darin verunsicherte sie.

»... und du bist wunderschön«, flüsterte er.

Sie musste sich von ihm befreien, um wieder atmen zu können. Seine Nähe brachte sie um den Verstand und sie brauchte einen Moment, um seine Worte zu begreifen.

»Du glaubst ...«

Einen Atemzug lang befahl ihre innere Stimme, den Mund zu halten. Tajan glaubte, dass sie keine Tassari war. Und seine Finger in ihrem Haar ließen sie begreifen, dass sie längst nicht mehr Lehrer und Schülerin waren. Und dass ihr Unterbewusstsein das bereits wusste. Da gab es ein Feuer zwischen ihnen beiden, das sie sofort in ihr Herz lassen wollte, weil es sie sonst verbrennen würde. In seinen Augen las sie Antworten auf Fragen, die sie immer schon gehabt hatte, wenn es um Männer und Frauen ging. Und ihr ganzer Körper betrog sie, weil er ihren Verstand ausschalten und diesem unglaublichen Gefühl einfach nachgeben wollte. Aber konnte sie ihre innere Stimme so einfach knebeln und fesseln?

»Hast du denn nicht gehört, was Keiroan gesagt hat?«, fragte Divya mit unmenschlicher Überwindung.

»Was er dir einflüstern wollte, als er dich wegzog? Dafür wart ihr zu weit weg«, erwiderte Tajan stirnrunzelnd.

»Er hat mir nichts eingeflüstert«, widersprach sie. »Ein Teil von mir wusste schon lange, dass ...« Sie schluckte. »... dass die Tassari *mein* Volk sind. Tajan! Sieh mich doch an! In meinen Adern fließt Tassariblut!«

Er wurde blass, schüttelte aber den Kopf. »Ich habe deine Papiere gesehen. Sie sind ...«

»... nur Papiere!«, sagte Divya äußerlich ruhig. »Kein Papier der Welt kann beweisen, was nicht wahr ist.«

»Hat dieser wilde Kerl mit der Narbe im Gesicht dich so beeindruckt, dass du zu ihm gehören willst?«, fragte er verärgert.

»Das tue ich bereits«, sagte Divya leise. »Er ist mein Onkel. Meine Mutter wurde von der Stadtwache getötet, nachdem sie mich bei Maita in Sicherheit gebracht hatte.«

Tajan versuchte jetzt nicht mehr, sie zu berühren. »Gibt es Beweise?«

Divya seufzte. »Als ich das Lager sah, war das wie ein Bad in Erinnerungen, die eine Fremde nicht hätte haben dürfen.«

Aus Tajans Blick verschwand alles Weiche, als er ein paar Schritte rückwärtsmachte. »Du *willst* es also glauben.«

»Und du willst lieber einem gefälschten Papier glauben?«

Auf einmal wurde ihr bewusst, wie gefährlich ihr neues Wissen war. Vor allem wenn es weitergegeben wurde ...

»Wirst du mich verraten?«, fragte Divya mit rauer Stimme.

Tajan senkte den Kopf, als wollte er sich konzentrieren wie vor seinen Kampfübungen.

»Ich hoffe, das wird nicht nötig sein«, erwiderte er tonlos. »Und nun?«

Divya fühlte sich zutiefst verwirrt. Konnten ein paar Worte zwei Menschen so verändern?

»Nichts. Wir werden diese Nacht vergessen. Wir haben die Schule niemals verlassen«, sagte er ganz sachlich.

»Dann sehen wir uns morgen Nacht zu unseren Übungen?«, flüsterte sie zögernd.

Er schwieg eine Weile. Sah sie nicht an. Seine Stimme war ruhig und bestimmt, als er antwortete: »Nein. Auch unsere Übungen hat es nie gegeben. Du kannst das Dach nach der Wäscherei haben, wenn du noch immer tanzen möchtest ... Vielleicht liegt das Tanzen dir ja wirklich im Blut.«

Sie hörte die Verachtung für die Tassari aus seiner Stimme heraus, ohne dass er sie aussprechen musste. War das das Einzige, was er noch für sie empfand? Verachtung?

Für das Gefühl, das ihre Brust von innen verbrannte, hatte sie keinen Namen, aber sie musste davor fliehen. Jetzt! Ihre Beine bewegten sich, bevor sie nachdenken konnte, und sie rannte los. Rannte über die Dächer, ohne anzuhalten vor den Straßenschluchten, über die sie einfach hinwegflog. Diesmal nicht getrieben von einem Rausch, sondern von einem Brennen in ihrer Brust, das weniger schmerzte, je schneller sie rannte.

Schon bald hatte sie die letzte Hauswand erreicht, den letzten Abgrund, über den sie nicht springen konnte. Acht oder neun Schritte beim Tanz der Schmetterlinge, also etwa drei Aufwärmschritte. Niemals in einem Sprung zu schaffen! Aber nichts konnte sie aufhalten, sie spürte den Wind in ihren Haaren und unter ihren Beinen, als sie noch schneller wurde, noch schneller ... Und plötzlich trug der Wind sie auf eine Hauswand zu, die viel zu weit entfernt war. Von fern hörte sie einen leisen Aufschrei, wie aus einer anderen Welt. Sie schloss die Augen und streckte Arme und Beine so weit auseinander, wie sie es noch nie getan hatte.

Die Landung schmerzte an allen Körperstellen, die sie kannte, und an vielen, die sie noch nicht kannte. Ihre Beine gerieten ins Straucheln, fingen sich aber gleich darauf wieder und machten den nächsten Schritt. Und den nächsten. Und den nächsten.

Das Brennen verwandelte sich endlich in den Rausch, den sie ersehnt hatte. Divya ließ die Kraft der Verzweiflung in ihren Muskeln explodieren. Und sie tanzte! Tanzte den lästigen Verstand aus ihrem Kopf, tanzte ohne jede Regel. Sie fühlte nur, wie alles ineinanderfloss. Die Anmut von Rudjas Tanz des Frühlings, Tajans drohende Körperhaltung beim Nahkampf – und auch die lasziven Bewegungen der tanzenden Tassarifrau am Feuer. Als alles eins war – der perfekte Tanz! –, wirbelte Divya wie ein Sandteufel um sich selbst, wobei ihre Hand zum Rücken fuhr. Abrupt blieb sie stehen und schleuderte ein Messer durch die Nacht. In der Holzlatte, die Tajan zuletzt für Wurfübungen benutzt hatte, vibrierte die Klinge noch eine Weile nach, genau auf der weißen Markierung. Einen Schritt weiter stand Tajan mit bleichem Gesicht.

»Daneben«, kommentierte er tonlos.

»Nur wenn ich auf dich gezielt hätte«, gab Divya zurück und blieb völlig außer Atem stehen.

Auch als Tajan langsam auf sie zukam, rührte sie sich nicht. Ihre Beine gehorchten ihr plötzlich nicht mehr. Sein

Blick bohrte sich in ihren wie bei einem Streit, dessen Worte sie nicht hören konnte. Dann schlang er die Arme um sie und drückte sie voller Kraft an sich. Einen Kuss hatte sie sich immer anders vorgestellt. Zart und vorsichtig. Aber dieser hier war wild, leidenschaftlich und ließ alles in ihr weich werden. Jeder Widerstand schmolz dahin, als sie ihre Hände auf seinen Rücken legte, ihre Lippen öffnete und den Kuss erwiderte. Es war, als atmete sie seine Gefühle für sie ein. Als fiele sie in eine warme Höhle, in die sie sich für den Rest aller Zeiten verkriechen wollte. Niemals mehr ohne ihn sein! Niemals mehr ohne seine weiche Haut, den Geruch seiner Haare und das Prickeln, das seine Finger auf ihrer Haut hinterließen.

Erst eine ganze Weile später schob sie ihn ein Stück von sich weg und sah ihn fragend an. Als würde sie nach einer langen Nacht erwachen und in den Tag blinzeln. Die Träume hinter sich lassen müssen.

»Dann kannst du also damit leben, dass ich eine Tassari bin?«

Er blickte zu Boden, als müsste er seine Gedanken vor ihr verschließen.

»Nein, du wirst damit leben, keine zu sein.«

Divya schwieg verwirrt. Sie verstand nicht.

»Du wirst mit niemandem darüber reden, dich nie wieder auffällig nach den Tassari erkundigen und nie wieder zu ihnen gehen.« Langsam sah er auf, um ihre Reaktion zu sehen. »Vielleicht kannst du ja auch dein Haar etwas heller färben. Und es tut mir leid, aber du darfst nie wieder tanzen. Das würde dich verraten.«

Divya riss sich von ihm los.

»Weißt du, was du da von mir verlangst?«

141

»Weißt du, was du von mir verlangst?«, fragte Tajan zurück. »Ich bin Hauptmann der Wache. Ein Sujim. Ich kann mir eine Frau aus jeder Kaste wählen, wenn mein Herr der Wahl zustimmt. Aber ich kann nicht mit einer Tassari zusammen sein.«

Divyas Weltbild war in den letzten beiden Nächten schon mehrmals zusammengestürzt wie ein Kartenhaus. Sie konnte sich nicht daran gewöhnen, wie weh es tat. Aber sie konnte es äußerlich ruhiger hinnehmen.

»Das verlangt auch niemand von dir. Bis heute sind wir ohneeinander ausgekommen, wir können es also auch weiterhin. Ich werde nicht den Rest meines Lebens vorgeben, jemand anders zu sein«, stellte sie sachlich fest.

Tajan schnaubte. »Nicht? Du hast dein Leben lang vorgegeben, jemand anders zu sein. Meinst du, ich habe dich nicht gesehen, wie du Tag für Tag den Unterricht verfolgt hast? Dich bewegt hast wie eine Tana, gelernt hast wie eine Tana? Mal hast du Rudja imitiert, mal Jolissa, mal sogar Maita. Und zum Schluss mich. Vorgeben, jemand anders zu sein, das kannst du besser als jede andere.«

Verletzt forschte Divya in seinen Augen. »So siehst du mich?«

Er wandte sich von ihr ab und blickte über die Dächer, als hätte er endgültig begriffen, was zwischen ihnen stand.

»Du hattest keine Vergangenheit, und so hast du dir eine geschaffen«, sagte er. »Du hast versucht, aus Teilen anderer dein eigenes Ich zu schneidern. Schade, dass es nicht funktioniert hat.« Leise fügte er hinzu: »Schade, dass du das Rückgrat vergessen hast.«

Divya öffnete den Mund, um zu widersprechen, aber das Bild, das er von ihr hatte, war zu schrecklich.

142

Blind vor Verzweiflung sprang sie vom Dach auf die Agida und verschwand in dem dunklen Holzkäfig, den die ersten Strahlen der Morgensonne noch nicht berührten. Mit Rudjas Eleganz, Jolissas Natürlichkeit, Maitas Würde und Tajans Körperbeherrschung.

Hinter der ersten Biegung der Agida schloss Divya die Augen und hätte sie am liebsten nie wieder geöffnet. Aus einem unbegründeten Instinkt heraus tat sie es dennoch. Und bemerkte, dass ein großer Schatten ihr den Weg versperrte.

»Ich glaube, es gibt einiges zu besprechen«, knarrte Maitas Stimme aus der Dunkelheit. »Vielleicht ist es Zeit für meinen ... Gefallen.«

PAPIER

Noch nie war ihr Maitas fensterlose Schreibkammer so eng vorgekommen wie heute. Als die Leiterin die Tür schloss, konnte Divya gut nachempfinden, wie es einer Maus ging, wenn die Köchin sie mit dem Besen in eine Ecke gedrängt hatte.

»Es tut mir leid, dass ich nachts auf der Agida war«, begann Divya mit gesenktem Kopf. »Ich wollte ...«

Ein Knall unterbrach sie. Maita hatte ein dickes Buch zugeschlagen, das auf ihrem Tisch lag. Aber Maita sah nicht das Buch an, sondern nur sie. Als ließe sie ihr keinen Raum für geheime Gedanken.

»Erzähl mir nicht schon wieder, du wolltest die Stadt im Mondlicht ansehen. Halt mich nicht für dumm, blind oder taub!«

Divya erstarrte und schwieg abwartend. Maita lehnte sich auf ihrem Stuhl zurück und dehnte die Anspannung bewusst bis ins Unerträgliche. Schließlich wanderten ihre Finger in ein Kästchen, das im Regal direkt neben dem Tisch stand, und nahmen ein Messer heraus. Maitas Blick hielt noch immer ihren gefangen, während sie mit dem Messer spielte. Dann legte sie es vor Divya ab. Der Griff war mit einem Adler verziert, der die Schwingen ausbreitete.

»Vielleicht hätte ich dich früher bremsen sollen in deiner Begeisterung für diesen Mann!«, sagte Maita. »Aber ich gebe zu, dass mir sein Unterricht gefiel. Ein Sujim gibt niemals seine Geheimnisse preis und er würde niemals eine Dienerin unterrichten. Wie hast du ihn nur so weit bekommen?« Maita zwinkerte. »Du scheinst verborgene Talente zu haben. Auf jeden Fall kannst du stolz auf diesen Unterricht sein. Deine Fähigkeiten kann dir niemand nehmen.«

Divya fiel keine Antwort darauf ein. *Maita wusste von allem? Wie viel?*

»Willst du gar nicht hören, warum ich sein Messer habe?« Divya wartete, noch immer wie erstarrt.

»Ich habe es einige Tage vor dem Einbruch im Garten gefunden.«

»*Vor* dem Einbruch?«, fragte Divya verwirrt.

»Allerdings. Jemand hat unsere Schule ausgekundschaftet, bevor er hier eindrang. Dieser Jemand wusste vermutlich genau, wann und wo Sadas Schränkchen stehen würde. Und er wusste, in welcher Nacht ein Mädchen auf dem Dach tanzen würde, das Alarm geben konnte, falls es etwas Ungewöhnliches sah. Nur dass dieses Mädchen völlig anders reagiert hat als geplant. Der Alarm hätte unseren Einbrechern gut gefallen, weil sie erwischt werden *wollten.* Nicht geplant hatten sie vermutlich, dass ihnen eine alte Frau mit einem Messer dazwischenkam.«

Divya hätte sich am liebsten die Ohren zugehalten. Warum sollte Tajan so etwas tun? Aber sie erinnerte sich, dass sie einiges in dieser Nacht seltsam gefunden hatte. Dass er und der Einbrecher beide die gleichen Metalldornen an den Stiefeln getragen hatten. Und dass er den Einbrecher von der falschen Seite des Hauses her verfolgt hatte.

Verzweifelt musterte sie Maitas Gesicht, aber sie konnte keine Lüge darin erkennen.

»Warum?«, fragte Divya totenbleich.

»Politik!«, erwiderte Maita mit einem Schnauben. »Der Fürst wollte schon lange Kontrolle über die Schulen haben, aber die hohen Bürger der Stadt hätten es nicht gutgeheißen, wenn er seine Männer einfach so in die Unterrichtsräume ihrer Töchter geschickt hätte. Auch in andere Schulen wurde eingebrochen, und das gab Warkan endlich einen Vorwand, uns eine Wache zu ›schenken‹. Nicht zu unserem Schutz, versteht sich. Sondern um die Schulleiter auszuspionieren, ob sie den Mädchen falsche politische Ansichten in den Kopf setzen. Oder ob sie sogar zu den Rebellen gehören.«

Divya hätte gern an ihren Worten gezweifelt, aber auf einmal fiel ihr die Nacht vor vier Jahren ein, in der sie Tajan mit einer anderen Person hinter dem Kamin gesehen hatte. War es vielleicht gar kein Mädchen gewesen? Hatte ihre Eifersucht sie geblendet? Heute fragte sie sich, warum ein Sujim das Wort einer Dienerin fürchten sollte, die ihm unterstellte, sich nachts mit einer Schülerin zu treffen. Sein Wort hätte schwerer gewogen und das der Schülerin sicher auch. Aber er hatte jeden Verdacht sofort im Keim ersticken wollen.

»Tajan?« Divya hörte ihre eigene Stimme, als wäre es eine fremde. »Ist ein Spion?«

Maita zuckte mit den Schultern. »Mach dir nichts draus, Mädchen. Dass er nichts taugt, sollte dir ja spätestens nach dieser Nacht klar sein. Ich habe da so etwas gehört ... zufällig ...« Sie lächelte anzüglich. »Er scheint von deinen Tassari-Wurzeln nicht sehr angetan zu sein, nicht wahr?«

Divya schob die Hände in die Taschen ihrer Vesséla und grub die Finger so fest in den Stoff, dass sie ihre Nägel in ihrer Haut spürte.

»Wie bist du selbst eigentlich darauf gekommen, wer du bist?«

Divya wollte nicht über die *Lichter* sprechen, deshalb murmelte sie das Wort »Dromedar«.

»Ah«, machte Maita nachdenklich. »Verstehe! Seluria hat mir damals versprochen, es zu verbrennen. Ich hätte es ahnen müssen ... Nun, das ist lange her. Aber vergiss den Wächter. Er ist wirklich nichts wert. Ich habe mich über ihn erkundigt. Sein Vater hat für Warkan gearbeitet und war sein bester Mann, wie man sagt. Oberkommandierender der Wache. Schon sehr früh hat der Fürst Tajan in seine Dienste aufgenommen und wollte ihm den gleichen Platz einräumen wie seinem Vater. Dann starb der Vater, angeblich durch Tajans Schuld. Hast du dich nie gefragt, warum ein so großartiger Sujim sein Leben als Kindermädchen fristen muss?«

Divya kniff sich noch tiefer ins Fleisch. Nur durch den Schmerz im Bein konnte sie ihr Gesicht zwingen, keine Regung zu zeigen.

»Aber ich glaube, weitere Treffen zwischen euch sind wohl gar nicht mehr geplant, oder?«

Sie hat alles mit angesehen und gehört!

»Gut, gut. Er hat seinen Zweck ja erfüllt, denke ich«, lächelte Maita. »Die Frage ist, was machen wir weiter mit *dir*?«

Divya wartete ab, unfähig zu antworten.

»Ein Wächter, der für Warkan arbeitet, weiß, dass du eine Tassari bist. Ich weiß nicht, wie viele Tage du hier noch sicher bist.«

Divyas Gedanken flogen durcheinander wie welkes Laub.

»Kann ich nicht ...? Wäre es vielleicht möglich ...?« Sie riss sich zusammen und sah Maita in die Augen. Wahrscheinlich wusste sie doch sowieso bereits alles, warum also zögern? »Jolissa hat einmal angedeutet, dass sie mich gern als Dienerin mit in die Ehe nehmen würde. Und da ihre Hochzeit sicher kurz bevorsteht ...«

»Kürzer, als du ahnst«, nickte Maita langsam, und Divya schoss das Blut in den Kopf. War es wirklich so weit? »Aber mir scheint, dass sich das Mädchen ein bisschen verschätzt hat, was ihre Entscheidungsgewalt angeht. Der Mann, der bei mir um ihre Hand angehalten hat, ist ein Mann der blauen Kaste. Natürlich. Und er ist bekannt dafür, dass er Menschen mit dunklem Haar nicht gern um sich hat. In seinem Haus ein Mädchen, das aussieht wie eine Tassari – undenkbar.«

»Und wenn ich mir die Haare färbe?«

Divya spürte die Verzweiflung in sich aufsteigen. Aber Maita schüttelte den Kopf.

»Ich muss an meinen guten Ruf denken, gerade in diesen schweren Zeiten. Wenn jemals etwas herauskäme!«

»Aber ich habe doch Papiere, die beweisen ...«

»... dass ich eine gute Fälscherin bin?«, ergänzte Maita mit hochgezogenen Augenbrauen. »Solange das Papier in meiner Schublade liegt, ist die Gefahr gering. Wenn ich es mit dir an jemanden verkaufe, liefere ich meinen Hals an den Galgen.«

Divya schluckte. »Warum habt Ihr das dann überhaupt für mich getan? Ihr hättet damals sicher eine bessere Dienerin bekommen können als ein kleines Kind ohne eigene Kaste.«

Die Schulleiterin seufzte. »Nicht für den Preis. Außerdem hat mir deine Mutter damals sehr imponiert. Sehr hübsch, sehr wortreich und verfolgt von einem Mann, der

148

sie töten wollte, stand sie vor meiner Tür. Hätte ich sie und das Kind wegschicken sollen?«

»Verfolgt von wem?«, hakte Divya nach, unbewusst hatte sie sich nach vorn gebeugt und die Hände auf Maitas Tisch gelegt.

»Sie hat mir einiges erzählt. Und du willst nun von mir wissen, wer dein Vater war«, sagte sie nachdenklich. »Aber das kann ich dir auch nicht sagen, und so viele Jahre später wird das sicher schwer herauszufinden sein. So wie es aussah, handelte es sich um einen sehr temperamentvollen Mann, der glaubte, dass die Frau ihn betrog. Ein eifersüchtiger Tassari ist sicher eine tödliche Bedrohung. Jedenfalls hat deine Mutter das einzig Vernünftige getan – und ich das einzig Unvernünftige. Mit der Fälschung habe ich mich nie wohlgefühlt. Eine Lüge, die man ein Leben lang erzählt, wird irgendwann dünn wie Papier. Nun ist es wohl so weit. Wir müssen einen neuen Weg für dich finden.«

Neuer Weg – das klang ja ganz nach der Prophezeiung! Sollte tatsächlich das *Licht* vor vier Jahren recht gehabt haben? Gab es einen Weg für sie?

»Und welchen?«, fragte Divya verunsichert.

Maita legte eine Hand auf die Divyas, die erste Berührung zwischen ihnen beiden, wenn man von den vielen Ohrfeigen einmal absah. »Du wirst diesmal eine Aufgabe bekommen, die deinen Talenten entspricht. Und dem Wächter werde ich erzählen, dass ich dich heute Nacht zum zweiten Mal auf der Agida erwischt und dich deshalb spontan verkauft habe. Zum Glück steht es ihm nicht zu, zu fragen, an wen.«

Maita hob die Hand, als Divya den Mund öffnete.

»Ich verstecke dich in einem Haus ganz in der Nähe. Du

sollst für mich zu einem großen Fest gehen.« Sie zwinkerte. »Und du wirst tanzen. Nicht wie eine Tana, sondern so, wie du es heute Nacht getan hast. Du wirst die Sensation des Abends sein – das kannst du mir glauben.«

Divya stutzte. Tanzen? Das war ihr Weg hier hinaus? Plötzlich schlich sich ein Lächeln auf ihr Gesicht. So viele schreckliche Nachrichten heute Nacht und nun das! Das Tanzen! Konnte das wahr sein? Die Prophezeiung! Natürlich, das *Licht* hatte recht gehabt, dafür musste sie lernen! Und der Kampf hatte sie Körperbeherrschung gelehrt. Eben noch hatte sie geglaubt, dass alle Wege ihr verschlossen waren, die sie sich je erträumt hatte. Dass sie ihre besten Freunde verloren hatte. Der Gedanke an Tajan war noch immer ein Stachel in ihrem Herzen, und es machte sie traurig, dass sie nicht an Jolissas Seite durch die Stadt wandern konnte. Aber vielleicht würden sie das ja dennoch, eines Tages. Wichtig war nur, dass sie nicht den Rest ihres Lebens auf der Flucht verbringen würde. Oder mit dem Scheuern von Böden. Nein, sie würde tanzen!

Maita stand auf und reichte Divya die Hand wie zu einem Pakt. So nah hatte sie sich der Schulleiterin noch nie gefühlt. Sie mochte vielleicht hart und herrschsüchtig sein, aber ihre Strafen und Entscheidungen waren immer von einer gewissen – sehr eigenen – Gerechtigkeit geprägt gewesen.

Als Maita die Tür öffnete, flutete helles Tageslicht herein. War es wirklich schon Morgen? Ihr letzter Morgen an dieser Schule? Ihr Mut und ihre freudige Erwartung des Neuen gerieten ins Stolpern.

»Kann ich mich denn wenigstens noch von Jolissa verabschieden?«, fragte sie mit flehendem Blick.

Maita nickte zögernd.

»Wenn du sicher bist, dass sie schweigen kann. Aber beeil dich. Der Unterricht beginnt pünktlich in einer Stunde.« Leise setzte sie hinzu: »Und lass dich von niemandem
sehen. Ich weiß, dass du schleichen kannst wie eine Katze.«

Jolissa hatte beide Hände in den Haaren und stand vor
dem Spiegel. Als Divya hereinkam, ließ sie die Nadeln, die
sie wohl gerade befestigen wollte, einfach zu Boden fallen
und lief auf ihre Freundin zu, um sie fest zu umarmen.

»Du kommst genau richtig«, freute sie sich.

Divya betrachtete ihr Haar und nickte. »Das sehe ich.«

Jolissa grinste und schüttelte den Kopf, dass die halb befestigten Zöpfe nur so flogen.

»Deshalb doch nicht! Wenn ich eine Dienerin gebraucht
hätte, hätte ich nach einer gerufen!« Sie sah Divya in die
Augen, und Divya entdeckte darin eine Lebensfreude, um
die sie sie beneidete.

»Gestern Abend war ich wieder auf der Agida. Ein letztes
Mal!« Sie schaffte es, ihr Strahlen noch leuchtender werden
zu lassen. »Und du errätst nicht, wen ich gesehen habe.«

»Den du immer siehst?«

Jo wehrte ab. »Ja! Aber er hatte … in der Hand … so
groß, dass er es nicht verstecken konnte …« Sie drehte sich
um die eigene Achse. »… ein tragbares Schränkchen!«

Sie funkelte Divya an, platzte geradezu vor Begeisterung.
»Ich konnte ihn nicht ansprechen, weil er nicht allein war.
Bestimmt jemand von seiner Familie. Er hat Maita mein
Hochzeitsschränkchen gebracht!« Sie klatschte in die Hände. »Ich habe dich gestern Abend noch gesucht, aber du
warst wie vom Erdboden verschluckt.«

Divya lachte unter Tränen auf. Jos Traum erfüllte sich

wirklich! Sie umarmte ihre Freundin und drückte sie so fest an sich, wie sie konnte. »Dann entschuldige ich mich für alles, was ich über diesen Mann gesagt habe! Bis gerade eben habe ich nicht glauben können, dass es so etwas gibt! Und ich wünsche dir alles Glück der Welt! Dass du bei ihm findest, was du suchst!«

Jolissa schob sie ein Stück von sich und musterte sie mit gerunzelter Stirn. »Das klingt wie ein Abschied. Was ist los? Bei allen Geistern, du siehst schlecht aus!«

Divya nickte und setzte sich auf Jolissas Bett.

»Die heutige Nacht hat alles verändert. Ich weiß jetzt, wer ... oder was ich bin. Und ich hätte es schon längst wissen können, wenn ich Sada und den Mädchen genauer zugehört hätte.«

Jolissa setzte sich behutsam neben ihre Freundin, ihre Stirn in Sorgenfalten gelegt.

Divya musterte sie nachdenklich. »Du hast es gewusst?«

»Nein«, wehrte Jolissa ab. »Ich habe etwas geahnt. Weil du diese *Lichter* sehen konntest ... Aber ich konnte doch nicht sicher sein. Und ich wollte dir nicht wehtun.« Sie legte den Arm um sie, aber Divya schüttelte ihn ab.

»Freunde können sich alles sagen, nicht wahr? Du hättest mit mir darüber reden müssen!«

Jolissa wich ihrem bohrenden Blick aus.

»Macht es dir etwas aus? Dass ich eine Tassari bin?«, musste Divya endlich fragen.

Jolissa sah erschrocken auf und ihre Augen wurden feucht.

»Wie kannst du so etwas sagen?«

Divya wehrte ab. »Entschuldige. Ich dachte nur ... Maita hat mir erzählt, dass dein Mann keine Tassari in seinem

Haus dulden würde. Deshalb hat sie eine Entscheidung getroffen, was meine Zukunft angeht. Ich werde noch heute die Schule verlassen.«

Jolissa sprang auf und umarmte ihre Freundin wieder, diesmal so fest, als könnte sie sie damit festhalten.

»Nein«, hauchte sie in Divyas Ohr.

»Ich werde dich besuchen. Versprochen!«, sagte Divya.

»Nein, du verstehst nicht«, protestierte Jolissa. »Ich werde mit Roc reden. Er ist der liebste, netteste Mann, den es geben kann, und ich kann nicht glauben, dass er dir die Tür weisen würde. Er wird uns verstehen!«

Divya spürte, dass sie gegen Jolissas Optimismus nicht anreden konnte, auch wenn sie ihn nicht teilte. Die Welt war anders, als Jos Träume es ihr vorgaukelten. Wie anders, hatte sie erst heute Nacht im Lager der Tassari gesehen.

»Das wäre schön. Du kannst mir sicher über Maita eine Nachricht zukommen lassen«, sagte Divya, als die Schulglocke zum ersten Mal läutete. »Und jetzt mache ich dir die Haare. Setz dich hin und halt still!«

Jolissa tat es und wischte sich mit der Hand die Tränen ab. Divya reichte ihr ein Taschentuch.

»Wenigstens du solltest heute so glücklich sein wie noch nie im ganzen Leben. Denk an das, was dich erwartet!«

Jolissa nickte und atmete tief durch.

»Erzählst du mir nun alles? Was du über deine Familie erfahren hast? Und was Maita mit dir vorhat?«

Divya konzentrierte sich auf die Haare und wich Jolissas Blick im Spiegel aus, während sie erzählte. Sie wusste, dass die Freundin ihr sonst sofort ansehen würde, wie viel sie ausließ. Sie beschränkte sich auf ihren Weg über die Dächer zu den Tassari, auf Keiroan und Maitas Plan, dass

153

sie auf Festen tanzen solle. Der Name Tajan kam in der Geschichte nicht vor. So wie er auch sonst nicht mehr in ihrem Leben vorkommen würde.

MASKEN

Es war ein seltsames Gefühl, am helllichten Tag durch ein offenes Fenster in einen Palast einzusteigen. Er war riesig, und als sie mit einer Kerze durch die Gänge schlich, kam sie sich vor wie ein Einbrecher auf der Suche nach Beute, mit dem Hals bereits fast am Galgen. Aber es war, wie Maita gesagt hatte: Das Gebäude stand leer. Es hatte einem Verräter gehört, der gehängt worden und dessen Familie in ein Haus der unteren Kasten gebracht worden war. Solange Warkan den Palast niemandem schenkte, wuchsen Staub und Spinnweben auf den teuren Möbeln und verwandelten die herrschaftlichen Räume in regelrechte Grüfte. Die Mäuse hatten längst alle Hemmungen verloren und liefen auf ihrer verzweifelten Suche nach Futter quer durch die Flure.

Divya, die sich ihr Leben lang inmitten des Trubels der Schule nach dem Alleinsein gesehnt hatte, fühlte sich nun von der Stille bedroht. Jeder Schritt, den sie machte, war viel zu laut, und jeder Atemzug hallte als hauchendes Echo von den stoffbezogenen Wänden wider.

Nachdem sie alle Räume durchwandert und keine Spuren eines anderen Menschen bemerkt hatte, fand sie im Innenhof auch den Brunnen, den Maita erwähnt hatte. Woher kannte sich die Leiterin in diesem Haus nur so gut aus? So selten, wie sie das Schulgebäude verließ, konnte sie kaum zufällig darauf gestoßen sein.

Aus Gewohnheit beschloss Divya, es sich unten in der

Küche bequem zu machen. Das Haus war einfach zu groß für sie. Es kam ihr vor wie ein riesiges Tier, in dessen Versteck sie eingedrungen war und das leise atmend auf sie lauerte.

Am Abend hörte sie zum ersten Mal ein Geräusch, das nicht von ihr selbst verursacht wurde: das Knarren einer Tür. Das behutsame Zuklappen derselben Tür. Dann Schritte. Und sie näherten sich auf direktem Weg der Küche.

Divya sprang auf und schlich den Flur hinunter, den Schritten entgegen, bis sie den Vorratsraum erreicht hatte. Dort stellte sie sich hinter die angelehnte Tür und spähte um die Ecke. Wenige Herzschläge später ging eine Gestalt in einer gelben Vesséla dicht an ihr vorbei. Divya atmete auf und folgte ihr ganz leise. In der Küche blieb sie hinter Maita stehen, die ihre Decken gefunden hatte.

»Divya?«, rief die Schulleiterin ungeduldig.

Als sie sich endlich umwandte, zuckte sie heftig zusammen.

»Du hast mich erschreckt.«

»Ihr mich auch«, gab Divya zurück.

Maita schnaubte und setzte sich auf einen ungemütlich aussehenden Stuhl an den Küchentisch. Divya setzte sich zögernd auf den zweiten Stuhl, da sie keinen niedrigeren Hocker entdecken konnte.

»Wir sollten über den Gefallen reden, den du mir schuldest«, begann Maita. »Und ich hoffe, dir ist inzwischen bewusst, wie tief du in meiner Schuld stehst. Ich habe dich als Kind aufgenommen, dir ein Zuhause und eine Vergangenheit gegeben. Und jetzt ein Versteck, in dem die Wache dich zumindest vorläufig nicht finden kann.«

Divya spürte, wie die Worte der Schulleiterin sich wie Blei auf ihre Brust legten.

»Sucht mich denn schon jemand?«, fragte sie stirnrunzelnd.

Maita nickte. »Noch vor dem Mittagessen waren sie da und wollten dich ins Lager der Tassari bringen. Du kannst dir nicht vorstellen, wie Tajan gestaunt hat, als du nicht mehr da warst!« Sie lachte. »Und auch dafür solltest du mir dankbar sein. Sie haben mich eine Weile verhört, wollten wissen, warum ich dich ausgerechnet jetzt verkauft habe.«

Divya schloss die Augen. *Und sie hatte Tajan vertraut!*

»Aber das ist deine Vergangenheit, lass uns über deine Zukunft reden!«, lächelte Maita. »Sicher ist es ein Zeichen der Geister: Vor einigen Wochen hatte ich ein Gespräch mit einem netten jungen Mann aus der Kaste der Lehrer. Er führt eine Schule für Mädchen aus den mittleren Kasten. Sie haben wie bei uns Unterricht in Tanz, Gesang und Umgangsformen. Und dieser nette junge Mann sucht nun eine Ehefrau, die ihm möglichst viel bei seiner Arbeit helfen kann. Leider konnte ich dem Herrn nicht helfen, weil keine meiner Schülerinnen im heiratsfähigen Alter seinen Anforderungen entspricht. Und seiner Kaste. Aber ...«, sie zog die Augenbrauen hoch, »... dann gab es da mal eine Schülerin, deren Eltern während ihrer Schulzeit verstarben, sodass ihr Schulgeld nicht mehr bezahlt wurde und ich sie vor die Tür setzen musste. Alles geschah so schnell, dass ich ihre Papiere noch habe. Wenn ich sie dir gebe, wärst du die ideale Heiratskandidatin für diesen freundlichen Lehrer. Ich könnte mir gut vorstellen, wie du Mädchen all das beibringst, was du in vielen Jahren auf der Agida von mir, Rudja und den anderen gelernt hast.« Maita nickte ihr vielsagend zu und wartete mit einem breiten Lächeln ab.

Divya war aber viel zu schockiert, um das Lächeln zu erwidern.

»Ihr wollt, dass ich wieder mit gefälschten Papieren lebe?«

»Nein, vielleicht mit gefärbten Haaren, aber mit *echten* Papieren! Das ist das Beste daran! Und du könntest tanzen, unterrichten und einen recht attraktiven Mann heiraten. Klingt das nicht reizvoll? Besonders für jemanden, der keine Zukunft mehr hat. Ich biete dir eine neue Identität.«

»Das ist also der Gefallen?«, fragte Divya verwirrt.

»Nein, das ist die Belohnung«, konterte Maita beleidigt. »Ich dachte, du würdest dich freuen, endlich eine angesehene Frau zu werden. Keine Tana, aber eine Frau mit vielen Freiheiten und einem interessanten Leben.«

»Eine verlockende Aussicht«, erklärte Divya, wie es von ihr erwartet wurde, obwohl es nicht ganz das war, was sie sich erhofft hatte.

Maita nickte und fuhr fort. »Nun zu dem Gefallen. Immerhin hat der noch wesentlich mehr mit Tanz zu tun. Wie gesagt, du sollst auf einem Fest auftreten.«

Divyas Mundwinkel zuckten nach oben. Das klang nicht nach einem Gefallen, sondern nach Spaß! Vielleicht gab es ja bei dieser Aufgabe auch eine Zukunft?

»Es ist ein sehr großes Fest, zu dem mehrere Gaukler eingeladen sind, sodass du nicht weiter auffallen wirst. Ein Freund, der das Fest organisiert, hat dich als Tänzerin namens Kella auf die Liste gesetzt, und du wirst auf die Bühne geholt, wenn du an der Reihe bist.«

Divya nickte. Das klang interessant.

»Und Ihr sagt, ich soll so tanzen wie letzte Nacht auf dem Dach? Ich würde ja lieber den Tanz der Gräser vorführen, das andere würde doch sicher Anstoß erregen ...«

Maita zwinkerte ihr zu. »Natürlich wird das Anstoß erregen. Du wirst genau so tanzen wie letzte Nacht auf dem Dach. Alle werden dich anstarren, damit musst du rechnen, aber du trägst natürlich eine Maske und niemand kann dich später wiedererkennen. Wichtig ist aber der Abschluss. Du wirst über die Bühne wirbeln, bis niemand mehr wegsehen kann, und wenn du es gut machst, wird kein Mann es wagen, dir das Tanzen zu verbieten.« Sie zwinkerte wieder, diesmal anscheinend etwas nervös. »Und dann ziehst du das Messer wie letzte Nacht und schleuderst es durch die Luft. Aber diesmal wirst du treffen. Das Ziel ist der Gastgeber des Abends. Du kannst ihn nicht verfehlen.«

Divya war sicher, dass sie sich verhört hatte.

»Ich soll den Gastgeber treffen? Wie ist das gemeint?«

Maita lehnte sich auf ihrem Stuhl zurück und musterte ihr Gegenüber genau.

»So wie ich es sage. Ins Herz.«

Vor den hohen Fenstern voller Staub und Spinnweben, die im Kerzenschein weiß leuchteten, kam Maita Divya vor wie eine Fürstin der Dunkelheit aus den Märchen, die die Köchin so gern in kalten Winternächten am Kaminfeuer erzählte.

»Wie ...« Sie musste ihre Lippen befeuchten, weil ihre Trockenheit sie am Sprechen hinderte. »Wie könnte ich einen Menschen töten?«

»Möglichst schnell«, erwiderte Maita, während sie sie ansah wie eine Katze eine Maus. »Danach wird dich jemand

159

in Sicherheit bringen. Deine Flucht ist gut vorbereitet, keine Sorge.«

Divya rang um Worte. »Ich soll einen Menschen töten, um ... ein achtbares Leben führen zu können? Und wenn ich das nicht *will*?«

Maita nickte langsam und betrachtete die Möbel, als würde sie einen inneren Kampf austragen, ob sie dem Mädchen alles erklären musste oder ob das nicht zu viel von ihr verlangt war.

»Was du *willst*, kann dieser Welt völlig egal sein«, erwiderte Maita hart. »Du bist nicht mehr zwölf Jahre alt. Weißt du, was einem Mädchen passiert, das kein Zuhause hat, keine Arbeit und keinen Mann?« Sie beugte sich vor. »In dieser Stadt gibt es keinen Platz für Bettler. Warkan lässt sie ins Gefängnis werfen. Wenn du überleben willst ... dann kannst du das nur als Frau jenes Lehrers, und ich finde, das ist ein sehr großzügiges Angebot!«

Divya schluckte alle weiteren Worte hinunter. Maita hatte recht. Wenn sie sie fallen ließ, konnte nichts mehr sie retten.

»Und wer ist ... dieser Gastgeber?«

Maita zog erfreut die Augenbrauen hoch und schien das als Zustimmung Divyas zu werten. »Über diesen Mann musst du dir nicht viele Gedanken machen, das ist er nicht wert. Aber eines kann ich dir verraten: Er ist Selurias Mörder. Denke morgen Abend daran, wenn du das Messer in deiner Hand spürst.«

Divya versuchte gleichmäßig zu atmen. War das ein böser Traum?

»Aber Selurias Ermordung kann doch nicht der Grund für Euch sein ... Welches Interesse habt Ihr an seinem

160

Tod?«, fragte sie und sah Maita ins Gesicht, während diese sich bemühte, dem Blick auszuweichen. Zum ersten Mal kam es Divya vor, als würde *sie* versuchen, in den Gedanken der Leiterin zu lesen, nicht umgekehrt. Maita schwieg eine Weile. Atmete leise in die Stille hinein. Als sie Divyas Blick endlich begegnete, lag ein Funkeln in ihren Augen, das beinahe an Tränen erinnert hätte – wenn Divya nicht gewusst hätte, dass diese Frau niemals weinte.

»Der Mann hat viele Morde begangen. An vielen unschuldigen Menschen. Es ist schwer, an ihn heranzukommen, sonst hätte ich es schon vor Jahren getan. Aber es muss jemand tun, der seine Waffe so tödlich einsetzen kann wie du. Und jemand, der so harmlos wirkt wie eine anmutige, junge Tänzerin.«

Als Maita gegangen war, stieg Divya nach oben, wie immer, wenn sie nach Freiheit suchte. Auch bei diesem Haus gab es eine Agida und eine Möglichkeit, über sie aufs Dach zu gelangen. Dort atmete sie tief durch, sog die Nachtluft ein wie eine Ertrinkende und schüttelte den Staub aus den Haaren. Den Kopf im Nacken betrachtete sie die Sterne. Aber heute kamen sie ihr nicht so fern und hell vor wie sonst. Kein Versprechen mehr, wie groß die Welt sein konnte. Plötzlich war der Nachthimmel nur noch das nächste Dach über ihr – und sie musste sich auf ein Leben darunter beschränken.

Sie wandte sich in Richtung der Schule. Es war ungewohnt, von außen dorthin zurückzublicken. Von der Welt aus, in die sie immer reisen wollte.

Auf einmal nahm sie in der Dunkelheit eine Bewegung wahr. Als sie die Augen zusammenkniff, konnte sie auf dem Dach eine Gestalt erkennen. Tajan! Vermutlich bei seinen Wurfübungen. Seltsamerweise spürte sie einen starken Drang, zu ihm hinüberzugehen und ihn zu berühren. Als müsste sie sich davon überzeugen, dass er echt war, ein Teil dieser Welt. Überlagert wurde dieses Gefühl von tiefem Schmerz über seinen Verrat – und ihre Dummheit. Hätte sie nicht wissen müssen, dass er zur Wache gehörte und einfach einen Auftrag ausführte? Was hatte Jolissas Vater noch über die Sujim gesagt? *Sie sind ehrlose Mörder und Spione, die von jedem angeheuert werden können, der genug bezahlt.*

Irrte sie sich oder waren seine Würfe wütender als sonst? Natürlich, schließlich war seine Beute ihm entkommen und er hatte die entlarvte Tassari nicht ausliefern können!

»Such mich doch«, flüsterte Divya mit der bitteren Stimme der Enttäuschung. »Aber kann ein Adler eine Ameise fangen?«

Am nächsten Morgen kehrte sie gleich mit den ersten Sonnenstrahlen aufs Dach zurück, froh, diesem Haus voller Staub und Dunkelheit entfliehen zu können. Ihren entsetzlichen Gedanken konnte sie aber auch hier oben nicht entkommen.

Einige Stunden später bemerkte sie unten auf der Straße einen langen Zug mit geschmückten Pferden, Sänften und Fußvolk, der vor der Schule anhielt. Ein Mann in Blau stieg vom Pferd, klopfte an die Tür und wartete. Kurz darauf verneigte er sich tief und deutete auf die am aufwendigsten verzierte Sänfte, die nicht von Pferden, sondern von acht Trägern gehalten wurde. Sie war größer als jede andere Sänfte, die Divya je auf der Straße gesehen hatte!

Ein Mädchen in einer blauen Vesséla und mit einer blauen Maske schritt mit hoch erhobenem Kopf auf die Sänfte zu. Jolissa!, durchfuhr es Divya. Es tat weh, sie gehen zu sehen, und gleichzeitig war ihr Anblick, als sie würdevoll in die Sänfte stieg, wunderschön. Das war der Moment, den sie sich in ihren Träumen jahrelang bis ins letzte Detail ausgemalt hatte! Die blauen und weißen Bänder an den Köpfen der Pferde, die blau gefärbten Blüten im Schweif jedes einzelnen Tieres und die kostbaren Faeria-blauen Tücher, hinter denen Jo nun verschwand. Der Mann, der sie bis dorthin geleitet hatte, verneigte sich noch einmal und stieg nun auf das vorderste Pferd. Auf sein Handzeichen hin setzte sich der Zug wieder in Bewegung, an Divyas Dach vorbei.

Sie musste vorsichtig sein, inzwischen standen viele Menschen an ihren Fenstern und auf ihren Balkons und jubelten der jungen Braut zu. Dennoch ließ Divya es sich nicht nehmen, ihrer Freundin bei ihrem Triumph zuzusehen. Als sie nahe genug waren, betrachtete sie den Mann auf dem ersten Pferd und erkannte ihn sofort: Roc, in feinste Seide gekleidet. Aber das Lächeln gefror Divya auf den Lippen, denn Roc sah so finster aus, als wäre dies der schlimmste Tag seines Lebens.

Am nächsten Abend hielten drei weiße Pferde an der Kreuzung. Auf dem ersten saß ein kräftiger, älterer Mann und hielt die Zügel der anderen beiden Tiere, auf deren Rücken eine Sänfte schaukelte. Als Divya den Hauseingang verließ und auf den Mann zuging, weiteten sich seine Augen.

»Hat Maita Euch diese Vesséla empfohlen?«, zischte er vom Pferd herunter. »Ihr seid nicht gerade unauffällig.«

»Sie hat mir gesagt, dass Gaukler die Farben für ihren

Auftritt selbst wählen dürfen«, gab Divya zurück und kletterte eilig in die Sänfte, damit er ihr nicht ansah, dass sie längst nicht so sicher war, wie sie sich gab. »Außerdem hatte ich das Gefühl, dass Maita keinen unauffälligen Mord wollte«, fügte sie so leise hinzu, dass er sie nicht hören konnte.

Die Pferde trotteten an, und Divya blieb in angespannter, aufrechter Haltung sitzen, als wäre sie kurz vor dem Sprung zurück auf die Straße. Nervös fingerte sie an der Vesséla herum, die sie für den heutigen Abend genäht hatte. Es war das schwarze Tuch, das die Leiterin eigens bestellt hatte, als Divya vor sechs Jahren beschlossen hatte zu sterben. Divya fand es äußerst passend, es heute zu tragen, denn ihr altes Ich würde sie heute begraben. Die Divya, die Träume hatte und die ihrem Blick in den Spiegel offen begegnen konnte. Und morgen würde sie wieder auferstehen, als Frau in Gelb, als künftige Ehefrau eines Lehrers.

Gelegentlich spähte Divya durch die Tücher hindurch nach draußen. Die Straßen wurden langsam breiter und heller, die Laternen verschnörkelter und die Paläste prächtiger. Dann hörte sie den Lärm einer Menschenmenge und verwundert lauschte sie auf die Stimmen. Einige Leute sangen etwas, das Divya schon einmal gehört hatte. Ein Hochzeitslied! Als sie sich vorbeugte, sah sie, worauf ihre Sänfte zuhielt: einen gewaltigen Palast mit schlanken Türmen, prächtig geschmückt mit blauen Fahnen und hell erleuchtet. Kurz darauf hielten die Pferde an. Sie waren am Ziel!

Nur zögernd setzte Divya ihre Maske aus schwarzer Spitze auf und kletterte aus der Sänfte.

Im gleichen Moment, als ihre Sandalen den Boden berührten, wurde der Gesang in ihrer Nähe abrupt unterbrochen. Ein Chor einfacher Leute aus einem der Handwerkerviertel musterte sie abfällig und begann hinter vorgehaltener Hand zu tuscheln. Ein paar Schritte weiter hielten Wachleute die gaffende Menschenmenge zurück, die zusah, wie etwa hundert Männer und Frauen in vornehmen Roben am Haupteingang Schlange standen.

Divya bemerkte, dass der Mann vor ihrer Sänfte immer noch da war und dass er sie beobachtete.

»Ist es wirklich *dieser* Palast?«, fragte sie eingeschüchtert.

Der Mann nickte und beugte sich zu ihr herunter. »Geh zum Seiteneingang. Drinnen gibt es jemanden, der mit uns zusammenarbeitet. Er erwartet dich und wird dich später in Sicherheit bringen. Viel Glück!«

Damit trieb er die Pferde an und war schon bald um die nächste Straßenecke verschwunden. Divya fühlte sich überrollt von einer Aufgabe, die viel größer war, als sie geahnt hatte.

Ein Stück abseits vom Haupteingang entdeckte sie nun eine Gruppe von seltsam aussehenden, äußerst bunt gekleideten Leuten, die ebenfalls Schlange standen. So hatte sie sich Gaukler immer vorgestellt, hier musste sie richtig sein!

Divya ging zu ihnen und beobachtete, wie jeder Gaukler erst einmal von den Wachen durchsucht wurde. Sie stand direkt hinter einem Mann mit langem blondem Haar, das wallend über einen Umhang aus bunten Flicken fiel. Sein Koffer hatte es den Wachen besonders angetan. Sie nahmen alles heraus und begannen, die skurrilen Flaschen darin zu öffnen und testweise am Inhalt zu schnuppern oder sogar zu probieren, begleitet von dem schrillen Kreischen des Eigentümers. Wie sie heraushörte, war er wohl

165

ein Seifenblasenkünstler, was auch immer das sein mochte, und wie er wiederholt betonte, könne er gleich wieder nach Hause gehen, wenn sein kostbares Seifenwasser verschüttet werde.

Divya wurde es immer heißer unter ihrer Vesséla in diesem äußerst hellen Raum, und sie spürte die Messer in ihrem Rücken, als würden sie sich dort hervorwölben wie ein Buckel. Erst ganz langsam wurde ihr bewusst, dass es nur wenige weibliche Gaukler gab und dass niemand es wagte, bei den Frauen mehr als das Gepäck zu durchsuchen. Und eine Tasche hatte sie nicht. Eine vorwitzige Frau mit einer langen Papierrolle in der Hand näherte sich einem recht attraktiven Wächter und fragte kokett, ob er sie denn nicht abtasten wolle. Divyas Herz setzte endgültig ein paar Schläge aus, aber der Mann schüttelte den Kopf. »Anweisung von oben. Heute Abend ist jede Frau eine Tana – sogar eine Dichterin«, zwinkerte er amüsiert, während die Gauklerin sich anscheinend beleidigt abwandte.

Ein paar Herzaussetzer später wurden sie alle in den nächsten Raum geführt, der einen direkten Zugang zur Bühne hatte. Hinter mehreren dunklen Vorhängen, die das Licht von innen abhalten sollten, hörten sie die quietschenden Schuhe einzelner Menschen auf Parkett. Die Hochzeitsgesellschaft, vermutete die kokette Dichterin, saß wohl noch beim Essen, und das konnte sicherlich dauern.

Divya litt immer stärker an Atemnot. Wie sollte sie den Gastgeber treffen, wenn er an einem Tisch saß, inmitten von Menschen? Plötzlich hörte sie im Saal Türenschlagen und eine Menschenmenge – tosend wie ein Sturm, den kein Wind angekündigt hatte. Trampelnde Schritte, Stühlerücken, raschelnde Vessélas, Lachen und Raunen füllte den Raum, und allen auf dieser Seite des Vorhangs war die Aufregung schlagartig wieder anzumerken. Das Fest der Feste! Alle Gaukler eilten neugierig wie die Kinder zu den Vorhängen und spähten hindurch, Divya mitten unter ihnen.

»Bei allen Geistern, wie viele Gäste sind das?«, stöhnte ein Artist.

»Habt ihr diese uuuuunglaubliche Brautvesséla gesehen?«, fragte die Dichterin voller Ehrfurcht.

»Wo sitzt denn nun der Fürst?«, fragte der Seifenblasenkünstler angestrengt. »Ich werde ihm zeigen, dass ich besser bin als dieser Oleo, der letztes Jahr bei seinem Geburtstag aufgetreten ist!«

»Der Fürst?«, rutschte es Divya heraus, die eigentlich beschlossen hatte, mit niemandem zu sprechen. »Warkan? Er ist hier?«

Die Dichterin sah sie spöttisch an. »Wer hat dich nur reingelassen? Bist du einfach der Meute gefolgt, dem Duft nach Kuchen?«

Der Seifenblasenkünstler warf ihr ebenfalls einen giftigen Blick zu.

»Du hast die Ehre, bei Warkans Hochzeit etwas aufzuführen, und weißt nicht einmal, dass der Herr von Pandrea dein Gastgeber ist?«

Das Wort Gastgeber klingelte in ihren Ohren, während sie um Worte rang. »*Das* weiß ich natürlich«, sagte sie leise. »Ich wollte bloß wissen, ob er schon im Raum ist.«

Die Dichterin steckte ihren Kopf wieder zwischen die Tuchfalten.

»Allerdings«, bestätigte sie aufgeregt. »Sieh nur dort drüben! Sie haben zwei Stühle vor der Bühne aufgebaut. Und

direkt daneben – neben dieser wuuuuunderschönen Braut
– steht Warkan.«

Divya spähte durch eine andere Falte hindurch und entdeckte vor allem die Fest-Vesséla, die die Braut umgab wie
ein ganzes Schloss. Sie war wirklich ein Traum in Faeria-
Blau mit einer meterlangen Schleppe, an der Taille leicht
gerafft, aber durchaus so, dass es noch anständig aussah.
Gerade als Divya Warkan näher betrachten wollte, einen
schlanken Mann Anfang fünfzig mit kurzem grauem Haar,
wandte die Braut sich zur Bühne um. Wie es Brauch war,
hatte sie direkt nach der Hochzeitszeremonie ihre Maske
abgenommen, aber Divya hätte sie auch mit Maske überall
erkannt. Nicht an ihrem weizenblonden Haar und nicht
an dem schlanken Hals, sondern an ihren Bewegungen,
die einfach nach Jolissa aussahen, wie auch immer sie sich
verkleidete. Elegant und seit dem Nachmittag die höchste
Tana der Stadt. Jolissa hatte heute geheiratet. Aber nicht
den Mann, den sie liebte. Sondern Warkan!

GAUKLER

Divyas Verzweiflung spiegelte sich in Jolissas Augen wider, obwohl die Braut über das ganze Gesicht lächelte – wie es von ihr erwartet wurde. Zum Glück konnte niemand Divya zwischen den Falten des Vorhangs sehen, so konnte sie ihr Mienenspiel vor den anderen verstecken, bis sie sich wieder im Griff hatte.

Ihr einziger Gedanke war Flucht. Sie würde sich einfach umdrehen, durch die Tür hinausgehen und zur Schule laufen, um Maita zu fragen, was sie sich dabei gedacht hatte. Also drehte sie sich um, ging zur Tür – und lief in einen Mann hinein, der wie aus dem Boden gewachsen vor ihr stand. Als sie den Kopf hob, spürte sie, wie ihr Herz stolperte. Sie blickte in das Gesicht des Mannes, den sie eben noch als Bräutigam zu sehen erwartet hatte: Roc!

»Ihr?«, stieß Divya hervor.

Seine Hand schnellte vor und hielt sie mit festem Griff am Arm.

»Bist du Kella? Komm, über dein Kostüm müssen wir noch einmal reden.«

Mit diesen Worten, die wohl zur Ablenkung für die anderen Gaukler gedacht waren, führte er sie ein Stück den Gang hinunter, und Divya konnte das spöttische Lachen der Dichterin hinter sich hören. Roc zog sie weiter, öffnete eine Tür und schob sie in eine winzige Kammer, in der es keine Lampe gab, nur ein hohes, kleines Fenster, durch das flackerndes Fackellicht von draußen hereindrang. Instinktiv hielt Divya

169

sich bereit eines ihrer Messer aus den versteckten Taschen am Rücken zu ziehen.

»Kennen wir uns?«, fragte Roc, dessen Gesicht sie hier im Dämmerlicht nicht genau erkennen konnte.

»Auch wenn Ihr bevorzugt in der Dunkelheit umherschleicht, um Mädchenherzen zu brechen und Euch dann davonzustehlen ... Ja, ich kenne Euch gut«, spie sie ihm entgegen. »Wie oft musste ich mir anhören, wie wunderbar Euer Lächeln ist? Was hat Jolissa eigentlich gesagt, als sie erfuhr, wen sie heiraten soll? Falls es eher höfliche Worte waren, würde ich gern ein paar andere hinzufügen.«

Roc schnappte nach Luft.

»Sie hat mir jahrelang ihren Namen nicht sagen wollen. Als sie ihn mir vor wenigen Tagen nannte ... da war es zu spät. Warkan hatte schon vor Jahren bei Maita Anspruch auf sie erhoben. Ich bin sein Sekretär. Was hätte ich tun können?«

Er legte eine Hand schwer auf Divyas Schulter, und sie hob die Arme, um sich notfalls wehren zu können.

»Aber dafür ist jetzt keine Zeit«, flüsterte er. »Es gibt nur noch einen Weg, Jolissa von ihrem Schicksal zu befreien. Und Maita hat mich geschickt, um zu sehen, ob du dazu auch fähig bist. Gerade eben hatte ich nicht den Eindruck. Wohin wolltest du?«

Divya lachte bitter auf.

»Ihr könnt mich nicht zwingen, das hier zu tun! Wenn Maita naiv wäre, würde ich denken, sie glaubt wirklich, dass ich ihren Auftrag ausführen und überleben könnte. Aber sie ist nicht naiv. Sie weiß, dass Warkan der bestbewachte Mann der Stadt ist – und dass ich ohne Verhandlung an den Galgen komme, wenn ich Hand an ihn lege!«

Divya zischte ihre Wut heraus, und erst ihre Worte machten ihr klar, wie ausgenutzt sie sich fühlte. »Ihr habt Jo betrogen, Maita hat mich betrogen, und wir beide waren nur Figuren auf einem großen Spielbrett. Was, wenn die Figuren nicht mehr mitmachen? Wenn ich einfach durch die Tür verschwinde?«

Roc seufzte und legte den Kopf in den Nacken.

»Maita war sich so sicher, dass du diese Aufgabe bewältigen wirst, aber wir anderen hatten Zweifel. Ein schmales Mädchen! Wer konnte schon mehr erwarten?«

Divya wollte antworten, aber inzwischen lagen seine beiden Hände auf ihren Schultern und er zwang sie, ihm zuzuhören.

»Meine Stellung bei Warkan aufzubauen, hat Jahre gedauert. Diese Hochzeit zu arrangieren, hat Jahre gedauert. Und jemanden zu finden, der bewaffnet in seine Nähe kommen kann ... war fast unmöglich. Und jetzt machst du all unsere Bemühungen zunichte!« Er atmete tief durch, offensichtlich um sich zu beherrschen. »Maita hat mir geraten, dir im Notfall zu drohen, aber das werde ich nicht tun. Ich glaube, du weißt selbst, was mit dir passiert, wenn sie dir keine Papiere besorgt. Du wärst Freiwild für die Wachen in dieser Stadt. Also lass uns die Sache zu Ende bringen!«

»Warum habt Ihr Warkan nicht schon längst selbst getötet?«, fragte Divya. »Als Sekretär hattet Ihr doch sicher ausreichend Gelegenheit dazu!«

Er wehrte ungeduldig ab. »Weil jeder Mann in Warkans Nähe ständig auf Waffen untersucht wird, auch seine Berater und Schreiber. Und du ahnst nicht, wie viele immer wieder gefunden werden – das macht die Wachen äußerst

171

feinfühlig für diese Dinge. Frauen hingegen hält der Fürst für ebenso harmlos und schmückend wie die Dekoration an den Wänden. Eine zu finden, die mit einer Waffe so sicher umgehen kann, dass sie beim ersten Versuch trifft ... war bisher unmöglich.«

»Und das wird es auch bleiben!«

Divya wand sich aus seinem Griff, blieb aber an der Tür stehen.

»Ich verstehe dich ja. Ein Gewissen zu haben ist wunderbar ...«, fuhr Roc fort.

»Es geht nicht um mein Gewissen!«

»Gut, du möchtest lebend hier hinauskommen. Darum werde ich mich nach Kräften bemühen, alles ist vorbereitet. Vertrau mir.«

Er versuchte trotz der Dunkelheit ihren Blick zu erwidern. »Warkan ist dein Mitleid nicht wert. Er bereichert sich auf rücksichtslose Art, schickt politische Gegner als Verräter ins Gefängnis. Wer ihm im Weg steht, kommt an den Galgen. Wenn *du* ihn nicht tötest, wird er weitermorden. Als Nächstes wahrscheinlich die Tassari, die ihm bereits lange ein Dorn im Auge sind. Die Geister wissen, warum, denn ihre Frauen mag er eigentlich sehr gern.«

Divya hob den Kopf.

»Die Tassari ... töten? Ein ganzes Volk? Das kann selbst er nicht – das würden die Bürger nicht zulassen.«

Roc wandte den Blick ab. »Hier in der Stadt schert sich schon kaum jemand mehr um sie, draußen im Wilden Land sind sie richtig allein.«

Divya schüttelte langsam den Kopf.

»Ihr sucht nach einem Druckmittel gegen mich ...«

Roc schnaubte. »Bis zu deinem Auftritt ist nicht mehr

viel Zeit, also überleg dir, ob du lieber dein Volk in den Tod schicken willst – oder Warkan.«

Draußen ertönte leises Rufen, voller Ungeduld: »Kella!«

Mit einer hastigen Bewegung öffnete Roc die Tür und schob Divya auf den Gang hinaus. Das war ihr Auftritt! Sie musste hinaus auf die Bühne, völlig unschlüssig, was sie tun sollte.

Als sie durch den Vorhang trat, erschrak sie vor der Menge, vor den vielen Augen. Noch nie hatten so viele Menschen auf einmal sie angestarrt! Sie schloss die Augen und konzentrierte sich auf ihren Mittelpunkt, wie Tajan es sie gelehrt hatte. Dann schlüpfte sie in die Rolle der Tänzerin.

Wie erwartet reagierten viele Zuschauer mit einem pikierten Aufschrei, und das Wort »schwarz« wurde durch die Reihen geraunt. Aber immerhin musste Divya nicht um Aufmerksamkeit buhlen wie manche ihrer Vorgänger.

»Unglaublich!«, hörte sie die laute Stimme einer Frau.

Mit gesenktem Kopf versuchte sie Jolissa zu beobachten, die sich tapfer bemühte, Interesse zu heucheln. Aber ihre Augen wirkten leer, als wäre etwas in ihr gestorben.

Auf einmal stand der Fürst auf und sprach mit leiser Stimme in die Stille hinein, die sich sofort über den Saal legte.

»Dies ist meine Hochzeit! Und nun lasst uns der Tänzerin zusehen. *Ich* habe sie eingeladen!«

Divya wusste inzwischen, dass es Roc war, der die Liste der Gaukler zusammengestellt hatte, und sie fand, es machte Warkan irgendwie menschlicher und angreifbarer, dass er seine Gäste aus Stolz belog.

Sie drückte ihr Kreuz durch, stellte ein Bein so auf, dass ihre Hüfte sich provozierend zur Seite neigte, und hob die

Arme nach oben wie beim Tanz der Gräser. Wie eingefroren in dieser Haltung begann sie, die Halas gegeneinanderzuschlagen. Der Rhythmus der metallenen Fingeraufsätze, die Maita ihr geschenkt hatte, klang angriffslustig und gleichzeitig mitreißend. Mochte ihr das Ende ihres Tanzes auch noch nicht klar sein, der Anfang war gemacht.

Eine herrische Geste brachte die Musiker zum Schweigen, die soeben einsetzen wollten. Nein, das hier war allein ihr Auftritt! Und sie begann sich zu bewegen, erst langsam, dann schneller und schneller. Für einen Moment war sie wieder auf ihrem Dach, das sie mit weiten Schritten in Besitz nahm. Als sie ein paar Bänder löste und sich zum ersten Mal drehte, spürte sie die Luft, die unter die Schleier der Vesséla drang und sie anhob. Die empörten Stimmen der Frauen und das amüsierte Raunen der Männer hörte sie allerdings nur noch wie aus weiter Ferne. Der Rhythmus, der Tanz, der Rausch trugen sie davon und wirbelten in ihrem Kopf weiter wie ein ewiger Disput: Warkan, der Mörder. Galgen. Selurias Leiche. Rache. Jolissas Augen. Rocs Betrug. Maitas Betrug. Die Tassari. Entschlossen bereitete Divya das fulminante Ende ihres Tanzes vor. Ihre Hand im Rücken ertastete Metall, ließ es in ihren Ärmel rutschen, während sie die Arme in die Höhe streckte.

Ein Klatschen und eine laute Stimme drangen wie durch Watte an ihr Ohr. »Schluss!«

Divya hatte Warkan gehört und gesehen, aber sie beachtete seinen Befehl nicht. Stattdessen visierte sie ihn inmitten ihrer schnellen Drehungen an. Er stand unglaublich günstig, mit stolzer Haltung vor der Menge. Er war das Ziel! Kein Mensch, der Mitleid verdient hatte. Nur ein Ziel.

In diesem Moment, in dem Divya ihre Umgebung mit

allen Sinnen erfasste, entdeckte sie Tajan. Am Rand der Bühne stand er! Im traditionellen Gewand einer fürstlichen Wache, mit einer goldenen Schnalle an seinem weiten Umhang, in der Hand eine Lanze. Aber es war nicht die Waffe, die Divya irritierte, sondern sein Blick. Innerhalb eines Herzschlags spürte sie, dass er wusste, wer sie war und wohin dieser Tanz führen musste. Er hatte ihre Bewegung, mit der sie das Messer gegriffen hatte, sicherlich gesehen. Seine Augen schienen sie anzuflehen.

Ohne einen weiteren Herzschlag Zeit zu haben für irgendeine Überlegung, schleuderte sie ihr Messer nach vorn. Aber es traf nicht Warkan, sondern seine Stuhllehne. Einen Gedanken lang glaubte sie selbst, sie hätte ihr Ziel zum ersten Mal verfehlt. Aber als Tajan vor ihr stand und zögernd die Lanze hob, wurde ihr bewusst, dass das nicht stimmte. Sie hätte es wissen müssen: Sie konnte jedes Ziel treffen. Aber sie war keine Mörderin.

Wofür Tajan sie auch immer gehalten hatte, als er sie in der Schule verhaften lassen wollte – wenn er glaubte, eine Tassari wäre zu allem fähig, dann hatte er sich geirrt! Aus Wut und Verzweiflung nahm sie ihre Maske ab, setzte sich Tajans Lanze an die Kehle und sagte: »Jetzt musst du mich töten.«

Es war ein Angriff gegen ihn. Aus dieser Situation kam er nicht mehr heraus! Sollte er doch spüren, wie es war, unrecht zu haben. Und wie es war, ein Mörder zu sein!

Diesen Gedanken konnte sie kaum zu Ende denken, als plötzlich unter dem Podest der Bühne zwei Schatten herausschossen. Es waren zwei riesige Hunde, die sich knurrend auf Tajan und eine weitere Wache stürzten, während gleichzeitig zwei Hände Divya von der Bühne herunter und unter den Stoff der Bühnenabdeckung zerrten. Zuerst sah Divya unter dem Podest nur Dunkelheit, dann Rocs helles Gesicht, dann bemerkte sie eine Klappe im Boden.

Ohne nachzudenken, sprang sie hinunter, es war nicht so tief, wie sie gedacht hatte. Der Kellerraum war gerade mal mannshoch und wurde schwach von einer Fackel erleuchtet. Roc folgte ihr hastig, schlug die Klappe zu und schob einen eisernen Riegel vor.

»Komm!«, rief er ungeduldig und rannte voraus, quer durch ein Gewirr von Gängen, die sie bald zu einer schmalen Treppe und einer Tür nach draußen führten.

»Beeil dich, sie werden gleich wissen, welchen Ausgang wir nehmen!«, drängte Roc und schob sie auf einen Rappen zu, der unruhig tänzelnd auf sie wartete. Roc löste die Zügel von einem Pfosten, sprang hinauf und reichte Divya seine Hand. Ohne zu zögern, ließ sie sich von Roc hinaufziehen und schlang die Arme um seine Taille, als das Tier auch schon lospreschte.

Mit einer Mischung aus Angst und Erleichterung drehte sie sich im Sattel noch einmal um. Auf einem Balkon bemerkte sie eine Person in einem weiten blauen Kleid. Jolissas Gesichtsausdruck konnte sie allerdings nicht erkennen.

Trommelnder Hufschlag ertönte nun aus der Richtung des Haupteingangs. Zehn bis zwanzig Pferde, schätzte Divya, und sie konnte nur hoffen, dass dieser Rappe wirklich so schnell war, wie seine innere Unruhe es vermuten ließ.

Im Galopp trug sie das Pferd durch die Straßen, die in dieser Richtung immer dunkler wurden, und Divya musste sich gut festhalten, um nicht herunterzufallen. Dennoch näherte sich der Hufschlag erschreckend schnell, und er schien nicht nur von hinten, sondern auch links und rechts aus den Seitengassen zu kommen. Die Wachen schnitten ihnen die Auswege ab! Sie wollten, dass sie geradeaus ritten!

»Wohin geht es geradeaus?«, rief sie Roc ins Ohr, während er das Pferd weiter anspornte.

»Zum Großen Platz. Zum Hauptquartier der Stadtwache.«

Seine Stimme klang erstaunlich ruhig, fand sie, während sie selbst die Panik im Hals spürte. Die Hauswände schienen das donnernde Echo vieler Hufe weiterzutragen. Ein schnelles Pferd war sicher eine gute Idee gewesen, aber gegen so viele Verfolger hatten sie keine Chance!

Auf einmal zügelte Roc das Pferd, warf sein rechtes Bein über den Kopf des Tieres zur Seite, und als er auf dem Boden stand, zerrte er Divya vom Pferd. Gleich darauf schlug er dem Tier aufs Hinterteil und stieß einen schrillen Pfiff aus. Während das Pferd die Straße entlangpreschte, dirigierte Roc Divya in eine schmale Gasse, öffnete eine Tür und schob sie beide hinein. Von innen gegen das Holz gelehnt, atmete er tief durch.

»So weit, so gut!«

Das Mondlicht schien durch die Fenster, und Divya bemerkte die Blässe um seine Nase. Sie begriff, dass seine Ruhe Schauspielerei gewesen war. Deshalb hatten sie ihn vermutlich als Sekretär des Fürsten ausgewählt! Er konnte sein, wer er sein wollte. Und vorspielen, was er wollte.

»Ihr habt mir noch nicht verraten, wie Jolissa reagiert hat, als sie erfuhr, dass Ihr nicht ihr Bräutigam seid«, sagte Divya plötzlich unverblümt.

177

Erstaunt sah Roc sie an. »Wir müssen weiter. Reden können wir später.«

»Wenn Ihr Zeit habt zum Luftholen, habt Ihr auch Zeit für eine Antwort.«

Er warf einen gehetzten Blick ins Innere des Hauses, griff nach einer Lampe und entzündete sie. »Ich war nicht dabei. Maita hat es ihr wohl gestern Abend gesagt, kurz vor dem Tanz der Kerzen. Heute Morgen wirkte sie sehr gefasst. Aber sie hat mich kein einziges Mal angesehen.«

Hastig öffnete er eine Tür, die zur Kellertreppe führte, und Divya war gezwungen ihm zu folgen. Alles tat ihr weh, wenn sie sich vorstellte, wie Jolissa gelitten haben musste. Allein mit dieser schrecklichen Wahrheit! Gezwungen zu lächeln bei einem Tanz, auf den sie sich ein halbes Leben lang gefreut hatte. Und *sie* war nicht da gewesen!

»Was habt Ihr eigentlich so regelmäßig unter der Agida gemacht? Solltet Ihr für Warkan beobachten, ob Jolissa schön genug ist? Prüfen, wie anständig sie ist?«

Roc folgte der Treppe bis zum Ende, dann wandte er sich um. Sie standen in einem kleinen Vorratsraum, zwischen Fässern, Säcken und Regalen.

»Mit Jolissa hatten meine Besuche nichts zu tun! Ich habe mich mit Maita getroffen, um etwas von ihr zu erfahren«, stieß Roc hervor. »Jolissa bin ich dabei ganz zufällig begegnet, und sie hat mich wirklich ... verzaubert. Aber ich kannte ihren Namen nicht. Als mich Warkan vor Kurzem zu der Schule schickte, um mich nach einer Schülerin namens Jolissa zu erkundigen, ahnte ich nicht, dass es sich um meine schöne Unbekannte handelte. Bei allen Geistern! Für mich war das schrecklicher als für dich. Aber was sollte ich denn tun?«

178

»Die Verhandlungen sabotieren«, sagte Divya leise. »Aber das hättet Ihr nie getan, weil die Hochzeit *die* Gelegenheit für einen Mord war – stimmt's?«

Roc wandte sich ab und ging auf ein vollgestelltes Regal zu, das sich leicht beiseiteschieben ließ. Erst als Divya genau hinsah, entdeckte sie die Rollen unter den Stützen. Die Rückwand bestand aus Sackleinen und ließ sich hochklappen. Roc scheuchte Divya durch das Loch. Offenbar befürchtete er, dass sie bald wieder verfolgt würden, wenn die Wachen erst das herrenlose Pferd gefunden hatten.

Sie gelangten in einen niedrigen Gang aus Lehm. Der Boden war feucht, und sie mussten aufpassen, dass sie nicht ausrutschten.

Roc ging voraus und schien sich auszukennen. Nach einer Weile erreichten sie einen Quergang, dem sie nach links folgten.

Divya, die sich im Halbdunkel den Bildern der Erinnerung stellen musste, fragte schließlich etwas ruhiger: »Die Hunde, die den Wächter angegriffen haben … Sind sie gefährlich? Meint Ihr, sie haben ihn verletzt?«

Roc drehte sich erstaunt zu ihr um. »Kann dir das nicht egal sein?« Er musterte sie nachdenklich im Licht seiner Lampe. »Ach, war das nicht der Wächter aus eurer Schule? Wie hieß er noch gleich …?«

Divya schwieg.

»Nein. Die Hunde sind dazu ausgebildet, einen Angreifer festzuhalten, nicht ihn zu töten. Aber ein paar Kratzer wird der Kerl schon abbekommen. Was sollte das eigentlich, dass du dir seine Lanze an die Kehle gesetzt hast?«

Divya zuckte mit den Schultern. »Ich habe mal gehört, dass ein Wächter dann nur abwarten und nicht handeln kann, ähnlich wie die Hunde«, log sie. In Wirklichkeit fragte sie sich selbst, was sie Tajan damit hatte beweisen wollen. Dass er sie nicht töten konnte? Sie war froh, dass sie nicht lange genug hatte warten müssen, um die Antwort zu erfahren.

Der Gang stieg nun leicht an, ein paar Stufen waren in den Lehm geschlagen, die inzwischen fast abgerundet und sehr glatt waren. Und auf einmal standen sie vor einer Tür. Roc hob die Faust und klopfte dagegen. Dreimal schnell, zweimal langsam.

Ein Riegel wurde von der anderen Seite beiseitegeschoben, und ein grauhaariger kleiner Mann spähte durch den Spalt.

»Lass uns rein, Jidaho, es ist unangenehm hier ...«

Kurze Zeit später fand sich Divya im Salon eines Palastes wieder, der sie sehr an ihr eigenes Versteck erinnerte: Spinnweben, Staub und Tücher, mit denen die Möbel abgedeckt waren. Sie saß neben Roc auf einem Sofa, froh, sich ausruhen zu können, aber Divya wurde es ganz kalt unter den Blicken der zehn Männer, die im Halbkreis um sie herum standen. Was wollten sie von ihr? Niemand sagte ein Wort.

Von Weitem hörten sie Schritte auf der Treppe. Ein Mann namens Leasar sollte geholt werden, der offenbar auf dem Dach Position bezogen hatte.

»Sie durchkämmen den Nordteil der Stadt«, verkündete er mit befehlsgewohnter Stimme, noch bevor er den Salon erreicht hatte. »Wir müssen uns noch vor Morgengrauen unauffällig zerstreuen.«

Divya hob den Kopf und sah dem kräftigen Mann ins

Gesicht. Es war derselbe Mann, der ihre Sänfte bis zum Palast geführt hatte. Heute trug er den braunen Umhang eines Wächters.

»Was soll das?«, fragte er Divya mit funkelnden Augen.

»Verzeiht. Ich wollte Euch nicht anstarren«, erwiderte sie verunsichert.

»Das meinte ich nicht!«, bellte er.

»Oh«, konnte Divya nur sagen, dann stand sie auf. »Tut mir leid, es war sicher ein Fehler, herzukommen. Aber ich hatte gehofft, Maita hier zu begegnen.«

Leasar erwiderte Divyas Blick schweigend.

»Kann ich jetzt nach Hause gehen?«

»Genau das würde ich nicht tun«, beharrte er. »Geh, wohin du willst – aber nicht zu Maita. Du hast kein Zuhause mehr.«

Seine Worte waren wie ein Schlag. Als Divya aufstand, trat Leasar noch einen Schritt vor, und da er sehr groß war, empfand Divya seine Geste als Bedrohung.

»Du hattest einen Auftrag und hast ihn nicht ausgeführt. Damit hast du unseren besten Spion in Warkans Palast auffliegen lassen, viele meiner Männer in Gefahr gebracht, unser bestes Pferd an die Wachen verschenkt und den Fürsten auf uns aufmerksam gemacht.«

Divya hatte zwar Angst, aber sie hatte nicht vor, sie sich ansehen zu lassen. Sie nahm vor Leasar die Haltung einer Tana an. »Das war kein Auftrag. Ihr habt mir keine Wahl gelassen. Wer seid ihr überhaupt, dass ihr glaubt, über mich entscheiden zu können?«

Leasar runzelte verwundert die Stirn. »Hat dir das niemand gesagt? Dass du für Rebellen arbeitest?«

»Ich wusste gar nichts«, stieß Divya hervor.

Sie drängte ihn trotz seiner kräftigen Statur zur Seite und er ließ sie überrascht vorbei.

»Wohin gehst du?«, fragte Roc, der ihr bis zur Treppe gefolgt war.

»Wollt Ihr mich aufhalten?«, fragte Divya angriffslustig.

»Nein. Aber dieses Haus ist nicht sicher – falls du dir da oben einen Schlafplatz suchen willst. Du solltest mit uns kommen.«

»Lieber würde ich am Grund des Flusses schlafen.«

Aus den Augenwinkeln sah sie, wie Roc ihr folgte, und auch als sie das Dach betrat, war er noch dicht hinter ihr.

»Lebt wohl, Betrüger!«, zischte sie ihm ins Gesicht.

Sie nahm Anlauf, sprintete zur Dachkante und streckte die Beine aus, während sie über die nächste Gasse flog. Auf der anderen Seite wandte sie sich um und genoss sein verblüfftes Gesicht. Dann lief sie weiter. Immer weiter, ohne Ziel.

Schaum

Divya war bis zur Morgendämmerung über die Dächer gesprungen, als könnte sie auf diese Weise vor den Bildern der Nacht fliehen. Dabei hatte sie die suchenden Wachen im Norden hinter sich gelassen und war immer weiter nach Süden vorgedrungen, bis sie ganz unbewusst vor der Schule gelandet war. Da auf dem Dach kein Tajan zu sehen war, hatte sie es gewagt, ihren alten Weg über die Agida zu nehmen, war in das Schlafzimmer der Diener geschlüpft und hatte ihre Ausrüstungsgegenstände geholt, die ihr in der nächsten Zeit höchst nützlich sein konnten, bis sie wusste, wohin sie gehen sollte. Danach hatte sie zaghaft an Maitas Tür geklopft und sich eine Erklärung dafür zurechtgelegt, warum sie nicht in der Lage gewesen war, ihren Auftrag auszuführen. Aber mit Maitas Reaktion hatte sie überhaupt nicht gerechnet: Sie hatte Divya mit schmalen Lippen angestarrt und war dann an ihr vorbeigestürmt, hatte die Alarmglocke geläutet und laut nach den Wachen gerufen. Innerhalb von ein paar Herzschlägen war Divya über die Dächer geflohen, schlimmer verletzt als durch die Worte der Rebellen. Es war ein Gefühl, als wäre ihre alte Welt endgültig zusammengestürzt wie ein morsches Dach. Die Wachen hatten sie zwar nicht einmal mehr gesehen, aber Maitas abfälliger Blick verfolgte sie quer durch die Stadt, in jeden Winkel und auf jedes Dach. »Wenn du nicht töten kannst, bist du für mich nichts mehr wert«, hatten diese kalten, hasserfüllten Augen gesagt.

Während sie sich oberhalb von Pandrea – außerhalb des Lebens – bewegte, fragte sie sich, wer sie jetzt war. Sie hatte immer davon geträumt, »jemand« zu sein. Mehr als eine Dienerin. Ein Mensch mit einer Bestimmung, einer Meinung, einer Familie. Jemand, den andere achteten. Und jetzt fühlte sie eine innere Leere, die es gar nicht geben durfte. Sie war für niemanden etwas wert! Mochte das bedeuten, dass Tajan recht gehabt hatte? Dass sie immer nur andere imitiert hatte? Rudja, Jolissa, Maita und sogar Tajan? Hatte sie etwa versucht, ein Bild von sich zu schaffen, das es gar nicht gab? Und in all dieser fast perfekten Imitation sich selbst verloren?

Als Divya in sicherer Entfernung zur Schule eine Wäscheleine entdeckte, auf der noch vom Tag ein paar Decken hingen, nahm sie sich eine davon und sprang weiter bis zu einem anderen Dach, das so aussah, als würde selten jemand herkommen. Hinter einer Dachumrandung als Sichtschutz wickelte sie sich in die Decke, schloss die Augen und schlief erschöpft ein.

Als sie erwachte, blickte sie in ein paar dünne Wolkenschleier vor einem dunklen Sternenhimmel. War es schon wieder Nacht? Ihr Magen knurrte jedenfalls dumpf. Wann hatte sie das letzte Mal gegessen? Vor eineinhalb Tagen, in der fremden Küche, vor Jolissas Hochzeit? Ungefähr so fühlte sie sich jedenfalls, als sie mit weichen Knien aufstand.

Ein Stück unterhalb der Dachkante entdeckte sie einen Balkon mit einem großen Fenster. Die Vorhänge blähten sich im Wind nach draußen, also gab es dort eine Möglichkeit, ins Haus zu gelangen. Sie kletterte hinunter, spähte durchs Fenster und stand gleich darauf in einem Schlafzimmer. In einem breiten Bett mit dicken Pfosten schlief ein älteres Paar. Neben ihnen, auf einem Beistelltisch, stand ein Tablett mit zwei Tellern, einem Rest Kuchen und einer Karaffe mit Wasser – und einer Schale voller Obst, die niemand angerührt hatte. So leise, wie sie konnte, nahm Divya das ganze Tablett mit hinaus auf den Balkon, wo sie sich auf den Boden setzte und ohne die Manieren einer Tana alles hinunterschlang, was sie in die Finger bekam. Nachdem sie mit einem zufriedenen Seufzer auch die Karaffe bis auf den Grund geleert hatte, stellte sie das Tablett ebenso leise wieder zurück ans Bett. Der Gedanke, wie sich die Eheleute am Morgen gegenseitig verdächtigen würden, hätte früher sicher ein Lächeln auf ihr Gesicht gebracht. In ihrem alten Leben.

Die Erkenntnis, die sie letzte Nacht noch verdrängt hatte, tat ungemein weh: dass es keinen Ort mehr für sie gab, an den sie gehörte. An dem sie geduldet würde. Abgesehen vom Lager der Tassari, wo sie – wie ihr Volk – eine Gefangene wäre. War sie dazu wirklich bereit?

Der Wunsch, Jolissa zu sehen, bohrte sich in ihr Herz und ließ nicht locker. Natürlich war die Gefahr, erkannt zu werden, viel zu groß. Aber als sie beim Springen über die Dächer in fremde Fenster sah, um nach Proviant für den Tag zu suchen, bemerkte sie eine Frau, die ihr Haar färbte. Und in ihr reifte eine Entscheidung, die schmerzte, die gegen all ihre Überzeugung ging – aber notwendig war.

Nachdem die Frau endlich zu Bett gegangen war, die Haare eingewickelt in ein großes Tuch, kletterte Divya mit ihrem Seil über das Dach durch das Fenster. Schnell warf sie alles, was sie brauchte, in ein unbenutztes Tuch, schnürte es zusammen und floh mit ihrem Gepäck bis zu einem Brunnen, wo sie ausreichend Wasser in einen Eimer schöpfte und dann auf die Dächer zurückkehrte. Von einer Wäscheleine zwischen zwei Hauswänden nahm sie eine rote Vesséla mit und von der entsprechenden Fensterbank eine Maske.

Am nächsten Morgen kehrte sie in aller Frühe zurück in die Nordstadt. Nicht über die Dächer, nicht versteckt, nicht heimlich, sondern offen auf der Straße. Als blonde Frau in einer roten Vesséla, mit einem Bündel auf dem Rücken und einer Maske vor dem Gesicht.

Einige Wachen gingen an ihr vorbei, aber niemand würdigte sie eines zweiten Blickes. Je näher sie dem Regierungspalast kam, desto mehr Menschen waren auf den Straßen unterwegs, und sie konnte zwischen ihnen untertauchen.

Divya musste leider zugeben, dass es viel zu gefährlich war, Jolissa im Palast heimlich zu besuchen. Aber dann beobachtete sie eine Sänfte, die vor dem Palast hielt und in die eine Frau in Blau einstieg. Die Bewegungen erkannte Divya sofort, selbst auf die Entfernung! Aufgeregt folgte sie der Sänfte quer durch die Stadt. Zum Glück waren die temperamentlosen Pferde, die diese Aufbauten tragen konnten, nicht sehr schnell, und so verlor sie sie nicht aus den Augen, bis sie vor einem flachen Steinbau hielten, dessen farbige Glasfenster mit wunderschönen Bögen eingefasst waren. Der Boden vor dem Eingang war mit einem hellblauen Mosaik verziert, das einen Springbrunnen darstellte.

Divya glaubte zu wissen, welches Haus das war, Jolissa hatte es einmal erwähnt: das Badehaus. Dort sollte es nicht nur goldverzierte Wannen mit duftendem Seifenwasser geben, sondern auch Wasser in so großen Mengen, dass man darin schwimmen konnte! Vornehme Tanas ließen sich

dort gern ihr Haar, ihre Nägel und ihr Gesicht verschö-
nern, hatte Jo ihr erzählt. Divya hatte schon immer solch
ein Gebäude von innen sehen wollen, aber heute drängte
es sie besonders: Es war vermutlich ihre einzige Gelegenheit, Jolissa heimlich zu treffen.

In einer Seitengasse gelang es Divya, auf das Dach des
Hauses zu klettern, und durch ein Dachfenster, aus dem
gewaltige Schwaden aus Wasserdampf drangen, stieg sie
ein. Sie landete in einem Raum, in dem eine leere heiße
Wanne stand und vor sich hin duftete. Als sie durch die
Tür auf den Gang spähte, bemerkte sie einige ältere Tanas,
die in dicke Tücher gewickelt waren und in ihre Richtung
kamen. Hoffentlich nicht in diesen Raum! Aber nein, sie
gingen schwatzend an ihr vorbei und liefen zu einem großen Becken, an dessen Rand sie sich setzten und die Beine
ins Wasser baumeln ließen. Divya musterte fasziniert ihre
Tücher und die Knotentechnik, mit der sie gebunden waren, dann nahm sie ein großes Tuch aus einem Regal und
zog sich um.

Möglichst selbstbewusst schlenderte Divya durch die
Gänge und beobachtete die Frauen, die sich hier viel ge-
lassener benahmen als auf den Straßen oder in der Schule.
Sie schienen es zu genießen, einmal nur unter Frauen zu
sein, und es handelte sich wohl ausschließlich um verheiratete Tanas.

Endlich entdeckte Divya ihre Freundin. Sie trug das
gleiche geknotete Tuch wie die anderen, aber sie verhielt
sich noch wie ein Neuling. Zögernd und mit einer Hand
ständig am Knoten ihres Tuches lief sie um die kleineren
Becken herum, offenbar auf der Suche nach einer Sitzge-
legenheit. Divya ging mit gezielten Schritten dicht an ihr

187

vorbei, streifte sie leicht und flüsterte: »Folge mir!« Da sie sich durch ihren Erkundungsgang ein wenig auskannte, konnte sie Jo in eine kleine, halbrunde Nische führen, die mit vier Sesseln und vier Fußwannen ausgestattet war. Wie selbstverständlich setzte Divya sich hin und hielt die Füße ins Wasser.

Als sie Jolissa ins Gesicht lächelte, erschrak sie. Von ihrer fröhlichen Freundin, die so gern über die »Hühnchen« lästerte und abenteuerlustig über die Agida schlich, war nichts mehr zu sehen.

Verkrampft blieb sie vor Divya stehen und zog die Stirn kraus. »Was machst du hier? Und was hast du – bei allen Geistern! – mit deinem Haar gemacht?«

»Setz dich hin und lächle, dann fallen wir wesentlich weniger auf!«, riet Divya und wollte Jolissas Hand ergreifen, aber die zog sie weg.

»Weißt du eigentlich, dass die gesamte Stadtwache dich sucht?«, zischte Jo und setzte sich. »Und ich weiß nicht, was ich davon halten soll, dass du ... einen Mordanschlag auf den Fürsten verübt hast!«

Divya senkte den Blick und betrachtete ihre eigenen Füße.

»Es ist nicht so, wie du denkst.«

»Wenn ich nicht selbst dabei gewesen wäre«, fauchte Jolissa, »würde ich das ja auch sagen, aber du willst mir doch wohl nicht erzählen, dass mir etwas entgangen ist? Ich saß in der ersten Reihe! Divya, das bist doch nicht du!«

Divya schloss die Augen und nickte. »Mag sein. Ich war wirklich kurz davor, für eine neue Zukunft einen Mord zu begehen.« Sie sah auf. »Aber nur kurz davor! Bitte, du musst mir glauben ...«

188

Wieder griff sie nach Jos Hand, und diesmal wehrte sich Jolissa nicht.

»Weil Tajan herausgefunden hat, dass ich zu den Tassari gehöre, habe ich jetzt kein Zuhause mehr. Maita hat mir erzählt, dass Menschen ohne Zuhause verhaftet werden. Und dann hat sie mir eine neue, wunderbar klingende Zukunft versprochen.« Divya hatte das Gefühl, eine innere Taubheit abzuschütteln, als sie sich eingestand, an welchem Abgrund sie gestanden hatte. Einem Abgrund, den sie nicht einfach überspringen konnte. Gleichzeitig kamen ihr die Tränen.

»Es war gut, dass du da warst. Du und Tajan. Eure Gegenwart hat mich abgehalten.«

»Du hast dein Ziel also gar nicht verfehlt?«, fragte Jo zögernd.

Divya schüttelte den Kopf. »Es ist mir egal, was die anderen alle glauben. Aber *du* sollst wissen, dass ich zu so etwas nicht fähig bin.«

Jolissa seufzte. »Sie sagen, du wärst von den *Lichtern* besessen, so wie dein ganzes Volk. Du hättest sogar Warkans pflichtbewussten Sekretär in deinen Bann gezogen ...« Sie warf Divya einen prüfenden Blick zu und fuhr mit rauer Stimme fort: »Was ist mit ihm? Ist ihm auch die Flucht gelungen?«

»Als ich ihn das letzte Mal gesehen habe«, fuhr Divya noch leiser fort, »ging es ihm ganz gut. Und wenn ihn jemand in seinen Bann gezogen hat, dann bist das immer noch du.« Sie versuchte zu lächeln. »Die gute Nachricht ist: Er mag dich wirklich. Er wusste bis kurz vor der Hochzeit deinen Namen nicht, hat er behauptet. Allerdings hat er auch nicht um dich gekämpft. Die schlechte Nachricht: Er gehört zu den Rebellen. Sie haben mich beauftragt, Warkan zu töten.«

»*Roc* hat dich beauftragt?«

»Er sollte mir dabei helfen. Der Auftrag kam von Maita.«

Jetzt verlor Jolissa völlig die Fassung. Sie hob die Hände zum Gesicht, als wollte sie es mit Wasser abspülen und blieb eine Weile so sitzen.

Divya legte eine Hand auf Jos Schulter. »Die Welt hier draußen ist so anders, als ich sie mir vorgestellt habe ... Aber bitte erzähl niemandem etwas von diesem Gespräch, ja?«

Jolissa nickte und nahm die Hände vom Gesicht. »Glaubst du, ich könnte irgendetwas tun, was dir oder Roc schadet?«, flüsterte sie.

Divya hob die Augenbrauen. »Sprechen wir über den gleichen Mann? Den, der dich auf einem geschmückten Pferd zu Warkan gebracht hat?«

»Zur prächtigsten Hochzeit seit Jahrzehnten«, ergänzte Jolissa mit grimmigem Lächeln. »Und du hast recht, dass ich Roc das niemals verzeihen werde. Aber das heißt noch lange nicht, dass ich ihm den Tod wünsche.«

»Wie ist es mit Warkan?«, fragte Divya mit gerunzelter Stirn. »Ist es ... schlimm?«

»Was genau?«, fragte Jo pampig zurück. »Die Nächte mit einem alten Mann, für den mein Vater seit Jahren arbeitet und über den er mal gesagt hat, er sei gefährlich? Oder das Alleinsein in einem Palast, in dem alle vor mir auf die Knie sinken? Oder meinst du das Gefühl, das ich hatte, als du mit Roc in die Stadt hinausgeritten bist, während ich euch vom Balkon aus nachsehen durfte?«

»Glaub mir, mit jedem anderen Mann wäre ich lieber geflohen«, protestierte Divya verärgert.

190

»Mein Sorgenstein quillt bereits über, wenn ich mit ihm rede. Über die Erkenntnis zum Beispiel, dass Warkan mich nur haben wollte, weil er damals meine Mutter nicht bekommen hat. Und darüber, dass er eine Geliebte im Westturm hält, die niemand sehen darf, die er aber täglich besucht. Nun, vielleicht gehört das zu den guten Dingen, und ich sollte froh sein, dass er mich nicht so oft behelligen wird.«

Divya wurde rot und starrte wieder auf ihre Füße. »Ich wünschte, wir könnten öfter reden. Dann müsstest du nicht alles diesem Sorgenstein sagen.«

»Ist schon in Ordnung. Maita hat mich vor meiner Abreise noch einmal darum gebeten, ihm jeden Tag alles zu erzählen, was mich und meinen Mann beschäftigt, damit ich meine Gedanken klarer ordnen und ein besseres Verständnis für ihn aufbringen kann.«

Divya zog die Füße aus dem Wasser und setzte sie auf den kühlen Boden. »Alles, was deinen Mann beschäftigt?« Sie runzelte die Stirn. »Roc hat mir erzählt, dass er Maita so oft besucht hat, um ›etwas von ihr zu erfahren‹. Ich habe mich gefragt, welchen Nutzen eine Schulleiterin für die Rebellen haben kann. Aber vielleicht geht es gar nicht um das, was sie von den Schülerinnen hört, sondern ...«

Jolissa nahm ebenfalls ihre Füße aus dem Becken.

»Sondern?«

»Von den Ehefrauen der Stadt«, flüsterte Divya.

Jolissa sah sie ungläubig an. »Du meinst doch nicht etwa, der Sorgenstein kann Maita weitergeben, was ich sage?«

»Alle verheirateten Mädchen haben doch Sorgensteine! Und sie leben in den vornehmsten Palästen, ihre Männer regieren diese Stadt«, sinnierte Divya. »Bisher habe ich die

Sorgensteine immer nur von Weitem gesehen, aber das Leuchten kam mir gleich seltsam vor.«

»Leuchten?«, fragte Jolissa irritiert.

»Kann es sein, dass sich im Innern der kleinen Kugel etwas bewegt, das aussieht wie ein kleiner Schmetterling?«

Jo schüttelte den Kopf, aber sie zog die Kette von ihrem Hals und legte den Anhänger in ihre Hand. Divya nahm ihn vorsichtig entgegen und drehte ihn. Eine hauchfeine Glaskugel in einer silbernen Fassung und darin glitzerte und tanzte etwas.

Divya gab Jo die Kette zurück und sah schweigend zu, wie sie sie wieder unter ihrem Tuch verschwinden ließ, erst dann sprach sie weiter.

»Auch wenn du es nicht sehen kannst – in der Kugel befindet sich ein kleines *Licht*.« Sie runzelte die Stirn. »Ehrlich gesagt, ich verstehe es nicht. Maita gibt euch absichtlich diese kleinen Wesen mit ... Irgendwie muss es ihr oder jemand anderem wohl gelungen sein, die *Lichter* einzusperren und ihnen später das wieder zu entlocken, was ihr ihnen erzählt. Frag mich nicht, wie das geht und wer mit ihnen sprechen kann, aber so muss es sein! Das Ding ist ein Lauscher! Erzähl ihm von heute an nur noch das, was Maita oder die Rebellen ruhig wissen dürfen. Meinetwegen auch Warkans Geheimnisse – aber nicht deine.«

Jolissa nickte. »Nichts über dich.«

Unruhig sah sie plötzlich über das große Becken hinweg auf eine füllige Frau, die suchend durch den Raum wanderte. Spontan stand Jo auf und raffte umständlich ihr Tuch zusammen.

»Sie wollen mich zur Hautpflege abholen. Wir können uns hier wieder treffen. In vier Tagen, gleiche Zeit?«

»Ich bin da!«

»Oh, und lauf nicht offen in der Stadt herum, ja? Trotz deiner neuen Haarfarbe ...« Jolissa seufzte. »Seit der Umsiedlung habe ich schreckliche Angst um dich.«

»Umsiedlung?«, fragte Divya alarmiert. »Die ist doch erst nach dem nächsten Vollmond ...«

»So war es geplant. Oh ... tut mir leid, wusstest du das nicht?« Sie legte voller Mitgefühl die Stirn in Falten. »Das Attentat hat alles geändert. Die Tassari wurden gestern im Morgengrauen aus ihren Hütten gezerrt und in das neue Lager im Wilden Land gebracht.«

Ihre Worte schnürten Divya die Kehle zu. Heiser raunte sie: »Weißt du, wie es ihnen geht?«

Die Frau, die Jolissa suchte, kam inzwischen mit forschen Schritten direkt auf sie zu.

»Keine Ahnung.«

»Ich werde es herausfinden«, flüsterte Divya.

Jolissa fuhr noch einmal herum, Wut in den Augen. Dann bückte sie sich geistesgegenwärtig, als höbe sie etwas vom Boden auf.

»Das wirst du *nicht* tun! Niemand kann dorthin!«

»Habt Ihr etwas verloren, Herrin?«

»Ja, einen Ring«, sagte Jolissa fröhlich zu der Frau, die vor ihr stand. »Aber ich habe ihn bereits wiedergefunden, danke.«

Divya starrte noch eine Weile auf ihr Spiegelbild im Fußbecken, doch als Jolissa gegangen war, zerschlug sie das Bild mit der Hand.

Rocs Worte klangen ihr im Ohr: *Hier in der Stadt schert sich schon kaum jemand um sie, draußen im Wilden Land sind sie richtig allein.«*

»Ich bin schuld an ihrem Schicksal!«, flüsterte sie. »Ich wollte ihnen helfen – und habe es noch schlimmer gemacht.«

Sand

Die Stadtmauer ragte dicht neben den Häusern über vier Mannshöhen hoch auf, wie der Rand einer Schüssel, aus dem die Früchte sonst herausfallen würden. Divya legte den Kopf in den Nacken und blinzelte nach oben, wo Wachen in einem überdachten Wehrgang hin und her liefen, jeder auf einem Teilabschnitt, den er gut überblicken konnte. So unüberwindbar hatte sie sich das Bauwerk nicht vorgestellt.

Sie sprach eine freundlich wirkende alte Frau an einem Brunnen an und erzählte ihr, dass sie diese Mauer heute zum ersten Mal sah und sich aus Neugier hergeschlichen hatte.

»Mein Viertel liegt mitten in der Stadt«, sagte sie, passend zu ihrer dunkelroten Vesséla. »Hat Warkan diese Steinwand errichten lassen? Wovor fürchtet er sich, dass er sie so hoch bauen ließ?«

Die Frau deutete mit ihrem knöchrigen Finger auf die Mauer.

»Die ist nicht vom Fürsten, sie ist schon Hunderte von Jahren alt.«

»Gab es Krieg mit einer anderen Stadt?«

Die Frau runzelte die Stirn. »Was bringt man euch jungen Dingern heute eigentlich bei? Der letzte Krieg ist schon sehr lange her. Nein, als die ersten Siedler von Pandrea Häuser bauten, lebten hier bereits Wesen, die das Wilde Land als ihren Besitz sahen. Wir waren nur Teil ihrer eigenen Schöpfung und maßten uns an, ein Stück ihres Landes zu stehlen. Das machte sie wütend. Diese Wesen heißen Ur und Baar. Kennst du die Namen nicht?«

Divya schüttelte den Kopf.

Die Alte gab einen unwilligen Laut von sich und griff mit ihrer Hand nach Divyas Arm, um sie zu sich hinunterzuziehen. »Die alten Geschichten und Traditionen werden von diesem Fürsten mit Füßen getreten«, flüsterte sie erbost. »Du solltest wissen, wo du herkommst, Kind! Baar ist halb Frau und halb Katze. Sie steht für das Leben, sie hat uns alle geboren und in die Welt gesetzt. Ur ist halb Mann, halb Stier. Er steht für den Tod. Er wird dir das Leben wieder nehmen, wenn er es für richtig hält. Oder wenn du ihm zu nahe kommst. Wenn du ihm gegenüberstehst, senk sofort den Blick und wende dich ab! Sieh ihm niemals in die Augen!«

Divya nickte ergeben und riss sich los. Von dieser Verrückten würde sie wohl keinen Hinweis bekommen, wie sie über die Mauer gelangen konnte.

Zwei Tage lang beobachtete Divya das Geschehen entlang der Mauer, lauschte den Gesprächen der Menschen auf den kleinen Märkten in den äußersten Vierteln und sprach ab und zu mit Bauern, denn sie waren die Einzigen, die mit ihren Fuhrwerken hinausdurften. Irgendwann fiel Divya auf, dass sie zwar auf ihrem Weg in die Stadt hinein durchsucht wurden, aber nicht auf dem Weg hinaus. In den seltenen Fällen jedoch, in denen fremdländisch aussehende Händler kamen, wurden sie schon weit vor dem Tor angehalten. Aus der Entfernung konnte Divya nur erkennen, dass hektisch diskutiert wurde, einmal kam es sogar zu einem Wutausbruch eines Händlers. Erschrocken beobachtete Divya, dass eine Wache ihn mit der Faust ins Gesicht schlug. Zum Schluss zog er mit dem leeren Karren wieder ab, einen kleinen Beutel in der Hand. Und die Wachen brachten seine Ware in die Stadt.

Divyas Magen knurrte, und sie wusste, dass sie sich langsam überlegen musste, wie sie sich in dieser Stadt allein versorgen konnte. Das Schlafen war kein Problem, zumindest jetzt im Sommer. Sie fand es sogar schön, beim Einschlafen in den Sternenhimmel sehen zu können. Aber jetzt brauchte sie etwas zu essen oder Geld.

Auf einem der kleineren Märkte kam ihr schließlich eine Idee, als sie eine ältere Gauklerin beim Tanzen beobachtete. Diese kannte zwar die Schritte für den Tanz der Schmetterlinge ganz gut, aber ihre Beweglichkeit ließ zu wünschen übrig und ihr Gesicht drückte Langeweile aus. Dennoch landeten ein paar Taler in ihrer Schale. Divya zog sich auf einem Dach ihre schwarze Vesséla an, suchte sich einen freien Platz auf dem Markt und begann zu tanzen. Anfangs erntete sie vor allem abschätzige Blicke für ihre Aufmachung, dann blieben ein paar Leute stehen. Die Geräusche der Halas gingen im Lärm des Marktes völlig unter, aber die ungewohnten Bewegungen des Tanzes lockten immer mehr Menschen an. Divya löste die Bänder am Stoff, drehte sich und lauschte den erfreuten Aaahs und den empörten Ooohs der Menge. Ein Mann in ihrer Nähe sagte amüsiert zu seiner Frau: »Immerhin kann die Gauklerin unter *der* Vesséla kein Diebesgut verbergen.«

Divya tanzte näher an ihn heran, streifte seinen Arm mit einem aufreizenden Lächeln und setzte an zu ihrem wirbelnden Abschluss. Als sie stehen blieb, hielt sie in der ausgestreckten Hand eine Geldtasche. Mit aufforderndem

197

Lächeln reichte sie sie dem Mann. Die Menge schien den Atem anzuhalten und wartete offenbar auf die Reaktion des Mannes. Divya spürte, wie die Atmosphäre um sie herum knisterte.

Die Frau des Bestohlenen erwachte aus ihrer Starre, hob wütend die Hand und sah sich suchend um. Divya konnte in ihrem Gesicht lesen, dass sie die Wachen rufen wollte. Aber ihr Mann ergriff ihre Hand und drückte sie sanft hinunter, während er noch immer in Divyas dunkle Augen blickte. Seine Mundwinkel zuckten.

»Du bist das unverschämteste Weib, das mir je begegnet ist – abgesehen natürlich von dir, mein Schatz.« Damit küsste er die Wange seiner verärgerten Frau. Als er die Geldbörse nahm, zog er zwei Münzen heraus und legte sie Divya in die Hand, nicht ohne ihre Finger zu berühren. Die Umstehenden fielen in sein Lachen ein und klatschten. Ein paar von ihnen warfen Divya Geld vor die Füße, das sie mit einer eleganten Verbeugung einsammelte.

»Du solltest hier verschwinden!«, zischte ihr plötzlich ein schmaler Junge in ärmlicher Kleidung vom Dach eines Marktwagens zu. »Die Wachen kommen.«

Divya raffte ihre Sachen an sich und sprang auf das Dach eines anderen Wagens. Von dort aus rief sie: »Fang!« und warf eine ihrer Münzen in die Richtung des Jungen. Tatsächlich fing er den Taler aus der Luft auf und verneigte sich strahlend mit einer ebenso eleganten Bewegung wie sie vorhin. Wenige Minuten später war Divya mithilfe eines Seils auf dem Dach des nächstgelegenen Hauses gelandet, und als die Wachen an ihrem Tanzplatz ankamen, konnte sie ihnen von oben zuwinken, bevor sie über die Dächer verschwand.

198

Am Abend war es endlich so weit. Divya hatte einen Bauern gefunden, der bereit war, sie gegen ein paar Münzen auf seinem Karren durchs Südtor mitfahren zu lassen. Er hatte Decken und Kleidung geladen, die er auf dem Markt gekauft hatte, und Divya fuhr, warm und weich gepolstert gegen die Schläge der rohen Räder, zwischen den Decken mit. Wie sie zurückkommen sollte, war ihr noch nicht ganz klar. Aber es wurde Zeit, mit Keiroan zu sprechen!

In der Nähe eines Busches ließ sie sich vom Wagen fallen und flüsterte ein leises »Danke« in Richtung des Bauern. Gleichzeitig rieb sie sich die Knie, denn der sandige Trampelpfad, auf den sie gesprungen war, war ungewöhnlich hart. Verwundert wischte sie mit der Hand über den Boden. Wie seltsam! Unter Dreck und Sand kam ein Stein zum Vorschein. Und noch einer. Und noch einer. Das war Kopfsteinpflaster! Eine richtige Straße, die hinaus ins Wilde Land führte. Wer mochte so etwas Sinnloses gebaut haben?

Geduckt kroch sie bis zu dem Busch, in dessen Schutz sie sich niederkauerte und aus ihrer Wasserflasche etwas Zuckerwasser in ein Schälchen füllte, das sie unter ihrer Vesséla getragen hatte. Sie wartete, bis die Dunkelheit so undurchdringlich war, dass sie die Hand vor Augen kaum noch hätte erkennen können – wären da nicht drei *Lichter* gewesen, die in der Zeit des Wartens aufgetaucht waren.

Von den Menschen auf dem Markt wusste sie, dass das Lager der Tassari an der Ostseite der Stadtmauer lag, mit drei direkt daran angebauten neuen Mauern und fern von jedem Tor. Divya huschte mit ihren *Lichtern* über die Ebene und folgte der Stadtmauer in einem weiten Bogen, damit sie keinesfalls zu nah herankam. Als sie endlich vor einer Wand stand, die quer von der alten Mauer wegführte, hoffte sie, dass sie das Lager gefunden hatte. Sie lauschte in die Nacht. Ob es auf dieser Seite Wachen gab? Nachdem sie eine Weile nichts gehört hatte, warf sie ihr Seil, kletterte nach oben und hockte sich mit angehaltenem Atem auf die Mauer.

Die *Lichter*, die sie bis hierher begleitet hatten, wichen auf einmal vor ihr zurück, sodass Divya im Stockdunkeln saß. Und der Stein unter ihren Stiefeln fühlte sich seltsam glatt an, wie poliertes Metall.

Die Stille kam Divya ungewöhnlich vor. Hätte es im Innern nicht ein Lagerfeuer und viele Stimmen geben müssen? Waren die Tassari womöglich gar nicht hier? Hatte Warkan sie doch woanders hingebracht?

Tastend befestigte sie das Seil an der anderen Seite. Langsam ließ sie sich daran hinabgleiten. Als sie den Kopf wandte, stand sie vor einem großen, kräftigen Mann, der sie sofort zu Boden warf und ihren Kopf in seinen muskulösen Arm einklemmte. Dabei drückte er seine Hand auf ihren Mund.

»Du bist keine Wache!«, stellte der Koloss fest. Divya meinte, die Stimme wiederzuerkennen. Wie hieß er noch? Bamas?

Sie versuchte den Kopf zu schütteln, aber es gelang ihr kaum.

»Wer bist du?«, zischte er. »Und wage es nicht, zu schreien!«

Damit nahm er die Hand ein Stück vom Mund.

»Divya.« Keine Reaktion. »Naschiyn!«, nannte sie ihren fremd klingenden anderen Namen.

Bamas versuchte in der Dunkelheit ihr Gesicht zu erkennen, ohne seinen Griff zu lockern.

»Du bist blond!«, sagte er, als wäre das ein Beweis dafür, dass sie log.

»Frauen färben ihr Haar eben gern«, erwiderte Divya trotzig. »Und nun lass mich endlich los!«

»Ich hatte *Lichter* über der Mauer gesehen«, erklärte er ruppig und ließ sie aufstehen. »Ich dachte, sie wollten uns warnen. Aber sie kommen nicht mehr zu uns. Seit der Umsiedlung sind sie alle weg. Keiroan sagt, das liegt an den Silberplatten auf der Mauer. Ich glaube aber, die Wesen haben uns einfach verlassen. Alleingelassen.«

Aus seiner Stimme konnte Divya die Angst heraushören.

»Ich muss mit Keiroan sprechen. Wo ist er?«, fragte sie. »Und wo sind alle?«

»Du kommst ungelegen«, erwiderte Bamas unwirsch.

Divya stieß die Luft aus ihren Lungen. »Hast du eine Ahnung, wie schwer es war, hierherzukommen? Bevor ich nicht mit ihm gesprochen habe, gehe ich bestimmt nicht wieder!«

Bamas schwieg eine Weile. Dann packte er Divya unsanft am Arm und schob sie mit sicheren Schritten durch die Nacht bis zum größten Zelt in der Mitte des Lagers. Er hob ein Stück Stoff an und machte ein seltsames Handzeichen. Im Innern entdeckte Divya ein kleines Feuer, sechs Tassari saßen mit geschlossenen Augen im Kreis wie bei einer Zeremonie. Einer der Männer wandte sich zu Bamas um, erhob sich zögernd und löste damit den Kreis auf. Keiroan! Verärgert kam er auf den Zelteingang zu, doch als er Divya im Widerschein des Feuers sah, flog ein angestrengtes Lächeln über sein Gesicht. Lag es am mageren Licht oder war er in den letzten Tagen wirklich um zehn Jahre gealtert?

»Mit deinem hellen Haar hätte ich dich beinahe nicht erkannt«, sagte er etwas fahrig. »Aber es ist gut so ... wenn es dich schützt.«

Sie konnte seinem Ton anhören, dass er ihre Entscheidung nicht guthieß.

»Ich habe mir gewünscht, dich noch einmal sehen zu können. Aber ich habe nicht viel Zeit«, fuhr er leise fort und legte den Arm um sie. Flüchtig drehte er sich zu den Gestalten im Innern des Zeltes um. Eine davon war Verua, stellte Divya fest und lächelte ihr zu. Aber auch sie sah erschreckend schlecht aus.

»Gleich«, rief er halblaut, dann führte er Divya ein paar Schritte weiter und setzte sich auf den kargen Boden.

»Entschuldige meinen Mangel an Gastfreundschaft, aber dieses Lager ist ein harter Schlag für uns.«

»Ist es so schlimm?«, fragte Divya besorgt.

»Nun, es geht so. Hier haben wir nur Zelte, die Hütten sind nicht mehr rechtzeitig fertig geworden, und der Boden ist wertlos. Purer Sand. Aber das ist kein Problem. Viel schlimmer ist der Mangel an Lebensmitteln und vor allem an frischem Wasser.«

»Haben sie euch keinen Brunnen gegeben?«, fragte Divya erschrocken.

Keiroan seufzte. »Doch, wir haben einen Brunnen, aber der ist sehr alt, viel Wasser ist nicht darin. Und die Nahrung, die man uns bringt ... Ich will nicht undankbar sein, aber es ist viel zu wenig! Wir haben die Wachen schon mehrmals gebeten, bei Warkan für uns vorzusprechen, aber sie reagieren einfach nicht darauf.«

Divya musste an Rocs Worte denken. Aber das konnte doch nicht wahr sein!

Trotz der Dunkelheit spürte Divya, wie Keiroan in sich zusammensank. »Er will uns verhungern und verdursten lassen und wird nachher behaupten, wir wären an einer Krankheit gestorben.«

Er hatte ihre schlimmsten Befürchtungen ausgesprochen.

»Niemand kann so unmenschlich sein!«, widersprach sie kraftlos. »Ihr müsst irgendetwas unternehmen. Könnt Ihr nicht fliehen?«

Keiroan lachte bitter auf. »Du sprichst wie Bamas und ein paar andere. Aber mit hundertzwanzig Menschen quer durch das Wilde Land? Mit Alten und Kindern? Wie sollen wir das machen? Dafür brauchen wir Pferde, Fuhrwerke und sehr viel Proviant!«

Er stöhnte auf. »Wir haben schon beschlossen zu stehlen. So tief sind wir gesunken, dass wir nachts über die Mauer klettern, um Bauern zu bestehlen, die selbst kaum etwas haben.«

Divya drückte verzweifelt ihr Gesicht in ihre Handflächen. Sie hatte sehen wollen, wie die Tassari lebten, aber es war schlimmer, als sie es sich in ihren düstersten Albträumen vorgestellt hatte. Dieses Gefängnis war kein Ort, für den es sich zu leben lohnte. Nur ein Ort zum Sterben.

»Könnt ihr nicht jemanden um Hilfe bitten?«, fragte sie und rang verzweifelt nach einer Lösung. »Es heißt, ihr hättet euch mit den Rebellen verbündet. Und mit einem Magier. Können die euch nicht ...?«

Keiroan schüttelte den Kopf.

»Nichts davon ist wahr. Alles Gerüchte, mit denen uns der Fürst beim Volk in Verruf gebracht hat! Bis ich das erste Mal davon hörte, wusste ich nicht einmal, dass es Rebellen gibt.«

203

»So ging es mir auch«, gab Divya zu.

»Rebellen! Dass ich nicht lache!«, wetterte Keiroan. »Ich hätte ja nichts dagegen, wenn jemand den Wind gegen Warkan drehen würde. Aber da weht nichts, nicht einmal eine sanfte Brise. Ich kann beim besten Willen nicht verstehen, warum ein Volk sich so von einem Menschen ausnutzen lässt!«

Divya nickte. Dieser Gedanke war ihr auch schon gekommen.

»Habt ihr irgendeine Idee, *warum* Warkan euch so hasst?«

Keiroan seufzte. »Das ist eine lange Geschichte, für die ich eigentlich keine Zeit mehr habe.«

»Was habt ihr denn ...?« Divya wollte endlich fragen, was da Seltsames in dem Zelt vor sich ging, aber Keiroan ließ sie nicht aussprechen.

»Trotzdem, als Tassari hast du ein Anrecht auf die Geschichte. Noch bis vor Kurzem lebten wir in unserem Viertel, mitten in der Stadt, und wir durften arbeiten. Manchmal waren wir dem Volk sicher unheimlich, weil wir vor langer Zeit von weit her gekommen sind, aber manchmal fanden sie uns auch faszinierend und lauschten unseren Geschichten von anderen Städten ...«

»... in denen die Menschen von *Lichtern* besessen sind?«, fragte Divya, die von der Köchin und Maita einiges gehört hatte.

Der alte Mann schnaubte. »Glaubst du auch alles, was dieser Fürst erzählt? Nein, diese Städte sind genauso, wie unsere es war – vor über fünfundzwanzig Jahren, bevor Warkan an die Macht kam. *Lichter* sind nichts Schlimmes, sie helfen uns. Das solltest du wissen, Naschiyn!«

Divya nickte, obwohl sie manchmal Zweifel hatte.

»Bis vor ein paar Jahren arbeiteten einige unserer Frauen sogar als Dienerinnen im Palast. Sie taten es nicht gern, aber die Bezahlung ernährte einen Großteil unserer Leute. Verua war unter ihnen.« Keiroan stockte, als fiele ihm die Erinnerung schwer. »Eines Tages putzte sie den Boden in Warkans Schreibzimmer, als er hereinkam. Er beachtete sie zuerst kaum, saß über einem Blatt Papier und schrieb. Und plötzlich sprach er Verua an, horchte sie aus über die *Lichter*. Er wusste, dass die Tassari sie sehen können, und er wollte wissen, ob wir eine Art Verbindung zu ihnen haben. Ob sie uns mehr Glück bringen als anderen Menschen und ob wir sie lenken können. Verua hatte ein wenig Angst vor ihm, aber er war freundlich und sehr interessiert, deshalb erzählte sie ihm schließlich, dass wir in seltenen Fällen auch mit ihnen sprechen können. Verua meinte, er habe darauf regelrecht erschrocken reagiert, und er stellte ihr eine Frage nach der anderen. Zum Schluss hatte er sie in eine Ecke gedrängt und war ihr fast an die Kehle gegangen, als sie nicht weiterreden wollte vor Angst. Vor allem ging es ihm darum, was die *Lichter* sagen. Verua sagte Warkan, dass diese angeblichen Prophezeiungen sehr oft unverständlich seien und uns oft nicht weiterhelfen. Sie selbst habe zum Beispiel während einer schlimmen Krankheit einmal ein *Licht* gesehen. Sie hatte gefragt, ob es Hoffnung gibt, und die Antwort war: ›Die Wunden des Volkes heilt sein Wissen, es liegt verborgen unter seiner Asche.‹ Sie hatte dieses Beispiel nur erzählt, um die Sinnlosigkeit der Worte zu zeigen. Aber Warkan muss wohl irgendeinen Sinn darin erkannt haben. Er reagierte extrem nervös.«

Divya runzelte die Stirn. Ähnlich seltsam hatte sie ihre

Prophezeiung zwar auch empfunden, aber das *Licht* hatte zumindest über ihr Leben gesprochen.

»Hat Verua damals gefragt, ob es Hoffnung *für sie* gibt?«

»Nein«, erwiderte Keiroan ohne großes Interesse. »Tatsache ist, dass Warkan sie und alle anderen Tassari-Diener aus dem Haus warf und ihnen befahl, nie wieder über die *Lichter* zu sprechen. Gleich danach hat er unser Viertel in der Stadt einmauern lassen.«

»Vor vier Jahren ...«, erinnerte sich Divya bestürzt. »Damals hieß es, die Tassari hätten Einbrüche verübt und müssten deshalb unter Kontrolle gebracht werden.«

Keiroan nickte. »Noch eine Lüge vom Herrn der Stadt. Und jetzt behauptet er, wir hätten etwas mit einem Attentat auf ihn zu tun! Als ob wir so etwas tun würden!«

Divya schluckte. Sie wusste, dass er ein Recht auf die Wahrheit hatte. Aber sie hatte nicht die Kraft, sie zu erzählen.

Plötzlich legte Keiroan einen Arm um Divyas Schulter, und sie empfand die Berührung nicht als unangenehm, sondern als vertraut. Wie schon beim letzten Mal, umfing sie in seiner Nähe ein Gefühl von Kindheit und Erinnerungen.

»Warum bist du überhaupt hier? Hatte ich dir nicht gesagt, du sollst zurückgehen an den Ort, an dem du sicher bist?«

»Den gibt es nicht mehr«, sagte Divya. »Ich wollte euch sehen, und das hätte ich auch getan, wenn ich woanders sicherer wäre. Ihr seid die einzige Familie, die ich jetzt noch habe.« Erst als sie es aussprach, wurde ihr bewusst, wie weh das Alleinsein tat – und dass Tajan und Jolissa, jeder auf seine Art, für sie verloren waren. »Ihr habt eine Menge für mich getan, als ich klein war. Und ich wünschte, es gäbe irgendetwas, was ich für euch tun könnte.«

Keiroan schüttelte den Kopf »Du bist unserem Volk nicht verpflichtet. Du solltest nicht hier sein!«

Ihr Schweigen schien Keiroan daran zu erinnern, dass andere auf ihn warteten. Er sprang auf und reichte Divya die Hand.

»Du musst gehen. Brauchst du Hilfe? Bamas könnte dich ein Stück begleiten.«

»Nein«, wehrte Divya ab. »Aber was wollt ihr denn nun tun?«

»Was wir zu den schlimmsten Stunden unseres Volkes immer getan haben. Wir befragen die *Lichter*.«

Erschrocken sog Divya die Luft ein. »Ich dachte, wir können nur mit ihnen sprechen, wenn wir … wenn es uns sehr schlecht geht?«

»Geh, Naschiyn, und finde einen Ort, der besser ist als dieser«, sagte Keiroan leise. »Das sollte nicht schwierig sein.«

Die Erkenntnis über das, was da in dem Zelt geschehen sollte, schickte einen kalten Schauder über ihren Rücken.

»Ihr wollt euch doch nicht … umbringen?«

Keiroan antwortete nicht und sein »Geh!« klang mehr als unsicher.

»Ich möchte dabei sein!«, verlangte Divya spontan.

»Nur wenige Tassari haben in ihrem Leben schon einmal mit den *Lichtern* gesprochen, weil sie der Grenze zu nah gekommen sind«, sagte eine Stimme am Zelteingang. Veruas weiche Figur zeichnete sich vor den Flammen im Innern ab. »Und nur sie dürfen am Basaj teilnehmen. Die *Lichter* haben ihnen bereits einmal ein weiteres Leben geschenkt, und wir glauben, dass diese Menschen unter ihrem besonderen Schutz stehen.«

»Das glaube ich auch«, nickte Divya. »Als ich zwölf war, habe ich mit einem *Licht* gesprochen, und ich hatte immer das Gefühl, es hat mich ins Leben zurückgeschickt.«

Verua wandte den Blick ab, dann wandte sie sich Hilfe suchend an Keiroan. »Du musst es ihr verbieten.«

Er zuckte mit den Schultern. »Das kann ich nicht«, sagte er tonlos. »Du weißt, dass jeder Tassari dabei sein darf, der solch ein Erlebnis hatte und sich freiwillig zu uns setzt.«

Er trat ganz nah an Divya heran. »Du kannst den Basaj noch ablehnen. Wenn du unseren Kreis schließt, kannst du es nicht mehr.«

Divya zögerte. Sie wusste nicht, wie diese Zeremonie ablief. Nur dass dieser Basaj die einzige Chance war, ihr Volk zu retten. Das Volk, bei dem sie leben wollte, weil sich Keiroans und Veruas Nähe viel mehr wie Zuhause anfühlten als alles, was sie kannte.

GIFT

Verblüfft stellte Divya fest, dass die eigentliche Prozedur nicht in diesem Zelt stattfinden sollte. Nach einer kurzen Meditation standen alle auf und folgten Keiroan langsam zur Mauer. Bamas, der sie erwartete, hatte einen Tisch bereitgestellt und Seile über die Mauer gelegt, sodass alle problemlos hinüberklettern konnten. Divya folgte als Letzte. Nervös lauschte sie in die Nacht hinein. Warum verließen sie das Lager?

Keiroan, der auf der Mauer auf Divya gewartet hatte, bemerkte ihre Anspannung. Er deutete auf die Silberplatte, die Divya vorhin schon aufgefallen war. Und als der Mond zwischen den Wolken hervorkam, entdeckte sie noch viele weitere solcher Platten auf der Mauerkante. Sie alle waren mit verschnörkelten Symbolen graviert. Divya begriff: Das Silber hielt die *Lichter* fern, deshalb konnte die Zeremonie nicht innerhalb des Lagers stattfinden. Im Zelt hätte es keine Hoffnung auf ein zweites Leben gegeben.

Keiroan führte die Gruppe an, und mehr und mehr *Lichter* tauchten aus dem Nichts auf, sodass die Umgebung inzwischen gut zu erkennen war.

Sie liefen über einen staubigen Weg am Rand eines Feldes entlang und erreichten bald einen Geräteschuppen. Drinnen war alles vorbereitet: Auf dem Boden standen ein Tablett, eine Karaffe und fünf Becher aus kostbarer Keramik, verziert mit aufgemalten Vögeln in einem exotischen Garten. Offenbar etwas, das sie aus einem anderen Land mitgebracht hatten, denn hier hatte Divya solche Muster noch nie gesehen. Verua zog mit traurigem Blick aus ihrer Vesséla einen weiteren Becher hervor und stellte ihn dazu. Nun waren es sechs. Aber waren sie nicht sieben?

Während sich alle wieder im Kreis auf den Boden setzten, winkte Verua Divya zu sich heran. »Keiroan ist nur als Oberhaupt der Tassari dabei. Er wird die Zeremonie leiten, darf aber nicht selbst teilnehmen«, erklärte sie flüsternd. »Wir anderen trinken auf sein Zeichen Wasser aus verschiedenen Bechern. In einem von ihnen wird das Gift sein. Hoffentlich stark genug – und hoffentlich schwach genug.«

Sie schenkte Divya ein unsicheres Lächeln, bevor sie die Karaffe nahm und jeden Becher füllte. An ihrem Hals trug sie eine Kette mit einem flakonartigen Anhänger, den nahm sie nun ab und goss eine klare Flüssigkeit in einen der Becher. Divya versuchte eine Besonderheit an dem Gefäß festzustellen, aber sie sahen alle absolut gleich aus.

Keiroan nahm das Tablett, setzte sich in die Mitte und sprach ein paar Worte in einer fremdartig klingenden Sprache. Als sich alle die Hände reichten und die Augen schlossen, tat Divya es ihnen nach, und sie spürte eine kaum beschreibbare Verbindung mit den anderen. Sie hörte, dass Keiroan die Becher verschob, und als er wieder etwas sagte, wusste sie: Es war so weit.

Keiroan stand vor ihr und hielt ihr als Erster das Tablett auffordernd entgegen. Ihre Hand wanderte zu einem Becher in der Mitte. Aus dem Augenwinkel fing sie Keiroans funkelnden Blick auf, aber sie blieb bei ihrer Wahl. Angespannt verfolgte sie, wie jeder sich einen Becher nahm. Außer ihr und Verua waren noch zwei weitere Frauen und zwei Männer dabei. Auf Keiroans Befehl hin hoben alle ihre Becher, deckten sie mit ihrer linken Hand zu und sangen in einer eindringlichen Melodie: »Mijor her Basaj. Mijor her Basaj.«

Dann führten sie alle gleichzeitig ihre Becher zum Mund, tranken und griffen wieder nach den Händen der anderen, sodass der Kreis sich schloss. Divya folgte ihrem Beispiel, während ihre Brust zu platzen drohte. Würde es funktionieren? Sie wollte nicht sterben! Dieser Gedanke war wie ein Echo der Gedanken jedes Einzelnen. In ihrer Angst vereint, schien es ihnen der längste Herzschlag von allen zu sein, als sie in den Kreis sahen und warteten. Und doch war es nur dieser eine Herzschlag, der Verua von ihnen allen trennte. Ihr Blick flackerte und wurde stumpf, dann sank sie langsam zur Seite.

Die anderen bemühten sich, es ihr bequem zu machen, und Divya sah Keiroans verzweifeltes Gesicht, als er ihr eine Decke unter den Kopf legte. Gleich darauf wurde der Kreis wieder geschlossen, mit Verua als Teil des Ganzen.

»Beginnt!«, flüsterte Keiroan mit Schmerz in der Stimme.

Die Letzte, die einen Becher gewählt hatte, durfte die erste Frage stellen. Die ältere Frau beugte sich nach vorn und flüsterte: »Wie lange wird unser Wasser reichen?«

Veruas Gesicht war weiß und sie schien leblos zu sein.

»Sie hat dich gehört«, nickte Keiroan der Fragenden zu.

»Sollen wir fliehen?«, fragte der junge Mann, der daneben saß.

Divya beobachtete Verua und überlegte, ob es denn keine Antworten gab. War das richtig so?

»Woher bekommen wir, was wir für eine lange Reise brauchen?«, fragte die nächste Frau, und ihre Armbänder klingelten laut, während sie sich nervös durchs Haar fuhr.

211

»Wie können wir die Wachen daran hindern, uns zu folgen?«, fragte ein älterer Mann mit blassen, fast blinden Augen.

Jetzt war Divya an der Reihe. Sie hatte das Gefühl, dass die richtigen Fragen bisher nicht gestellt worden waren. Vielleicht konnten die *Lichter* ja helfen, aber lag das eigentliche Problem nicht woanders?

»Wie kann man Fürst Warkan besiegen – obwohl ein ganzes Volk an ihn glaubt?«

Die Tassari sahen Divya etwas enttäuscht an. Sie empfanden die Frage als verschenkt. Sie wollten ihr Volk retten, keine Berge versetzen. Und Divya wurde klar, dass sie nicht konkret genug geworden war. Wie bei Verua, die damals nicht nach Hoffnung für *ihr* Leben gefragt hatte ... Sie setzte noch einmal an, um die Frage zu verbessern. Aber Keiroan schüttelte den Kopf und deutete auf sich. Er war als Letzter dran, Divya hatte ihre Chance vertan! Verzweifelt legte sie den Kopf in den Nacken.

Keiroan musterte sie noch immer und beugte sich so weit zu ihr herüber, dass sein Ohr beinahe ihren Mund berührte. Forderte er sie auf, ihm ihre Frage zu sagen? Er nahm ihre leisen Worte mit einem Stirnrunzeln zur Kenntnis. Zögernd übernahm er die Frage: »Gibt es jemanden, der die *Lichter* lenken kann – und es auch tut?«

Auf dem Rückweg machte Divya sich Sorgen, wie sie Verua über die Mauer heben sollten, aber in der Dunkelheit, die nur von ein paar *Lichtern* erhellt wurde, wartete Bamas bereits auf sie, in den Händen einen geflochtenen Tragegurt.

Plötzlich hörten sie Stimmen. Und Schritte. Divya konnte von Weitem den Schein einer Fackel und zwei Wachen erkennen, die gerade um die Ecke bogen. Die Schritte näherten sich schnell, und bis jetzt hatten die Tassari noch den Vorteil, dass dieser Abschnitt der Mauer für die Wachen noch im Dunkeln lag – da sie die *Lichter* der Tassari ja nicht sehen konnten. Divya nahm Keiroan fest am Arm.

»Geht zur anderen Seite!«, hauchte sie ihm ins Ohr und winkte Bamas heran, der noch immer auf der Mauer saß.

»Gib mir eine Fackel!«, zischte sie ihm zu.

Innerhalb von drei Herzschlägen waren die Tassari verschwunden, und Divya hockte allein oben auf der Mauer, in der Hand eine Fackel ohne Feuer – dafür hatte die Zeit nicht gereicht.

So lautlos, wie sie dort saß, hätten die Männer sie vermutlich nicht einmal bemerkt. Aber Divya wusste, dass Keiroan und seine Leute etwas länger brauchen würden, um Verua unbeschadet über die Mauer zu bekommen. Sie musste sie aufhalten!

»Würdet Ihr einer frierenden Frau Feuer geben?«, sagte sie leise und stand auf, sodass sie sie gut sehen konnten.

Die Wachen sprangen erschrocken einen Schritt rückwärts und erhoben ihre Lanzen gegen Divya.

»Runter von der Mauer!«, brüllte der Größere.

»Ich möchte nur Feuer«, flüsterte sie sanft. »Dafür würde ich euch auch etwas zeigen.«

Sie stellte sich auf der Mauer auf ein Bein und wirbelte einmal um die eigene Achse, sodass die Vesséla gerade hoch genug flog, um einen kurzen Blick auf ihre Beine freizugeben. Dabei ließ sie die kalte Fackel um ihre Hand wirbeln.

»Klingt ... interessant«, sagte der Kleinere mit hochgezogenen Augenbrauen. Der Größere zögerte noch ein wenig.

213

»Solange du da oben bleibst ...«, sagte er und wiegte seinen Kopf hin und her, »bist du ja noch eher *im* Lager als außerhalb. Kannst du das, was du uns zeigen willst, auch da oben?«

Divya strahlte die beiden freundlich an. »Natürlich. Gebt ihr mir nun Feuer?«

Der Große, der die Fackel trug, hielt sie so hoch, dass sie Divyas Fackel berührte, und wartete geduldig, dass das Feuer auf sie überging. Als es so weit war, hob sie die Hände und schlug den Takt, den normalerweise die Halas vorgaben, mit den Stiefeln auf den Silberplatten. Sie eigneten sich hervorragend als Untergrund für die Drehungen. Dann nahm sie die Grundhaltung ein für den Tanz des Frühlings, den sie mit einem hölzernen Kochlöffel geübt hatte. Allerdings war eine brennende Fackel doch noch mal eine größere Herausforderung, wie sie feststellen musste. Sie versuchte sie zu halten, als wären die Flammen für sie nichts Besonderes, und ihre Bewegungen folgten schon bald einer ungehörten Melodie, die sie wie immer beim Tanzen berauschte und mit sich trug. Ihre Vesséla flog im Takt hin und her, und Divya bremste sie immer, wenn der Stoff zu hoch flog, mit einer Drehung ihres Körpers in die entgegengesetzte Richtung. Die Wachen schienen die Vorführung zu genießen, sie stützten sich lässig auf ihre Lanzen und stießen sich gegenseitig an, wenn der Tanz wilder wurde. Beinahe machte es Divya Spaß. Auf einem so schmalen Steg hatte sie noch nie getanzt, es erforderte all ihr Können und ihre Konzentration. Und so war sie fast überrascht, als sie hinter sich ein Zischen hörte: »Alles in Ordnung!«

Sie ließ den Tanz in einem fulminanten Wirbel enden, verbeugte sich elegant und rief den beiden zu: »Gute Nacht!«

Damit sprang sie von der Mauer und landete neben Bamas, der ihr nach dem ersten Schreck die Fackel aus der Hand nahm und auf das große Zelt zeigte.

Hinter der Mauer war deutlicher Protest zu hören. »Komm zurück!«

Als jedoch Bamas mit seiner kräftigen, tiefen Stimme antwortete: »Meine Schwester wird nicht mehr tanzen! Willst du Ärger? Dann komm rüber!«, verriet das deutliche Schweigen auf der anderen Seite, dass die Sache damit erledigt war.

Eilig lief Divya zum Zelt. Die anderen erwarteten sie bereits. Freundlich nickten sie ihr zu, als sie sich in den Kreis setzte und wieder die Hände der anderen ergriff, um die Verbindung zu erneuern. Verua lag halb aufgerichtet, die Hände in denen ihrer Nachbarn, und Keiroan, der diesmal außerhalb des Kreises blieb, flößte ihr Wasser ein, das mit Kräutern gemischt war, und strich ihr das Haar aus dem Gesicht.

»Sie kommt zu sich«, sagte er unnötigerweise, aber mit so großer Hoffnung in der Stimme, dass es beinahe schmerzte. Seine Angst um Verua musste unermesslich gewesen sein.

Divya spürte, dass alle versuchten, ihr Kraft durch die Hände zu schicken. Und nach einer fast endlos wirkenden Zeit schlug Verua die Augen auf. Schwitzend, noch immer unregelmäßig atmend, aber mit einem schwachen Lächeln auf den Lippen.

»Ich bin wieder bei euch«, sagte sie, anscheinend selbst überrascht. »Und ich möchte euch die Antworten geben, bevor ich sie vergesse.«

Sie richtete ihren Blick auf die ältere Frau, die zuerst ihre Frage gestellt hatte.

»Das Wasser reicht noch zwei Tage, wenn ihr sparsam damit umgeht.«

Ein leiser Aufschrei ging durch die Reihen. Verua sah den jungen Mann an, der als Nächster an der Reihe gewesen war.

»Frei sein könnt ihr nur im Bunde.«

Divya fiel auf, dass Verua »ihr« sagte – als wäre sie noch Teil der anderen Seite, von der sie erst langsam zurückkehrte.

Sie blickte der Frau mit den Armbändern in die Augen. »Frei sein könnt ihr nur im Bunde«, wiederholte sie.

Irritiert sahen die anderen sich an. Waren Veruas Gedanken verwirrt, dass sie die gleiche Antwort zweimal gab? Divya erinnerte sich, dass die Frau gefragt hatte, woher sie bekommen konnten, was sie für eine lange Reise brauchten.

»Frei sein könnt ihr nur im Bunde«, sagte Verua nun auch dem älteren Mann, der nach der Verfolgung durch die Wachen gefragt hatte. *Dreimal* die gleiche Antwort?

Verua wandte sich Divya zu.

»Wenn du die Starken besiegen willst, musst du sie schwächen.«

Enttäuscht biss sich Divya auf die Lippen. Sie hätte ihre Frage besser abwägen sollen. Mit größter Hoffnung wartete sie auf die letzte Antwort – ob jemand die *Lichter* lenken könne.

Verua runzelte die Stirn, als wären die Worte in ihrem Innern unklar. Doch plötzlich riss sie die Augen weit auf, und für einen Moment glaubte Divya, das Gift würde

216

nachträglich doch noch seine tödliche Wirkung entfalten. Veruas Mund öffnete sich wie zum Schrei, aber stattdessen sprudelte aus ihr schnell und hastig hervor: »Drei können es, aber einer von ihnen quält uns. Er zwingt Tausende *Lichter*, den Glauben der Menschen zu lenken.«

Divya horchte auf. Das war ausnahmsweise nicht die ganz penible Antwort auf die Frage. Es klang eher wie eine spontane Eingebung. Oder wie ein Hilfeschrei von der anderen Seite.

Genauso abrupt, wie Verua hellwach gewirkt hatte, sank sie nun wieder in sich zusammen und schlief sofort ein, wie nach einer großen Anstrengung.

Eine Weile später saßen sie rund um das frisch entfachte Feuer, während eine Heilerin sich um Verua bemühte. Es tat Divya noch immer in der Seele weh, sie so hilflos daliegen zu sehen. Teile ihres Körpers wirkten wie gelähmt, und auch Keiroan warf ihr schmerzliche Blicke zu. Dennoch übernahm er seine Rolle als Oberhaupt und bat um Vorschläge. Einen Rat. Eine Idee.

»Kann es wahr sein, dass jemand die *Lichter* lenkt?«, fragte die Frau mit den vielen Armreifen.

»Sie sind naive Wesen«, sagte der ältere Mann, »und damit auch beeinflussbar. Gefährlich werden sie in dem Moment, in dem jemand begreift, dass sie ein gemeinsames Bewusstsein haben.«

Divya horchte auf und flüsterte: »Was bedeutet das?«

»Jemand!«, lachte Keiroan bitter auf, als hätte er sie nicht gehört. »Warum nennt ihr seinen Namen nicht? Warkan! Fürchtet ihr ihn wie einen Geist? Als könnte er uns hören? Wer hat die Silberplatten auf unsere Mauern schlagen lassen, damit die *Lichter* uns fernbleiben? Wer hat dem Volk

217

erzählt, es dürfe diese Wesen nicht mehr anlocken, weil sie gefährlich sind?« Er schlug sich mit der flachen Hand auf den Oberschenkel. »Warkan!«

Divya legte ihre Hand auf seine. »Was war das mit dem gemeinsamen Bewusstsein?«

Keiroan bemühte sich, seine Gefühle in den Griff zu bekommen.

»Die Lichter können sich über weite Entfernungen hinweg verständigen, sie wissen immer, was die anderen gerade tun. Und wenn sie sich zusammenschließen, sind sie keine Individuen mehr, sondern ein einziges Wesen. Zusammen können sie sehr stark sein, sicherlich sogar den Willen von Menschen und Tieren beugen. Von allein würden sie auf diese Idee niemals kommen, aber ... wenn einer sie benutzt, um den Willen anderer zu unterwerfen, sind sie eine unglaubliche Gefahr.«

Divya krallte ihre Fingernägel in den sandigen Boden. »Das würde erklären, warum die Menschen tun, was Warkan befiehlt, ohne Protest gegen seine harten Vorschriften.«

«Er kann sagen, was er will«, nickte die Frau mit den Armreifen mit verzweifeltem Gesicht. »Die Lichter sorgen dafür, dass jeder ihm glaubt.«

Keiroan zuckte mit den Schultern. »Fast jeder. Wenn es Rebellen in der Stadt gibt, dann gibt es vermutlich Menschen, die schwerer zu beeinflussen sind als andere.«

»Schön, aber was interessieren uns die Städter?«, warf der jüngere Mann ein. »Jetzt müssen wir erst einmal an uns denken. Wir müssen unsere Flucht planen, und zwar viel schneller, als wir dachten.«

»Aber das ist zu gefährlich!«, wandte die alte Frau ein.

»Gefährlicher, als hier zu verdursten?«, stieß Keiroan hervor.

Divya kaute nachdenklich auf ihrer Unterlippe. »Erinnere dich, was die *Lichter* gesagt haben: ›Frei sein könnt ihr nur im Bunde.‹«

»Ja!«, wehrte Keiroan ärgerlich ab. »Die *Lichter* sind immer sehr harmoniebedürftig in ihren Prophezeiungen, sie mögen recht haben, dass wir ganz fest zusammenhalten müssen. Aber ...!«

In diesem Moment stöhnte Verua auf und hob den Kopf. Vorsichtig stützte sie sich seitlich auf einen Arm, sodass sie die anderen ansehen konnte.

»Divya hat verstanden, was sie meinten. Nicht wahr? Wir müssen uns verbünden. Allein haben wir keine Chance.«

»Mit wem? Mit den Städtern? Sollen wir sie vielleicht erst von Warkan befreien, bevor wir unser Lager verlassen?«, knurrte Keiroan verärgert. Dann berührte er sanft Veruas Schulter und wollte sie wieder dazu bringen, sich hinzulegen, aber sie wehrte sich.

»Nein, du Dickkopf! Mit den einzigen Menschen, die Warkans Bann nicht erliegen, weil ihr Innerstes sich gegen die *Lichter* wehren kann!«

Keiroan starrte sie eine Weile an, dann wandte er den Blick ins Feuer, als könnte er darin die Zukunft sehen.

»Du bist verrückt!«

BRÜCKEN

Die Rückkehr in die Stadt war nicht so leicht, wie Divya es sich vorgestellt hatte. Noch immer im Schutz der Dunkelheit hatte sie sich auf die Mauer des Tassari-Lagers stellen wollen, um ihr Seil nach oben zu werfen und daran emporzuklettern. Aber sie musste feststellen, dass ausgerechnet an diesem Abschnitt die meisten Wachen postiert waren. Vermutlich rechneten sie mit Übergriffen durch die Tassari. Also schlich sich Divya, im Wettlauf mit der Dämmerung, rings um die Stadt herum. Nach einer ganzen Weile versuchte sie noch einmal, ihr Seil zu werfen. Aufgrund der Höhe der Mauer benötigte sie einige Versuche, und auch dann musste sie mit verkrampften Fingern lange auf halber Höhe warten, bis die Wachen weit genug weg waren. Schließlich zog sie sich mit schmerzenden Handflächen hoch und ließ sich eilig an der anderen Seite wieder hinunter. Und dennoch war sie überzeugt davon, dass ihr Weg zurück in die Stadt der leichteste Teil ihrer Aufgabe war.

Als sie in den frühen Morgenstunden den großen Marktplatz erreichte, waren die Bauern und Handwerker mit dem Aufbau ihrer Stände bereits fast fertig. Divya beobachtete das Treiben aus sicherer Entfernung von einem Dach aus, um festzustellen, wo Wachen postiert waren. Leider hielten sie sich nicht nur an bestimmten Punkten des Platzes auf, sondern gingen manchmal in Zweiergruppen los, quer über den Markt. Außerdem erinnerte sich Divya an Rocs Worte, dass hier das Hauptquartier der Stadtwache lag. Tatsächlich! Dort war ein Gebäude, aus dem ab und zu weitere Männer kamen. Dieser Platz war mit Sicherheit der ungeeignetste, um sich als gesuchte Attentäterin zu zeigen. Aber der Markt war auch der beste Platz, um jemanden zu finden.

Als endlich genügend Städter mit kaufbereiten Blicken an den Ständen vorbeiflanierten, suchte Divya sich einen stabil aussehenden Karren mit einem Holzdach, der offenbar einem Scherenschleifer gehörte. Über die Deichsel kletterte sie hinauf, machte eine Drehung und blieb in ihrer auffälligsten Pose stehen – eine Hüfte seitwärts geschoben, die Hände mit den metallenen Halas in der Luft.

Der Erste, der reagierte, war der Besitzer des Karrens, der sie mit deftigen Flüchen zum Herunterkommen aufforderte. Divya zwang sich ruhig zu bleiben und zwinkerte ihm lächelnd zu. Als er drohte, zu ihr hinaufzuklettern, machte sie eine weitere Drehung, die ihre Vesséla in Schwung brachte.

Der Scherenschleifer stand inzwischen auf der Deichsel und fuchtelte mit einer Schere in der Luft herum. Divya wusste, dass sie nur noch eine Chance hatte, ihre Position zu verteidigen, sonst wäre sie bereits auf der ersten Flucht des heutigen Tages. Aus einer eleganten Drehung heraus riss sie dem Schleifer die Schere aus der Hand und ließ sie an ihren Fingern im Kreis durch die Luft surren. Der Mann ging in Deckung – und die Umstehenden lachten.

»Ihr bekommt sie wieder«, flüsterte sie dem Scherenschleifer zu. »Seht, wie viel Kundschaft Ihr habt!«

Er wandte den Kopf und bemerkte nun auch die Gruppe von Neugierigen, die sich gegenseitig anstießen und auf das Dach des Karrens deuteten. Heute bot Divya eine viel schnellere Version des Frühlingstanzes, diesmal mit einer wirbelnden Schere in den Händen anstelle der pantomimischen Fingerbewegungen. Der wilde, hüftschwingende Tanz machte ihr Spaß, obwohl sie dabei sehr aufmerksam in die Menge blicken musste. Viel Zeit blieb ihr nicht.

Als sie von Weitem die Männer in Braun bemerkte, die sich einen Weg durch das Gedränge bahnten, setzte sie zum krönenden Abschluss an und feuerte die Schere von oben gezielt in den Tisch neben den Schleifstein.

»Das nenne ich scharf!«, kommentierte sie ihren Wurf mit einem Seitenblick auf den Scherenschleifer, der daraufhin unsicher in die Menge lächelte – und überrascht das Klatschen der Leute erntete.

»Hört her!«, fuhr Divya dazwischen, bevor das allgemeine Gemurmel ihre Stimme übertönen konnte. »Sagt den Rebellen, dass ich sie suche. Wir treffen uns in der Nacht dort, wo wir uns das letzte Mal getrennt haben.«

Während die Menge sie noch erschrocken anstarrte, sprang sie bereits mit einem Satz über den Rücken des Pferdes, das wohl dem Scherenschleifer gehörte, auf den Karren eines Töpfers. Von dort warf sie ein Seil zum Vordach eines Hauses. Als die Wachen die Stelle erreicht hatten, an der sie das letzte Mal den Boden berührt hatte, war Divya längst über ein paar weitere Dächer verschwunden.

Diesen Auftritt wiederholte sie an diesem Tag noch mehrere Male auf drei verschiedenen Märkten der Stadt. Da die Schmiede und Schleifer offenbar die stabilsten Karren besaßen, wollte es der Zufall, dass sie noch öfter Gelegenheit hatte, mit scharfen Gegenständen zu werfen.

In der Nacht kehrte sie zu dem Haus zurück, in dem sie den Rebellen begegnet war. Zunächst wartete sie, hoffte auf Stimmen oder Schritte, sie durchsuchte sogar das ganze Gebäude, das noch immer leer stand, und fand ein paar Vorräte. Nach einer unruhigen Nacht auf dem Dach des leeren Hauses wusste Divya, dass es nicht geklappt hatte. Niemand hatte den Rebellen die Mitteilung überbracht. Gab es vielleicht doch viel weniger von ihnen, als sie gedacht hatte? Ihr Mut sank und sie fühlte sich unendlich allein. Schon am Ende des nächsten Tages würden die Tassari ohne Wasser dastehen. Und sie hatte geglaubt, dass jemand ihr helfen könnte!

Am nächsten Morgen kehrte Divya fest entschlossen auf den Markt zurück. Auf dem großen Platz waren die Wachen verstärkt worden, insbesondere in der Nähe der Schleifer und Schmiede, wie Divya feststellte. Offensichtlich rechnete man mit ihrem Auftauchen.

Sie beobachtete, wie die Patrouillen verstärkt wurden. Ein Wächter zeigte mit weit ausgestrecktem Arm auf verschiedene Punkte des Platzes. Wenn überall dort jemand postiert war, würde es Divya fast unmöglich sein, noch einmal aufzutreten. Aber sie *musste* heute die Rebellen erreichen ... Plötzlich wandte der befehlshabende Wächter sich in ihre Richtung und ließ seinen Blick über die Dächer schweifen. Ruckartig warf Divya sich zu Boden, in der Hoffnung, dass sie rechtzeitig hinter der schmalen Umrandung des Daches verschwunden war. Für einen Moment hatte sie geglaubt, der Mann wäre Tajan gewesen.

Verwirrt und aufgewühlt suchte sie sich zwei kleinere Märkte abseits vom Zentrum und tanzte dort. Nervöser, schneller und kürzer als am vorigen Tag, immer in Sprungbereitschaft. Ihr Lächeln kam ihr selbst aufgesetzt vor. Dem Publikum hingegen fiel nichts auf, die Leute schienen sie sogar zu suchen, es hatte den Anschein, dass sich ihre Auftritte von gestern bereits herumgesprochen hatten.

Als sie gerade ein Messer in den unfertigen Holzklotz eines Schnitzers geschleudert hatte, hörte sie die Stimme eines Jungen, der seinen Vater zu dem Marktkarren zerrte: »Sieh doch! Da ist die Messertänzerin!«

Trotz ihrer Angst und Sorge musste sie lächeln. Das gefiel ihr. Selbst als sie Stunden später zum Abschluss ihrer Vorführung einen hölzernen Kochlöffel in einen Kessel warf, raunten mehrere Stimmen ihren seltsamen neuen Namen.

In dieser Nacht hörte sie die Schritte auf der Treppe zum Dach des leer stehenden Hauses bereits kurz nach ihrer Ankunft. Hoffentlich war es nicht die Stadtwache, die sie erwartete! Vorsichtshalber ließ sie sich direkt über einem Balkon vom Dach so weit hinunter, dass sie nur noch mit den Händen am Rand des Daches hing, jederzeit bereit, sich auf den Balkon fallen zu lassen. Aber als sie über die Kante spähte, erkannte sie den Mann gleich wieder, der soeben das Dach betrat: Roc. Ihm folgte ein älterer Mann, den sie nicht kannte. Und dann Leasar. Sonst niemand. Seltsam. Sie kamen zu dritt? Divya zögerte, sich ihnen gleich zu zeigen.

»Ist die Wahnsinnige noch nicht da?«, fragte Leasar. Roc starrte angespannt über die Nachbardächer und schüttelte den Kopf.

»So laut, wie sie aufgetreten ist, würde es mich nicht wundern, wenn sie einen Tross von Wachen hinter sich herzieht, ohne es zu merken«, schimpfte Leasar wütend.

Divya zog sich über die Dachkante und stand lautlos auf.

»Die Dringlichkeit meiner Suche ließ mich laut auftre-

ten. Aber immer noch leise genug, um von euch nicht bemerkt zu werden«, sagte sie mit verhaltener Wut.

Leasar schnellte herum, die Hand am Gürtel, in dem
einige Messer steckten. Der ältere Mann hielt den Arm des
jüngeren fest und sah ihn mahnend an.

»Keine guten Voraussetzungen für ein Gespräch«, sagte
Divya und deutete auf die Waffen.

»Für ein Gespräch mit einer Attentäterin? Ich finde
schon«, konterte Leasar.

»Ich bin keine«, fauchte Divya. »Ihr erinnert Euch? Ihr
habt versucht, mich zu einer zu machen, aber bisher habe
ich noch nicht gemordet, und ich hoffe auch, dass es nie
so weit kommt.«

Leasar runzelte die Stirn, zog langsam und bedächtig ein
Messer aus dem Gürtel und legte es auf den Boden.

»Willst du mir sagen, du bist unbewaffnet?«

Als Antwort griff Divya in ihren Rücken und zog ebenfalls ein Messer heraus, das sie auf den Boden legte. Ab-
wechselnd machten sie weiter, bis keiner mehr eine Waffe
übrig hatte. Dann setzten sie sich einander gegenüber und
sahen sich ernst an. Roc und der ältere Mann nahmen links
und rechts neben Leasar Platz, blieben aber schweigsam.

»Du bist also keine Kämpferin?«, fragte Leasar schließlich.

»Ich bin im Nahkampf ausgebildet«, gab Divya zögernd
zu, »aber ich morde nicht für andere.«

Leasar stöhnte auf. »Tut mir leid. Maita hat mir etwas
anderes erzählt. Sie stellte es so dar, als wäre es für dich einfach ein Auftrag, und als du ihn nicht ausführen wolltest,
dachte ich, du wolltest einen höheren Preis erzielen. Als
gäbe es eine zweite Chance!«

Divya stieß die Luft durch die Zähne. »Maitas Preis war gut, sie hat mir eine Zukunft angeboten. Und sie verdeutlichte mir, dass die Alternative Gefängnis bedeuten würde.

Leasar nickte, aber seine gerunzelte Stirn zeigte, dass er nicht wusste, wohin dieses Gespräch führen sollte.

»Hast du uns *darum* gerufen? Weil du deinen Ruf bei uns reinwaschen wolltest? Ich hoffe, dir ist klar, wie gefährlich deine auffällige Suche nach uns war. Die Aufmerksamkeit der Wachen ist so ziemlich das Letzte, was wir im Moment brauchen können.«

»Mir blieb keine Wahl ...«, begann Divya, aber er war noch nicht fertig.

»Bisher gab man den Tassari die Schuld an dem Attentat. Uns hat niemand beachtet. Und jetzt sind wieder alle ganz verrückt und verdächtigen sich gegenseitig, zu den Rebellen zu gehören. Alle unsere Pläne müssen wir ruhen lassen. Du hast großartige Arbeit geleistet!«

»Es war dringend!«, sagte Divya mit Nachdruck.

»Dringend, weil du ohne Dach über dem Kopf auf der Straße stehst? Und weil du das für wichtiger hältst als unsere Sicherheit?«, fragte Leasar provozierend. »Ich war ja dagegen, auf deinen Aufruf zu reagieren, aber wenn du nun täglich auf Märkten nach uns schreist, zwingst du mich natürlich herzukommen.«

»Nun lass sie endlich reden«, mischte sich der ältere Mann mit sanfter Stimme ein und legte eine Hand auf Leasars Arm. »Sie hat um ein Gespräch gebeten. Bis jetzt höre ich hauptsächlich dich.«

Leasar warf ihm einen verärgerten Blick zu, nickte dann aber erstaunlich ruhig und sah Divya erwartungsvoll an.

»Danke, Herr!«, sagte sie in die Richtung des Fremden.

Er lächelte ihr freundlich zu, legte eine Hand auf die Brust und verneigte sich im Sitzen, so gut es ging.

»Mein Name ist Jidaho. Wir sind uns vor ein paar Tagen an der Tür zum Geheimgang begegnet.«

Divya erinnerte sich dunkel und verneigte sich ebenfalls.

»Ich danke Euch für Eure Geduld. Meine Bitte ist kompliziert. Es geht um mein Volk.«

Sie bemühte sich, möglichst sachlich und in knappen Worten die Situation der Tassari darzustellen, aber sie spürte, dass immer wieder die Verzweiflung in ihrer Stimme mitschwang, und als sie über den leeren Brunnen sprach, stießen alle drei ungläubige Laute aus. Divya hoffte, dass das ein gutes Zeichen war. Schließlich berichtete sie von der Befragung der *Lichter* und von den kryptischen Antworten. Sie endete mit dem Satz, der sie dazu gebracht hatte, die Rebellen zu suchen: *Frei sein könnt ihr nur im Bunde.*

Die Reaktion war zunächst verhalten. Alle drei schwiegen. Nach einer ganzen Weile atmete Leasar deutlich hörbar durch und sagte: »Das tut mir sehr leid. Warkan scheint dieses grausame Vorgehen von langer Hand geplant zu haben. Innerhalb der Stadt hätte man den Tassari unauffällig helfen können. Aber außerhalb der Mauern leben nur die Bauern, und die berichten uns von Diebstählen der Tassari. Sie fürchten ihre neuen Nachbarn, manche hassen sie sogar, was ich ihnen nicht übel nehmen kann.«

Als Leasar nichts mehr hinzufügte, nickte Roc Divya zu.

»Die Bauern kämpfen hart ums Überleben. Der Boden ist karg, und Warkan lässt sie ziemlich allein mit ihrer Aufgabe, die Stadt mit Nahrung zu versorgen. Wenn sie frei wählen könnten, würden inzwischen wahrscheinlich alle schon als Handwerker in der Stadt leben, anstatt sich täglich mit der Unmöglichkeit ihres Lebens herumzuschlagen. Sie ...«

Leasar unterbrach Roc ungeduldig. »Ende der Diskussion. Wie könnte ich *diese* Menschen bitten, die Tassari täglich mit Wasser und Nahrung zu versorgen? Heimlich, unter Lebensgefahr und für den Rest aller Zeiten? Und würde Warkan dann nicht bald eine andere Lösung finden, die Tassari zu töten?«

Divya musste zugeben, dass er nicht unrecht hatte, aber sie wollte nicht so schnell aufgeben. Sie verlegte sich aufs Flehen.

»Es wäre nicht für den Rest aller Zeiten. Was wir brauchen, ist eine Notversorgung für eine Weile – und das Material, das den Tassari eine Flucht durch das Wilde Land ermöglicht. Vor allem Pferde und Proviant. Fuhrwerke könnten sie vermutlich selbst zimmern. Das Baumaterial für die nicht gebauten Hütten ist noch da.«

Leasar schüttelte ernst den Kopf. »Vergiss es, Mädchen. Niemand riskiert seinen Kopf, damit ein fremdes Volk fliehen kann.«

Jidaho, der bisher nur nachdenklich gelauscht hatte, erhob eine Hand, und Divya bemerkte, dass Leasar und Roc ihm ohne Protest das Wort überließen.

»Ihr versucht, erst das Brot zu backen und dann den Teig zu kneten! Bevor wir über ein mögliches Bündnis reden, sollten wir noch einmal über die Worte der *Lichter* nachdenken. Mir scheint, dass Divya ihnen die richtigen Fragen gestellt hat. Nur leider sind wir alle taub und hören die Antwort nicht.«

»Was eine fremde Frau unter dem Einfluss von Gift gehört haben will, ist doch – bitte entschuldige – absolut unwichtig«, erklärte Leasar ungeduldig.

»Ist es das?«, erwiderte der ältere Mann. »Seit Jahren suchen die Rebellen einen Weg, Warkan zu schwächen. Wir spionieren seine Berater aus, wir stehlen der Wache Waffen und treffen uns an geheimen Orten. Seit Jahren kratzen wir an dem Stein, der uns im Wege liegt, und wir freuen uns über jede Schicht Dreck unter unseren Nägeln. Aber glauben wir noch daran, den Stein ganz beiseiterollen zu können?«

Er stand auf, denn er hatte sich inzwischen in Rage geredet und brauchte ausreichend Platz für die Gesten seiner Hände. »Wenn du nun hörst, dass *einer* einen Weg gefunden hat, die *Lichter* zu führen, und dass er sie dazu bringen kann, Menschen zu lenken ..., dann sollte dich diese Tatsache durchrütteln, aufrütteln, wachrütteln!«

Roc stand ebenfalls auf und sah Jidaho nachdenklich an. »Wir haben uns immer gefragt, warum das Volk sich von Warkan alles gefallen lässt, anstatt gegen ihn aufzubegehren. Abgesehen von wenigen, die seinen Lügen nicht glauben. Meinst du wirklich, dass die *Lichter* solche Macht haben?«

Jidahos Mundwinkel zuckten. »Du bist jung, du weißt nicht viel von der alten Regierung und davon, wie unsere Stadt einmal war. Damals waren die *Lichter* Teil unseres Lebens. Nicht versteckt, wie in den letzten Jahren unter den Tischen einiger älterer Bürger – nein, ganz offen! Und ich habe erlebt, wie Magier sie riefen, wenn sie an einer Erfindung arbeiteten.«

Er wandte sich an Divya. »Damals war ich Teil dieser Regierung, ich saß im Rat und durfte all diese prächtigen

Menschen kennen, die beim Brand gestorben sind. Glaub mir, Magier waren nicht düster und machtgierig. Sie waren Erfinder, Philosophen und Alchemisten, Menschen der Wissenschaft. Sie selbst hatten keine Macht, aber sie riefen die *Lichter*, wenn eine besondere Aufgabe sie beschäftigte. Und sie hatten einen offenen Geist, der sie auf große Ideen stoßen ließ.«

Divya sah ihn erwartungsvoll an.

»Nein«, wehrte er lächelnd ab. »Ich bin ein einfacher Politiker, die Wissenschaft liegt mir nicht.« Plötzlich wirkte er traurig. »Ich *war* Politiker. Bis das schreckliche Feuer über uns kam und nur ein paar wenige Ratsmitglieder überlebten.«

»Warum seid Ihr heute nicht mehr in der Regierung?«, fragte Divya erstaunt.

»Weil ich als Einziger der Meinung war, dass die Magier keine Schuld trifft an dem Unglück und dass die *Lichter* gut für uns waren. Ich war mit einer jungen und sehr begabten Magierin befreundet, und selbst sie wusste nicht, was in jener Nacht schiefgelaufen ist! Ich habe sie damals versteckt und die neue Regierung zur Klärung aufgerufen. Kurz darauf wurde ich verhaftet, befragt – und wegen Verrats am Volk zum Tode verurteilt.«

Divya stieß die Luft aus den Lungen.

»Leasar hatte damals den Befehl über die Wache im Gefängnis«, fuhr Jidaho fort«. Er sollte mich zu meiner Hinrichtung bringen, stattdessen versteckte er mich. Und so leben wir seitdem. In Verstecken.«

»Wie viele Rebellen gibt es denn?«, fragte Divya.

»Viele«, ging Leasar dazwischen. »Aber nur ein paar von uns werden offiziell gesucht. Die anderen haben alle ihr Leben, ihren Beruf, ihre Familie. Wir kommen dann zusammen, wenn wir etwas planen. Das ist die beste Tarnung.«

Divya hatte offensichtlich etwas enttäuscht ausgesehen, deshalb setzte Jidaho ernst hinzu: »Wir sind keine Helden. Nur ein Fünkchen Hoffnung für diese Stadt.«

Er setzte sich wieder vor Divya und sah sie neugierig an. »Erzähl! Alles! Vielleicht hast du recht, dass die Zusammenarbeit mit den Tassari die helfende Hand sein könnte, die uns noch fehlt, um unseren großen Stein ins Rollen zu bekommen. Und das sollte ein paar von uns das Risiko wert sein, ihnen zu helfen.«

Leasar schnaubte und Roc ließ unschlüssig seine Blicke über die benachbarten Dächer schweifen. Jidaho stellte nun die gleiche Frage, die auch Divya bewegt hatte: »Warum hasst Warkan die Tassari so sehr?«

Divya erzählte alles, was sie über die *Lichter* wusste, und als sie die Worte wiederholte, die Verua vor Jahren von den *Lichtern* gehört hatte, blickte er versonnen in die Ferne.

»*Die Wunden des Volkes heilt sein Wissen, es liegt verborgen unter seiner Asche.* Das ist ein Hinweis! Und die *Lichter* gaben ihn den Menschen dieser Stadt bewusst.«

Leasar stöhnte auf. »Das hat uns noch gefehlt! Du willst einem kryptischen Rätsel nachgehen? Ich sage dir, ich buddle nicht noch mal im Matsch dieser verfluchten Insel nach Dingen, die längst verbrannt sind!«

Jidaho grinste und sah plötzlich viel jünger aus.

»Er wird müde, unser Rebell. Aber ich war schon immer der Meinung, dass unser Volk einfach Beweise braucht.«

»Beweise aus einem nassen Grab? Erinnere dich an unsere letzte Suche! Die Kellergewölbe des alten Palastes sind in den Fluss gestürzt. Unter der Ruine nimmt sich das Wasser immer mehr von dem Land zurück, das ihm einmal gehört hat. Eines Tages wird es die ganze Insel mit sich reißen.«

Divya sah irritiert von einem zum anderen, während die beiden Männer in einem Streit versanken, den sie wohl vor vielen Jahren begonnen hatten. Hatte Divya die Möglichkeiten der Rebellen, sie zu unterstützen, überschätzt? Was konnten diese alten Männer und der junge Schönling schon für sie tun?

»Das Wissen, von dem die *Lichter* gesprochen haben, ist mit Sicherheit die ›Bibliothek der tausend Wahrheiten‹«, erklärte Jidaho nachdenklich. »Und die Asche ist die Palastruine.«

»Papier brennt verdammt gut!«, warf Leasar ein. »Da drüben ist nichts mehr außer ein paar schwarzen Steinen.«

Jidaho nickte. »Vielleicht wissen selbst die *Lichter* nicht, dass die Bibliothek nicht mehr existiert.«

»Endlich siehst du es ein«, bemerkte Leasar. »Und jetzt sollten wir gehen. Wir sind schon viel zu lange hier.«

»Nein«, widersprach der alte Mann. »Divya hat uns noch einen viel wichtigeren Hinweis gegeben. Die Bibliothek mag vielleicht verloren sein. Aber wir wissen nun, wonach wir suchen müssen, wenn wir Warkan bekämpfen wollen: nach seinen *Lichtern*. Sie sind die Quelle seiner Macht über das Volk. Er muss sie irgendwo versteckt halten. Und wir müssen herausfinden, wie er sie rufen kann.«

»*Lichter*!«, stieß Leasar abfällig hervor. »Ich schlage vor, wir suchen uns einen neuen Attentäter ...« Er schenkte Divya einen genervten Blick. »... und wir finden eine neue Möglichkeit, den Fürsten zu beseitigen. Auf indirektem Weg haben wir bisher nichts erreicht.«

Jidaho schüttelte ungeduldig den Kopf. »Warkans Tod

wäre kein Beweis für seine Skrupellosigkeit, wir würden das Volk nur verunsichern. Aber auch wenn wir *ihn* nicht bekämpfen können, wir können seinem Ansehen schaden. Und es ist an der Zeit, dass du einmal auf das hörst, was ich vorschlage.«

Leasar betrachtete ihn ernst und half ihm beim Aufstehen.

»Also gut. Und wie sieht dieser Vorschlag aus?«, fragte er mit deutlicher Überwindung.

»Wir verbünden uns mit den Tassari. Sie können uns sicher noch viel mehr erzählen. Inzwischen hilft Divya uns, Warkans *Lichter* zu finden, sie könnten wirklich der Schlüssel zur Macht in dieser Stadt sein! Wäre das nicht unglaublich? Dafür legen wir ein gutes Wort bei den Bauern ein, dass sie den Tassari bei der Vorbereitung ihrer Flucht helfen. Wir können sie nicht einfach verdursten und verhungern lassen!«

Er nickte Divya zu, und ihr fiel ein solcher Stein vom Herzen, dass ihr Tränen in die Augen stiegen.

»Das ist Wahnsinn«, widersprach Leasar. »Mit Pferden und Wagen durch das Wilde Land? An der Nase von Baar und Ur vorbei?«

Jidaho seufzte. »Wenn du den *Lichtern* nur vertrauen könntest! Sie wollen uns nichts Böses.«

Leasar atmete tief durch. »Falls doch, werden wir es sehr bald herausfinden. Aber es würde mich doch sehr wundern, wenn ein Mann wie Warkan sich auf so unberechenbare Wesen einlassen würde. Er hat die ganze Stadt auf seiner Seite. Warum sollte er so ein Risiko eingehen?«

»*Damit* er die Stadt auf seiner Seite hat«, mischte Divya sich ein.

Leasar verzog die Mundwinkel. »Also gut, lass die kleine Kämpferin nach diesen Lichtdingern suchen. Aber wo soll sie beginnen? Irgendeine Idee, Herr Sekretär?«

»Wenn er solch ein Geheimnis hätte, dann müssten sie in einem Raum versteckt sein, den Warkan vor anderen verschlossen hält«, sagte Roc nachdenklich. »Im Keller des Palastes gibt es eine Kammer, die er ›Laboratorium‹ nennt. Angeblich entwickelt er dort Ideen für Erfindungen. Ideen, die seine Alchemisten danach in ihrem Laboratorium im ersten Stock umsetzen sollen. Ich dachte immer, dieser Ort ist einfach sein Rückzugsort, wenn er allein sein will. Warkan ist schließlich kein Wissenschaftler.«

Jidaho runzelte die Stirn. »Und wie kommen wir dort hinein?«

»Wenn ich das wüsste, wäre ich schon einmal drin gewesen«, gab Roc zurück. »Es gibt keine Fenster und nur einen Schlüssel zur Tür, den Warkan stets in einer Tasche seines Gürtels bei sich trägt. An den käme nicht einmal sein persönlicher Diener heran. Und selbst wenn, der ist nicht bestechlich.«

Divya atmete tief ein. »Dieses Laboratorium sollten wir uns auf jeden Fall einmal ansehen ...«

Jidaho nickte. »Unsere Leute werden sich ebenfalls umhören und Roc wird dich unterstützen. Mit Material oder Männern, was immer du brauchst.«

»Mal sehen ...«, fuhr Leasar dazwischen. »Ich gebe dir vier Tage, dann solltest du stichhaltigere Beweise in der Hand haben. Bis dahin versorgen wir die Tassari mit Nahrung.«

Jidaho blickte in Divyas Richtung. »Leasar meint es nicht so. Er ist besorgt um die Menschen, deren Leben er riskiert.«

Der ehemalige Wächter reichte ihr die Hand, als wollte er den Pakt besiegeln, und Divya entdeckte zu ihrer Verblüffung ein freundliches Lächeln auf seinem Gesicht, das gar nicht dorthin zu gehören schien.

»Viel Glück. Meistens wirst du auf dich gestellt sein. Wir haben niemanden, der so klettern und springen kann wie du. Und in den Regierungspalast wirst du nicht reinkommen, deshalb ist deine Idee jetzt schon zum Scheitern verurteilt. Tut mir leid. Aber das ist meine Meinung.«

Schlüssel

Diesmal erwartete Jolissa sie in einem der kleineren Becken des Badehauses. Sie saß bereits bis zum Hals in dem duftenden Schaum, der keinen Blick auf ihre nackte Haut zuließ. Divya, die inzwischen beobachtet hatte, wie die anderen Frauen es schafften, auf anständige Weise ins Wasser zu steigen, ließ sich mitsamt ihrem Tuch ins Becken gleiten und winkte einer Dienerin, die ihr das nasse Tuch abnahm. Danach waren sie allein.

»Deine Augen haben ihr altes Funkeln wieder«, bemerkte Jolissa lächelnd, wobei sie selbst immer noch schlecht aussah. »Was ist passiert? Hast du dich mit Maita versöhnt? Hat sie dir einen Stammbaum und ein neues Zuhause verschafft?«

Divya verzog die Mundwinkel. »Wie kann es sein, dass du ständig an Ehemänner denkst, obwohl du wirklich am besten wissen solltest, dass Maita euch alle meistbietend verkauft hat.«

Jolissas Lächeln erstarrte.

»Entschuldige«, fügte Divya hinzu. »Ich wollte dich nicht verärgern, mir tut es nur immer noch in der Seele weh ...« Sie berührte leicht Jolissas Wange. Dann berichtete sie alles, was sie in der Zwischenzeit erlebt hatte, und schloss mit der Bitte, ihr zu helfen. »Auch wenn er dein Ehemann ist ... hoffe ich doch sehr, dass du verstehst, wie wichtig es ist, dass jemand ihn bekämpft. Ich brauche deine Hilfe!«

Jolissa malte mit den Fingern Muster in den Schaum.

»Du brauchst mir nicht zu erzählen, was Warkan tut. Ich lebe in seinem Haus, und auch wenn ich ihn selten zu Gesicht bekomme, so höre ich doch genug, wenn er mich seinen Beratern und Freunden vorstellt.« Sie seufzte. »Nie hätte ich gedacht, dass ein Mensch zu so etwas fähig ist.«

»Was hörst du denn genau?«, hakte Divya nach. »Bitte, jede Kleinigkeit kann uns ein Stück weiterbringen!«

Jolissa nahm eine Handvoll Schaum und zerdrückte ihn.

»So vieles. Nicht nur, dass er den Bauern ständig die Abgaben erhöht ... Neulich hat ein Schmied sein Pferd falsch beschlagen, sodass es schlecht laufen konnte. Warkan wurde so wütend, dass er einen anderen Schmied zwang, dem Mann die Füße mit Hufeisen zu beschlagen.«

Divya erbleichte.

»Außerdem weiß ich jetzt, warum Warkan das Volk vor dem Wilden Land so warnt und warum er erzählt, dass in anderen Städten die *Lichter* regieren«, fuhr Jolissa fort. »Seine Leute fangen Händler aus anderen Städten vor den Toren der Stadt ab und nehmen ihnen ihre Waren ab – zu dem Preis, den Warkan diktiert, natürlich. Dann lässt er die Waren auf den Märkten hier teuer verkaufen. Mit dem Gewinn baut er ständig seinen Palast aus, kauft sich schöne Pferde oder bringt seiner Geliebten im Turm exotische Speisen und teure Schmuckstücke.«

»Hast du sie inzwischen einmal gesehen?«, fragte Divya stirnrunzelnd.

»Nein«, gab Jolissa zu. »Niemand darf sie sehen. Aber es ist ein offenes Geheimnis unter den Dienstboten im Palast, dass Warkan sie im Turm hält wie einen seltenen Vogel, schon seit er die Regierung übernommen hat.«

»Also dürfte sie nicht mehr die Jüngste sein.«

»Sie ist nicht nur alt ... Eine Dienerin behauptet, sie einmal gesehen zu haben. Sie soll das Gesicht eines Monsters haben. Und trotzdem ...«, Jolissa verstummte kurz, von ihren Gefühlen überwältigt. »Er ist täglich dort oben. Ich komme mir vor wie ein hübscher Salon, in dem man die Gäste empfängt, während sich Warkan in seiner alten, aber gemütlichen Kammer wohler fühlt ... wenn du verstehst, was ich meine.«

Divya verzog die Mundwinkel. »Willst du damit sagen, dass er dich nachts nicht ... besucht?«

Jolissa wurde rot. »Doch, natürlich tut er das. Sein größter Wunsch ist ein Erbe, und seine erste Frau hat ihm keine Kinder geboren.«

Jolissa sank tiefer in den Schaum und begann zu flüstern. »Und ich habe beschlossen, ihm ebenfalls keine Kinder zu schenken. Seit der ersten Nacht nehme ich Kräuter zu mir, die das verhindern werden.«

Divya griff erschrocken nach Jos Handgelenk und zwang sie, ihr in die Augen zu sehen. »Erinnerst du dich nicht an Maitas Unterricht? Es gibt ein Gesetz, das es dem Mann erlaubt, seine Frau verhaften zu lassen, wenn er sie dabei erwischt. Und wir sprechen hier von Warkan!«

Jolissa erwiderte ihren Blick ganz ruhig. »Würdest du wollen, dass dein Kind einen solchen Vater hat? Einen Mann, der seine besten Freunde als Verräter ins Gefängnis schickt, wenn sie zu mächtig werden? Einen Mann, der ein ganzes Volk ausrotten will, weil er es aus irgendeinem Grund fürchtet? Und der seine Bürger hinter eine Mauer aus Lügen sperrt?«

Divya spürte, wie ihr in dem warmen Wasser schwummrig wurde. Wie lange würde Warkan keinen Verdacht schöpfen? Und wie viele Diener waren seine Augen und Ohren im Palast?

»Pass bitte auf dich auf«, ermahnte sie die Freundin. »Und nun sag mir, ob du schon mal von einem Raum gehört hast, der Laboratorium genannt wird?«

Jolissa nickte erstaunt.

»Warkan zieht sich oft dahin zurück, wenn er allein sein will. Manchmal kommt er mit erstaunlichen Erfindungen daraus zurück. Warum?«

Divya erzählte ihr von dem Schlüssel am Gürtel und zog vielsagend die Augenbrauen hoch. »Wenn Warkan tatsächlich nachts oft bei dir ist ...«

Jolissa legte ihren Mund auf den Schaum und pustete nachdenklich Muster hinein.

»Wenn das ein Weg ist, wie ich ihn bekämpfen kann, dann werde ich es tun. Aber wie gebe ich dir den Schlüssel? Und wie bekomme ich ihn rechtzeitig wieder zurück?«

Divya ließ sich von Jolissa erklären, hinter welchem Fenster die Schlafkammer lag, und bat ihre Freundin, in der Nacht das Fenster zu öffnen und den Schlüssel an einem Band in den Garten hinabzulassen. Sie wusste, dass sie Jo damit in höchste Gefahr brachte, aber als sie sie noch einmal fragte, ob sie das wirklich wagen wolle, reagierte Jolissa empört.

»Was immer ich gegen ihn tun kann, ist immer noch nicht genug. Viel mehr Sorgen mache ich mir um dich. Willst *du* das wirklich wagen?«

Divya drückte unter Wasser ihre Hand und lächelte ihr zu.

»Unbedingt! Halt den Kopf hoch, Tana Jolissa! Vielleicht schaffen wir es ja, dass der Fürst seine Macht verliert.

Und du weißt, dass eine Ehefrau ihren Mann verlassen darf, wenn seine gesellschaftliche Stellung nicht mehr angemessen ist.« Sie zwinkerte Jo zu. »In seltenen Fällen ist das Gesetz einmal auf der Seite der Frauen.«

»Auf der Seite der Väter«, konterte ihre Freundin realistisch. »So könnte mein Vater mich gleich zweimal verkaufen.«

Divya lachte bitter. »Aber das zweite Mal werde ich Roc in die erste Reihe der Bewerber schubsen.«

Jolissas Reaktion erstaunte sie. Sie schüttelte den Kopf und starrte wütend auf das Mosaik an der Wand gegenüber.

»Richte ihm lieber aus, dass er sich von mir fernhalten soll!«

Jos Worte erinnerten Divya sofort an Tajan. War es immer so, dass Männer und Frauen von ihren Gefühlen betrogen wurden?

»Warum war Tajan eigentlich bei deiner Hochzeit?«, rutschte es Divya heraus. »Ist er nicht mehr an der Schule?«

Jolissa kniff die Augen zusammen. »Warum interessiert dich das? Was willst du von ihm noch? Du hast doch gesehen, dass er unter den Ersten war, die dich nach dem Attentat verfolgt haben!«

Divya senkte den Blick und Jolissa seufzte.

»Am Tag meiner Hochzeit hat er sich zurück zur Wache gemeldet und wurde uns als persönlicher Schutz zugeteilt. Warkan hält große Stücke auf ihn und war wohl in den letzten Jahren auch ...« Sie zögerte. »... ständig in Kontakt mit ihm. Ich glaube, es ging darum, dass Warkan Maita auf den Zahn fühlen wollte. Aber es scheint nicht viel dabei herausgekommen zu sein. Jetzt haben sie einen anderen

Wächter an die Schule geschickt. Tajan soll die Palastwache neu aufbauen und Warkan gegen weitere Attentate schützen.«

Divya atmete tief durch. »Dann siehst du nun also täglich Tajan – und ich Roc.«

Jolissa lächelte matt. »Vielleicht ist das ja ein Zeichen des Schicksals, dass diese Männer uns nicht guttun?«

Divyas innere Stimme wollte protestieren, aber natürlich hatte Jo recht! Warum hatte sie nur immer wieder sein Gesicht vor Augen, wenn sie sie schloss? Warum erfand sie in Gedanken immer wieder neue Begegnungen mit ihm, in denen sie ihn beschimpfte, ihn um eine Erklärung bat oder ihn im Stockkampf besiegte? Allein schon die Vorstellung, dass sie ihn im Kampf mit einer Waffe in der Hand zu Boden drückte, auf sein Zeichen des Aufgebens wartete, ihn unter sich atmen spürte, mit dem Duft nach frischem Holz in seinen Haaren …

»Hätte ich den bequemen Weg gewählt, hätten wir zusammen sein können. Ich hätte Tajan aber auf ewig vorlügen müssen, ich sei keine Tassari. Vielleicht hätte er mich tatsächlich geheiratet.«

Jolissa zog erstaunt die Augenbrauen hoch. »So nah wart ihr euch? Warum hast du mir das nie erzählt?«

»Weil du es nicht wissen wolltest. Du hast mich vor Tajan gewarnt und ich dich vor Roc …« Divya lächelte schwach. »Aber mit einer Lüge zu leben, wäre nicht richtig gewesen.«

Obwohl sie sicher war, richtig gehandelt zu haben, schmeckte dieser Satz schal. Divya wusste, dass sie sich noch oft vorstellen würde, wie es gewesen wäre, wenn sie geschwiegen hätte.

Noch in derselben Nacht schlenderte sie an Rocs Arm durch die leeren Straßen, fröhlich plaudernd, als kämen sie von einem späten Fest zurück. Dabei trug Divya die einfache violette Vesséla einer Handwerkersfrau und Roc einen Umhang derselben Kaste. Sie sahen sich an wie ein jung vermähltes Paar, das tatsächlich aus Liebe geheiratet hatte, und hatten keine Augen für den Palast, an dem sie vorbeigingen oder für die Wachen am Tor – bis sie angesprochen wurden.

»Ein bisschen spät für einen Spaziergang«, bemerkte ein Wachmann mürrisch.

»Tut uns leid«, erwiderte Roc unterwürfig. »Wir haben die Zeit wirklich vergessen und sind auf dem Weg nach Hause. Gute Nacht, Herr!«

»Gute Nacht«, grummelte der Mann.

Divya und Roc schlenderten weiter am Zaun entlang, bis sie zu einer alten Eiche gelangten. Dort lehnte Roc Divya an den Stamm und beugte sich zu ihr hinunter.

»Ich habe das Band am Balkon gesehen. Es muss also heute Nacht geschehen!«, flüsterte Divya aufgeregt.

Roc versteckte seinen Kopf in ihren Haaren, sodass sein »Gut!« nur undeutlich zu verstehen war.

»Vorsicht! Wenn du versuchst mich zu küssen, dann wirst du dir gleich wünschen, es nicht getan zu haben!«

Er lachte leise. »Keine Sorge, ich will bestimmt keine Frau küssen, die Messer in ihrer Vesséla versteckt hält!«

»Nicht, weil du an Jolissa denkst?«, fragte Divya spitz.

Roc hob den Kopf so weit, dass er ihr genau in die Augen sehen konnte. »Es gibt kaum einen Moment, in dem ich *nicht* an sie denke.«

Divya war erstaunt über die Ernsthaftigkeit in seiner Stimme.

Kurz darauf begann der Wachwechsel, genau wie Roc vorausgesagt hatte. Das Klappern der Lanzen und die festen Stiefelschritte auf dem Kopfsteinpflaster gaben Divya und Roc das Signal, auf das sie gewartet hatten. Hinter der Eiche trat ein junges Paar hervor, das genauso gekleidet war wie sie, und nahm ihre Position ein, küssend an den Stamm gelehnt. Währenddessen kletterten Roc und Divya in die Äste der Eiche, folgten ihrem dicksten Ast über den Zaun hinweg und ließen sich ins weiche Gras fallen, wo sie umgehend Deckung hinter ein paar Büschen suchten. Dort konnte Divya endlich ihre hinderlichen Kleidungsstücke fallen lassen und verstecken. Darunter trug Divya ihre kürzere schwarze Kletter-Vesséla, Roc eine dunkle Hose und ein Hemd. Divya schlich allein noch ein Stück weiter, bis zu dem dünnen Band, das tatsächlich von einem Balkon herunterhing. Daran geknotet fand sie den Schlüssel.

»Hey, ihr da!«, rief auf einmal der neue Wachmann. »Verschwindet oder ich lasse euch verhaften!«

Divya zuckte zusammen, obwohl nicht sie gemeint waren. Das Paar unter dem Baum löste sich erschrocken voneinander, und der Mann hob grüßend die Hand, während sie weiter ihres Weges gingen. Ihre Schritte verhallten bald und die nächtliche Stadt lag wieder verlassen da.

Roc deutete stumm auf die Ostseite des Gebäudes und ging voraus. Divya folgte ihm in geduckter Haltung. Sie war äußerst dankbar, dass er sich bereit erklärt hatte mitzukommen, obwohl er kein geübter Fassadenkletterer war. Seine Ortskenntnis würde heute Nacht aber Gold wert sein, und den Tag über hatte sie ihn noch ein bisschen im Klettern geschult. Er hatte sich gar nicht mal schlecht angestellt. Nur das Schleichen lag ihm nicht, doch Divya hoffte einfach das Beste. Zwischenfälle konnten sie sich heute nicht leisten.

Inzwischen war Roc unter einem dunklen Fenster stehen geblieben. Divya nickte, zog zwei Paar Metallaufsätze für die Stiefel und zwei Haken für die Hände hervor, reichte Roc einen Satz und kletterte mit ihrem an der Fassade empor. Oben angelangt, zog sie einen dünnen Metalldraht aus ihrem Haar, schob ihn durch den Fensterspalt und hob damit vorsichtig den Verschluss nach oben. Als das Fenster sich öffnete, kletterte sie auf den Sims.

Dahinter lag ein dunkler Raum. Als sie eine Weile gewartet hatte, um sich davon zu überzeugen, dass niemand darin war, wandte sie sich zu Roc um. Befriedigt stellte sie fest, dass er sie mit offenem Mund ansah, bevor er ihr anerkennend zunickte. Divya hakte ein Seil am Sims fest und warf es ihm zu. Für einen Anfänger geschickt, aber nicht allzu leise kletterte er zu ihr hoch.

Die Flure des Palastes waren von verschnörkelten Lampen erhellt, und deren Licht wurde von Hunderten von Spiegeln zurückgeworfen. Schwere Teppiche dämpften Divyas und Rocs Schritte, und wunderschöne Stofftapeten bedeckten die Wände, die außerdem mit fremdartig aussehenden Bildern geschmückt waren. Am meisten erstaunte Divya ein Gemälde von Tieren, die alle einen Höcker hatten und wie auf einer Kette aufgereiht dicht hintereinander durch eine sandbedeckte Landschaft zogen. Wie hatte Keiroan sie genannt? Dromedare? Ob es in ihrer Heimat so aussah? Und ob sie diese Tiere eines Tages mit eigenen Augen sehen würde?

Auf wundersame Weise gelang es Roc, jedem Wächter auszuweichen, der irgendwo durch diese Gänge patrouil-

244

lierte. Ohne sein Wissen über die Gewohnheiten der Wachen, das begriff Divya jetzt, wäre sie niemals so weit gekommen. Manchmal bogen sie plötzlich seitlich in einen Treppenaufgang ab, hier und da gab es sogar verborgene Türen hinter der Stofftapete, die in ein Zimmer führten, das wiederum einen zweiten Ausgang auf einen anderen Flur hatte.

Als sie in einem dieser Räume Schritte hinter der Tür hörten und warten mussten, bis sie verklungen waren, flüsterte Divya: »Wie hast du es eigentlich geschafft, diese wichtige Stellung bei Warkan zu bekommen? Und sein Vertrauen?«

»Maita«, flüsterte Roc zurück. »Sie ist Auge und Ohr der Rebellen. Sie weiß alles über jeden. Deshalb habe ich in den letzten Jahren so engen Kontakt zu ihr gehalten. Sie wusste als Erste, dass der Fürst einen Sekretär suchte und was er von ihm erwartete. Außerdem verriet ich ihm einige Geheimnisse über seine engsten Vertrauten. Nichts, womit ich jemandem ernstlich schaden konnte. Aber es gefiel Warkan, dass ich für ihn spionierte.«

»Und in Wirklichkeit spionierte Maita ihre Mädchen aus, die Ehefrauen der wichtigsten Männer der Stadt«, ergänzte Divya. »Indem sie ihnen beibrachte, alles Wichtige ihren Sorgensteinen anzuvertrauen.«

Roc sah sie verblüfft an. »Woher weißt du das?«

»Ich habe es erst vor Kurzem herausgefunden«, gab Divya zurück. »Und ich wünschte, ich hätte den Mädchen von diesem Verrat noch erzählen können.«

Roc schüttelte den Kopf. »Maita hat nur weitergegeben, was für die Rebellen wichtig war. Keine Mädchen-Geheimnisse!«

»Ja, die kannte allein Maita. Schlimm genug!«, fand Divya.

Roc nickte zögernd. »Maita war schon immer die Besessenste, die Radikalste von allen Rebellen. Ich glaube, sie wäre zu gern an deiner Stelle gewesen, als du Warkan töten solltest. Stattdessen musste sie einen sehr langen Weg für ihre Rache gehen. Sie wurde die mächtigste Frau unter den Rebellen und plant seitdem Warkans Tod.«

»Woher kommt dieser große Hass gegen den Fürsten?«

»Es heißt, Warkan hätte ihren Geliebten getötet, kurz bevor sie heiraten konnten. Einen Magier.«

Magier? Das Wort brachte Divya auf eine Idee, eine Erklärung für etwas, was sie bis jetzt nicht verstanden hatte ...

Auf der anderen Seite der Tür war es still geworden. Roc spähte hinaus und winkte Divya auf den Flur. Kurz darauf erreichten sie eine Treppe, die nach unten führte. Die Tapeten wichen nackten, dunklen Ziegeln und die Luft wurde feuchter. Von einem langen Gang, der am Ende um eine Kurve führte, gingen fünf Türen ab. Roc lief zielstrebig auf die mittlere zu.

»Gibt es denn keine Wachen?«, fragte Divya nervös.

Roc hob den Finger an den Mund und zuckte mit den Schultern.

»Hier war ich ganz selten«, hauchte er.

Im selben Moment hörten sie Schritte von vorn. Jemand würde gleich um die Kurve biegen, und den schweren Schritten nach zu urteilen, tippte Divya auf einen Wächter.

Hastig steckte sie den Schlüssel in die mittlere Tür, öffnete und schloss sie so leise wie möglich und blieb wie erstarrt stehen. Vor ihnen gähnte nur Schwärze. Niemals würden sie es schaffen, in dieser Dunkelheit eine Lampe zu finden und zu entzünden.

246

Divya lauschte angespannt auf die Schritte, die auf dem Gang hin und her gingen. Hatte der Wächter etwas gesehen oder gehört?

Als die Wächterstiefel sich endlich wieder ans Ende des Ganges bewegten, murmelte Roc: »Nicht erschrecken!«

Beinahe gleichzeitig zischte etwas und ein Licht blendete Divyas Augen. Dahinter sah sie Rocs konzentriertes Gesicht und seine Hand, die ein Holzstäbchen hielt. Noch immer fasziniert beobachtete sie, wie er eine Lampe nahm und diese mit dem Holzstab entzündete.

»Bei allen *Lichtern,* was ist das?«, fragte sie atemlos.

»Licht – wie du schon sagst«, lächelte er. »Aber kein Geisterwesen, sondern eine der Erfindungen, die Warkans Alchemisten ›zum Wohle des Volkes‹ gemacht haben.«

»Woher hast du das Zauberlicht?«, wollte Divya wissen.

»Aus Warkans Schrank natürlich«, grinste Roc. »Ich fand es sehr praktisch und ich wollte es Jidaho zeigen ... was ich allerdings bis jetzt vergessen habe. Ich hoffe, wir verbrauchen heute nicht alle dieser Hölzer, es wird ihn interessieren.«

Divya betrachtete den sorgsam verschlossenen Glasbehälter mit der schimmernden Flüssigkeit und die seltsam riechenden Holzstäbchen misstrauisch.

»Man nennt es Phosphor«, sagte Roc mit kindlicher Begeisterung, »und wenn man solch einen Stab hineinhält und schnell an die Luft zieht, fängt er Feuer.«

Für einen Kellerraum war das Laboratorium erstaunlich hübsch eingerichtet, obwohl die Tapete verrußt und der Teppich mit Flecken in allen möglichen Farben bedeckt war, als wäre schon oft etwas darauf ausgelaufen. Tische, Regale und Sofas waren kaum mehr zu erkennen, weil

247

sie mit mehreren Schichten Papier bedeckt waren, lauter Zeichnungen von Hebeln, Rädern, Kisten und Glaskolben, beschriftet mit einer sehr schrägen, kaum lesbaren Schrift.

»Die sind von Warkans Hand«, erläuterte Roc, der einige Papiere überflog.

Divya, die hingegen gekommen war, um eine große Anzahl *Lichter* zu finden und zu befreien, sah sich enttäuscht nach einem versteckten Schrank um.

»Ob es hier Geheimtüren gibt?«

Roc zuckte mit den Schultern. »Wenn ja – wohin sollen sie führen? Im Keller gibt es sonst nur Vorratsräume und einen Wachraum.«

Divya begann die Wände abzutasten und bat Roc, sich währenddessen die Papiere genauer anzusehen. Vielleicht gab es ja schriftliche Anhaltspunkte über die *Lichter*? Sie mochte Roc nicht sagen, dass es nicht Warkans Handschrift war, mit der sie Schwierigkeiten hatte. Maita hatte es nie für nötig befunden, ihren Dienerinnen das Lesen beizubringen.

Plötzlich bemerkte sie auf einem Tisch, unter vielen großen Papieren, ein dickes Buch. Selbst wenn sie die Schrift nicht entziffern konnte, erkannte sie sofort, dass sie anders aussah als die krakeligen Züge Warkans. Abgesehen davon, dass die Tinte eine andere Farbe hatte und alt wirkte. Voller Erwartung hielt sie es Roc unter die Nase, und auch er nahm es neugierig in die Hand, um darin zu blättern.

»Das sind lauter Erfindungen!«, stellte er fest. »Einige davon kenne ich. Warkan hat sie vor ein paar Jahren bereits als große Leistung seiner Alchemisten gelobt. Anstatt sie weiterzugeben, hat er sie den Handwerkern und Bauern, die die Erfindungen nutzen sollten, teuer verkauft. Viele dieser Wunderdinge kenne ich allerdings noch nicht. Was mich aber vor allem stutzig macht, ist, dass das Buch in mehreren unterschiedlichen Handschriften verfasst wurde.«

»Könnten es die seiner Alchemisten sein?«, fragte Divya.

Roc schüttelte zögernd den Kopf. »Er hat nur drei Alchemisten. Nicht zwanzig oder dreißig.«

Er schlug das Buch zu und drehte es in seinen Händen. Als er den ledernen Rücken betrachtete, leuchteten seine Augen auf. Er hielt ihn Divya vors Gesicht und deutete auf das Symbol einer goldenen Brücke.

»Das Zeichen der letzten Regierung«, erläuterte er atemlos. »Von diesem Buch hat Jidaho oft gesprochen. Es sollte bei einem großen Fest dem Volk übergeben werden und jeder sollte das Wissen nutzen dürfen.« Roc lachte leise auf. »*Der* Beweis wird Jidaho gefallen! Es hat ihn immer furchtbar geärgert, dass die Menschen Warkans Lügen geglaubt haben. Dass die alte Regierung nichts zustande gebracht hätte außer Feiern und Trinken.«

»Dann sollten wir es unbedingt mitnehmen«, freute sich Divya, »und es dem Volk zurückgeben.«

Roc lachte bitter auf. »Ein schöner Gedanke, aber ein bisschen spät. Und ein bisschen naiv, fürchte ich.«

Divya stöhnte. »Wie kannst du erwarten, dass das Volk euch glaubt, wenn ihr nicht an das Volk glaubt?«

Roc ging nicht auf ihre Kritik ein und drängte Divya zur Tür.

»Wir sollten zusehen, dass wir Jolissa den Schlüssel zurückbringen. Wenn Warkan den Diebstahl bemerkt, ist sie in großer Gefahr.«

Divya nickte, öffnete die Tür – und stand vor der Wache,

die sie vorhin gehört hatten. Der Mann, der sichtlich nicht mit großen Herausforderungen auf seinem Rundgang gerechnet hatte, riss die Augen auf und griff erschrocken nach dem Säbel an seinem Gürtel. Divya dachte gar nicht erst lange nach. Fliehen konnten sie nicht und im nächsten Augenblick wäre der Wächter auch noch bewaffnet. Kurz entschlossen schlug sie mit dem dicken Buch nach seinem rechten Arm, und als die Waffe scheppernd zu Boden fiel, ging Divya auf ihn los und zog das Knie hoch in seinen Bauch. Während er sich krümmte, fasste er nach einer Kette, die um seinen Hals hing, und zog eine Art Flöte an die Lippen, die einen schrillen Warnpfiff von sich gab. Nur einen sehr kurzen Pfiff, denn mitten in diesem Geräusch wirbelte Divya um die eigene Achse und traf den Wächter mit dem Buch diesmal am Kopf, sodass er bewusstlos zusammensank.

»Bei allen *Lichtern*«, keuchte Roc hinter ihr und sah sie verblüfft an. Als er sich wieder gefangen hatte, wollte er Divya am Arm in Richtung Treppe ziehen, aber im gleichen Moment öffnete sich die Tür zur Wachstube und ein weiterer Wächter sprang heraus.

Divya wollte Roc zurufen, er solle fliehen, aber plötzlich war ihr Mund wie ausgetrocknet und der Blick des Wächters nagelte sie am Boden fest. Es war Tajan! Und er hielt einen Säbel in der Hand, den er auf Divya richtete.

Fesseln

Die Zeit schien in ihrem Stundenglas zu erstarren. Stumm sahen sich die beiden an, ohne sich zu bewegen.

»Lauf!«, flüsterte Roc.

Aber Divya schüttelte den Kopf. Sie wusste, dass sie zusammen nicht schneller sein konnten als Tajan. »Lauf du!«

»Über diese Treppe kommen gleich die anderen Wachen«, hörte Divya plötzlich Tajan sagen. Sie hatte mit einem Angriff von ihm gerechnet, nicht mit Worten.

»Der Wachraum hat einen schmalen Aufgang mit einer Leiter. Ich werde in der Zwischenzeit im hinteren Teil des Gangs nach Eindringlingen suchen«, fuhr er eher unfreundlich fort.

Divya wollte erleichtert an ihm vorbeistürmen, aber er hielt noch einmal den Säbel hoch und versperrte ihr damit den Weg.

»Zuerst lass hier, was du gestohlen hast!«

Er nickte mit dem Kopf in Richtung des Buches.

Divya sah ihm in die Augen und suchte darin den Freund und Lehrer, den sie gekannt hatte. Aber der schien heute nicht vor ihr zu stehen, trotz seiner unerwarteten Hilfe wirkte er so abweisend, als wäre sie lästiges Ungeziefer.

»Ich versichere dir, wir nehmen nichts mit, was Warkan gehört«, sagte sie eindringlich.

»Fallen lassen!«, drängte Tajan ungeduldig, aber jetzt konnte Divya schon fast eine Bitte aus seinem Ton heraushören. Er wurde unsicher! Sie glaubte zu verstehen: Er konnte sie keinesfalls mit diesem Buch gehen lassen, aber er brachte es auch nicht fertig, sie Warkans Gesetz auszuliefern, das nur eine Strafe für sie kannte. Sie beschloss, alles auf eine Karte zu setzen.

»Das kann ich nicht zurücklassen«, sagte sie flehend zu ihm und drängte an Tajans Säbel vorbei. Statt des Metalls schoss nun seine Hand vor und umklammerte ihren Arm. Er zog sie zu sich heran, seine Augen funkelten wütend.

»Hat *er* dich so weit gebracht?« Er deutete mit einer Kopfbewegung auf Roc, ohne den Blick von ihr zu lassen. »Ist *er* es wert, dass du zur Mörderin und Diebin wirst? Dass du für ihn sogar dein Haar färbst? Dass du dein Leben riskierst und alles leugnest, was du bist?«

»Nicht alle Männer verlangen von mir, dass ich etwas leugne«, erwiderte Divya kalt.

Feste Stiefel stampften über die Kellertreppe, und Tajan zog Divya am Handgelenk hinter sich her. »Wenn ich meine Ehre retten will, muss ich dich das nächste Mal wirklich töten«, zischte er, während er sie in den Wachraum stieß.

Hinter verschlossener Tür hörte Divya Tajans Stimme vom Ende des Ganges. »Hier entlang!«

Die Stiefel folgten ihm im Laufschritt.

Roc drängte Divya die Leiter hinauf, die tatsächlich in einer Ecke durch ein Loch in einen Wachraum im Erdgeschoss führte.

»Wo endet der Gang, in dem Tajan jetzt ist?«, fragte Divya nervös.

Roc musterte sie stirnrunzelnd. »In einem Keller voller Gerümpel. Dort kann man lange suchen. Aber wenn sie niemanden finden, weiß ich nicht, wie dein mürrischer

Freund den anderen Wachen erklären will, wie wir dort entkommen sein sollen.«

»Er ist nicht mein Freund«, widersprach Divya.

»Immerhin hat er uns das Leben gerettet – obwohl er glaubt, ich wäre dein Liebhaber!«, sagte Roc grinsend.

»Oh … meinst du?«, fragte Divya, und ein Lächeln schlich sich auch auf ihr Gesicht. Dann aber erinnerte sie sich an Tajans kalten Blick, als er ihr gesagt hatte, dass er sie das nächste Mal töten würde. Und dieser Gedanke war mehr als ernüchternd.

Den nächsten Tag verbrachte Divya erneut in der Nähe der Märkte. Die Bewachung war deutlich schärfer geworden seit ihrem ersten Auftritt, und die Wachen machten es ihr auch heute nicht leicht, einen Punkt zu finden, wo sie gut zu sehen, aber nicht gut zu erreichen war. Sie tanzte auf vier Dächern, immer dort, wo die Menschen sich drängten. Zuerst kokettierte sie mit ihren weiblichen Bewegungen, dem Geräusch der metallenen Halas und mit den Drehungen, die ihre Vesséla zum Fliegen brachte. Dann aber unterbrach sie ihren Tanz abrupt und hob die Hände, womit sie die Aufmerksamkeit des gesamten Marktes auf sich zog – einschließlich der Wachen, die bereits in Richtung ihres Daches drängten, von der Menge nicht ganz unabsichtlich behindert. Aber ihr blieb noch ein wenig Zeit, die bewaffneten Männer mussten immerhin die Treppe nehmen.

»Heute möchte ich euch etwas fragen«, rief sie hinunter in die Menge. »Was ist die Aufgabe eines Herrschers? Ist es nicht so, dass er seine Bürger gut versorgen und unterstützen sollte, um ihren Wohlstand zu sichern?«

Unzufriedenes Raunen antwortete ihr. Offenbar wollten die Menschen, dass sie weitertanzte, anstatt gefährliche Reden zu halten. Sie fürchteten wohl, dass sie sie damit in Schwierigkeiten brachte.

»Warum verkauft er die Erfindungen, die er angeblich für euch machen lässt, an euch so teuer? Der verbesserte Webstuhl, das Augenglas, das euch besser sehen lässt, und gar die erstaunliche Uhr oben am Kirchturm. Diese Dinge erleichtern das Leben der ganzen Stadt und sind zum Wohl aller da.«

Viele der Leute versuchten pikiert, Divya nicht mehr anzusehen, und betrachteten die Ware am nächstgelegenen Stand.

»Wisst ihr, dass er gar kein Recht hat, euch diese Erfindungen zu verkaufen?«

Einige Leute sahen erschrocken wieder zu ihr hoch.

»Diese Erfindungen gehören rechtmäßig euch! Er hat sie euch gestohlen!«

Nun wurden Buhrufe laut, und die Menge teilte sich wesentlich bereitwilliger vor der Wache, die zu ihr unterwegs war.

Triumphierend zog sie das Buch von ihrem Rücken, das sie dort festgeschnallt hatte, und hielt es hoch in die Luft.

»Ihr müsst mir nicht unbesehen glauben. Hier ist der Beweis! In diesem Buch sind alle Erfindungen aufgezeichnet, die schon längst euch gehören. Weil sie von einer Regierung in Auftrag gegeben wurden, die vor fünfundzwanzig Jahren zum Wohle des Volkes gearbeitet hat. Warkan stiehlt ihr Wissen, um sich bei euch beliebt zu machen, dabei ...«

Divya bemerkte erst jetzt, dass die Wachen bereits auf der Treppe waren und dass es eng für sie wurde. Mit fliegender Vesséla und flatternden Haaren rannte sie los. Kei-

254

nen Herzschlag zu spät, denn im gleichen Moment, als sie über eine Gasse sprang, wurde die Tür zum Dach aufgestoßen. Und fast gleichzeitig wurde auch die Tür des Nachbarhauses aufgestoßen. Sie erwarteten sie! Divya rannte, so schnell sie konnte, an ihnen vorbei und duckte sich instinktiv, als sie an den Schritten eines Wächters hinter sich hörte, dass er soeben ausgeholt hatte, um eine Lanze zu werfen. Ganz knapp verfehlte das Metall ihre Schulter, und die Panik ließ sie noch schneller werden, über das nächste Dach und das übernächste springen – weiter, als sie je gesprungen war!

Am Abend schmerzten ihre Fußgelenke wie noch nie nach ihren Ausflügen über die Dächer. Viermal waren ihre Auftritte vom gleichen Erfolg gekrönt gewesen: Die Leute auf den Märkten zweifelten an ihren Worten, hatten Angst, in ihrer Nähe gesehen zu werden, und einige riefen sogar etwas von »Fälschung« und »Betrug«. Müde und erschöpft sank sie auf das Dach des Hauses, in dem sie sich vor dem Attentat versteckt hatte. Roc erwartete sie bereits auf der obersten Stufe der Treppe. In seinem Blick spiegelte sich ihre Enttäuschung wider.

»Ich war heute auf dem Markt«, nickte er, bevor sie etwas sagen konnte. »Ein gut gemeinter Plan, der aber scheitern musste.«

»›Naiv‹ hast du ihn das letzte Mal genannt«, murmelte Divya. »Und du hast recht gehabt.«

Roc schüttelte den Kopf und legte eine Hand auf ihre Schulter.

»Rebellen sind nicht naiv, sondern idealistisch.« Er lächelte. »Ich habe dich bei unserer ersten Begegnung falsch eingeschätzt. Du bist nicht zögerlich, du kämpfst nur mit anderen Mitteln als Leasar. Die Leute mögen dich. Auch wenn sie dir nicht zuhören wollen.«

Divya verzog die Mundwinkel zu einem schrägen Lächeln.

»Noch nicht! Aber ich gebe nicht so schnell auf.«

Auf der Treppe nach unten konnten sie gedämpfte Stimmen hören, die aufgeregt durcheinanderredeten. Und als sie den Salon betraten, sah Divya zum ersten Mal mehr als eine Handvoll Rebellen. Bestimmt dreißig Männer und Frauen hatten sich versammelt und standen in einem Kreis um ein Sofa herum. Divya entdeckte in einer Ecke das Paar, das ihnen in der letzten Nacht geholfen hatte, und winkte den beiden dankbar zu.

Die Stimmen verstummten, kaum dass sie den Raum betreten hatte, und die Rebellen machten Platz, damit die Neuankömmlinge zur Mitte hindurchgehen konnten. Wie vom Blitz getroffen erkannte Divya die Person, die auf dem Sofa neben Jidaho saß. In ihren Händen hielt sie geziert eine Tasse Tee, feinstes Porzellan, und ihre Haltung war tadellos wie immer.

»Willst du mich nicht begrüßen, wie du es gelernt hast?«, fragte Maita mit einem schmalen Lächeln.

»Du verwechselst mich mit deinen Schülerinnen. Du hast mir beigebracht, einen Raum stumm und unauffällig zu betreten«, erwiderte Divya. »Und das letzte Mal hast du gesagt, ich soll verschwinden.«

»Was hast du erwartet?«, fragte Maita und stand in einer fließenden Bewegung auf, in der sie auch ihre Tasse lautlos abstellte. »Du wusstest, dass es keinen Weg zurück gibt. Dein ganzes Leben lang habe ich das Risiko auf mich genommen, für dich zu lügen, weil ich hoffte, dass du eines Tages Großes vollbringst. Aber was soll ich nun mit dir? Eine gescheiterte Attentäterin in meinem Haus verstecken? Für Versager habe ich keine Verwendung.«

»Maita!«, fuhr Jidaho mit gerunzelter Stirn dazwischen.

Divya ging mit gesenktem Kopf auf Maita zu, als könnte sie sich nicht entscheiden, ob sie sich vor ihr verneigen oder sie schlagen wollte.

»Dank willst du? Dafür, dass du mich gekauft hast? Ich habe jahrelang für dich geschuftet, die Schuld ist abgegolten! Auch ohne dass ich für dich morde.«

Maita stemmte die Hände in die Hüften. »Nichts ist abgegolten. Für deine Arbeit habe ich dich jahrelang ernährt und gekleidet.«

»Was immer du tust ...«, erwiderte Divya, »du tust es immer mit Absicht und Bedacht. Du nimmst mehr, als du gibst. So wie du für die Rebellen spionierst – auf Kosten der Mädchen, die dir anvertraut werden! Du erzählst ihnen Märchen über diese dummen Sorgensteine, von denen sie glauben, dass sie ihnen das Leben erleichtern. Ein Leben an der Seite alter, geifernder Männer, die du danach aussuchst, wie wichtig sie für dich sind. Deine kostbaren Informationen haben einen hohen Preis!«

Maita war rot angelaufen und hob zornig den Kopf. »*Du* erlaubst dir ein Urteil über mich? Du hast nicht die geringste Ahnung, was ich alles für diese Stadt getan habe und wer ich bin.«

Divya schluckte ihre Wut hinunter, um auf eine andere Stimme in ihrem Kopf zu lauschen. Als sie mit Roc im Palast war, hatte er ihr doch so einiges über Maita erzählt? Und da war ein Gedanke, den sie festhalten wollte ...

»Du hast die Sorgensteine erfunden.«

Maita machte eine wegwerfende Handbewegung. »Was für Neuigkeiten!«

Jidaho wollte sich noch einmal einmischen, aber Divya beachtete ihn nicht.

»Neuigkeiten?«, ging sie auf Maitas Provokation ein. »Wissen deine Freunde hier eigentlich, wie die Sorgensteine funktionieren? Dass sich in ihrem Innern *Lichter* befinden, die du gegen ihren Willen einsperrst?«

Auf den Gesichtern der umstehenden Rebellen sah Divya Erstaunen. Aber das war ihr egal. Wichtig war nur noch, dass Maita blass geworden war. Sie hatte an ihr Geheimnis gerührt!

»Wie kommt es, dass diese *Lichter* ausgerechnet mit dir sprechen? Da du wohl keine Tassari bist ... musst du mithilfe von Magie einen Weg gefunden haben. Hat dein Geliebter sie dir beigebracht? Ein Magier, wie ich gehört habe?«

Jidaho, der mit erhobenen Händen zwischen den beiden stand, stöhnte auf. »Schluss jetzt, ich will keine weiteren Beschuldigungen in diesem Haus!«

Aber Maitas Augen blitzten vor Wut. »Es ist eine Kunst, die ich lange gelernt habe ...«

»Dann warst *du* also die junge Magierin, die Jidaho vor fünfundzwanzig Jahren versteckt hat?«, fuhr Divya mit gerunzelter Stirn fort.

Jidahos scharfes Einatmen bewies Divya, dass sie auf der richtigen Spur war.

»Und irgendwie ist es dir gelungen, die *Lichter* zu hören und für deine Zwecke nutzbar zu machen.«

Die umstehenden Rebellen raunten und warfen Maita skeptische Blicke zu. Offensichtlich hatten nur wenige von ihnen gewusst, dass sie eine Magierin in ihrer Mitte hatten. So wie sie von ihr abrückten, war selbst hier diese alte Zunft in Verruf geraten!

Maita hatte sich wortlos wieder auf das Sofa gesetzt. Jidaho stand hilflos daneben und sah so aus, als versuchte er, die letzten Worte mit Gesten ungeschehen zu machen.

»Das war mein erstes Leben«, fuhr Maita leise fort. »Es endete, als Warkan uns zum Tode verurteilte: Die letzten vier Magier dieser Stadt! Leasar und Jidaho gelang es, mich zu befreien. Aber Sannean, Lohon und Faar hatten weniger Glück.«

Divya hatte immer geglaubt, Maita hätte nur einen einzigen Gesichtsausdruck, hinter dem ein äußerst beherrschter Geist wohnte, aber nun konnte sie zusehen, wie lebendig ihr Gesicht ihre Gefühle widerspiegeln konnte, wenn sie es zuließ. Maita war ein ganz gewöhnlicher Mensch.

»Wie konntest du dann unter Warkan eine so hohe Stellung bekleiden? Hat er dich nicht wiedererkannt? Und wie hast du einen passenden Stammbaum bekommen? Gefälscht?«

Divya fiel erst jetzt bewusst auf, dass sie die Schulleiterin duzte. Und irgendwie kam es ihr heute richtig vor.

»Ich habe mein Aussehen seitdem stark verändert, aber Warkan hätte mich vermutlich auch sonst niemals erkannt. Magier*innen* und Berater*innen* hat er in der alten Regierung behandelt wie Luft – und in seiner eigenen Regierung nicht geduldet. Den richtigen Stammbaum bekam ich von der Familie einer Freundin. Sie war Lehrerin und kam in den Flammen um. Ihre Familie steht seitdem auf Seiten der Rebellen.«

Jidaho holte tief Luft und unterbrach Maita mit einer

Miene, die seinen Respekt für diese Frau zeigte. So wie er aussah, war es das erste Mal, dass er sie unterbrach.

»Wir haben dringlichere Probleme als die Klärung von Maitas Identität«, sagte er mahnend zu Divya. »Sie kam zu uns, weil ihr durch einen Sorgenstein eine besorgniserregende Nachricht zugetragen worden ist. Eine Nachricht von Jolissa, Warkans Frau.«

Divya kam es vor, als würde sich eine Faust um ihr Herz legen und es zusammendrücken. Wenn Jo dem Sorgenstein jetzt noch etwas erzählt hatte, dann musste es eine ganz bewusste Mitteilung an Maita oder an die Rebellen gewesen sein.

»Es war ein Hilferuf«, bestätigte Jidaho ihre Ängste. »Ihr Mann hat sie erwischt, als sie den Schlüssel zum Laboratorium zurück an seinen Gürtel stecken wollte. Er hat sie geschlagen, im Schlafzimmer eingesperrt und sofort überprüft, ob jemand im Laboratorium war. Natürlich hat er bemerkt, dass das Buch fehlte ... und der Schlüssel in Jolissas Hand war seine beste Spur. Deshalb hat er sie gleich an Ort und Stelle an einen Stuhl gefesselt und ihr den Rest der Nacht immer wieder die gleichen Fragen gestellt.«

Divya schlug die Hände vors Gesicht. Aus dem Augenwinkel sah sie, dass auch Roc sich an der Lehne des Sofas festhalten musste.

»Heute Morgen ließ er sie allerdings allein«, fuhr Jidaho fort. »Sie nutzte die erste Gelegenheit, um den Sorgenstein mit dem Mund an der Kette nach oben zu ziehen, und berichtete sofort an Maita.«

Diese nickte in Divyas Richtung. »Heute Morgen habe ich mich noch gewundert, dass sie nicht den Sorgenstein, sondern mich mit meinem Namen ansprach. Nun wird mir einiges klar! Wie selbstverständlich du erneut zerstörst, was andere jahrelang geplant haben. Weißt du überhaupt, wie viele zähe Verhandlungen mich diese Heirat gekostet hat? Und jetzt hat ausgerechnet Warkans Frau keinen Wert mehr für uns!«

Divya konnte nur mühsam ihre Wut über Maitas Selbstherrlichkeit hinunterschlucken, aber sie hatten schon zuviel Zeit verloren.

»Wir müssen sie da rausholen! Wie können wir ihr helfen?«

»Rausholen?«, lachte Maita auf. »Aus dem Regierungspalast? Welch erfrischende Naivität! Ich fürchte, wir müssen vor allem sehen, dass wir sie zum Schweigen bringen, bevor Warkans Verhörmethoden fruchten. Sie wird sich ihm nicht lange widersetzen können, und dann kennt er die Namen aller Rebellen, die unsere hilfreiche Divya hier an ihre liebe Freundin Jolissa weitergeben konnte.«

Zum ersten Mal wirkte Jidaho wirklich wütend.

»Du sprichst über das Leben dieser jungen Frau, als wäre sie ein Stück Vieh. Durch ihre mutige Hilfe haben wir das Laboratorium von innen gesehen. In ihre jetzige Lage ist sie durch uns gekommen.«

»Durch Divya«, korrigierte Maita.

Jidaho überging ihren Einwand und wandte sich an die Rebellen. »Vorschläge?«, fragte er.

Roc trat vor. Er war immer noch sehr blass, und trotz der ernsten Lage freute sich Divya, dass Jolissas Schicksal ihn mindestens ebenso mitnahm wie sie selbst.

»Divya und ich gehen in den Palast und befreien Jolissa«, sagte er zur Überraschung aller – auch Divyas. »In einer Stunde können wir so weit sein.«

SILBER

Eine Stunde später waren Roc und Divya auf dem Weg
zu einem Goldschmied, der den Rebellen nahestand. Mit
gesenkten Köpfen, in die staubfarbene Kleidung der Diener gehüllt, trugen sie einen großen Wäschekorb durch die
Straßen. Es fiel ihnen schwer, langsam und bedächtig zu gehen, aber tatsächlich wurden sie von niemandem beachtet.

»Und du bist sicher, dass wir nicht doch bis zur Dunkelheit warten sollen?«, fragte Divya Roc leise. Sie fühlte sich
am Tage hier unten auf dem Kopfsteinpflaster immer noch
sehr angreifbar.

»Es muss tagsüber sein«, wiederholte Roc seine Argu-
mentation von vorhin. »Am Tage wird er Jolissa allein lassen müssen. Ich glaube nicht, dass er möchte, dass seine
Berater mitbekommen, was dort oben passiert, sonst hätte
er Jolissa schon längst ins Gefängnis bringen lassen. Solange er ihre Geschichte glaubt, dass sie den Schlüssel nur
gestohlen hat, weil sie selbst neugierig war, wird er sie mit
Fragen nach dem Buch der Erfindungen quälen. Wenn er
aber erst einmal weiß, dass sie mit den Rebellen zusammenarbeitet, wird sie nichts mehr retten können.«

Divya stöhnte auf und beschleunigte ihren Schritt zum
hundertsten Mal, während Roc sie mit dem Korb bremste
und ihr, mit betont schwerfälligem Gang, warnende Blicke
zuwarf.

Im Innenhof des Goldschmieds stand schon der Karren
bereit, auf dem sie in den Palast gebracht werden sollten.

Der Schmied begrüßte sie knapp und zupfte sichtlich nervös an seinem vermutlich besten violetten Gewand herum, in das er sich für den Besuch im Palast gehüllt hatte.

Als Roc sich auf den Karren schwingen wollte, schüttelte der Mann den Kopf und deutete auf eine längliche, große Kiste auf dem hinteren Teil des Wagens, in die ein Mensch vermutlich bequem hineinpassen würde. Aber zwei? Roc und Divya warfen sich denselben skeptischen Blick zu, der deutlich besagte, dass sie die Nähe des anderen wirklich nur im Notfall ertragen wollten. Roc schlug dem Mann daher vor, dass doch einer von ihnen als Diener auf dem Karren sitzen könne.

Der Goldschmied schloss die Augen und seufzte. »Es ist so schon viel zu gefährlich! In der vergangenen Stunde habe ich mich dreimal dazu entschlossen, euch wieder abzusagen, aber Jidahos Bote sagte mir, dass wir heute vielleicht ein Menschenleben retten können. Entscheidet euch: Kiste oder hierbleiben?«

Roc beruhigte den Goldschmied, kletterte auf den Wagen und klappte den Deckel auf. Die Kiste sah aus wie ein Sarg, fand Divya.

»Und Euer Karren wird nie durchsucht?«, fragte sie, um Zeit zu gewinnen, während Roc sich bereits hineinlegte.

Der Goldschmied setzte sich nach vorn und nahm die Zügel in die Hand. »Nein, ich komme jeden Monat mindestens einmal, und so bin ich dort bekannt. Außerdem komme ich nie in die Nähe Warkans, also müssen sie mich auch nicht fürchten.«

Divya knabberte an ihrer Unterlippe. »Wohin bringt Ihr denn Eure Ware? Ist sie für Warkans Frau?«

Der Mann deutete ungeduldig auf die offene Kiste, in

die Divya immer noch nicht steigen wollte. Dennoch antwortete er ihr: »Nein, Tana Jolissa hat zur Hochzeit ein paar Schmuckstücke bekommen. Meine Besuche führen mich meist in den Westturm ...«

»Zu Warkans Geliebter?«, rutschte es Divya heraus, und Roc streckte neugierig den Kopf aus seinem unbehaglichen Versteck. »Habt Ihr sie schon einmal gesehen?«

Der Goldschmied schüttelte den Kopf. »Ich lege meine Silberwaren vor der Tür ab, klopfe und gehe dann wieder. Später darf ich wiederkommen und meine leere Kiste abholen. Manchmal ist allerdings noch Ware darin, die der ... Tana wohl nicht gefallen hat.«

Divya war auf einmal ganz aufgeregt. »Silberwaren? Sie bestellt nur Silber? Hat es eine bestimmte Kennzeichnung? Eine Gravur?«

»Nein, es ist einfach Schmuck für eine Frau mit einem etwas ... protzigen Geschmack, wenn ich das sagen darf. Große Amulette. Und jetzt müssen wir los!«

»Dein Herz pocht, als wollte ich dir etwas antun«, witzelte Roc, als Divya halb neben, halb auf ihm lag.

»Silber!«, stieß Divya hervor, als hätte sie ihn nicht gehört, und stützte sich auf einen Ellenbogen, was einen unterdrückten Schmerzenslaut von Roc zur Folge hatte. »Weißt du, was Warkan an der Mauer zum Tassari-Lager hat anbringen lassen? Silberplatten! Und die Tassari sagen, dass seitdem keine *Lichter* mehr zu ihnen kommen. Das Silber soll sie aus dem Lager aussperren.«

Roc atmete nun ebenso schnell wie Divya. »Wenn dieses Metall für *Lichter* unüberwindbar ist, kann man sie damit auch einsperren«, führte Roc den Gedanken zu Ende.

Divya nickte in die Dunkelheit. »Ich glaube, wir haben

an der falschen Stelle nach *Lichtern* gesucht. Aber wer mag
dann wohl im Turm leben? Wer nimmt die Lieferungen
an?«

»Halt!«, brüllte eine kräftige Stimme, und Divya stockte der Atem, als der Karren langsamer wurde. Sie spürte,
dass auch Roc die Luft anhielt. Schwere Schritte gingen um
den Wagen herum. Dabei klopfte eine Faust lässig auf die
kleinen Kisten, in der sich das Silber befand, und auch auf
die große Kiste, sodass der Deckel leicht verrutschte. Divya
konnte ein Stück Himmel erkennen und rechnete gleich
darauf mit einem Gesicht, das sich über die Kiste beugen
würde. Sie schätzte den Winkel ab und überlegte, ob sie
aus ihrer misslichen Lage heraus ein Bein hochziehen und
zutreten könnte. Aber wie weit würden sie dann kommen?
Und wie würde der Goldschmied dastehen?

Zu Divyas Erleichterung geschah eine Weile gar nichts.
Dann ruckte der Wagen wieder an und fuhr weiter. Den
Geräuschen nach zu urteilen fuhren sie jetzt in einen In-
nenhof, wo der Goldschmied ausstieg und ein Diener die
Pferde an eine Tränke führte und festband.

Roc und Divya wagten erst eine ganze Weile später, den
Deckel leicht anzuheben. Der Hof war riesig, und viele Be-
dienstete liefen hin und her, zu den Ställen oder zu den
Dienstboteneingängen des Palastes. Nur am Tor war eine
Wache zu sehen.

Trotz der vielen Menschen mussten sie es riskieren!
Divya stieg vorsichtig aus der Kiste und vom Wagen und
duckte sich gleich dahinter. Als Roc neben sie sprang, richteten sie sich gemeinsam auf und überquerten wie selbstverständlich den Hof.

Erst sehr spät bemerkten sie, dass in dem Säulengang

vor den Eingängen ein Wächter patrouillierte. Roc wollte irritiert stehen bleiben, aber Divya steuerte ihn sanft am Arm in die Richtung eines Brunnens in der Mitte des Hofes. Gleichmütig griff sie nach dem Seil und ließ den Eimer hinunter, wie sie es schon tausende Male getan hatte. Als sie zwei Eimer befüllt hatte, die neben dem Brunnen standen, ging Divya voraus und wählte die Tür, aus der die meisten Diener herausgekommen waren.

»Stehen bleiben!«

Der Wächter näherte sich langsam, und Roc senkte den Kopf. Wie hatten sie nur glauben können, sie würden auf dem Weg vom Wagen zur Agida nicht gesehen werden? Hatte der Mann den ehemaligen Sekretär erkannt? Was konnten sie tun, wenn er Alarm schlug?

»*Ein* Eimer?«, pöbelte der Wächter Roc an und schlug ihm auf den Oberarm, sodass das Wasser spritzte. »So ein kräftiger Kerl wie du wird doch wohl zwei nehmen können!«

Roc verneigte sich unterwürfig und lief noch einmal zum Brunnen zurück. Unter den kritischen Blicken des Wächters trug er einen zweiten Eimer heran und folgte Divya, die bereits nervös wartete.

Auf der Agida half Rocs Orientierungssinn ihnen, den Weg zu finden, und Divyas Gehör ermöglichte es ihnen, praktisch ungesehen voranzukommen. Sie warnte durch Handzeichen, wenn Schritte sich näherten, sodass sie anderen Dienern meist ausweichen konnten. Erst kurz vor ihrem Ziel verließ sie ihr Glück. Die Agida war an dieser Stelle ungewöhnlich gerade und es gab keine Seitengänge. Roc reagierte erschrocken auf ihre Handzeichen, aber es blieb ihnen nichts anderes übrig, als ruhig und ganz selbstverständlich weiterzugehen. Am Ende der Agida erschien eine ältere Frau mit Putzlappen, Eimer und Besen in der Hand.

»Du da!«, sagte sie und zeigte auf Divya. »Bist du neu? Hat dir Gora nicht gesagt, dass alle Neuen sich erst mal bei mir melden? Du kannst mir gleich helfen!« Ihr Blick wanderte zu Roc. »Und dich habe ich doch schon mal gesehen ... bist du nicht einer der Stallknechte?«

Roc senkte den Kopf.

»Wir grüßen dich. Aber wir sind die Diener von Berater Soljan. Er ist heute zu Gast beim Fürsten, und wir müssen dringend das Arbeitszimmer finden, aber wir haben uns wohl verirrt.«

»Soljan ist hier?« Die Alte rümpfte die Nase. »Nun, dann lauft mal lieber schneller. Geradeaus, rechts und wieder geradeaus bis zur nächsten Leiter. Darunter im Gang die Tür gegenüber.«

Sie eilte grußlos weiter. Roc und Divya warfen sich einen erleichterten Blick zu. Und bald darauf standen sie vor der Schlafzimmertür des Fürsten.

»Keine Wachen?«, flüsterte Divya.

»Doch, sie patrouillieren durch die Gänge, aber direkt vor der Tür steht nur dann ein Wächter, wenn Warkan da ist. Das ist also ein gutes Zeichen!«

»Und wie kommen wir rein?«, zischte Divya, die sich diese Frage auf dem Weg hierher bereits mehrere Male gestellt hatte.

Roc verzog die Mundwinkel zu einem triumphierenden Lächeln. »Warkans Ängste werden uns die Tür öffnen.«

Divya runzelte die Stirn. »Warkan hat Ängste?«

»Seit dem Palastbrand fürchtet er, dass ihn nachts ein

Feuer überraschen könnte. Da er seine Schlafkammer aber nachts abschließt, muss die Wache im Notfall den Raum schnell öffnen können. Deshalb hat der befehlshabende Wächter einen Schlüssel – und Warkans Sekretär.«

Als sie die Tür zur Schlafkammer aufgeschlossen hatten, blieben beide erschrocken stehen, obwohl sie mit diesem Anblick gerechnet hatten: Jolissa saß auf einem Stuhl vor dem Bett, an Händen und Füßen gefesselt und mit einem Tuch vor dem Mund. Ihre Augen wurden ganz weit. Doch als Roc vor ihr kniete und mit geschickten Händen die Fesseln löste, wurde ihre Miene düster.

»Welche Rolle spielst du heute?«, fragte sie ihn, kaum dass er das Tuch von ihrem Mund gezogen hatte. »Den großen Retter? Soll ich klatschen oder dir zu Füßen fallen und um einen Kuss flehen?«

Rocs inneres Leuchten erlosch.

»Wir sind hier, um dich zu befreien«, sagte Divya und schloss sie in die Arme. »Roc hat sein Leben dabei riskiert. Fast jeder im Palast kennt ihn – als Verräter.«

Jolissa sah sie ernst an. »Seit eurer Flucht scheint sich deine Meinung über ihn stark verändert zu haben.«

Roc seufzte. »Du kannst über mich denken, was du willst. Wahrscheinlich ist es sogar richtig. Aber sag mir deine Meinung später, jetzt lasst uns fliehen!«

Divya nickte und zog eine blaue Maske aus ihrer Vesséla hervor.

»Schnell! Lass mich die an deinem Kopf befestigen. So wird niemand auf der Agida es wagen, dir Fragen zu stellen.«

Jolissa ließ es sich gefallen und folgte Divya, ohne zu zögern, durch die Tür hinaus.

Als sie den Ausgang bereits sehen konnten, blieb Roc stehen.

»In der Nähe ist eine Leiter zu den Räumen unter der Bühne. Ich werde heute Nacht versuchen, auf dem gleichen Weg hinauszukommen wie nach dem Attentat.«

Jolissa sah ihn erschrocken an, aber Divya legte die Hand auf seinen Arm. »Das war der Plan, ich weiß. Aber für mich ist eine Flucht viel leichter als für dich, dein Gesicht kennt hier fast jeder. Also werde ich bleiben und du bringst Jolissa in Sicherheit.«

Jo schüttelte vehement den Kopf. »Was ist das für ein dummer Plan? Warum sollte einer von euch beiden zurückbleiben?«

»Weil auf dem Wagen nur Platz für zwei ist«, erwiderte Divya. »Es wird ein bisschen eng, aber ... du solltest Roc zuhören, wenn ihr Zeit habt zu reden. Geh mit ihm! Bitte!« Sie warf Roc noch einen verzweifelten Blick zu. »Du musst auf sie aufpassen!«

Dann wandte sie sich um und wollte loslaufen. Als Roc sie am Arm festhielt, stöhnte sie auf. »Ich kann klettern. Ich kann mich verstecken. Mir passiert schon nichts.«

»Du willst in den Westturm, nicht wahr?«

Divya bemühte sich um ein zuversichtliches Lächeln. »Ich bin doch nicht verrückt. Das planen wir beim nächsten Mal zusammen.«

Damit riss sie sich los und lief beinahe lautlos über die Agida zurück bis zu einer Leiter, auf der sie nach oben kletterte.

MAGIE

Der Westturm war praktisch uneinnehmbar! Divya hatte ihn schnell gefunden, sie gab sich auf der Agida als Dienerin des Goldschmieds aus, dem sie dringend eine Nachricht überbringen sollte, und man wies ihr mit skeptischer Miene, aber höflich den Weg.

Nun jedoch blickte sie auf den Holzsteg, der hier abrupt im Nichts endete. Ein paar Schritte weiter befand sich der einzige Zugang zum Turm: eine breite, geschlossene Holztür, vor der zwei Wachen postiert waren. Und die sahen nicht so aus, als würden sie auf die Geschichte mit dem Goldschmied hereinfallen.

Deprimiert suchte sich Divya einen Ort, an dem sie sich verstecken konnte. Aber das war schwieriger, als in Bewegung zu bleiben, denn ständig tauchten Diener auf, und es fiel Divya nicht leicht, ihnen immer wieder ungesehen auszuweichen. Die Räume des Palastes kannte sie hingegen nicht, und sie wagte nicht, die Türen einfach durchzuprobieren. Schließlich kam sie auf die am nächsten liegende Idee: Als zwei junge Dienerinnen mit Putzlappen und Eimern auf der Agida des ersten Stockwerks auftauchten, sprach Divya sie an.

»Seid gegrüßt. Gora hat mir gesagt, ich soll euch helfen, damit ich von euch lernen kann. In meinem letzten Haushalt war ich fast nur in der Wäscherei.«

Die Kleinere der beiden warf einen Blick auf Divyas Hände und nickte. »Sehe ich schon. Aber glaub mir, leichter ist das Putzen auch nicht, Voljana sieht jedes Staubkörnchen, das übrig ist.«

Divya vermutete, dass das der alte Drachen war, den sie mit Roc getroffen hatte.

»Hilfe können wir brauchen, aber hat Gora dir keinen Lappen mitgegeben?«

Divya schüttelte den Kopf.

»Na ja, die denkt eigentlich nie an etwas. Komm einfach mit.«

Divya half den beiden den ganzen Nachmittag lang, die Schlafräume im ersten Stock des Westflügels zu putzen, und die Mädchen waren äußerst zufrieden mit ihr.

»So flink, wie du bist, wird Voljana dir demnächst den ganzen Flügel allein geben«, sagte die Kleinere mit übertriebener Bewunderung. »Vielleicht kannst du ja allein weitermachen, während wir frisches Wasser holen.«

Aus dem Kichern der beiden, als sie den Raum verließen, schloss Divya, dass sie sich sehr viel Zeit mit ihrer Rückkehr lassen würden. Auf diese Gelegenheit hatte sie gewartet.

Inzwischen waren ihr die Anordnung der Schlafräume und ihre Belegung bekannt. Und vorhin hatte sie einen Raum für einen Gast bereit gemacht, der erst morgen erwartet wurde. Kurz entschlossen ließ sie ihr Putzzeug stehen, ging zu jenem Schlafraum zurück und schloss ihn von innen ab – das Zeichen für die Dienerschaft, dass ein Gast nicht gestört werden wollte. Dann öffnete sie ein Fenster und blickte an der Außenfassade nach oben. Der Turm befand sich ein Stück links von hier, aber dieses Zimmer war ein guter Ausgangspunkt für das, was sie vorhatte. Nun musste sie nur noch auf die Dunkelheit warten, die ihr Deckung geben würde.

Die Nacht kam für Divyas Geschmack viel zu zögerlich. Alles in ihr drängte sie, das Geheimnis des Turms zu lüften, damit sie endlich zu Jolissa gehen und offen über alles mit ihr reden konnte. Ohne Heimlichkeiten und ohne Angst vor Maita oder Warkan. Aber noch wichtiger war es, den selbstherrlichen Fürsten endlich zu stürzen, und diese Möglichkeit lag heute Nacht in so greifbarer Nähe wie noch nie.

Divya legte ihre Kletterausrüstung an und schwang sich aus dem Fenster. Die Mauer hatte genügend Vorsprünge, um ihr Halt zu bieten, allerdings war es eindeutig die höchste Wand, an der sie je geklettert war. Nach etwa der Hälfte beging sie den Fehler, sich umzudrehen und in die Tiefe zu sehen. Ihre Finger und Füße verkrampften sich, und sie war überzeugt davon, niemals mehr weiterzukommen.

»Wenn du die Angebote der Wand annimmst, ist sie dein Freund. Wenn du sie fürchtest, wird sie dein Feind.«

Divya war es, als könnte sie Tajans Worte ganz dicht neben ihrem Ohr hören, so gut hatte sie seinen mahnenden Tonfall in Erinnerung. Aber auch wenn sie dem Lehrer in ihrem Kopf gern eine Beleidigung entgegengeschleudert hätte, reagierten ihre Muskeln wundersamerweise auf den allzu vertrauten Rat. Sie lösten sich, die Finger fanden neuen Halt und die Füße folgten ihnen nach.

Das Turmfenster war offen, sodass nach dem warmen Tag kühle Nachtluft in den runden Raum dringen konnte. Vorsichtig spähte Divya hinein. Und glaubte ihren Augen nicht zu trauen!

Sie übersah die teuren Möbel, die kostbaren Teppiche, die Werkzeugbank und die Papiere voller merkwürdiger Symbole. Sie starrte nur wie gebannt auf den riesigen gläsernen Käfig in der Mitte des Raumes. Er war mannshoch, etwa halb so breit, und um ihn herum hingen Hunderte von silbernen Amuletten an verschieden langen Fäden von der Decke. In jedes davon war eines der Symbole graviert, die jemand wohl vorher auf den Papieren geübt hatte. Und in dem Käfig schwirrten so viele *Lichter* umher, wie Divya sie noch nie an einem Ort und so eng beisammen gesehen hatte.

Erst als sie begriff, dass sie endlich gefunden hatte, was sie suchte, bemerkte sie die Gestalt in einem weißen Umhang, die neben dem Käfig kniete und soeben durch eine seitliche Luke ganz unten eine Schale hineinschob. Zuckerwasser, vermutete Divya. Aber für welche Kaste stand Weiß? Diese Farbe hatte sie noch nie an irgendeiner Person gesehen!

Noch während die Gestalt sich mühsam abstützen musste, um sich zu erheben, kletterte Divya durch das schmale Fenster und zog eines der Messer aus dem Rückenteil ihrer Vesséla heraus. So fühlte sie sich gewappnet, als die Gestalt sich zu ihr umdrehte, aber sie wollte ihr sagen, dass sie ihr nichts tun wolle.

Ihre eigene Reaktion hatte sie jedoch nicht vorhersehen können. Vor ihr stand mit Sicherheit keine Geliebte des Fürsten, sondern ein gebeugter und entstellter Mann. Die linke Hälfte seines Gesichtes sah aus, als hätte die Haut einmal Blasen geworfen. Das linke Auge war blassblau und vermutlich blind, und dieselbe Seite des Mundes hing leicht herunter. Auf der rechten Seite des Kopfes wuchs graubraunes Haar, auf der linken Seite hingen jedoch nur vereinzelte weiße Strähnen von einer blassen Glatze.

Zutiefst erschrocken wich Divya ein paar Schritte zurück – und zögerte vermutlich einen Moment zu lange.

Der Greis näherte sich dem Käfig und berührte mit den Fingern in einer schnellen Folge ein paar der Amulette, als wollte er eine Melodie darauf spielen. Seine Stimme, die erstaunlich hell für einen älteren Mann war, drang an Divyas Ohr.

»Du wirfst das Messer zu Boden«, sang er leise und eindringlich. »Du wirst mich nicht angreifen, sondern tun, was ich sage.«

Während die von ihm berührten Amulette in Schwingung gerieten und sich drehten, schwirrten die *Lichter* im Käfig aufgeregt umher. Divya spürte, wie ihre Hand das Messer auf den Boden fallen ließ. Als handelte sie völlig losgelöst vom restlichen Körper und von Divyas Willen.

Sie hatte nie daran glauben können, dass *Lichter* ihr etwas tun würden. Wie konnte das sein? Hatte nicht selbst Maita gesagt, dass sie von ihnen begünstigt war? Wie ein Beobachter von außen stellte sie erstaunt fest, dass sie ihre Bewegungen zwar nicht mehr steuern konnte, dass sie aber alles denken konnte, was sie wollte. Vielleicht konnte sie ihn ja ablenken?

»Ist Weiß die Farbe der Magier? Ich habe noch nie einen gesehen.«

»Hat Warkan dich geschickt?«, fragte er misstrauisch. »Wer bist du und wo bist du so plötzlich hergekommen?« Sein Blick wanderte zum Fenster. »Die Tür hätte ich gehört, da ich seit Jahren kein anderes Knarren mehr kenne als dieses.«

»Ich bin von Natur aus sehr leise, tut mir leid, wenn ich Euch erschreckt habe. Hat Warkan Euch nichts gesagt?«, versuchte Divya ihr Glück. »Er war der Meinung, das Zimmer sollte mal wieder sauber gemacht werden.«

Ein falsches Lächeln breitete sich auf den entstellten Zügen des Magiers aus.

»Und womit wolltest du sauber machen? Mit deinem Messer?«

Sie verneigte sich mit der Hand auf der Brust. Gut! Harmlose Bewegungen waren ihr also möglich!

»Verzeiht. Ich hatte mich nur erschrocken. Die Putzsachen stehen noch draußen, ich wollte zuerst fragen ...«

Er lachte bitter auf. »Besuch ist mir immer willkommen! Außer dem Fürsten hatte ich neunzehn Jahre lang keinen mehr. Seit das Feuer mein Gesicht entstellt und seit das Volk uns Magier verstoßen hat. Aber wenn du glaubst, ich hätte hier oben meinen Verstand eingebüßt, dann irrst du dich.« Seine Augen funkelten. »Warum sollte mir Warkan nach all dieser Zeit zum ersten Mal ein Dienstmädchen schicken? Um mich zu erfreuen? Er weiß, dass Frauen mir nichts mehr bedeuten.«

Divya wurde rot.

»Nein, du schmales Hemd reizt mich nicht«, fuhr er stirnrunzelnd fort. »Die Frau, die ich geliebt habe, ist schon vor langer Zeit im Gefängnis gestorben, du musst zumindest um deine Ehre nicht fürchten. Aber eine Waffe in der Hand ist eine eindeutige Geste. Jetzt möchte ich wissen, *wer* mich lieber tot sehen würde! Und du wirst mir diese Antwort geben ...«

Er hob die Hand und legte sie wieder auf die Amulette. Divya erschrak, als ihr klar wurde, dass er sie durch die Macht der *Lichter* in der Hand hatte. Was würde sie ihm alles verraten? Sie musste ihn dringend ablenken! Schnell! Woran hatte sie die Geschichte mit der Frau erinnert?

»Ihr seid nicht zufällig Sannean, Lohon oder Faar?«

275

Der Schrecken zeichnete weitere Furchen in sein Gesicht. Volltreffer!

»Woher kennst du diese Namen?«, zischte er drohend und ging einen Schritt auf Divya zu, sodass er unangenehm dicht vor ihr stand.

»Von Maita.« Divya fiel ein, dass sie als Magierin womöglich anders geheißen hatte. »Vielleicht kennt Ihr sie nicht unter diesem Namen ...«

»Maita.« Sein Gesicht wurde plötzlich ganz weich. »O doch, so habe nur ich sie immer genannt. Es heißt ›Kätzchen‹ in der Sprache der Luomi weit im Norden ...« Sein Blick, der sich in der Ferne verloren hatte, kehrte zu Divya zurück ebenso wie das Funkeln seiner Augen. »Ich bin Sannean, der letzte Magier von Pandrea. Und der einzige, der den Ehrgeiz und die Disziplin hatte, die *Lichter* zu führen.«

»Nicht der einzige«, murmelte Divya und dachte an die Sorgensteine. »Dann kannte Maita Euer Geheimnis? Sie hat ...«

»*Sie lebt?* Ist es das, was du mir sagen willst?«, unterbrach Sannean sie mit einer inneren Anspannung, die sogar in seiner Hand zu spüren war, die er nun unter Divyas Kinn legte.

»Schau mich an!«, befahl er und sah ihr ins Gesicht.

»Ich habe erst heute mit ihr gesprochen«, flüsterte Divya. »Wenn wir es schaffen könnten, Euch hier herauszubekommen ...«

Sannean atmete hörbar ein, als wäre ihr letzter Satz ein Fehler gewesen.

»Du lügst!«, stieß er hasserfüllt aus. »Warkan hat mir erzählt, wie das Volk über die letzten Magier hergefallen ist, nachdem der Palast abgebrannt war. Wie sie gleich mit dem Finger auf meine Freunde und meine Geliebte gezeigt und sie getötet haben. Hätte er mich nicht zufällig im Gefängnis gefunden und in seinem Palast versteckt, dann hätte mich die Meute sicherlich zerfleischt.«

Divya schüttelte verwirrt den Kopf. »Aber so war es nicht. Warkan selbst war dafür verantwortlich, dass Ihr im Gefängnis gelandet seid, und wenn die Rebellen Maita nicht befreit hätten ...«

Der Magier holte aus und schlug Divya ins Gesicht.

»Schweig!«, brüllte er, weiß vor Wut. »Du suchst nach meiner Schwäche, hm? Maita starb im Gefängnis, bevor Warkan ihr helfen konnte. Und wer auch immer dich geschickt hat, um mich gegen meinen Herrn aufzubringen – er wird es nicht schaffen!«

»Habt Ihr nicht selbst gerade geglaubt, er hätte mich geschickt, um Euch zu töten?«, sagte Divya, während sie sich die schmerzende Wange hielt. »So sehr vertraut Ihr also Eurem Herrn?«

Sannean schien innerlich wieder ruhiger zu werden und streichelte die Amulette neben dem Käfig.

»So etwas würde er nicht tun!«, erwiderte er trotzig. »Aber wie soll man nicht paranoid werden, wenn man den Rest seines Lebens in diesem Turm verbringen muss? Umgeben von Luxus, aber auf ewig allein.«

»Warum seid Ihr damals nicht aus der Stadt geflohen? Nach ... Luomi zum Beispiel?«

Das heisere Geräusch, das er von sich gab, klang wie das Lachen eines Menschen, der nicht mehr wusste, wozu Lachen gut sein sollte.

»Es gibt keine lebenswerten Orte mehr für Magier. Warkan hat mir von den Aufständen in den anderen Städten er-

277

zählt. Dort werden wir ebenso verfolgt wie hier. Die Fürsten sind machtlos. Jeder Magier, den sie finden, wird gelyncht. Von einem Volk, für das wir jahrelang gearbeitet und geforscht haben! Sollte ich da nicht an Rache denken? Als sie mir alles genommen haben, beschloss ich, dass ich noch eine Aufgabe habe.« Er warf ihr einen Blick zu, so voller Kälte, dass sie eine Gänsehaut bekam. »Dieses Volk muss gezähmt werden, unterdrückt, gefoltert und – notfalls ausgedünnt. Ich habe lange genug mit angesehen, wie die letzte Regierung viel zu lasch mit den Bürgern umging. Für ihre Taten müssen sie hart bestraft werden! Und jetzt wirst du mir sagen, wer dich schickt und wo sich der Feigling versteckt.«

Seine Finger tanzten wieder über die Amulette, und Divya spürte die Panik in sich aufsteigen. Noch hatte er ihr keine Gelegenheit gegeben, die Silberplatten von der Decke zu reißen, und die *Lichter* sorgten noch immer dafür, dass sie ihn nicht angreifen konnte.

»Du sagst mir, wer dich geschickt hat«, sang Sannean eindringlich. »Erzähl mir alles über ihn!«

Also tat sie alles, was ihr noch übrig blieb: Sie schloss die Augen und versuchte sich an die Meditation von Tajan zu erinnern. Noch nie war es ihr so schwergefallen, sich auf ihr Innerstes zu konzentrieren, denn das Blut in ihren Adern pumpte mit jedem Herzschlag das Wort ›Gefahr‹ in ihren Kopf. Und ihr Mund wollte sich öffnen, um alles über die Rebellen und ihre Verstecke zu erzählen.

»Ich könnte für Euch tanzen«, presste Divya hervor, während sie in Gedanken die Worte herunterrasselte, die Tajan immer gesprochen hatte, wenn sie meditierten.

»Tanzen?«, fragte der Magier erstaunt. »Wem sollte das nützen?«

Divya beachtete ihn nicht. Sie machte ein paar Schritte und war so froh darüber, dass es ihr gelang, ohne dass die *Lichter* sie hindern konnten, einfach mit dem Tanz zu beginnen. Sannean sah überrascht zu, und sie bemühte sich, ihn zumindest ein paar Atemzüge lang zu faszinieren. Der innere Rhythmus half ihr, sich von allen anderen Gedanken frei zu machen, genau wie früher auf dem Dach. Als sie spürte, dass ihre Beine sich wieder ungehemmt bewegen konnten, machte sie eine vorsichtige Drehung. Ihre Umgebung verschwamm, während ihr Körper alle Fesseln löste, und sie stellte sich vor, wie sie über die Dächer flog und den Wind auf ihrer Haut fühlte.

Ein kurzer Blick genügte, um zu sehen, dass der Magier noch immer an seinem Platz stand und wieder auf sie einredete, aber sie hörte ihn nicht mehr.

Sie holte aus, und in einer wirbelnden Drehung erwischte ihr Stiefel den Kopf des alten Mannes. Sannean torkelte ein paar Schritte rückwärts. Ihr Geist hatte sich frei gemacht von der Beeinflussung der *Lichter*! Es war also möglich.

Das wäre der Moment gewesen, um nachzusetzen, aber als sie ihn erreichte, berührten seine Finger bereits wieder die Silberplatten.

»Du kannst nicht mehr tanzen und greifst mich nicht mehr an«, sang er hastiger und atemloser als zuvor. »Du gehst zum Fenster und springst hinaus.«

Divya erkannte zutiefst erschrocken, dass er im Gegensatz zu ihr keine Hemmungen kannte, Menschen zu töten. Aber was hatte sie aus ihrer Konzentration herausgerissen? Ihr Gewissen? Ihr Mitleid für den alten Sannean, der große Liebe und großen Verlust erlebt hatte? Nun, offenbar war dieser Mann tatsächlich vor fünfundzwanzig Jahren gestorben. Das Wesen hier vor ihr war so kalt und so hart wie ein Stein im Winter.

Divya konnte sich kaum noch wehren, nachdem ihr Kopf ihr sogar den Tanz verboten hatte. Ihre Schritte wirkten nur leicht verzögert, sodass der Magier sie ungeduldig an den Schultern fasste und sie eigenhändig zum Fenster schob.

In diesem Moment fiel ihr Blick auf eine kurze Flöte, die er um den Hals hängen hatte. Die gleiche, die der Wächter im Keller gehabt hatte. Es gab Verbindungsgänge zwischen den Wachstuben aller Stockwerke, eine Art Alarmsystem ...

Später wusste sie nicht, ob ihr Geist noch klar gewesen war, als sie auf diese Idee kam. Es war so abwegig! Und doch ihre einzige Rettung.

Innerhalb eines Herzschlags griff sie nach der Flöte, drehte sie und pustete hinein. Der schrille Pfiff schmerzte in ihren Ohren und unterbrach ihre Meditationsversuche endgültig. Wütend riss der Magier an der Kette, warf sie mit der Flöte in eine Ecke und schob Divya weiter. Dann ging er zurück zu seinen Amuletten und legte die Finger wieder darauf.

»Geh zum Fenster und spring!«

Divya spürte die Worte in ihrem Kopf, während ihre Beine sich ganz von allein bewegten, jenseits ihrer eigenen Befehlsmöglichkeiten. Langsam kletterte ihr willenloser Körper in das kleine Fenster, schob die Beine voraus und ließ sich an der Außenmauer hinabgleiten, bis sich nur noch die Fingerspitzen am Sims festkrallten.

Verzweifelt begriff Divya, dass sie nicht mehr die Kraft hatte, sich gegen den letzten Befehl zu wehren – als plötzlich die Tür zum Turm aufgerissen wurde. Mit unendlicher Überwindung schaffte sie es, noch einmal über den Fensterrand zu spähen. Gerade im richtigen Moment, um Tajan mit zwei Wachen hereinstürmen zu sehen – die wesentlich zögerlicher als er den Raum betraten und das verbrannte Gesicht des alten Mannes entsetzt anstarrten.

Tajans Anblick durchfuhr Divya wie ein Blitz, und der Gedanke, dass er sie sogar kurz angesehen hatte, verscheuchte für einen Augenblick Sanneans Willen aus ihrem Kopf. Aber vielleicht war es auch eine Täuschung gewesen, denn er wandte sich gleich wieder ab und verneigte sich vor dem Magier.

»Ihr habt uns gerufen?«, fragte er.

»Da habt Ihr Euch wohl verhört«, knurrte Sannean. »Abgesehen davon, dass *niemand* diesen Turm betreten darf.«

»Außer in einem Notfall«, widersprach Tajan und schob den alten Mann unsanft beiseite. »Erlaubt Ihr, dass wir uns kurz umsehen?«

»Nein!«, fauchte Sannean und wies den Eindringlingen deutlich die Tür.

»Vielen Dank«, erwiderte Tajan und ignorierte die Geste des Magiers und die leisen Proteste der beiden Wachen. Langsam ging er durch den Raum. Divya konnte an seiner Haltung erkennen, dass er nach der wahren Gefahr suchte, während er den entstellten alten Mann wohl für wunderlich und harmlos hielt. Deshalb entging es auch seiner Aufmerksamkeit, dass der Magier sich seinen Silberplatten näherte und sie berührte.

Divya spürte ihre Finger kaum noch. Ein Wunder, dass sie sich so lange gehalten hatte!

»Die *Lichter*«, keuchte Divya, vermutlich viel zu leise für

Tajan. Kaum merklich wandte er den Kopf in ihre Richtung. Hatte er sie gehört?

»Schnell! Er kann ihnen befehlen«, fuhr sie atemlos fort. »Gleich lähmt er auch deinen Willen!«

Für einen Moment bemerkte Divya ein Flackern in seinen Augen. Diesmal hatte er sie verstanden! Aber war er schon unter Sanneans Einfluss? Oder ... Divyas Lebenswillen sank. Tajan glaubte ihr kein Wort!

Als ihre Finger schlaffer wurden, fuhr Tajan völlig überraschend mit erhobener Lanze herum und durchbohrte den Magier. Der alte Mann, der gerade mit seinem Singsang begonnen hatte, ging langsam in die Knie und fiel schließlich vornüber auf den dicken Teppich. Eine Welle der Erleichterung durchströmte Divya und gleichzeitig kam die Erschöpfung. Tajan hatte ihr wirklich geglaubt! Tajan, der erste Wächter der Palastwache! Aber sie wusste auch, dass ihre Kraft nicht mehr ausreichte, um sich hochzuziehen. Sie würde loslassen müssen. Gleich. Jetzt!

Im selben Moment spürte sie Tajans Finger an ihren Handgelenken. Mit kräftigem Schwung zog er sie hoch, über den Sims und in das Turmzimmer hinein. Divya wäre gern, schwach vor Schreck, in seine Arme gesunken. Aber sein Gesicht war so abweisend, dass sie nicht wusste, was in ihm vorging.

Plötzlich wandte er sich um und Divya wurde schlagartig ihre Lage klar. Die beiden anderen Wächter kamen ihnen mit erhobenen Waffen entgegen. Aber auf wessen Seite stand Tajan?

Er hob besänftigend die Hände. »Tut nichts, was euch eure Stellung kosten könnte«, sagte er mit sanftem Tadel. »Darf ich euch Tana Iluna vorstellen? Sie ist die ... ähm ...«

Er wirkte peinlich berührt. »... besondere Freundin Fürst Warkans. *Sie* wohnt in diesem Turm.«

Divya bemühte sich um einen überheblichen Blick. »Ihr könnt gehen, vielen Dank.« Sie nickte in Richtung des toten Magiers. »Den Eindringling lasst aber bitte nicht bei mir.«

Der eine Wächter, ein großer Mann mit einer schiefen Nase, sah Divya zweifelnd an. »Eine Tana in einer grauen Vesséla?«

Der andere Wächter senkte ebenso wenig die Lanze. »Ich verstehe vielleicht nicht, was hier vorgeht, aber irgendwas ist hier faul! Tajan, wer war der Mann, den du getötet hast? Und halte uns nicht für dumm! Im Palast redet jeder über eine Frau mit entstellten Gesichtszügen. Nun haben wir einen alten Mann, auf den die Beschreibung passt – und eine Frau, die sicher nicht mal annähernd seit zwanzig Jahren hier oben leben kann.«

Tajan schnaubte wütend. »Habt ihr nicht gesehen, dass der alte Mann weiße Kleidung trägt? Glaubt ihr im Ernst, dass Warkan einen *Magier* als Gast in seinem Palast wohnen lässt?«

Die Wächter rührten sich nicht.

»Müssen wir das hier vor Tana Iluna besprechen?«, fuhr Tajan ungeduldig fort. »Natürlich bleibt jede Tana nur ein paar Jahre hier als ... Gast, und die Gerüchte über die Entstellung sollten die neugierige Dienerschaft fernhalten, aber dass ihr genauso viel tratscht wie die Weiber im Waschkeller ...!«

Tajan verneigte sich vor Divya. »Entschuldigt die Störung, Tana! Wir lassen Euch jetzt allein.«

Er wandte sich langsam zur Tür und wollte den Raum

283

verlassen, als der größere der Wächter Tajan in den Rücken sprang. Als hätte er darauf gewartet, schnellte dieser herum und schlug mit der Faust gegen den Arm, der ihn angreifen wollte. Der Wächter keuchte auf, ließ sich aber nicht so leicht beeindrucken und hob mit seiner linken Hand die Lanze. Tajan sprang ein paar Schritte rückwärts, hob ebenfalls die Lanze und schwang sie drohend vor sich hin und her.

»Bist du wahnsinnig?«, keuchte Tajan. »Ich bin dein Vorgesetzter!«

»Wer von uns ist wahnsinnig?«, stieß der Wächter hervor. »Du hast gerade völlig grundlos einen alten Mann getötet! Wenn du es erklären kannst, dann lass uns direkt zu Warkan gehen. Gib mir deine Waffen und sei vernünftig!«

Der kleinere der beiden Wächter wandte sich an Divya. »Und dich nehmen wir auch mit!«

Doch er kam nicht dazu, die Hand nach ihr auszustrecken. Divya hatte inzwischen einen Besen entdeckt. Ohne zu überlegen, riss sie ihn an sich und hielt ihn quer vor sich wie beim Stockkampf. Der Wächter hielt ihr unschlüssig die Lanze entgegen, aber offenbar war er noch nie von einer Frau angegriffen worden. Divya nutzte seine Verblüffung, sprang vor, täuschte einen linken Stoß an, führte ihn aber nach rechts aus und traf die Schläfe des Mannes. Der Schlag schickte ihn sofort zu Boden. Genauso hatte Tajan es ihr gezeigt – der Gegner wurde nur schwach verletzt, war aber für eine ganze Weile bewusstlos.

Tajan stand noch immer dem Größeren der beiden gegenüber.

»Ich will dir nicht wehtun, Coss«, sagte er ganz ruhig. »Was hältst du davon, wenn wir dich hier oben einsperren und du pfeifst erst eine ganze Weile später nach Verstärkung?«

Der Mann, der Tajan nervös taxierte, zögerte. Divya konnte in seinen Augen ein Flackern sehen. Er scheute also doch einen Kampf mit seinem Vorgesetzten, ganz besonders nachdem sein Verbündeter am Boden lag.

Als er die Lanze senkte, tat Tajan es ihm fast gleichzeitig nach und wandte ihm den Rücken zu. War es Vorahnung oder gesunder Instinkt? Auf jeden Fall drehte er sich gleich darauf wieder um, gerade noch rechtzeitig, als der Wächter die Lanze hob. Schneller, als der andere diese Wendung begreifen konnte, sprang Tajan vor und schlug ihm das Holz der Lanze gegen die Schläfe. Einen Moment lang schien es, als könnte er sich dennoch auf den Beinen halten. Tajan riss ihm die Kette mit der Flöte vom Hals und warf sie in die Ecke. Dann sah er zu, wie der Wächter in die Knie ging und liegen blieb.

Tajan holte tief Luft und schien in sich zusammenzusinken.

»Wer war dieser Magier, den ich für dich getötet habe?«, fragte er leise. »War er das alles wert?«

»Er hat die *Lichter* in Warkans Namen gelenkt, um mit ihrer Hilfe die Stadt zu beherrschen.«

»*Lichter*? In *Warkans* Namen?«

»Hätte er den Magier sonst in diesem Turm leben lassen?«

Divya spürte, dass er die Wahrheit noch nicht vollständig glauben konnte. »Als du hereinkamst, hatte er meinen Geist so geschwächt, dass ich beinahe freiwillig in den Tod gestürzt wäre. Einen Atemzug später und ich hätte dem Willen des Magiers gehorcht.«

285

Tajan nickte, er hatte ihre Todesangst gespürt. Und nun las sie in seinen Augen die Verzweiflung, die sich wie eine Wolke über ihm zusammenzog. Wie gern hätte sie ihn getröstet! Aber das Wichtigste blieb ihr noch zu tun: Mit beiden Händen griff sie in die Bänder, die die Amulette hielten, und riss sie von der Decke. Als sie alle in einer Ecke zusammengetragen hatte, wollte sie das Glas des Käfigs zerschlagen, doch sie senkte die erhobene Lanze schnell wieder und betrachtete fasziniert das Schauspiel, das sich ihr bot.

Die *Lichter* brauchten ihre Hilfe nicht mehr, jetzt, da der Schutzschild aus Silber zerstört war. Sie durchdrangen das Glas, als wäre es nicht vorhanden. Ihr hundertfaches Leuchten spiegelte sich nicht darin, aber es erfüllte den Raum wie ein wundersamer Sternenregen. Die Wesen flogen dicht beieinander, umflatterten Divya und wandten sich schließlich zum Fenster. Dabei hinterließen sie in Divya ein Gefühl von Glück und Erleichterung, und es wärmte sie wie ein Hauch lauer Luft. Innerhalb weniger Atemzüge waren alle *Lichter* aus dem Turmzimmer verschwunden. Das Glücksgefühl aber blieb und Divya sah ihnen mit Tränen in den Augen nach.

Erst langsam wurde ihr klar, dass Tajan nichts davon mitbekommen hatte. Er stand verloren mitten im Raum, als kämpfte er gegen einen bösen Albtraum, der ihn nicht aus seinen Klauen lassen wollte.

Divya nahm sanft seine Hand. Als er ihrem Blick begegnete, begriff sie, dass er heute seine alte Welt verloren hatte, wie sie vor ein paar Tagen. Aber er hatte ihr diese Welt bewusst geopfert, um ihr Leben zu retten.

»Es tut mir leid«, sagte sie leise. »Aber wir müssen fliehen.«

286

Er entzog ihr seine Hand und ging mit undurchdringlicher Miene auf das Fenster zu.

»Fliehen ... eine ganz neue Perspektive.«

Tajan

Zu zweit kletterten sie an der Mauer hinunter, huschten durch den dunklen Garten und stiegen über den Zaun. Ihre fast lautlosen Schritte im Gleichtakt, flogen sie zu zweit über die Dächer. Der Wind schien sie beinahe gleichzeitig über die Abgründe der Stadt zu tragen, beinahe gleichzeitig berührten ihre Stiefel den Boden. Und doch war es Divya, die kaum merklich die Richtung vorgab. Ohne Worte, so als wären sie schon immer zusammen durch die Nacht gelaufen.

Es war ein berauschendes Gefühl, und Divya musste Tajan einfach immer wieder ansehen, um herauszufinden, ob er genauso empfand. Aber sein Gesicht war konzentriert. Als wären seine Gedanken weit fort. Als würde er ihren Gleichklang nicht spüren. Dabei war sein Fliegen genauso losgelöst wie ihres.

Kurz vor der Morgendämmerung erreichten sie ihr Ziel. Divya hatte den Turm vor zwei Tagen entdeckt und dort bereits zweimal die Nacht verbracht. Sie war gespannt, ob ihr Versteck Tajan gefiel, denn es war das erste, in dem sie sich richtig wohlfühlte. Fern von den Rebellen, mit denen sie zwar zusammenarbeitete, von denen sie sich aber nie wieder lenken lassen wollte. Das Schönste war die Aussicht: Der alte Turm, Teil eines leer stehenden Palastes, ragte über die Dächer der Nachbarhäuser hinaus. Er war früher vermutlich einmal fensterlos gewesen, aber ein Stück der Ostwand war weggebrochen, sodass Divya entweder hinter der Wand Schutz vor Wind und Wetter suchen oder es sich in klaren Nächten direkt vor dem Loch bequem machen konnte, um im Liegen über die Dächer und in die Sterne zu blicken. Eine Decke bewies, dass sie genau das in der letzten Nacht getan hatte.

Tajan, anscheinend blind für die Schönheit dieses Ortes, deutete auf die Decke. »Hier lebst du also?«

Divya ließ sich ihre Enttäuschung nicht anmerken.

»Leben? Ich weiß nicht, ich habe zwei Nächte hier geschlafen.«

»Allein?« Tajan runzelte die Stirn. »Oder braucht ihr nur noch eine Decke ...?

Divya überlegte, was er meinte. Roc? Hatte er ihn hier erwartet? Eine leichte Röte überzog ihre Wangen, als sie begriff.

»Du kennst mich so gut. Und trotzdem traust du jedem Anschein mehr als unserer ... Freundschaft.«

Sie legte eine Hand auf die dunklen Ziegel, hinter denen soeben der Sonnenaufgang begann. Das orangefarbene Licht flutete langsam vom Horizont aus über die Ebene und erreichte bereits die ersten Ausläufer der Stadt.

»Jedem *Anschein*? Nicht schlimm genug, dass es der Fürst war, auf den du deinen Anschlag verübt hast, nein, du musstest auch noch *meine* Methoden anwenden! Weißt du, wie ich mich gefühlt habe? Ich bringe dir das Messerwerfen bei und du tötest damit fast meinen Herrn!«

Divya atmete scharf ein. »Warum hast du mich dann heute nicht verhaftet? Du hältst mich doch für eine Mörderin. Als wir uns das letzte Mal gesehen haben, hat es dir gereicht, dass ich eine Tassari bin. Schon deshalb wolltest du mich verhaften lassen, und heute lässt du mich laufen?«

Divya sah ihm ins Gesicht, obwohl sie fürchtete, Hass darin zu lesen. Aber sie fand etwas ganz anderes. Etwas Verletztes.

»*Ich* wollte dich verhaften lassen? Wann?«, fragte er empört.

»An dem Tag, an dem ich die Schule verlassen habe«, erwiderte Divya eindringlich.

Tajan schüttelte den Kopf. »Wer auch immer dir das erzählt hat ...« Auf einmal zog er die Augenbrauen hoch. »Maita? Ich glaube, sie wusste, dass wir uns trafen. Weißt du ... Ich war an der Schule, um Maita zu beobachten. Wir haben lange vermutet, dass sie zu den Rebellen gehört, aber wir konnten ihr nichts nachweisen.«

»Dann war das mit der Verhaftung gelogen?«, murmelte Divya. »Aber der Einbruch! In diesem Punkt hat sie doch die Wahrheit gesagt! Der Einbrecher hat mit dir zusammengearbeitet, damit Maita gezwungen war, eine Wache zu dulden. Und dafür habt ihr Seluria umgebracht? Um es echter aussehen zu lassen?«

Tajan wich ihrem Blick aus und schritt langsam den Kreis des Turms ab. »Er war kein Sujim, nicht beherrscht genug für den Auftrag. Warkan hat ihn mir zugewiesen, weil er ihm vertraute. Aber er hat die Nerven verloren.«

Seine heisere Stimme zeigte Divya, wie schwer ihm seine Worte fielen. »Was er getan hat, tut mir leid. Ein Mord war nicht geplant, und ich wünschte, ich hätte ihn verhindern können.«

»War *er* die Person auf dem Dach, mit der du dich manchmal nachts getroffen hast?«, fragte Divya leise, und sie begann zu begreifen.

»Nein«, sagte Tajan, der seine Runde durch den Raum

290

inzwischen beendet hatte. Auf der anderen Seite des Lochs, neben Divya, lehnte er sich gegen die abgebrochenen Ziegel und sah in die Ferne. »Der Mann auf dem Dach war ein befreundeter Sujim, der meine Beobachtungen an Warkan weitergeben sollte. Ein Freund aus meiner Kindheit, schon unsere Väter waren Freunde.«

Er seufzte schwer und rang offenbar nach Worten. »Hast du dich deshalb für einen Mord anwerben lassen? Weil du erfahren hast, dass ich ... mitverantwortlich war für den Tod Selurias?«

Divya schwieg. So einfach war es nicht. Aber wie sollte sie Worte dafür finden?

»Du hast mich fallen gelassen, weil ich eine Tassari bin«, sagte sie mit Bitterkeit in der Stimme. »Tassari – das Volk, das Warkan vernichten will. Vielleicht habe ich geglaubt, dass du von seinem Plan weißt und ihn gutheißt. Vielleicht hatte ich genügend Gründe, um zur Mörderin zu werden.« Divya sah Tajan ernst an. »Du weißt am besten, dass ich das Ziel treffe, wenn ich es treffen will. Warum konntest du mir dann nicht einfach vertrauen?«

Tajans Stimme war leise, beschwörend. »Du hast meine Lanze an deinen Hals gesetzt, als könnte ich ihn sonst verfehlen. Glaubst du, ich hätte ihn verfehlt, wenn ich dir nicht vertraut hätte?«

Seine rechte Hand löste sich von den Steinen und berührte ganz leicht ihre linke, aber Divya wich ihm aus. Langsam glitt sie mit der Schulter an der Wand entlang nach unten und setzte sich, das Gesicht dem Sonnenaufgang zugewandt.

Ohne Tajan noch einmal anzusehen, begann sie zu erzählen. Von Maitas Auftrag und den Zweifeln hinter der

Bühne. Von ihrer Flucht mit Roc, dem Gespräch mit Keiroan und der schrecklichen Erkenntnis, was Warkan mit den Tassari vorhatte. Tajan versuchte, sie mit einem Laut des Unglaubens zu unterbrechen, aber Divya fuhr einfach fort. Sie redete von den Rebellen, dem Einbruch ins Laboratorium und dem Buch der Erfindungen. Und in aller Ausführlichkeit von dem Magier, der mit einer Unzahl von *Lichtern* und ein paar Silberplatten Menschen beeinflussen konnte. Als Divya geendet hatte, war es lange still. Sie beide ließen ihren Blick über die Dächer wandern, wie früher. Nur diesmal war es nicht mehr Nacht, sondern das Licht kroch langsam, Stein um Stein, vorwärts und erreichte schließlich auch den Turm. Divya schloss die Augen, als das tiefe Orange über ihre Wangen strich und sie wärmte. Und doch fror ein Teil von ihr.

Tajans Schweigen war es, das ihr das Gefühl von Einsamkeit zurückbrachte. Vielleicht war einfach zu viel geschehen, sodass Worte ihn nicht mehr überzeugen konnten? Vielleicht war auch die Freundschaft zwischen ihnen Einbildung gewesen? Selbst der Kuss mochte ein Ausrutscher gewesen sein. Nichts, was man bei Tageslicht noch einmal erwähnen musste.

Tajan sah sie noch immer nicht an.

»Mein Leben lang habe ich davon geträumt, ein Sujim zu sein, und ich habe alles dafür getan, einer zu werden. Mein Vater wollte, dass ich eines Tages den Befehl über die Palastwache übernehme. Beides habe ich erreicht, mit gerade mal zweiundzwanzig Jahren. Und heute habe ich beides weggeworfen.«

Divya musterte ihn traurig. Seine muskulösen Arme, sein markantes Kinn, sein hellbraunes, leicht lockiges Haar und seine dunklen Augen, in denen sich jetzt das Feuer der Sonne spiegelte. Ihn anzusehen tat weh, vor allem weil sie sicher war, dass der endgültige Abschied kurz bevorstand.

»Ich kann dich verstehen«, sagte Divya sanft. »Danke für das, was du heute getan hast. Und es tut mir unendlich leid, dass es so weit kommen musste.« Sie stand zögernd auf. »Vielleicht hättest du mich einfach verhaften sollen. Wer weiß, wie oft ich mich noch vor den Wachen verstecken kann?«

Tajan schnellte herum. »Wie kannst du so etwas sagen?« Er runzelte die Stirn. »Ich wollte ... Was ich eigentlich sagen wollte ...« Er zupfte sich nervös am Ohr. »Es dauert eine Weile, bis ich begreifen kann, was du mir da alles erzählt hast. Dass der Mann, dem ich mein Leben lang vertraut habe, wirklich derselbe ist, den du mir schilderst. Beeinflussung durch Magie. Betrug. Mord!«

Er verzog das Gesicht, als würde der Gedanke ihm körperliche Schmerzen bereiten, und seine Hand strich durch die Haare, sodass sie in alle Richtungen standen. Hilfe suchend sah er Divya an – und schien in ihren Augen etwas zu lesen, was ihn noch mehr durcheinanderbrachte.

»Du glaubst, dass ich bereue, was ich vorhin getan habe«, stellte er erschrocken fest. »Dass ich zurück in mein altes Leben will, weil ich dort einen hohen Posten hatte.«

Divya nickte. »Das wäre verständlich. Du stehst in einem verfallenen Turm, von dem aus du zusehen kannst, wie das Leben da unten ohne dich weitergeht. Warum solltest du das nicht bereuen?«

Tajan ging einen Schritt auf sie zu und nahm ihre Hände in seine. »Weil du das alles wert bist.«

Er schlang seine Arme um Divya und fuhr mit den Hän-

293

den sanft an ihrem Rückgrat entlang, während er sie nachdenklich ansah. »Ich dachte, das weißt du.«

»Was?«, flüsterte Divya verwirrt.

»Dass ich alles für dich tun würde. Ich habe niemandem gesagt, dass du eine Tassari bist. Ich habe es nach dem Attentat geschafft, die Lanze von deinem Hals zu nehmen und die Verfolgung zu verzögern. Und ich habe dir bei deinem Einbruch den Fluchtweg gezeigt – dir und deinem ... Freund.«

Er rückte ein Stück von ihr ab und warf ihr einen fragenden Blick zu. »Von ihm hast du mir noch nichts erzählt.«

»Er ist ... nein, er *war* Jolissas große Liebe. Aber ich hoffe, dass die beiden begreifen, was sie aneinander haben. Als ich sie zuletzt sah, waren sie gerade auf der Flucht aus dem Palast.«

»Der Kerl ist mit Warkans Ehefrau weggelaufen?«, stieß Tajan fassungslos hervor.

»Ja. Und damit hat er mich endgültig davon überzeugt, dass er ein liebenswerter Mann ist ... für Jolissa natürlich.«

Tajan wollte sie wieder näher an sich heranziehen, aber Divya hielt den Abstand, indem sie ihre Hände gegen seine Brust drückte.

»Warum interessiert dich das überhaupt? Was willst du von einer Tassari, die vor fremden Männern tanzt und die ihr Volk auch weiterhin unterstützen wird? Du weißt hoffentlich noch, dass ich meine Herkunft niemals leugnen werde.«

Tajans Griff ließ nach, und als er nun vor ihr stand, wirkte er plötzlich unsicher. »Du hast jedes Recht, mich zurückzuweisen. Schließlich habe ich es selbst nicht gleich verstanden: Dass ich mich in dich verliebt habe, so wie du bist. Mitsamt deinem Dickkopf. In deine wunderbaren schwarzen Locken – die ich übrigens vermisse.« Seine Finger fuhren leicht über ihr blondes Haar. »Und in deine dunklen Augen. Wenn du tanzt, machst du mich verrückt, weil ich dich überall berühren möchte, und wenn du mit mir kämpfst, möchte ich dich nur besiegen, um einen Vorwand zu haben, dich festzuhalten und zu umarmen.«

Er nahm ihre Hand und hielt sie ganz sanft. »Wenn du etwas anderes empfindest, schick mich bitte jetzt weg. Weil ich es nicht noch einmal ertragen würde, dir täglich zu begegnen und dich nicht lieben zu dürfen.«

Divya versuchte das Gefühl zu genießen, das in ihrer Brust kribbelte und ihre Knie weich machte. Aber es war ein Gefühl, das sich nicht lange mit Genuss ertragen ließ – es schmeckte nach mehr.

Ungeduldig ging diesmal sie auf Tajan zu und legte ihre Arme um seinen Hals. Als ihre Nasenspitzen sich beinahe berührten und sie in seinem Blick versank, flüsterte sie: »Und wenn du eines Tages eine andere Frau in dein Haus führen möchtest, schick mich bitte jetzt weg. Denn ich weiß nicht, was ich tun würde, wenn du mir deine Liebe wieder wegnehmen wolltest.«

Tajan lächelte. »Und dich einem anderen Mann überlassen? Wäre ich nicht blind und wahnsinnig, wenn ich das täte?«

Divya lächelte ebenfalls, genoss seine Nähe, seinen Atem auf ihren Wangen und an ihrem Hals und seine Hände, die ihren Rücken wiedergefunden hatten. Dann schloss sie die Augen und küsste ihn.

Inzwischen war der kleine Turmraum lichtdurchflutet, glitzernde Reflexionen von Fensterscheiben in der Stadt tanzten über die Wände, und die ersten morgendlichen Geräusche drangen von tief unten zu ihnen herauf. Es waren Laute aus einer fernen Welt.

Divya und Tajan konnten nicht aufhören, einander zu berühren, und schließlich zogen sie die Baumwolldecke hinter die Wand an eine Stelle, die das Sonnenlicht nicht ganz erreichen konnte, und kuschelten sich aneinander. Divya hatte so einen Zustand zwischen zufriedener Wärme und atemloser Sehnsucht noch nie erlebt, und sie spürte, dass diese Gefühle auch für Tajan neu waren.

Mit einem Mal ahnte sie, was Maita in ihrer Unterrichtsstunde »Geheimnisse der Frauen« gemeint hatte, nur dass sie den Tanas in der Schule nicht beigebracht hatte, dass diese körperliche Nähe zwischen zwei Menschen auch den Frauen Vergnügen bereiten konnte. Als Tajan sich zu ihr herüberbeugte, mit einer Hand ihre Hüfte streichelte und sie mit solcher Leidenschaft küsste, dass ihr Herz beinahe stehen blieb, wagte sie es, ihre Hand unter seine Weste zu schieben. Seine Haut war warm, und sie spürte, wie er unter ihrer Berührung zusammenfuhr. Gleichzeitig wurde sein Kuss fordernder und seine streichelnden Hände wanderten über ihren ganzen Körper.

Divya fuhr mit der Hand weiter, ertastete die Haut seiner Hüfte und seines Rückens, während er ihren Hals küsste.

Plötzlich hielt er den Atem an und schob sie, scheinbar unter Aufbietung all seiner Kräfte, von sich. Seine dunklen Augen funkelten und hatten alles Sanfte verloren. Stattdessen lag eine Sehnsucht und Leidenschaft in ihnen, die so gar nicht zu dem immer beherrschten Sujim passte – und ihn gerade deshalb in diesem Moment für Divya noch begehrenswerter machte.

»Vielleicht möchtest du lieber warten?«, fragte er ungeduldig, wie gegen seinen Willen, und sah sie voller Erwartung an.

Divya spürte, dass ihr Gesicht glühte, alle Sinne waren geschärft, und um nichts in der Welt hätte sich jetzt aufhören können. Sie zog sich mit ihren Armen um seinen Hals an ihn heran, bis ihre Lippen ganz dicht vor seinen waren.

»Worauf? Ich möchte dir endlich so nah wie möglich sein. Mit allem, was ich bin.«

Ein Lächeln strich über sein Gesicht. »Und alles, was ich bin, möchte ich mit dir sein«, murmelte er, bevor er sie wieder küsste. Diesmal war es ein Kuss, der beide so sehr entflammte, dass sie sich ihren Gefühlen hingaben, ohne zu spüren, wo Divya endete und Tajan anfing. Und erst als die Sonne an ihrem höchsten Punkt stand, fielen die beiden in einen erschöpften und tiefen Schlaf, eng aneinandergeschmiegt, die Hände ineinandergeschlungen.

48

Am Abend, als die Schatten das Turmzimmer wieder für sich beanspruchten, erwachte Divya mit einem warmen, weichen Gefühl von Sicherheit und Liebe. Tajans Arm umfing sie noch immer, und sein Atem an ihrem Ohr klang vertraut und beruhigend.

Vorsichtig versuchte Divya, sich aus der Umarmung zu stehlen, aber Tajan wurde sofort wach. Mit einer schnellen Bewegung schreckte er hoch, griff an seinen Rücken, wo normalerweise die Messer steckten, und musste dann feststellen, dass er nackt war. Mit einem irritierten Blick auf Divya zog er die Decke über seine Hüften und sah sie mit leicht geröteten Wangen an.

Divya, die inzwischen ihre Vesséla am Boden gefunden hatte und überstreifte, schmunzelte.

»Wenn dir nackte Haut nicht gefällt, ziehe ich mich jetzt besser an.«

Er zog sie mit einem schnellen Griff zu sich herunter, beugte sich über sie und küsste sie.

»Beeil dich nicht damit«, lächelte er. »Ich bin nur noch nicht daran gewöhnt, davon geweckt zu werden.«

Divya lachte und bemühte sich, ihre halb angezogene Vesséla ganz überzustreifen und dabei nicht mit dem Küssen aufzuhören.

»Wo willst du hin?«, fragte Tajan erstaunt.

»Ich wollte dir Frühstück holen, bevor du wach wirst. Aber leider ist mir das nicht gelungen.«

»Frühstück?« Tajan deutete amüsiert auf die funkelnden Sterne hinter dem Ziegelloch. »Die Nacht ist deine Zeit, ich weiß, sie liegt dir im Blut. Deshalb habe ich auch die Nachtschichten im Palast übernommen. Ich wusste, dass du nachts kommen würdest.«

»Und beim nächsten Mal wolltest du mich töten«, sagte Divya nachdenklich.

»Nein.« Tajan schüttelte den Kopf und legte seine Hand in ihren Nacken. »Ich habe nur gesagt, wenn ich meine Ehre retten will, muss ich dich töten. Ich habe mich für dich entschieden. Gegen die Ehre.«

Seine Mundwinkel zuckten. »Und es war eine leichte Wahl.«

Divya betrachtete ihn und stellte fest, dass sie immer wieder glaubte, ihn zu kennen – und dann tat er etwas, was ihr das Gegenteil bewies.

»Ich habe dich eben erschreckt. Vor wem fürchtest du dich so, dass du ihm beim Aufwachen mit dem Messer drohst?«

»Vor niemandem«, sagte Tajan, ohne sie anzusehen.

Divya lehnte sich im Sitzen an seine Schulter. »Gehören Ängste zu den Dingen, über die du nicht einmal mit der Frau reden möchtest, mit der du gerade die Nacht verbracht hast?«

»Den Tag«, korrigierte Tajan mit einem Lächeln. »Aber ich habe keine Angst.«

»Alle Menschen haben Ängste«, widersprach Divya.

»Erzähl«, flüsterte Tajan und strich mit dem Handrücken über ihre Nackenbeuge. »Wovor hast *du* Angst? Davor, die Tassari zu verlieren, weil du deine Familie eben erst gefunden hast?«

Divya seufzte. »Ja, das sicher auch. Aber seit einiger Zeit habe ich die größte Angst davor, zu erfahren, wer mein Vater ist. Und gleichzeitig davor, *niemals* zu erfahren, wer er ist.«

Tajan nickte und zog sie mit dem Arm näher an sich heran. »Was weißt du denn über ihn?«

Divya erzählte, was Keiroan ihr gesagt hatte, und Tajan hörte schweigend zu. Schließlich atmete er tief durch. »Du weißt also, dass er im Palast gelebt hat und dass deine Mutter ihn fürchtete. Das ist nicht viel.«

»Es ist genug«, sagte Divya sehr leise und starrte in die mondhelle Nacht. »In letzter Zeit hatte ich nicht viel Gelegenheit nachzudenken. Aber je mehr ich es tue … Kommt da nicht nur einer infrage? Wer hatte die Macht, Wachen zu schicken, um meine Mutter und mich suchen zu lassen – und sie zu töten?«

Tajan drückte sie an sich. »Hör auf. Im Palast gibt es viele hohe Herren … Vielleicht hat sie sich in einen von ihnen verliebt? Oder in einen Diener? Im Palast leben so viele Männer …«

Divya wusste, dass er log, um sie nicht zu verletzen. Sie hatte längst die Vermutung, dass die Verbindung ihres Vaters und ihrer Mutter nichts mit Liebe zu tun gehabt hatte.

»Meine Ängste kann ich damit nicht besänftigen.«

Tajan schwieg. Der Griff seines Arms ließ nach, als wäre er in Gedanken wieder weit fort. Schließlich holte er zweimal Atem, als wollte er etwas sagen. Aber erst im dritten Anlauf brachte er es über sich.

»Meine größte Angst hat mit einer Schuld zu tun. Ich habe Unglück über unsere Familie gebracht, weil ich etwas Schreckliches getan habe.«

Divya betrachtete sein Gesicht mit gerunzelter Stirn. Es war plötzlich so leer, als hätte eine schwarze Wolke die Stelle seiner Seele eingenommen.

»Erzähl mir davon«, sagte Divya mit sanfter Stimme.

Er sah ihr fest in die Augen. »Vielleicht ist es besser, du kennst die Geschichte. Aber ich habe Angst, dich dadurch zu verlieren. Ja, ich habe Ängste! Und diese ist seit heute stärker als alles andere. Bitte ... hasse mich nicht!«

Divya erwiderte seinen Blick. »Das könnte ich gar nicht.«

Er wich ihr aus. »Doch, das wirst du«, flüsterte er.

Sie schüttelte beschwörend den Kopf und wartete.

»In einer Nacht wie dieser«, begann er sehr leise, »unter einem hellen Mond, rief Warkan seine Wache zusammen und bat vier Freiwillige vorzutreten, um ihn auf einer nächtlichen Mission zu begleiten. Wir alle wünschten uns Abwechslung, und es meldeten sich mehr als vier, aber ich war dabei. Warkan nahm uns und drei Maurer mit auf die Flussinsel.«

»Zur Ruine des ausgebrannten Palastes?« Divya streichelte seinen Arm und erschrak über die Gänsehaut unter ihren Fingern.

Tajan nickte. »Ich kenne keinen anderen Ort, an dem die Tiere und selbst der Wind schweigen. Sogar der Mond wirkte blasser, sobald wir das andere Ufer erreicht hatten. Warkan führte uns zu den schwarzen Überresten des Palastes. An einer Stelle ist der Boden nach unten durchgebrochen, man hört tief unten in dem Loch den Fluss. Daneben ragen schwarze Mauern hoch, aber unten sehen sie aus wie aufgerissen, als könnte man in die Eingeweide des Palastes hinabsehen. Dort beginnt ein Gang, der früher vielleicht einmal in den Keller geführt hat. Damals vermutete

301

ich dort alte Kerkeranlagen. Jedenfalls befahl Warkan den Maurern, den Gang zu verschließen. Drei Wächter sollten ihnen dabei helfen und passende Steine suchen. Einer von uns wurde ausgelost, um Wache zu stehen. Das Los fiel auf mich. Und so wanderte ich einige Stunden von einem Ufer zum anderen.«

»Wer sollte euch denn stören? Vor wem hatte Warkan Angst?«

Tajans Blick streifte sie nur, als könnte er in der Ferne etwas anderes sehen. »Er wollte verhindern, dass irgendjemand zufällig beobachtete, was in dieser Nacht geschah.«

Divya wartete geduldig. Auch wenn Tajan zögerte, spürte sie, dass er die Geschichte heute loswerden musste.

»Als ich mich gerade durch dichtes Gestrüpp und Dunkelheit tastete, hörte ich drei Schreie, kurz hintereinander. Entsetzliche Schreie, wie sie nur jemand ausstoßen kann, der dem Tod ins Auge sieht. Ich rannte, so schnell ich konnte, obwohl ich meinen Posten natürlich auf gar keinen Fall hätte verlassen dürfen.«

»Das war eine Notsituation«, protestierte Divya.

»Nicht für einen Sujim. Ich hatte die Wache«, sagte Tajan. »Jedenfalls erreichte ich die Stelle, wo die Maurer gearbeitet hatten. Mir bot sich ein schrecklicher Anblick: Die Wachen hatten ihnen ihre Lanzen in den Leib gestoßen, und Warkan überzeugte sich davon, dass sie auch wirklich tot waren.«

Divya hob ungläubig die Hand vor den Mund.

»Plötzlich wandte sich Warkan zu mir um und prüfte mich mit seinem Blick, als wollte er herausfinden, wie ich zu dieser Tat stand«, fuhr Tajan mit unsicherer Stimme fort. »Ich versuchte mir vorzustellen, was mein Vater denken würde, der damals den Befehl über die Palastwache hatte. Mir war klar, was er mir vorhalten würde: *Wenn du dich entschieden hast, welchem Herrn du dienen willst, liegen alle weiteren Entscheidungen bei ihm.* Also zwang ich mich zu einer Verbeugung vor Warkan und fragte ihn möglichst beherrscht nach weiteren Anweisungen.«

Tajan fuhr sich mit der Hand durchs Gesicht.

»Er wies mich an, dabei zu helfen, die Leichen in das Loch zu werfen, möglichst so tief, dass sie in dem unterirdischen Teil des Flusses landen würden.«

Er atmete tief ein. »Und ich tat es. Aber im gleichen Moment, als die Körper in die Tiefe stürzten, sah ich etwas Unglaubliches.«

Tajan zögerte, als zweifelte er, dass sie ihm Glauben schenken würde.

»Ur! Er stand auf dem höchsten Punkt der Ruine und blickte auf uns herunter. Wir vier Wachen sahen ihn an und keiner von uns sagte ein Wort, auch später nicht. Warkan hatte ihm den Rücken zugekehrt und bemerkte ihn nicht einmal: Ur, der unser Leben wieder nimmt, wenn die Zeit gekommen ist.«

Divya erschrak. So ähnlich hatte sich die alte Frau an der Stadtmauer ausgedrückt. »*Wenn du ihm gegenüberstehst, senk sofort den Blick und wende dich ab! Sieh ihm niemals in die Augen!*«, murmelte sie.

Tajans Gesicht wurde blass. »Leicht gesagt! Wir *konnten* nicht anders! Die hellen Augen unter seiner Kutte fesselten unsere Blicke. Er war ganz in Schwarz gekleidet – die Farbe des Todes – und hielt einen riesigen Zauberstab in der Hand, größer als er selbst. Vielleicht hat er uns damit ja verhext?«

»Könnte dieses Wesen nicht eine Täuschung gewesen sein?«, fragte Divya. »Ein Schatten?«

»Nein!«, stieß Tajan hervor. »Ein paar Tage nach unserer Rückkehr traf und Urs Rache. Bei einem Einsatz starben die drei Wachen, die die Maurer getötet hatten. Und einen Tag später mein Vater.«

»Das ist schrecklich!«, flüsterte Divya. »Und dennoch trifft dich doch keine Schuld!«

»Doch!«, widersprach Tajan aufgewühlt. »Ur hat unsere Tat gesehen und uns dafür verurteilt. Die Mörder strafte er mit dem Tod, den feigen Mittäter mit dem Tod seines Vaters.«

»Das glaubst du?«, fragte Divya verzweifelt. Ihre Hand in Tajans schien viel zu wenig, um ihn zu trösten. »Warkan war dein Herr und du hast die Maurer nicht getötet.«

»Ich war dabei«, widersprach Tajan tonlos. »Und lieber wäre ich selbst an jenem Tag gestorben. Das war auch der Grund, warum ich danach als Wächter an eure Schule gekommen bin. Genau der richtige Posten, um nachzudenken. Um keinen Vorteil aus diesem Erlebnis zu schlagen. Warkan hat mir nach dem Tod meines Vaters den Befehl über die Palastwache übertragen wollen. Ein unglaublicher Vertrauensbeweis, ich war achtzehn! Aber ich konnte nicht ... und habe ihn gebeten, mir ein paar Jahre zu geben, um aus dem Schatten meines Vaters herauszutreten. Warkan hatte Verständnis dafür und gab mir die Möglichkeit, mich als Spion zu bewähren.«

Divya umarmte Tajan und legte ihren Kopf an seine Schulter.

»Ich jedenfalls danke Ur, dass er dich verschont hat«, sagte sie leise.

»Du findest die Schuld nicht erschreckend, die ich auf mich geladen habe?«

»Ich vertraue dir«, erwiderte sie schlicht. »Ich glaube, dass du niemanden hinterrücks töten könntest, und wenn das Los der Wache nicht auf dich gefallen wäre, hättest du dich dem Befehl widersetzt, harmlose Maurer zu töten.«

Tajan strich mit seiner Hand über Divyas Wange.

»Dann hast du ein besseres Bild von mir als ich selbst. Ich weiß nicht, was ich getan hätte. Ich habe Warkan verehrt, und mein Vater hat mir die Grundsätze der Sujim ins Blut gepflanzt, wo sie unverrückbar festsaßen. Bis ich sie dir beibringen wollte. Du hast von Anfang an alles infrage gestellt, was du lernen solltest. Im Gegensatz zu mir war ›Sujim‹ zu sein für dich nicht das höchste Ideal, du hast einfach ausgesucht, was dir daran gefallen hat. Alles andere hast du ausgespuckt wie die faule Stelle an einem Apfel.«

Divya lachte auf. »Und jetzt ist das richtig? Damals hast du mich gehasst für diese Haltung.«

Tajan seufzte und zog sie in seine Arme, wobei sein Mund leicht über ihr Ohr strich.

»Nein. Gehasst habe ich dich nie. Ich hatte nur Angst, dass ich eines Tages die faule Stelle in deinem Apfel sein könnte.«

Divya schob ihn zurück, bis sie ihm in die Augen sehen konnte.

»Das wirst du nie sein«, sagte sie leise.

Sein Kuss brachte ihre Atmung wieder durcheinander und sie spürte ihre Haut prickeln. Aber sie wusste, dass sie sich jetzt nicht fallen lassen durfte. Irgendetwas war da … eine Botschaft in dieser schrecklichen Geschichte, die sie bisher überhört hatte.

»Hast du eine Idee, was Warkan da zumauern ließ?«, fragte Divya nachdenklich, als sie sich von Tajan löste.

»Nicht die geringste«, erwiderte er. »Wie gesagt, es sah aus wie ein Kellergang. Vielleicht in den Kerker.«

»Hm ...« Divya suchte noch immer in ihrem Unterbewusstsein nach dem fehlenden Hinweis. »Wann ist das genau passiert?«

»Vor vier Jahren. Wenige Wochen bevor ich an die Schule kam.«

Divya biss sich auf die Unterlippe. »Als du mich damals nach dem Einbruch verhört hast, sagtest du, dass der Fürst gerade die Mauer um das Viertel der Tassari bauen lässt. Dann ist beides also ungefähr zur gleichen Zeit geschehen. Ich glaube, das war kein Zufall.«

»Ich kann dir nicht folgen«, gab Tajan stirnrunzelnd zu.

Divya seufzte. »Ich bin nicht sicher, ob es einen Sinn ergibt. Aber das muss der Zeitpunkt gewesen sein, als Warkan von meiner Tante Verua erfuhr, dass die Tassari mit den *Lichtern* sprechen können. Und dass Verua von ihnen einen seltsamen Rat bekam, den sie gar nicht erfragt hatte: *Die Wunden des Volkes heilt sein Wissen, es liegt verborgen unter seiner Asche.*«

Tajan zuckte mit den Schultern. »Und?«

»Jidaho meinte, diesen Satz zu verstehen. Er glaubt, dass damit die alte Bibliothek gemeint ist und dass sie noch irgendwo da draußen auf der Flussinsel sein könnte. Warkan hat damals auf Veruas Worte ebenfalls reagiert, als sagten sie ihm etwas. Und ich denke, als er einen offenen Gang zumauern ließ, wollte er verhindern, dass jemand die Bibliothek findet. Gleichzeitig hat er die Tassari von den Städtern getrennt, damit meine Leute ihr Wissen über die

Lichter mit niemandem teilen können.« Divya trommelte mit den Fingern gegen die Wand. »Aber ob es nur um diesen Hinweis auf die Bibliothek ging? Mein Gefühl sagt mir, dass er fürchtete, die *Lichter* könnten noch mehr erzählen. Welches Wissen könnte so gefährlich für ihn sein?«

Tajan schüttelte den Kopf. »Das mit der Bibliothek ist schon mal Unsinn. Sie lag sicher nicht in einem feuchten Keller, sondern in einem der oberen Stockwerke, und dort *muss* sie einfach verbrannt sein. Außerdem habe ich in dieses Loch tief hinuntergesehen. Der Fluss hat die Insel stark unterhöhlt. Da unten ist nicht nur ein bisschen Wasser, da ist ein unterirdischer Strom entstanden, der alles mit sich reißt. Falls da unten wirklich mal etwas lag, ist es schon längst weit fortgetragen worden. Wer weiß, wie lange es diese Insel überhaupt noch geben wird.«

Divya verzog enttäuscht den Mund. »Wir haben das Volk letzte Nacht von den *Lichtern* befreit, aber wie werden sie jetzt über Warkan denken? Irgendwie kann ich nicht glauben, dass wir damit alles geändert haben. Die Menschen haben sich so lange schon seiner Unterdrückung gefügt. Wir brauchen handfeste Beweise.«

Tajan nickte. »Ein festes System ins Wanken zu bringen dauert sicherlich Jahre.«

Divya schüttelte den Kopf. »Aber das darf es nicht! Wir sind so weit gekommen, und jeden Tag lässt Warkan wieder Menschen leiden, nutzt sie aus oder tötet sie sogar! Alles, was wir brauchen, sind ein paar gute Argumente, die die Leute dazu bringen, über die Regierung zu *reden*!«

»Reden ...?« Tajans Lächeln zeigte einen Hauch von Mitleid, und das brachte Divya erst recht in Fahrt.

»Warkans Macht basiert doch darauf, dass jeder Angst

hat, sein Nachbar könnte ihn verraten. Jeder Einzelne glaubt, dass alle anderen hinter der Regierung stehen. Ja, wenn sie endlich *reden* würden ... Als ich auf den Marktplätzen getanzt und nach den Rebellen gerufen habe, da konnte man es ganz kurz beobachten: Sie waren nicht nur ängstlich, sondern zutiefst verunsichert. Und als ich ihnen gezeigt habe, dass die Wachen mich nicht fangen konnten, dass ich einen Augenblick lang über Warkans Macht stand ... da haben einige von ihnen gelacht. Sie haben Warkan ausgelacht! Das ist doch ein Zeichen, oder? Sie *wollen* glauben, dass es möglich ist!«

Tajan lächelte. »Bei dir klingt das so einfach. Aber ich denke nicht, dass Menschen aus ihrer sicheren Gewohnheit so leicht ausbrechen können.«

Divya spürte, wie ihr Atem schneller ging, je stärker sie an ihre Hoffnung glaubte. Wenn die Menschen nur *einmal* ihre Welt infrage stellen würden ...

»Wirst du mir trotzdem helfen, die geheime Bibliothek zu finden?«, fragte Divya Tajan, der inzwischen angezogen vor ihr stand und sie gerade umarmen wollte. Doch als er ihre Worte hörte, zog er die Hände zurück. Die düstere Wolke legte sich wieder über seinen Blick.

»Nein«, flüsterte er erschrocken. »Ich kann diese Insel nie wieder betreten. Schon gar nicht mit dir. Hast du nicht zugehört? Das letzte Mal sind sechs von acht Menschen gestorben, die dort waren.«

Divya nickte langsam und versuchte, sich ihre Enttäuschung nicht anmerken zu lassen. »Ich kann dich verstehen«, sagte sie. »Du musst auch nicht mitgehen, wenn du nicht willst. Ich werde ein paar Rebellen mitnehmen. Jidaho gibt mir bestimmt ...«

»Du wirst gar nicht hingehen!«, sagte Tajan in einem Ton, den Divya nicht einmal aus ihren härtesten Übungsstunden mit ihm kannte.

Sie hob den Kopf und sah ihn herausfordernd an.

»Wage es nicht, mir etwas zu befehlen. Ich bin frei! Und was zwischen uns geschehen ist, gibt dir keine Besitzrechte!«

Tajans Augen funkelten ebenso dunkel wie ihre eigenen. Aber seine Finger berührten ganz sanft ihre Wange. Er zögerte, sog Luft in die Lungen und stieß sie wieder aus.

»Du bist verrückt!«

Divya zuckte mit den Schultern und wollte sich abwenden, aber er hielt sie am Arm fest.

»Wenn du dich nicht davon abbringen lässt, gehe ich mit. Aber ich wäre dir dankbar, wenn du dir überlegen würdest, was du da tust!«

Divya legte ihre Hand auf seine. »Das tue ich immer. Auch wenn es nicht immer danach aussieht.«

Tajan zu überreden, sie zu den Rebellen zu begleiten, war mindestens ebenso schwierig. Vor allem, da er nicht einsah, wozu er mit ihnen zusammenarbeiten sollte. Als ehemaliger Wächter war seine Meinung von diesen Leuten nicht allzu hoch. Außerdem vermutete Divya insgeheim, dass er noch immer fürchtete, sie könne plötzlich schmachtend in die Arme von Roc sinken, denn als sie seinen Namen kurz erwähnte, verdüsterte sich Tajans Miene – wodurch sich Divyas Laune stark verbesserte.

Jidaho, Roc und vor allem Jolissa hatten sich bereits Sorgen gemacht, als Divya nicht mehr von sich hören ließ. Schuldbewusst nahm Divya ihre Freundin in den Arm und freute sich, sie hier so sicher und den Umständen entsprechend fröhlich zu sehen. Dann setzte sie sich zu Jidaho auf einen Stuhl, diesmal in der Wohnstube eines sehr einfachen Hauses, dessen Besitzer mit seiner Familie letzte Woche ins Gefängnis gekommen war, weil er die Steuern nicht zahlen konnte.

Ausführlich erzählte sie Jidaho und den anderen Anwesenden, Leasar und ein paar Männern, von ihrem Erlebnis im Turm und davon, dass Sannean der Magier war, der Warkan zu seiner Macht verholfen hatte. Als Divya an der Stelle angelangt war, an der Tajan den Magier tötete, legte sie die Hand auf Jidahos Arm und sah ihn eindringlich an.

»Bitte, *du* musst Maita davon erzählen. Nur du wirst die richtigen Worte finden.« Sie rang um die richtige Formulierung. »Du kanntest Sannean und ... er ist in den letzten Jahren wohl ein anderer Mensch geworden. Warkan hat ihm genau die Lügen erzählt, die nötig waren, um ihn zu zerbrechen. Er klang so bitter, so enttäuscht, und ich glaube, dass er Maita wirklich geliebt hat.« Sie griff nach Tajans Hand, der direkt hinter ihr stand. »Aber sag ihr auch, dass uns keine andere Wahl blieb. Wenn Tajan ihn nicht getötet hätte, dann hätte Sannean mich getötet. Mit seinen *Lichtern* beherrschte er meinen Willen. Den Willen der ganzen Stadt. Seine Macht zu brechen war der einzige Weg.«

»Hast du ihm gesagt, dass Maita lebt?«, fragte Jidaho nachdenklich.

Divya nickte traurig. »Er hat mir kein Wort geglaubt. Seine Welt sah genau so aus, wie Warkan sie ihm geschildert hat, dieses Bild konnte ich nicht einfach auswischen.«

Jidaho seufzte. »Dich trifft keine Schuld und auch den jungen Wächter nicht. Sannean hat sich selbst entschieden. Ich kannte ihn. Er war kein schlechter Mensch ... damals nicht. Ein hitziger, sehr ehrgeiziger Magier, Macht hat ihn durchaus fasziniert. Schreckliche Erlebnisse können einen Menschen prägen, verändern oder stärker machen. Die Wahl haben wir aber immer selbst ...«

Tajan schüttelte den Kopf. »Nicht immer. Manchmal entscheidet das Schicksal für uns.«

Jidaho wandte sich zu ihm um und sah ihn interessiert an.

»Das Schicksal hat dir also vorgezeichnet, dass du dich heute gegen deine eigenen Leute stellst und dass du bei den Rebellen landest, deinen bisherigen Feinden?« In seinen Augen blitzte es. »Ich glaube, du hast dein Schicksal schon längst in die Hand genommen.«

Tajan umklammerte die Rückenlehne von Divyas Stuhl, bis seine Knöchel weiß hervortragen, aber er entgegnete nichts mehr.

Als Divya von den Hinweisen auf die verlorene Bibliothek erzählte, war Jidaho, wie erwartet, sofort Feuer und Flamme. Ohne zu zögern, wollte er Divya und Tajan alle verfügbaren Männer zur Verfügung stellen, was Leasar umgehend zum Protest veranlasste.

»Du bist blind, wenn es um deine alte Schatzsuche geht!«, schimpfte er erzürnt. »Du weißt, dass das Ufer gegenüber der Flussinsel streng bewacht wird. Wir hatten damals Glück, dass wir in dem kleinen Fischerboot nur zu zweit waren, aber wenn du eine Invasion planst, dann kannst du auch gleich eine Einladung an Warkan schicken.«

Tajan nickte und musste ihm recht geben. »Zwei kräftige Männer wären hilfreich, wenn wir das Gelände nach einem Eingang absuchen wollen. Mehr wären zu auffällig.«

Jidaho wollte am liebsten selbst mitkommen, aber Leasar sprach sich entschlossen dagegen aus. Stattdessen bot er sich selbst an – gegen seine innere Überzeugung, wie Divya spürte. Außerdem meldete sich Roc freiwillig – was Tajan mit ausgesprochen knappem Nicken hinnahm.

WASSER

Divya hatte geglaubt, Tajan übertriebe. Aber es war genau so, wie er gesagt hatte: Als das Boot über den Fluss glitt, schien das Leben am anderen Ufer zurückzubleiben. Zuerst verstummte der Wind – von einem Herzschlag zum anderen – und im nächsten die Vögel. Keiner von ihnen folgte ihnen sehr weit, keiner verirrte sich auf die Insel, die mit ihrem dichten Gestrüpp sicher Unmengen von Beeren und Insekten beherbergte. Und als gäbe es eine unsichtbare Grenze, endete plötzlich sogar der Morgennebel, der so früh noch über dem Fluss lag.

Divya und die drei Männer sahen einander mit blassen Gesichtern an, aber keiner erwähnte die unnatürlichen Vorkommnisse.

»Hoffentlich lassen sich die Wachen wirklich ablenken«, sagte Roc mit Grabesstimme.

»Auf unsere Männer ist Verlass!«, nickte Leasar, dessen sonst so mürrische Miene dem Ausdruck einer starken Anspannung gewichen war.

Als das Boot mit einem Ruck auf dem Strand aufsetzte, blieben alle sitzen und warteten. Worauf, das war ihnen selbst nicht klar.

»Es gab Menschen, die auf die Insel gegangen und nicht zurückgekehrt sind«, sagte Leasar in die Stille hinein.

Tajan nickte düster. »Ich war einer von ihnen.«

»Aber *du* bist zurückgekehrt«, widersprach Divya.

Tajan beobachtete die Büsche in Ufernähe, als erwartete

er dort irgendeine Bewegung. Leise erwiderte er: »Ein Teil von mir kam zurück. Aber heute glaube ich, meine Seele ist noch hier.«

Divya legte ihre Hand auf seine Wange.

»Dann lass uns gemeinsam gehen, um sie zu suchen.«

Tajan forschte in ihrem Blick, und sie hoffte, dass er Zuversicht darin lesen konnte. Dass sie ihm die Kraft geben konnte, um die Insel zu betreten. Er griff nach ihrer Hand, küsste sie und sprang auf.

»Schnell weg vom Ufer«, mahnte Leasar. »Verstecken wir das Boot unter den Überresten der alten Brücke! Wir dürfen nicht gesehen werden.«

Sie mussten sich durch dichtes Gebüsch kämpfen, um zum Inneren der Insel vorzudringen. Nach kurzer Zeit erreichten sie eine riesige Lichtung, deren Boden schwarz und kahl war. Nichts, nicht einmal Gras oder Moos, hatte hier wachsen wollen. Eingerahmt wurde der Platz von ein paar dunklen alten Steinquadern, an manchen Stellen war noch der Rest einer Mauer erkennbar.

Leasar bemerkte Divyas enttäuschten Blick und nickte. »Hier stand einmal der prächtigste Palast, den man sich vorstellen kann. Die Brücken führten von allen Seiten zu großen Portalen. Lauter kleine Balkons und Türme hingen seitlich an den weißen Mauern, und auf dem Dach gab es einen exotischen Garten mit Pflanzen aus fremden Ländern.« Er deutete mit der Hand einen weiten Kreis an. »Rings um den Palast hatte man ein Labyrinth angelegt, mit hohen immergrünen Hecken, üppigen Blumen und mehrstufigen Springbrunnen.«

Divya sah Leasar ungläubig an.

»Nach dem Brand haben die Städter die Steine abge-

314

tragen und für ihren Hausbau benutzt«, fuhr er fort, »bevor das Betreten der Insel verboten wurde. Ich weiß, man kann sich so etwas Schönes an diesem Ort nicht mehr vorstellen. Alles zerstört in einer Nacht. Vielleicht haben wir Baar und Ur doch zu sehr verärgert. Es heißt, wir hätten sie mit dem Palastbau von der Insel vertrieben, hinaus ins Wilde Land. Dann haben sie sich ihren Besitz wiedergeholt.«

Tajan wandte sich abrupt ab und ging weiter, quer über den kargen Boden zur ehemaligen Westwand. Dort ragte tatsächlich noch ein trauriger Rest der Palastmauer auf, und gleich daneben gähnte ein tiefes Loch, an dessen Seite sich Grundmauern des Gebäudes noch abzeichneten. Auf den schwarzen Ziegeln war ein graues Viereck erkennbar. Divya vermutete, dass der Putz ziemlich genau vier Jahre alt war.

»Jidaho und ich haben schon dreimal die Insel abgesucht«, sagte Leasar ungehalten. »Und wir haben nichts gefunden.«

Tajan deutete auf den zugemauerten Gang.

»Was auch immer hier noch liegen mag, muss wohl hinter dieser Wand sein!«

Leasar trat vor. »Die können wir nicht aufstemmen, dafür bräuchten wir mehr Männer und schweres Werkzeug.«

Roc trat neben ihn und starrte in das dunkle Loch, aus dem lautes Rauschen zu hören war. »Unsere beste Chance liegt wohl dort unten. Vielleicht gibt es einen unterirdischen Zugang zu einer eingestürzten Stelle des Gangs.«

Divya sah, wie Tajan blass wurde. Hastig wandte er sein Gesicht ab, zog das Seil von seinem Rücken und legte es in Leasars Hände.

315

»Lasst mich langsam hinunter, damit ich Zeit habe, Halt zu suchen.«

Roc öffnete seinen Rucksack und holte eine Lampe heraus, die er entzündete und an einem zweiten Seil befestigte, das er von Divya erhielt. Dann ließ er das Licht ins Loch hinab.

Divya legte von hinten ihre Arme um Tajans Taille und zwang ihn so, sich zu ihr umzuwenden und ihr in die Augen zu sehen.

»Warum willst *du* da runtergehen?«, fragte sie.

»Ich kann am besten klettern«, erwiderte Tajan knapp.

Divya senkte die Stimme. »Du weißt, was du da unten finden wirst. Lass *mich* gehen!« Sie versuchte ihm mit ihren Blicken zu sagen, was sie vor Leasar und Roc nicht aussprechen konnte. Wie hätte sie Tajans Ängste, Tajans Seele vor den anderen entblößen können?

Er zuckte mit den Schultern, und Divya sah die Last, die auf ihnen lag.

»Ich werde allem, was mich dort unten erwartet, ins Auge sehen«, sagte er mit so rauer Stimme, dass Divya ihn festhalten wollte. Dicht an ihn gepresst drückte sie ihren Mund an sein Ohr und flüsterte: »Das warst nicht du! Das war Warkan!«

Er löste sich von ihr und fuhr ihr mit der Hand durchs Haar, das sie heute offen trug. Seine Finger verfingen sich leicht in ihren blonden Locken mit dem dunklen Haaransatz, und plötzlich hatte sie entsetzliche Angst, ihn heute – jetzt! – an dieses schwarze Loch zu verlieren. Die Vorstellung, dass dies seine letzte Berührung sein könnte, nachdem sie sich gerade erst gefunden hatten, raubte ihr den Atem. Aber sie wusste auch, dass sie ihn nicht aufhal-

316

ten konnte. Tajan war Fluchten nicht gewöhnt, also musste er früher oder später seinen Erinnerungen entgegentreten.

Leasar nahm das Seil locker in die Hand und wies Roc an, hinter ihm das Ende zu sichern. Währenddessen schlang sich Tajan das Seil um die Hüfte und prüfte, ob er es gut halten konnte. Als er über die Kante glitt, begegneten sich Divyas und seine Blicke noch einmal, und sie spürte, wie ein Teil von ihr mit ihm in dem Loch verschwand.

Zunächst kam Tajan sehr schnell voran, seine Füße und Finger fanden genügend Halt. Aber unten wurde die Wand wohl zunehmend feuchter und glitschiger, und Divya konnte am Ton seiner Stimme hören, dass Tajan die Grenzen seiner Fähigkeiten erreichte. Und dann ging gar nichts mehr. Das Seil war zu kurz!

»Wir müssen zwei Seile zusammenbinden«, rief Leasar hinunter.

Tajan hatte das vorhin abgelehnt, weil er keinem Knoten sein Leben anvertrauen wollte. Jetzt erwies sich dieser Grundsatz der Sujim als Fehler. Aber Tajan war nicht bereit zurückzukommen.

»Es ist nicht mehr weit bis nach unten«, rief er herauf.

Divya vermutete eher, er wollte verhindern, dass *sie* beim zweiten Versuch an seiner Stelle kletterte.

»Komm zurück!«, schrie Divya in Panik an Leasar vorbei.

Aber Leasar zog bereits das leere Seil ein. Tajan hing vermutlich viele Meter unter ihnen an der nassen Wand, nur auf die Kraft von Fingern und Füßen angewiesen. Und auf sehr viel Glück.

Divya lauschte. Und wartete. Und bekam fast keine Luft

317

mehr, weil sie den Atem anhielt, um kein Geräusch zu verpassen. In ihrer Angst rechnete sie jeden Augenblick mit dem Schlimmsten.

Als der schreckliche Schrei dann tatsächlich von unten heraufhallte, stürzte Divya auf die Knie. Ein Platschen und ein Gurgeln drangen an ihr Ohr, aber sehen konnte sie nichts, die Lampe hing weit oberhalb von Tajans Position, der Boden des Lochs mochte zwei, zwanzig oder hundert Meter darunter liegen.

»Zieht das Seil mit der Lampe hoch!«, keuchte Divya und sprang auf. »Ich gehe hinterher! Schnell!«

Leasar schüttelte den Kopf. »Auf keinen Fall! Das andere Seil ist eher kürzer, ich verliere doch nicht zwei Leute an der gleichen Stelle. Ich warte hier auf Hilferufe, inzwischen sucht ihr anderen die Umgebung nach einem zweiten Einstieg ab. Vielleicht gibt es einen besseren.«

Divyas Ohren rauschten vor lauter Panik, sie hörte bloß noch einen Teil dessen, was Leasar vorschlug, und sie war nicht bereit, nur einen Atemzug lang zu warten, während Tajan dort unten um sein Leben kämpfte. Kurz entschlossen zog sie ihre Metalldornen über die Stiefel und nahm die Haken in die Hand, dann setzte sie den ersten Fuß über die Kante des Lochs – und wurde ruckartig zurückgerissen.

»Ich habe Nein gesagt!«, brüllte Leasar sie an.

Divya zwang sich zur Ruhe. Sie musste bei klarem Verstand sein, wenn sie dort hinunterging. Nur so konnte sie Tajan helfen.

»Ich unterstehe nicht deinem Befehl«, erwiderte sie so sachlich, wie es ihr möglich war, während sie versuchte Leasar niederzustarren.

318

Schließlich seufzte er und zuckte mit den Schultern. »Trotzdem wird dies nicht der erste Tag in meinem Leben sein, an dem ich zwei Menschen bei einem Einsatz auf die gleiche Weise verliere. Wir knoten jetzt die letzten beiden Seile zusammen. *Meine* Knoten halten nämlich.«

Divya band sich die Lampe an den Gürtel, wickelte sich das Seil einmal um die Taille und kletterte so schnell hinunter, dass Leasar und Roc beinahe nicht nachkamen. Ungeduldig rief sie immer wieder nach oben: »Mehr Seil!« Und nach unten gewandt rief sie immer wieder Tajans Namen.

Die Wand, in die sie ihre Finger und Fußspitzen grub, bestand aus Stein, Erde, Ziegelresten und Lehm. Offenbar hatte das einstürzende Gebäude damals mit seiner ganzen Last auf den Unterboden gedrückt und verschiedene Schichten verdichtet. Je tiefer sie in das Loch eindrang und je dunkler es um sie herum wurde, desto weniger Halt fand sie. Irgendwann bestand die ganze Wand aus Lehm, und die Haken an ihren Fingern rutschten immer wieder ab. Wie hatte Tajan sich hier noch halten können?

Schließlich war das Ende des Seils erreicht. Das Rauschen des Flusses war inzwischen so laut, dass Divya nicht wusste, ob es noch sinnvoll war, nach Tajan zu rufen. Sie warf einen Blick nach unten, um zu prüfen, wie weit der Boden entfernt war. Der Lampenschein reichte aber nicht bis dorthin, er blendete eher. Ein Seil, um die Lampe hinunterzulassen, hatte sie nicht mehr.

Divya seufzte. Es gab nur eine Möglichkeit, herauszufinden, was dort unten war. Sie löste das Licht von ihrem Gürtel und ließ es fallen. Gebannt verfolgte sie den Fall. Sie sah, dass das Loch kurz unter ihr in eine riesige Höhle

319

mündete, und sie sah auch noch das schwarze Wasser, das unter ihren Füßen durch die Höhle rauschte. Dann wurde es stockdunkel. Die Lampe war lautlos im Fluss versunken. Direkt unter ihr war die Strömung so stark, dass sie alles mit sich riss, viel stärker als draußen vor der Insel, vermutlich weil der Fluss hier weniger Raum hatte. Divya hatte Tajan nie gefragt, ob er schwimmen konnte. *Sie* konnte es nicht.

Noch einmal schrie sie verzweifelt seinen Namen, als wollte sie sich beweisen, dass er *nicht* in diesem Fluss ertrunken war. Aber nur das Wasser antwortete ihr, laut und wütend.

Divya klammerte sich an das Seil und an die Wand, während die Tränen ihre Sicht verschleierten. Sie wusste nicht, was sie tun sollte. Selbst wenn sie irgendwie hinuntergelangte, würde es keinen Weg zurück geben. Sie hatte kein Licht, um ihn zu suchen. Und dennoch ... sie würde jeden Atemzug ihres Lebens damit verbringen, alle Möglichkeiten seines Todes in Gedanken durchzuspielen. Immer und immer wieder würde sie Tajan sterben sehen. Für sie gab es keinen Weg mehr nach oben. Ihre Welt war gerade in den Fluss gestürzt.

Divya ließ das Seil los und hielt sich mit aller Kraft in der lehmigen Wand fest. Langsam, Griff für Griff, kletterte sie – bis unter ihren Füßen nur noch Leere war. Dann schloss sie die Augen und ließ sich fallen.

Der Fluss war eiskalt und er riss Divya mit einer Wucht mit sich, die ihr die Luft nahm. Instinktiv schlug sie mit Armen und Beinen um sich, versuchte sich oben zu halten und kein Wasser zu schlucken, aber es war unmöglich. Sie kämpfte, soweit es ihr möglich war, aber immer wieder ging sie unter, und schließlich verlor sie den Kampf, als sie einen Schwall Wasser in den Mund bekam und sich verschluckte. Sie spürte noch, dass ihre Kräfte schwanden. Sie gab nach. Dieser Fluss kämpfte um sie, härter als sie um ihr Leben, und er würde sie bekommen.

Im gleichen Moment schlug sie gegen eine Wand. Ihr Kopf und ihre rechte Schulter schmerzten, aber sie versuchte instinktiv Halt zu finden. Erstaunt bemerkte sie, dass die Strömung an dieser Stelle schwächer war. Der Lärm des Flusses verschwand nach rechts. Benommen zog sie sich hoch, aus dem Wasser heraus, und öffnete dann erst die Augen.

Sie hockte auf einem Stapel von Baumstämmen, Ästen und Gräsern, der sich an einer eigenartig schimmernden Wand aufgetürmt hatte, die den Fluss zu einer unnatürlich abrupten Biegung zwang. Alles, was das Wasser mit sich trug, lud es hier ab. Mit wackeligen Beinen kletterte Divya nach links, wo sie festen Boden entdeckte. Ein steinerner Strand, der sich ein Stück in die Höhle hineinzog! Divya ließ sich auf die Knie fallen und starrte das Hindernis an, das sich dem Fluss hier entgegenstellte. Es war nicht nur *eine* Wand, es waren vier, und sie alle waren fast durchsichtig. Nur dass sie von innen heraus leuchteten! Dahinter befand sich ein riesiger Raum, vier Mannshöhen hoch und mit rohen Regalen ausgestattet, auf denen Tausende von Büchern standen.

»Die verlorene Bibliothek!«, flüsterte Divya und war sich jetzt fast sicher, dass sie bereits tot sein musste. War dies ein unterirdischer Übergang ins Jenseits? War sie schon in der Geisterwelt?

»Divya«, flüsterte eine Stimme ganz in ihrer Nähe.

321

Sie schnellte herum, spürte plötzlich ihre Schmerzen und ihre Schwäche nicht mehr und lief auf ein Bündel zu, das auf dem Steinstrand lag. Als es sich aufsetzte, erkannte sie Tajan, der sich in einem ähnlichen Zustand befand wie sie. Er hatte sich am Bein verletzt, aber sonst schien es ihm gut zu gehen. Bis auf ...

Kurz vor ihm blieb Divya stehen. Mit seinen Augen stimmte etwas nicht. Sie sahen in ihre Richtung, aber nicht genau. Sie machte einen leisen Schritt zur Seite – und er lächelte noch immer dorthin, wo sie eben gestanden hatte. Das durfte nicht sein! Sie bewegte die Hand vor seinem Gesicht, aber sein Blick folgte ihr nicht!

Auf einmal bemerkte sie einen Schatten, der sich aus der felsigen Rückwand des Strandes löste. Eine gebeugte Gestalt mit einem schwarzen Umhang und einer schwarzen Kapuze. In der Hand trug sie einen knorrigen Stab, der sie selbst überragte.

Divya fiel vor dem noch immer sitzenden Tajan auf die Knie, legte den Arm schützend um ihn und senkte den Blick.

»Lass ihn gehen!«, flehte sie das schwarze Wesen an. »Er ist nicht schuldig.«

»Was ist los?«, rief Tajan, sprang auf und zog ein Messer aus seinem Umhang. Sein Kopf bewegte sich schnell hin und her, als lauschte er auf einen Angreifer.

»Du kannst ihn nicht sehen, nicht wahr?«, fragte Divya verzweifelt. »Steck das Messer weg. Es ist Ur.«

Tajan warf die Waffe zu Boden und griff nach Divya, um ihr die Hände auf die Augen zu legen.

»Wie kannst du das wissen?«, fragte er zweifelnd. »Es ist stockdunkel.«

322

Divya unterdrückte die Tränen, seufzte und schwieg. War es jetzt noch wichtig, Tajan zu erklären, dass es hell genug war? Hell genug, um das Wesen erkennen zu können, das Leben nahm, wenn die Zeit gekommen war?

Feuer

»Ich bin nicht Ur«, widersprach das Wesen mit einer Stimme, die klang, als hätte es sie sehr lange nicht benutzt. »Mein Name ist Yorak.«

»Yorak ist tot«, sagte Tajan und tastete fast lautlos mit dem Fuß am Boden nach seinem Messer. »Der oberste Magier starb beim Palastbrand vor fünfundzwanzig Jahren.«

Das Wesen beugte sich vor, hob Tajans Messer auf, bevor er es erreichen konnte und drückte es ihm in die Hand. »Ihr müsst mich nicht bekämpfen. Ich bin ein alter Mann und ich habe nicht vor, Euch etwas zu tun.«

Tajan sog die Luft ein. »Aber vor vier Jahren ... habe ich Ur auf dieser Insel gesehen! Oder ... wart Ihr es? Habt Ihr damals den Mord an drei Maurern beobachtet?«

Yorak atmete hörbar ein. »Ihr wart dabei? Ihr untersteht Warkan?«

»Nein!«, wehrte Tajan ab. »Niemals. Niemals wieder.«

»Ich hatte gehofft, dass Ihr mir helfen könnt«, erwiderte Yorak zögernd. »Besucher sind hier selten, und ich weiß nicht, wie lange ich diese Bibliothek noch schützen kann. Ein anderer Magier muss meinen Platz einnehmen.«

»Sie ist *hier*?« Ein Lächeln glitt über Tajans Gesicht. »Keine Sorge, wir möchten diese Bibliothek ebenso schützen wie Ihr. Dann haben wir sie *tatsächlich* gefunden?«

Divya seufzte. »Ja, und ich wünschte, du könntest sie sehen. Sie ist so wunderschön!« Sie blickte an den glitzernden Wänden entlang. Und stutzte. Was war das?

Tajan griff suchend nach ihrer Hand und nahm sie in seine.

»Du kannst sie sehen?«

Divya ging an Tajans Hand ein paar Schritte näher an die Bibliothek heran, um sie genauer betrachten zu können. Plötzlich atmete sie tief ein und lachte auf. Tiefe Erleichterung machte ihr Atmen wieder viel leichter. »Ja, ich kann sie sehen! Und du könntest es auch, wenn du so viel *Licht* hättest wie ich!«

Ihr Lachen überschlug sich, während sie auf der Stelle hüpfte und Tajan schließlich umarmte und auf die Nase küsste.

»Du bist nicht blind! Diese Wände! *Du* kannst sie nicht sehen ... weil sie aus Tausenden von *Lichtern* bestehen.«

Yorak nickte erstaunt. »Ja natürlich. Wer sonst hätte diesen Raum mitten im Fluss erschaffen können? Die Kräfte der Magier werden im Volksglauben immer noch überschätzt.«

Er ging auf einen großen Felsblock in der Nähe der Wand zu. »Entschuldigt, wenn ich mich setze, aber ich würde euch gern die ganze Geschichte erzählen. Die *Lichter* haben mir gesagt, dass mir nicht mehr viel Zeit bleibt, und in den letzten Jahren kamen nicht viele vertrauenswürdige Menschen hierher. Plünderer, Diebe und Schatzsucher. Leider kann ich die Insel nicht allzu lange verlassen, um einen Nachfolger zu suchen. Wenn ich die *Lichter* länger als einen Tag allein lasse, dann gehen sie auch – und überlassen die Bibliothek dem Wasser.«

Divya ließ sich zu seinen Füßen auf dem Boden nieder und Tajan folgte dem Knistern ihrer Vesséla.

»Warum könnt Ihr die *Lichter* sehen?«, fragte sie ohne

325

Umschweife. »Hat Sannean Euch etwas von seiner Magie verraten? Ich weiß, dass er mit ihnen sprechen konnte.«

Yorak schnaubte. »Sannean war ein ehrgeiziger Schaumschläger. Die *Lichter* haben mir erzählt, dass er Warkan geholfen hat – und dass er gestorben ist. Damals, unter der alten Regierung, hat er so lange mit mir zusammengearbeitet, bis er meine Geheimnisse kannte. Aber er wollte mit den *Lichtern* nicht nur sprechen, er wollte Ruhm und Ehre mit ihnen gewinnen.«

»Deshalb hat er sie dazu gebracht, erst eine Flut zu schicken und gleich darauf das Feuer?«

Yorak zog die Augenbrauen hoch. »Nein, bei allen Geistern! So etwas hätte er niemals getan! Abgesehen davon können die *Lichter* nichts zerstören.«

»Seid Ihr sicher?«, fragte Tajan. »Offenbar haben sie fünfundzwanzig Jahre lang dafür gesorgt, dass die Menschen Warkan verehren.«

Yorak seufzte. »Ja. Ich weiß, sie haben mir davon erzählt. Aber auf die *Lichter* in seinem Käfig hatte ich leider keinen Einfluss. Bitte versteht sie nicht falsch, sie wollen niemandem etwas Böses. Aber sie sind zu komplexem Denken auch nicht fähig. Wenn ihnen jemand Zuckerwasser gibt, helfen sie ihm. Wenn jemand sie einsperrt und quält, helfen sie ihm auch. Aber sie haben keinen eigenen Willen und sie zerstören nicht. Jeder Mensch, der leidet, sendet einen Schrei in Gedanken aus. Stellt euch vor, was sie ertragen müssten, wenn Hunderte von Menschen auf einmal sterben würden, durch eine Flut oder gar ein Palastbrand. Nein, die *Lichter* waren es nicht!«

»Aber wer sonst sollte zu so etwas fähig sein?«, fragte Divya.

»Überraschungen bringt die Natur. Und das Böse der Mensch.«

Tajan runzelte die Stirn. »Könnt Ihr das etwas präziser ausdrücken?«

»Die Flut kam alle paar Jahre einmal so stark durch den Fluss, man konnte nie sagen, wann sie kam, nur dass es eines Tages wieder geschehen würde. Jemand wartete auf sie. Jemand, der lange schon Pläne gemacht und Gleichgesinnte um sich geschart hatte. Jemand, der die Gelegenheit nutzen wollte, um die Regierung an sich zu reißen.«

»Warkan«, murmelte Divya ganz selbstverständlich.

Yorak nickte, während Tajan die Finger ineinander verkrampfte.

»Von den *Lichtern* weiß ich, dass er und sechs andere Männer gleichzeitig Feuer legten, als die letzte Brücke überflutet wurde.«

»Und wie sind sie selbst dann von der Insel gekommen?«, fragte Divya.

»Kurz bevor der Palast unerreichbar wurde, haben sie Seile von einem Turm zum Wachturm am Ufer gespannt. Daran konnten sie sich später mit einem Haken hinüberhangeln.«

»Gleichgesinnte«, überlegte Divya. »Seine Berater?«

Tajan schüttelte den Kopf. »Nicht seine heutigen, denke ich. Sechs Männer aus seinem engsten Kreis wurden in den Jahren nachdem er Fürst wurde, ins Gefängnis geworfen. Angeblich wegen Verrats und Verschwörung. Ob das stimmt oder nicht, weiß ich nicht, aber wäre das nicht eine Lösung, um seine gefährlichsten Mitwisser verschwinden zu lassen?«

Divya stieß die Luft aus den Lungen. »Die Häuser der

327

Verräter! Die leer stehenden Paläste, in denen sich heute die Rebellen treffen, haben einmal diesen sechs Männern gehört!«

Tajan lachte leise auf. »Wie passend!«

»Aber wie ist es Euch gelungen, die Bibliothek zu retten?«, fragte Divya Yorak.

»Glück. Verzweiflung. Angst«, erwiderte Yorak. »Vor allem aber Glück. Ich war mitten in einem Experiment. Dabei ging es um die Fähigkeit der *Lichter*, sich untereinander zu verständigen. Sie haben ein gemeinsames Bewusstsein, ganz einzigartig und fantastisch!« Yoraks Augen leuchteten auf. »Ich hatte so viele *Lichter* gerufen, wie schon lange nicht mehr, und sie verteilten sich über die Stadt und berichteten von verschiedenen Dingen, die sie sahen. Dadurch bekam ich als Erster die Warnung vor der Flut. Ich bat sie, die letzten Fischer auf dem Wasser zu schützen, die noch draußen waren, ein paar badende Kinder und die Menschen auf den Brücken. Die *Lichter* taten, was ihnen möglich war. Danach rief ich die *Lichter* wieder zu mir. Dann kam das Feuer. Ich wollte eine Brücke frei machen, um mit allen anderen darüber zu fliehen. Aber wie hätte ich ihnen sagen können, wohin sie gehen sollten? In dem Rauch und der Panik sah ich nur Einzelne von ihnen rennen und keiner hörte mir zu. Viele stürzten sich ins Wasser und versuchten zu schwimmen ...«

Yorak blinzelte seine Tränen fort.

»Als mein Versuch fehlgeschlagen war, hörte ich einen gewaltigen Lärm aus dem Südtrakt. Die oberen Etagen stürzten in die unteren, Wände brachen ein, und der Rauch war so dicht, dass ich mich kaum noch orientieren konnte. Da rief ich meine *Lichter* zu mir und bat sie, die

Bibliothek zu schützen. Ich setzte mich hinein, schloss die Augen und hasste mich dafür, dass ich versagt hatte.«

Yorak deutete auf die schimmernden Wände. »Irgendwann erwachte ich in diesem Raum, der keiner mehr war. Umgeben von tosendem Wasser, das sich immer stärker durch die Eingeweide der Insel fraß, durch irgendwelche alten Kellergänge. Um mich herum lagen Tonnen von Büchern, kreuz und quer, die Regale waren umgekippt und teilweise zerbrochen, aber kein Tropfen Wasser drang zu uns herein. All die Jahre habe ich mich gefragt, ob ich mehr hätte tun können. Ich war der oberste Magier von Pandrea und habe keinen einzigen Menschen retten können. Nur Tonnen von Papier.«

»Ich bin sicher, Ihr habt Euer Bestes getan«, sagte Divya mit dünner Stimme.

»Ihr habt also fünfundzwanzig Jahre lang die Bibliothek gehütet und mit keinem Menschen gesprochen?«, fragte Tajan nach einer Pause.

Yorak zuckte mit den Schultern. »Es gab wenig Möglichkeiten in dieser Zeit«, versuchte er zu scherzen. »Die Waghalsigen, die diese Insel betraten, um nach wertvollen Überresten zu suchen, interessierten mich nicht.«

»Jidaho und Leasar waren darunter. Sie hätten sicher gern mit Euch gesprochen«, sagte Divya.

Yorak wirkte überrascht. »Jidaho? Ihn hätte ich sehr gern getroffen. Leider bin ich ihm nicht begegnet.« Er seufzte. »Aber ich habe schlimme Dinge gesehen. Raffgier und Habsucht trieben wirklich seltsame Leute her, und ich versteckte mich meist vor ihnen. Von den *Lichtern* wusste ich, dass Warkan die Macht an sich gerissen hatte, und ich hoffte immer, noch einmal andere Zeiten erleben zu dürfen. Eins der schrecklichsten Bilder, die ich noch vor Augen habe, ist die Exekution der Maurer, die Warkan geholfen haben.«

Er sah Tajan fragend an, was dieser natürlich nicht bemerkte.

»Ein Bild, das sich auch in mein Gedächtnis gefressen hat«, bestätigte Tajan. »Harmlose, treue Bürger zu töten ... damit ist er zu weit gegangen.«

Yorak nickte. »Und ein Mord zieht den nächsten nach sich. Wenige Tage danach tötete Warkan einen Mitwisser. Welch endloser Kreis sinnloser Gewalt!«

Divya horchte atemlos auf und auch Tajan reagierte.

»Mitwisser?«, fragte er alarmiert. »In der Nacht ist niemand außer uns auf der Insel gewesen. Ich selbst habe Wache gehalten.«

Yorak runzelte die Stirn, als er sich erinnerte.

»Der Mann war gekleidet wie ein Wächter, vermutlich ein Sujim, etwa so alt wie Warkan mit fast grauem Haar. Ihm fehlte ein Finger.«

Divya spürte, wie Tajan zusammenzuckte.

»Der kleine Finger der rechten Hand?«, fragte er tonlos.

»Ja, ich glaube schon«, bestätigte Yorak nachdenklich. »Er ging gezielt zu dem Loch und versuchte mit einer starken Lampe hineinzugelangen. Kurz nach ihm kam Warkan am Ufer an, zusammen mit Sannean, der einen *Lichter*-Käfig aus Glas und Metallplatten mit sich trug. Zuerst habe ich nicht begriffen, was er damit wollte. Ich hatte fürchterliche Angst um die Bibliothek. Sannean hätte meine *Lichter* von den Büchern weglocken können, und die ganze Bibliothek wäre verloren gewesen. Auf das, was dann geschah, war ich allerdings nicht vorbereitet. Sonst hätte ich vielleicht helfen können ...«

Die Furchen in seinem Gesicht vertieften sich. »Warkan überraschte den Mann am Loch und sprach eine Weile mit ihm.«

»Was genau?«, fragte Tajan, und seine Stimme klang so ungewohnt wackelig, dass Divya den Arm um ihn legte.

»Genau habe ich nicht zugehört«, gestand Yorak. »Der Mann wusste irgendetwas über die Morde. Er suchte wohl nach den Leichen der Maurer, um Beweise gegen Warkan zu haben. Warkan warf ihm daraufhin vor, gegen irgendwelche Regeln verstoßen zu haben, aber der Mann sagte immer nur das Gleiche: ›Er weiß nicht, dass ich hier bin. Er glaubt an dich und wird dir immer dienen.‹ Von wem er sprach, sagte er nicht.«

Tajan stieß einen erstickten Laut hervor.

»Warkan gab Sannean ein Zeichen, und der spielte mit den Fingern eine Art Melodie auf den Silberplatten des *Lichter*-Käfigs. Es war ganz unglaublich: Der Sujim zog ein Messer aus seinem Umhang, holte aus und stieß es sich ins Herz, direkt neben dem tiefen Loch, in das er dann stürzte.«

Tajan schlug die Hände vors Gesicht und beugte sich auf den Knien nach vorn. Divya strich über seinen Rücken und fand keine Worte für ihn. Als Yorak sie fragend ansah, erklärte sie kurz: »Der Mann war sein Vater.«

Divya lehnte sich über Tajan und legte die Arme tröstend um ihn, während Yorak bedauernd zu Boden sah. Sie gaben Tajan die Zeit, die er brauchte, bis er sich wieder aufrichten konnte.

»Warkan hat mir erzählt, mein Vater wäre im Kampf gegen einen aufständischen Tassari gestorben«, flüsterte er Divya zu. »Es tut mir so leid! Ich habe ihm geglaubt.«

Divya kniff die Augen zusammen, um die Tränen zurückzuhalten. Wie hatte er ihr in diesem Glauben überhaupt je ins Gesicht sehen können? *Jetzt* verstand sie, warum er die Tassari so hasste.

»Du hattest keinen Grund, an der Aussage deines Herrn zu zweifeln«, gab sie mit sanfter Stimme zurück.

»Aber ich *hätte* an meinem Herrn zweifeln sollen! Mein Vater hat es getan – und musste dafür sterben.«

Yorak erhob sich von seinem Felsen. »Wusste er von dir, was geschehen ist?«

Tajan nickte schuldbewusst.

»Dann war es die mutige Entscheidung eines Vaters, der seinen Sohn schützen wollte. Er hatte größeren Einfluss als du und vielleicht sogar die Mittel, Warkan zu stürzen. Als ihm das nicht gelang, hat er dich bis zum Schluss geschützt, indem er dafür sorgte, dass du zu Warkan hieltst. Du solltest sein Opfer annehmen und seinen Willen respektieren.«

Tajan blickte in Yoraks Richtung. »Als ich ihm von dem schrecklichen Tag erzählte, hat er mir gesagt, dass ich Warkans Entscheidungen nicht anzweifeln und ihm immer folgen soll. Als hätte er geahnt, dass Warkan ihn erwischen würde. Warum nur … hat er mir nicht vertraut und mich auf die Insel mitgenommen?«

Divya ergriff seine Hand. »Weil er dich geliebt hat.« Sie drückte seine Finger ganz fest und strich ihm eine Haarsträhne aus dem Gesicht. »Ist dir klar, was das bedeutet? Nicht *du* bist schuld an seinem Tod. Warkan und Sannean haben ihn ermordet!«

Tajan nickte, obwohl Divya spürte, dass es noch lange dauern würde, bis er diese Worte begreifen konnte.

»Und seine Leiche?«, fragte er mit brüchiger Stimme. »Müsste sie nicht hier angeschwemmt worden sein?«

Yorak nickte. »Ihn und auch die Maurer habe ich oben im alten Garten begraben.«

»Kann ich sein Grab sehen?«

Yorak legte eine Hand auf Tajans Schulter und führte ihn und Divya den Steinstrand entlang auf die Felswand zu. Ein paar *Lichter* flatterten aufgeregt um ihn herum und folgten ihm.

Die Wand führte hinter der Bibliothek entlang und endete an einer Schutthalde, wo offenbar die oberen Stockwerke nach unten durchgebrochen waren. Zum Teil waren die steinernen Reste der Räume noch erhalten, und an einer Stelle führte sogar ein Gang hindurch, schräg nach oben wie bei einem gekenterten Schiff.

Yorak ging langsam, aber trittsicher durch den Schutt hindurch, bog zweimal ab und kletterte schließlich über stufenförmige Abbrüche hinauf zu einer Tür, die statt senkrecht quer über ihnen lag. Yorak öffnete sie und kletterte, nun mit etwas mehr Mühe, hinauf.

Oben drehte Divya sich überrascht um die eigene Achse. Sie standen in einer Art Raum, der wie eine Luftblase im dichtesten Gestrüpp der Insel versteckt liegen musste.

»Die *Lichter* haben damals den einzigen Eingang nach unten in kürzester Zeit zuwachsen lassen«, erklärte Yorak. »Folgt mir. Sie haben einen schmalen Weg durch die Dornenhecke freigelassen, aber es ist mühsam, hindurchzukommen. Bleibt also dicht hinter mir.«

Er lief direkt auf das Dornengestrüpp zu, und Divya konnte erst jetzt erkennen, dass sich die Zweige nicht miteinander verbunden hatten. Außerdem schien es, als wichen die Ranken sogar ein Stück vor Yorak zurück – oder vor den *Lichtern*, die ihn begleiteten.

Als sie endlich hindurch waren, erkannte Divya die Stelle wieder. Sie waren vorhin hier vorbeigekommen, aber sie hätte nie vermutet, dass es einen gehcimen Weg geben könnte.

Tajan wollte allein zum Grab seines Vaters gehen, und Divya versuchte nicht, ihn davon abzubringen. Stattdessen bat sie Yorak, ihr zu folgen, um Leasar und Roc kennenzulernen.

In den Augen der beiden konnte Divya lesen, dass sie nicht mehr mit ihrer und Tajans Rückkehr gerechnet hatten. Noch überraschter aber reagierte Leasar auf Yorak, den er auf beinahe unhöfliche Weise anstarrte.

»Wir sind uns schon einmal begegnet, als ich noch bei der Wache war. Nie hätte einer von uns zu träumen gewagt, dass Ihr noch am Leben seid!«

»Erstaunlich, dass Ihr mich wiedererkannt habt«, erwiderte Yorak, »damals trug ich noch einen weißen Umhang, wie es sich für einen Magier gehört. Aber Weiß nimmt leider mit den Jahren die Farbe der Erfahrung an – und der Schuld.«

Leasar lachte trocken, aber Divya spürte, dass Yorak die Bemerkung nicht als Scherz gemeint hatte.

Gemeinsam beratschlagten sie, was zu tun war. Leasars Vorschlag, die Bücher von den Rebellen herausholen zu lassen, ließ Yorak nachdenklich mit dem Kopf wackeln.

»Tausende von Büchern brauchen ein Dach über dem Kopf«, gab er zu bedenken, »und der Transport über das Wasser unter den Augen der Wachen dürfte wohl unmöglich sein.«

334

Divya dachte über ihren Versuch nach, als sie das Buch der Erfindungen erfolglos auf dem Markt hochgehalten hatte. Schließlich sprach sie ihre Gedanken aus: »Die Bücher sind ein Beweis für die großartigen Errungenschaften der alten Regierung, wenn wir das Volk erst auf unserer Seite haben. Wenn sie bereit sind, die Bücher zu lesen oder sie sich vorlesen zu lassen. Aber wie sollen wir ihnen klarmachen, wie wunderbar es ist, dass dieser Schatz erhalten geblieben ist – und dass er ihnen gehört?«

»Warum sind wir dann überhaupt hier?«, murrte Leasar.

»Weil diese Bücher bisher unsere beste Chance waren. Jetzt haben wir noch eine andere.«

Eine Hand legte sich von hinten auf Divyas Schulter, und erstaunt stellte sie fest, dass Tajan lautlos zurückgekehrt war. Sein Blick war traurig, aber es lag nicht mehr die dunkle Wolke über ihm, die Divya aus seinen düsteren Stunden kannte. Diese Seite seiner Vergangenheit hatte er endgültig umgeschlagen.

»Ihr müsst mit uns kommen, Yorak«, nickte Tajan. »Ihr wart vor Jahren das Symbol für Wissen, Wahrheit und Fortschritt, und Euer Tod – und Euer angeblicher Verrat – hat den Menschen den Mut genommen. Aber wenn die Älteren Euch erkennen, werden Sie Euch zuhören.«

Leasar schnaubte. »Inzwischen glauben sie Warkans Lügen mehr als ihrer eigenen Überzeugung von vorgestern. Sie haben Yorak verteufelt, obwohl er wirklich Großes für unser Volk geleistet hat. Wollt ihr riskieren, dass sie diesen Mann vom Dach schießen wie einen lästigen Vogel?«

Yorak atmete tief ein. »Das ist *mein* Risiko, und ich wäre bereit, es einzugehen. Und ihr glaubt tatsächlich, dass sie mir zuhören würden?«

»Jetzt, da die *Lichter* das Volk nicht mehr beeinflussen, ist Warkan auf seine eigene Überzeugungskraft angewiesen«, sagte Tajan nachdenklich. Plötzlich sah er Divya in die Augen und nahm ihre Hand. »Wenn ich von der Unrechtmäßigkeit seiner Regierung überzeugt werden konnte ...«, er drückte Divyas Finger und lächelte ihr zu, »... dann können die Bürger dieser Stadt es sicher auch.«

Divya erwiderte sein Lächeln zögernd. Tajans Vertrauen fühlte sich so gut an, dass es beinahe ihre Zweifel vertrieb. Aber nur beinahe. Würde das Volk Yorak noch akzeptieren? Was, wenn sie ihn tatsächlich vom Dach holten und zusammenschlugen? Was, wenn Warkans Lügen noch immer stärker waren als die Wahrheit?

WAHRHEIT

Die unsichtbare Grenze auf dem Fluss war Divya noch immer unheimlich. Mitten auf dem Wasser setzte der Wind wieder ein, und die Vögel sangen wieder, als wollten sie verkünden, dass genau hier die wirkliche Welt begann. Diesmal mussten sie bei Tageslicht hinüberrudern, und es gab niemanden, der die Wachen ablenkte. Aus diesem Grund hatten sie das Boot am letzten Südzipfel ins Wasser gesetzt und ruderten mit dem Strom von der Insel weg, dorthin, wo für gewöhnlich auch einige Fischer auf dem Fluss waren. Heute aber waren sie die Einzigen weit und breit. Aus irgendeinem Grund befanden sich alle Boote fest vertäut an den Stegen oder sie lagen umgedreht am Ufer.

Schweigend ruderten Leasar und Tajan das Boot an Land. Im gleichen Moment, als der Kiel den Strand berührte, ertönte ein markerschütternder Schrei aus dem hohen Gras dahinter, und eine Horde von Wachen sprang hervor und stürmte auf sie zu.

»Arme hoch«, flüsterte Tajan den anderen zu und funkelte vor allem Divya warnend an. Er hatte sofort erkannt, dass Widerstand keine gute Idee war. Mit Yorak würden sie nicht schnell genug fliehen können, und ihren wichtigsten Mann zurückzulassen kam nicht infrage.

Gefesselt wurden die fünf durch die staubigen Straßen in Richtung Markt getrieben wie Vieh, das verkauft werden sollte. Die Städter standen mit verschlossenen Mienen vor ihren Häusern oder starrten aus ihren Fenstern. Divya war nicht sicher, was sie von ihnen hielten und auf wessen Seite sie standen.

Als sie den Großen Platz bereits sehen konnten, wiesen die Wachen ihre Gefangenen an zu warten. Kurze Zeit später begriff Divya, warum: Der Fürst war persönlich gekommen, um sie zu sehen. Ein Bote musste ihn eilig benachrichtigt haben, gleich als sie an Land gegangen waren.

Warkans Augen funkelten, als er von seinem Pferd sprang und achtlos einer Wache die Zügel zuwarf.

»Die Flussinsel zieht immer wieder Gesindel an, deshalb wird sie scharf bewacht. Wusstet ihr das nicht?« Mit großen Schritten ging er auf Tajan zu, blieb dicht vor ihm stehen und stieß ihn mit der Hand gegen die Brust. Dasselbe tat er bei Roc, den er fassungslos musterte.

»Verräter! *Euch* habe ich mein Vertrauen geschenkt! Zwei so junge Männer mit so hohen Posten in meinem Palast schließen sich diesen dreckigen Rebellen an. Warum?« Seine wütende Stimme hallte von den Wänden wider. »Wie kann man so undankbar sein und sich mit *denen* zusammentun?«

Er schritt die Reihe weiter ab und musterte jeden Einzelnen. Divya warf er einen verächtlichen Blick zu. Leasars Namen, an den er sich noch erinnerte, murmelte er abfällig. Vor Yorak blieb er jedoch so ruckartig stehen, dass es schien, als wäre auch er seinem »Ur« begegnet. Blass und verunsichert hielt er Abstand zu dem alten Mann.

»Du?«

Seine Stimme klang längst nicht so abfällig, wie sie klingen sollte, sie hatte vielmehr eine ängstliche Färbung.

Abrupt wandte er sich um und lief auf den ersten Händler zu, der an der Marktecke seinen Stand hatte. Es war ein Bauer, der Unmengen von Hühnern anbot. Die Tiere waren in Käfige gequetscht, etwa zwanzig Hühner in einen, und sie krakeelten laut durcheinander.

»Du da!«, herrschte Warkan den Bauern an. »Hiermit beschlagnahme ich alle deine Hühner. Sag meinem Steuereintreiber, dass du damit deine noch ausstehenden Steuern für dieses Jahr bezahlt hast.«

»Aber ich habe schon bezahlt«, wandte der Bauer verstört ein.

Warkan stieß ihn beiseite und hob einen Hühnerkäfig auf. Schwungvoll öffnete er den Deckel und ließ das Federvieh herausflattern, das sich gackernd auf dem Marktplatz verteilte. Das leere Holzgestell drückte der Fürst einem Wächter in die Hände.

»Sperrt die Rebellen ein. Jeden in einen Käfig. Die bringt ihr dann auf einem Karren zum Galgen und befestigt sie ganz oben.«

Er funkelte Divya an und stieß sie in die Seite.

»Die Aussicht wird ganz hervorragend sein. Du siehst doch so gern von oben auf die Menschen herab, nicht wahr?« Er lachte, griff nach ihrem Arm und schob sie einem Wächter zu. »Fangt mit ihr an! Sie ist schwerer zu fangen, als es aussieht.«

Tajan versuchte, trotz Fesseln auf Warkan loszugehen, aber Divya schüttelte den Kopf. »Es ist in Ordnung«, flüsterte sie ihm zu und warf einen vielsagenden Blick auf Yorak. »Wir müssen uns fügen.«

Sie hoffte, er verstand, dass es hier um mehr ging als um sie beide. Yorak war ein Symbol für Pandrea, der größte Magier der alten Zeit. Wenn er heute starb, würde diese Zeit mit ihm sterben.

Warkan beobachtete inzwischen genüsslich, wie Tajan in den Käfig geschoben wurde.

»Warum bist du bei denen? Wenn du so wild darauf warst, einer Tassari beizuliegen, hättest du das auch einfacher haben können.« Er schnaubte amüsiert. »Du hast doch sicher mitbekommen, dass ich immer mal wieder eine in den Palast habe kommen lassen.«

Divya, die soeben in einen Käfig gedrückt wurde, in den sie sich nur kniend und vornübergebeugt hineinquetschen konnte, keuchte auf. Eine Ahnung, die sie aus ihrem Bewusstsein verbannt hatte, fraß sich in ihr Denken und Fühlen. Tassari-Frauen, die gezwungen wurden, Warkans Bett zu teilen ... kein Gedanke, den sie zu Ende denken wollte ...

»Dann habt *Ihr* meine Mutter auf dem Gewissen!«, stieß sie außer sich vor Abscheu hervor.

Warkan stand lächelnd zwischen ihrem und Tajans Käfig und sah zu, wie seine Wachen die Deckel mit Metallspangen verschlossen.

»Deine Mutter? Wer weiß das schon? Ihr seht euch alle so ähnlich.«

Ein Pferdekarren wurde gebracht und beladen, und Warkan ging dem Wagen voller Käfige mit triumphierendem Lächeln voran. Die Menge teilte sich und das fröhliche Treiben des Marktes verstummte schlagartig. Allein das Knarren der Räder und das Klappern der Hufe schallten über den Platz – so laut wie leise Geräusche sonst nur nachts sein können.

Den Galgen hatte Divya schon einige Male gesehen. Der massive Querbalken lag zwei Mannshöhen über dem Boden auf zwei kräftigen Stützen. Schweigend und tatenlos beobachteten die Marktbesucher, wie fünf Käfige an Seilen befestigt, die Seile über den Balken geworfen und unten angeknotet wurden, sodass die fünf Rebellen gut sichtbar über der Menge hingen. Zusammengedrückt, gebeugt, gedemütigt. Schließlich stieg Warkan betont fröhlich auf das Podest darunter und hob die Arme.

»Ihr Leute, lasst euch den Markt nicht verderben und handelt ruhig weiter! Aber werft vorher einen kurzen Blick auf diese Menschen, die euch alle belogen und ausgenutzt haben. Genau wie mich.«

Er runzelte die Stirn, als könnte er es nicht fassen.

»Rebellen in dieser Stadt ... in einer Stadt, in der Wohlstand und Zufriedenheit herrschen. Was sind das für Menschen ...?«, er sah mitleidig nach oben, »... die lügen, stehlen und morden? Und das sollte eine Rebellion gegen meine Regierung sein?« Er lachte bitter auf. »Wem schaden sie denn damit? Euch!«

Sein Gesicht entspannte sich wieder. »Geht eurer Arbeit nach und seid beruhigt. Die Gefangenen sollen sehen, wie Diebe und Mörder in dieser Stadt behandelt werden. Nach einem Schandtag hier auf dem Marktplatz werden sie im Innenhof des Gefängnisses hingerichtet.«

Divya hatte die Drohung in seinen Worten gehört – und auch gespürt, dass die Leute die Worte dahinter verstanden hatten: Wer sich gegen Warkan auflehnte, durfte nicht mit Gnade rechnen.

Verzweifelt sah Divya Tajan an, der ebenso gebückt wie sie genau neben ihr hing. Versuchsweise streckte sie die Hand durch das Gitter und erreichte ihn tatsächlich, als auch er ihr die Hand entgegenstreckte. Ihre Augen waren voller Tränen.

341

»Das war es wert«, flüsterte sie mit missglücktem Lächeln. »Ich wünschte nur, wir hätten mehr Zeit gehabt.«

»Wir *haben* noch Zeit!«

Tajans Zuversicht war gespielt, das wusste sie. Aber seine Finger drückten ihre, und auch wenn ihre Schulter schmerzte, hätte sie um keinen Preis der Welt auf die Berührung verzichtet.

Als Warkan die Stufen vom Podest hinunterstieg, machten die Menschen ihm schweigend Platz. Divya bemerkte ihre Furcht, aber erst jetzt wurde es ihr bewusst: Niemand hatte applaudiert, die Gefangenen beschimpft oder Warkan zugejubelt, wie es früher bei solchen Gelegenheiten üblich gewesen war. Gab es doch ein erstes Zeichen, dass sie selbst und die anderen vier in den Käfigen nicht ganz umsonst ihr Leben für die Wahrheit eingetauscht hatten?

Plötzlich schallte über die Dächer hinweg, in die Stille des Marktplatzes hinein ein rhythmisches Klappern. Stiefel stampften auf Stein. Dann wieder das beschwörende Klappern.

Divya versuchte ihren Kopf zu wenden, soweit es in dem engen Käfig möglich war.

»Da!«, stieß Tajan hervor und deutete mit dem Finger aus dem Käfig heraus auf ein Dach.

Dort stand, in provokanter Haltung, eine junge Frau in einer schwarzen Vesséla. Eine Kapuze und die Spitze einer schwarzen Maske verdeckten ihr Gesicht, an den Fingern ihrer nach oben ausgestreckten Arme glitzerten metallene Halas. Mit einem Mal begann ihre Hüfte sich im Takt zu wiegen, sie klatschte zweimal in die Hände, machte eine abrupte Drehung auf der Spitze eines Fußes, sodass die Vesséla in mehreren Schichten hochflog und die schmale Figur

342

der Frau entblößte. Zweimal Händeklatschen, Drehung in die andere Richtung, dann wiegten sich die Hüften wieder.

In die unnatürliche Stille des Marktplatzes rief die Stimme eines Mädchens: »Die Messertänzerin!«

Plötzlich applaudierte eine Gruppe von Handwerkern, und mehrere Stimmen wagten es, die Tänzerin anzufeuern.

Divya konnte einfach nicht aufhören, das Wesen dort oben auf dem Dach anzustarren. Dort oben stand sie selbst! Die Bewegungen glichen ihren eigenen … nun, nicht ganz. Sie waren etwas vorsichtiger, dafür aber vermutlich eleganter.

»Jo«, stieß Roc hervor, und erst jetzt wurde Divya bewusst, dass er links von ihr im Käfig saß.

»Jolissa?«, fragte sie ungläubig.

Er antwortete nicht. Als im nächsten Moment die Kapuze der Frau wegflog und ihr langes blondes Haar entblößte, keuchte Roc auf.

»Ist sie wahnsinnig? Sie ist in Gefahr!«

Auf einmal schlug er wie wild um sich. Er versuchte das Holz mit Armen und Beinen zu zertrümmern und schaukelte gefährlich wild in der Höhe hin und her, sodass sein Käfig Gefahr lief abzustürzen. Divya, die vermutete, dass er dabei ein paar Knochenbrüche davontragen würde, zischte ihm zu: »Nicht!«

»Sie werden sie töten!«, rief er verzweifelt, ohne aufzuhören.

Auch Tajan hatte die hilflosen Versuche Rocs mitbekommen, und er versuchte wiederum, die beiden Sujim anzusprechen, die als Wachen direkt unter ihnen postiert waren.

»Wir haben uns geirrt«, raunte er ihnen zu. »Ein Sujim

343

darf sich einen Herrn auswählen und soll ihm von da an für immer dienen. Aber was ist mit einem Herrn, der ohne Gewissen Menschen tötet? Darf er uns ungestraft als sein Werkzeug benutzen?«

Die beiden Wachen reagierten nicht.

Inzwischen war die Tänzerin zu einem fulminanten Ende gekommen, mit wirbelnden blonden Locken, wehender Vesséla und unter der Aufmerksamkeit der gesamten Menge.

Atemlos verharrte sie in einer Stellung, die mutig, selbstbewusst und angriffslustig wirkte. Dann riss sie sich die Maske vom Gesicht und blickte über den Marktplatz auf einen bestimmten Punkt. Als Divya die Augen zusammenkniff, entdeckte sie Warkan auf einer Lichtung von Menschen, die furchtsam Abstand hielten. Erschrocken starrte er nach oben, bevor er seine Wachen in Richtung Dach winkte.

»Da ist euer Fürst!« Jolissa machte eine elegante, aber übertriebene Verbeugung in seine Richtung. »Und ich bin seine Frau.«

Sie sprach die Menschen direkt unter sich an. »Normalerweise ist Blau meine Farbe. Aber gestern hat mein Mann mich an einen Stuhl gefesselt, und er hat mir angekündigt, mich zu foltern, wenn ich nicht alles sage, was er wissen wollte.«

Lautes Raunen ging durch die Reihen. Der Abstand zu Warkan wurde größer.

»Seitdem trage ich Schwarz. Weil mein Mann mich verstoßen hat. Weil eine Frau in dieser Stadt nichts mehr wert ist, wenn ihr Mann sie nicht mehr will. Eine seltsame alte Tradition, die Warkan wieder eingeführt hat, nachdem Pandrea schon einmal frei war!«

344

Sie deutete noch einmal auf Warkan. »Seid ihr sicher, dass das euer Fürst ist? Ein Mann, der seiner eigenen Frau so etwas antut? Und nicht nur mir! Hat er euch die Geschichte der Tassari erzählt?«

Jolissa wandte sich mit aufrechter Haltung um, und mit Entsetzen musste Divya zusehen, wie die Wachen ihre Freundin erreichten und gefangen nahmen. Aber ihr entging auch der Protest der Menge nicht – besonders Frauenstimmen wurden plötzlich laut.

»Wenige Tage nach der Hochzeit lasst Ihr Eure eigene Frau von *Wachen* abführen«, höhnte Jolissa laut über die Köpfe der Menschen hinweg. »Habt Ihr solche Angst vor mir?«

Warkan ging ein paar Schritte auf sie zu, aber etwas ließ ihn innehalten. Etwas Ungewohntes. Die Menge lachte.

Wütend wandte er sich an die Menschen, die ihm am nächsten standen, aber bevor er etwas sagen konnte, wurde seine und ihre Aufmerksamkeit auf ein Dach auf der anderen Seite des Platzes gelenkt. Dort erschien ein älterer Mann. Divyas Herz jubilierte, als sie ihn erkannte.

»Jolissa wollte euch gerade von den Tassari erzählen. Lasst mich es tun. Viele von euch kennen mich vielleicht noch. Mein Name ist Jidaho.«

Die Städter strömten in seine Richtung, um ihm zuzuhören. Und Tajan nutzte die Gelegenheit und sprach aus seinem Käfig heraus wieder die Wachen an.

»Ihr solltet ihm zuhören. Oder muss ein Sujim vom Tage seiner Entscheidung an seine Seele verleugnen?«

Die Wachen tauschten einen kurzen Blick, rührten sich aber nicht.

»Mein Vater hat sein Leben Warkan gewidmet«, fuhr Tajan fort. »Er war der beste Sujim, den sich ein Meister der alten Schule wünschen konnte. Aber als er erkannte, dass sein Herr ein Mörder war, hat er sich gegen ihn gewandt. Deshalb hat Warkan ihn zum Schweigen gebracht und ihn ermordet.«

Die Wachen schienen ihn immer noch zu ignorieren. Oder hatte ihre Haltung sich verändert?

»Ich habe es gesehen«, bestätigte Yorak aus seinem Käfig. »Und es war kein Kampf, sondern feiger Mord.«

Während Jidaho von seinem Dach aus die Geschichte der Tassari erzählte, schwieg Tajan, und Divya tat die Reaktion der Menschen gut. Das Entsetzen über den versuchten Mord an ihrem Volk glitt wie eine Welle von der einen Seite des Marktes zur anderen.

»Auch ein Wächter sollte sich fragen, wer sein Herr ist«, ergänzte Tajan schließlich nach unten gerichtet. »Darf Warkan wirklich mit seinen schmutzigen Stiefeln über die oberste Grundregel der Sujim stampfen? *Erkenne, wer du bist – und lebe danach!* Ich kann nicht glauben, dass es euer Ziel ist, einem Mörder als willenloses Messer zu dienen.«

Divya glaubte, in den Gesichtern der Männer endlich eine erste Reaktion zu sehen. Zweifel. Unglauben. Begreifen.

Mittlerweile hatten die Wachen Jidaho erreicht und schleppten ihn vom Dach herunter. Im nächsten Moment stand ein Mann auf einem Marktkarren und hielt eine Brille hoch. Divya meinte, ihn bei den Rebellen einmal gesehen zu haben.

»Die Zeichnungen für dieses Glasding hat Warkan mir für viel Geld verkauft, damit ich es für die ganze Stadt herstellen und euch allen verkaufen kann – wiederum mit einem Anteil für unseren Fürsten. Er rühmte sich damit, dass seine Alchemisten diese großartige Erfindung gemacht hätten ...«

Zwei Wachen, inzwischen schon etwas schneller im Einsatz, griffen sich den Mann und zogen ihn vom Wagen. Aber unten, auf der anderen Seite des Platzes, trat nun eine Frau vor, die auf ein Marktpodest kletterte und rief: »... aber die Zeichnungen für seine Erfindungen sind nicht neu. Nein, Warkan hat sie aus dem Buch der Erfindungen, das die Messertänzerin vor Kurzem aus seinem Laboratorium entwendet hat. Ich habe es gesehen: Ein Buch, das eindeutig alt ist. Der Fürst hat sich nicht mal die Mühe gemacht, es zu tarnen, weil es allein ihm gehören sollte. Das Buch trägt heute noch im Einband das Symbol der alten Regierung: die goldene Brücke!«

Eine weitere Frau stieg auf einen Marktwagen.

»Aber er ist nicht nur ein Dieb ... sondern auch ein Mörder!«, schrie sie laut über den Platz, offenbar am Rande der Tränen. »Mein Mann war Maurer und starb bei einem Auftrag für den Fürsten. Warkan sagte, es war ein Unfall, er sei mit zwei anderen Männern in den Tod gestürzt. Aber ich zweifelte! Vier Jahre lang habe ich nach einer Antwort gesucht, sogar bei den Rebellen. Heute habe ich von ihnen die Antwort auf meine Frage bekommen: Warkan ließ damals drei ehrbare Männer töten, nur weil sie ein Geheimnis mit in ihr Grab nehmen sollten.«

Diesmal wurde das Raunen der Menge lauter.

»Sie sagt die Wahrheit!«, rief Tajan in Richtung der Witwe.

Die beiden Sujim wandten sich jetzt offen an Tajan.

»Du kannst das alles bestätigen?«, fragte einer von ihnen.

Tajan nickte. »Diese Menschen riskieren ihr Leben für die Wahrheit.«

Plötzlich spürte Divya ein Ruckeln. Verblüfft sah sie zu, wie die Wachen die Seile herunterließen und die Käfige sanft auf den Boden setzten.

Roc konnte es kaum erwarten und sprang als Erster aus dem Käfig. Ohne zu zögern, rannte er los, dorthin, wo Jolissa festgehalten wurde. Leasar blickte ihm zunächst kopfschüttelnd nach, aber Divya nickte ihm flehentlich zu, bis er ihm widerwillig nachlief.

Tajan sprach inzwischen mit den Sujim, die sie freigelassen hatten.

»Ihr müsst mir helfen, die anderen Wachen zu überzeugen. Wenn sie sehen, dass schon *drei* Sujim auf der Seite der Rebellen stehen, dann werden sich uns noch mehr Wachen anschließen. Sie wissen, wie loyal wir zur rechtmäßigen Regierung stehen.«

Tajan wandte sich zu Divya um. »Kann ich dich hier mit Yorak allein lassen? Mischt euch unters Volk, damit Warkan euch nicht findet.« Tajan beugte sich vor und küsste Divya sanft aufs Ohr. »Versprich mir, dass du noch da bist, wenn ich zurückkomme«, flüsterte er, und seine Hand strich leicht durch ihr Haar. »Ohne dich möchte ich nicht mehr sein.«

Divya lächelte ihm zu und beobachtete vom Podest aus, wie er sich mit den Sujim entfernte und im Gewühl verschwand. Am linken Rand des Platzes konnte sie sehen, wie Roc und Leasar Jolissa erreichten. Von einem Marktstand hatten sie Spaten und Heugabeln mitgenommen, die sie nun auf die Wachen richteten, die Jo noch festhielten.

348

Aber es kam nicht zum Kampf. Roc war klug genug, es mit Worten zu versuchen.

Plötzlich geriet Bewegung in die Menge vor ihr. Sie teilte sich voller Furcht, wie vor einem wilden Tier. Niemand wagte es, sich Warkan in den Weg zu stellen.

Divya flüsterte Yorak zu, er möge an der Rückseite vom Podest springen und sich verstecken, wie Tajan es ihr geraten hatte. Für ihre eigene Flucht war es jedoch zu spät.

SCHWERT

Warkan hatte die Stufen erreicht und sprang schwungvoll hinauf, während er sein Schwert zog.

»Du und diese Verräter!«, keuchte Warkan. »*Ihr* habt die Menge so aufgebracht! Die Rebellen waren vorher nie eine Gefahr, niemand hat sie ernsthaft unterstützt ... Aber durch ein hüftenschwingendes Weib, das es nicht geschafft hat, mich zu töten, obwohl ich genau vor ihr saß, glauben die Leute plötzlich, sie könnten ihren Fürsten auslachen! Wo ist dein feiger Liebhaber?«

Aus dem Augenwinkel bemerkte Divya das letzte Seil, das noch am Galgen hing, griff nach dem Ende und nahm Anlauf. Dabei wich sie Warkan geschickt aus und zog sich auf das Seil. Es schwang quer über das Podest, und als es den weitesten Punkt erreicht hatte, sprang Divya ab und landete auf einem Karren voller Kürbisse. Ein Stück entfernt reagierten zwei Wachen, ihr blieb nicht viel Zeit zum Überlegen. Über ihr befand sich ein Balkon. Ohne nachzudenken, griff sie nach ihrem Seil ... und erinnerte sich daran, dass es noch auf der Flussinsel sein musste. Da betrat eine ältere Frau den Balkon über ihr, eine Tana in Blau. Divya verwarf die Idee mit dem Klettern und sah sich erschrocken nach Warkan und seinen Wachen um, die von zwei Seiten auf sie zurannten.

In dem Moment bemerkte sie die Bewegung über ihr. Die Tana trug ein schweres Bündel Stoff nach draußen, das aussah, als hätte es eben noch als Vorhang gedient. Eilig, aber mit einem kunstvollen Knoten, befestigte die Frau den Stoff an ihrem Balkon und warf ihn herunter. Divya ließ sich das Angebot nicht lange durch den Kopf gehen. Schnell kletterte sie an dem Vorhang hinauf, um ihn dort sofort wieder einzuziehen. Der fremden Frau legte sie kurz die Hand auf die Schulter und flüsterte ein Dankeschön.

»Für die Frauen in dieser Stadt«, sagte die Tana leise. »Aus welcher Kaste sie auch sein mögen.«

Divya schenkte ihr ein strahlendes Lächeln und nickte, bevor sie im Innern des Hauses verschwand, auf der Suche nach der Treppe. In Windeseile schaffte sie es auf das Dach und trat an den Rand. Als sie die Hände hob und eine Drehung machte, deuteten ein paar Menschen auf sie, und schnell hatte sie die Aufmerksamkeit des ganzen Platzes für sich.

»Warkan hat *Lichter* benutzt, um die Menschen dieser Stadt zu beeinflussen«, sprudelte sie hervor. »Ein Magier hat sie für ihn gelenkt, er hat dafür gesorgt, dass Warkans Macht nicht angezweifelt wird. Wir haben die *Lichter* freigelassen. Niemand steht mehr unter ihrem Bann. Aber die *Lichter* wollten den Menschen nie Böses. Sie helfen uns, wenn wir sie achten.«

Plötzlich stand Warkan neben ihr. Das Schwert steckte in der Scheide, und er kam langsam, mit freundlichem Lächeln an die Kante des Daches.

»Sie ist eine Tassari! Was erwartet ihr von ihr?«, sagte er mit lauter, kraftvoller Stimme. »Sie haben schon immer den *Lichtern* gedient, sie wollen euch von ihnen abhängig machen. Ich wusste, wie gefährlich die Tassari sind, deshalb habe ich beschlossen, sie außerhalb der Stadtmauern wohnen zu lassen. Aber jetzt haben sie sich auch noch mit

351

den Rebellen verbündet, um ihre Lügen von den Dächern pfeifen zu können.«

Sein Lachen klang, als schüttelte er den Kopf über die Streiche von ein paar Kindern, die ein bisschen gefährlich geworden waren.

»Aber nur weil sie nett tanzen kann, müssen wir ihr ja nicht jedes Wort glauben, nicht wahr?« Er blickte Beifall heischend in die Menge.

»Ihr erzählt Eure Lügen mit einem Lächeln, während Eure Wachen mit den Schwertern drohen«, warf Divya ihm entgegen. An den Mienen der Menschen unter ihnen sah sie, dass sie verunsichert waren. Beschuldigungen waren keine Beweise, und noch immer spürte Divya die Angst auf dem Platz.

»Schluss jetzt!«, sagte Warkan plötzlich mit hartem Tonfall und griff nach Divyas Arm. »Wir gehen!«

Geschickt entwand sie sich seinem Griff und lief mit ausgreifenden Schritten zur Dachkante, um auf das Nachbardach zu springen.

»Die Nacht der *Lichter* ... hat es nie gegeben!«, rief sie laut und beinahe verzweifelt. »Warkan hat das Feuer gelegt, um die Macht an sich zu reißen.«

Unten auf dem Platz redete alles durcheinander. Und auf der anderen Seite, auf einem Dach, standen Yorak und Jidaho, die alles in ihrer Macht Stehende unternahmen, um jeden auf diesem Platz zu überzeugen. Divya war dankbar dafür. Sie war keine Rednerin, aber die beiden Männer machten Worte zu Bildern. *Ihnen* hörten alle zu.

Dann fiel ihr Blick auf Tajan, der mit den Sujim und einigen weiteren Wachen als Schutz neben ihnen stand. Offenbar war es ihm gelungen, einige von ihnen zu überzeugen. Divya wollte ihm zulächeln, erleichtert und voller Hoffnung, aber Tajan gab ihr unverständliche, wilde Zeichen. In seinem Gesicht konnte sie trotz der Entfernung lesen, dass er in Panik war. Instinktiv drehte sie sich um und sah sich Warkan direkt gegenüber. Er hatte den Sprung über die Dächer gewagt und war viel zu nah an sie herangekommen. Sein Schwert lag in seiner Hand und er kam schnell und entschlossen auf sie zu.

»Haben die *Lichter* doch noch geredet?«, stieß er hervor. »Alles habe ich dagegen unternommen, damit die Tassari schweigen! Nur dich habe ich übersehen. Wann haben sie dir die Wahrheit erzählt?«

»Gar nicht«, erwiderte Divya, während sie langsam zurückwich. »Nicht mit mir haben sie gesprochen, sondern mit Yorak. Du hättest den Tassari kein Haar krümmen müssen.«

Warkans Augen funkelten ihr ungläubig ins Gesicht, dann machte er eine ungeduldige Bewegung mit dem Säbel – die aussah, als wollte er sie köpfen.

»Yorak! Wenn ich ihn in jener Nacht gefunden hätte, wäre er nicht mehr am Leben.«

Hätte er ihr die geringste Möglichkeit gegeben, wäre Divya wieder losgerannt. Zum nächsten Dach, zum nächsten Sprung. Aber es führte kein Weg an Warkan vorbei. Sie griff an ihren Rücken und zog ein Messer. Dennoch wusste sie, dass im Nahkampf das Schwert eine unvergleichbar bessere Reichweite hatte.

»Du würdest auch mich töten ... selbst wenn ich von dir abstamme, nicht wahr?«, stieß Divya hervor, die das passende Wort noch immer nicht in den Mund nehmen konnte.

»Das glaubst du doch selbst nicht«, schnaubte Warkan,

353

obwohl ein leiser Zweifel sich in seinen Blick schlich. »Tassaribrut ... Nun, das wäre noch ein Grund, diesem Unsinn endlich ein Ende zu bereiten ... Messertänzerin!«, fauchte er abfällig.

»Erinnerst du dich wenigstens an Farya? Sie sah mir ähnlich.«

Warkan kam näher.

»Ich frage nicht nach Namen, wenn ich mein Vergnügen suche!«

Er holte mit dem Schwert aus.

Divya duckte sich mit einem seitlichen Sprung, drehte sich gleich darauf und schlug mit dem Stiefel nach Warkans Kopf, aber auch er wich rechtzeitig aus und hieb mit dem Schwert noch einmal nach ihr. Sie warf sich zu Boden, rollte sich ab und suchte Deckung hinter einem Kamin.

»Du hast sie töten lassen«, setzte Divya nach. Sie wusste nicht, warum es ihr so wichtig war, aber sie wollte unbedingt, dass er sich an ihre Mutter erinnerte.

»Eine abgelegte Geliebte töten? Zu viel der Mühe«, schüttelte Warkan den Kopf. »Ihr Tassari-Liebhaber wird sie umgebracht haben, als er hörte, dass sie fremdgegangen war.«

Divya spürte, wie die Wut ihre Sinne benebelte und reine Mordlust ihr zu Kopf stieg. Es gab ungefähr ein Dutzend Sprüche der Sujim über Rache und Zorn, die sie aber jetzt alle nicht brauchen konnte.

»Vor achtzehn Jahren hast du ein Tassari-Kind gesucht, und man hat dir erzählt, dass es bei der Geburt gestorben sei. Vier Jahre später hast du die Mutter durch die Stadt verfolgen lassen. Vor einem Palast wurde sie getötet.«

Warkan war blass geworden. »Woher weißt du davon?« Er funkelte Divya an. »Es hieß zuerst, sie habe ein Kind im

Arm gehabt. Als man sie fand, war es aber nur ein Kleider-bündel.«

Divya hob das Messer und überlegte einen Herzschlag zu lang, ob sie es jetzt schon werfen sollte. Warkan nutzte ihr Zögern und sprang mit dem Schwert auf sie zu. Divya duckte sich hinter den Kamin und wich so aus, dass er zwischen ihnen blieb.

»Das Kind war bereits in Sicherheit«, stieß sie hasserfüllt hervor. »Ich bin nur froh, dass ich dir nicht ähnlich bin!«

Warkans Stimme war voller Abscheu. »Wer will schon einem Tassari-Bastard ähnlich sehen?« Dann betrachtete er sie nachdenklich, als sähe er sie zum ersten Mal. »Aber das erklärt manches. Du hättest niemals leben dürfen. Ich habe dich damals gesucht, um das zu korrigieren. Das erste Kind von einer Tassari und einem Magier ... Ich hielt die Mischung für gefährlich und offensichtlich hatte ich recht.«

Divya ließ ihr Messer sinken und vergaß für einen Moment die Deckung. Sofort nutzte Warkan seinen Vorteil und schwang sein Schwert oberhalb des Kamins quer durch die Luft. Divya sprang erschrocken nach hinten – und verlor das Gleichgewicht! Direkt hinter ihrer Ferse gähnte der Abgrund. Sie schaffte es gerade noch, sich im Fall mit dem Oberkörper nach vorn zu werfen, und während sie rutschte, krallten sich ihre Finger an die Dachkante. Als Warkan sie erreichte, baumelte sie direkt vor ihm am Dach, und sie rechnete jeden Moment mit dem Hieb auf ihre Hände.

»Welcher Magier?«, keuchte Divya, während sie überlegte, ob sie schnell genug wäre, um bei Warkans nächstem Angriff mit den Händen umzugreifen.

In diesem Moment hörte Divya ein kaum wahrnehmba-

355

res Geräusch am anderen Ende des Daches, und als Warkan das Schwert hob, bemerkte auch er, dass etwas nicht stimmte.

Sein Kopf schnellte herum, aber das Schwert ließ er über Divyas Händen schweben. Sie wagte es, den Kopf über die Kante zu heben, und sah Tajan, der seinen Angriff ruckartig abbremste.

»Einen Schritt und sie ist tot«, drohte Warkan.

Tajan hob die Hände, warf sein Messer weg und nickte. Aber er blickte nicht Warkan an, sondern Divya. In seinen Augen lag so viel Liebe und Schmerz und ... so etwas wie Abschied, dass es Divya in ihrem Innern wehtat. Sie versuchte seine Gedanken zu erraten und plötzlich fielen ihr seine letzten Worte auf dem Marktplatz ein: *Ohne dich möchte ich nicht mehr sein.* Sie hätte gern aufgeschrien, aber sie wusste, dass sie nicht in der Lage war, etwas zu ändern.

»Ich biete dir mein Leben gegen ihres«, sagte Tajan ernst.

Warkan lachte auf. »Was für ein Angebot! Ein Sujim für eine Tassari! Aber warum sollte ich nicht euch beide verhaften lassen – oder lieber gleich töten?«

Divya hörte an seiner Stimme, dass er nicht so verrückt sein würde, selbst gegen Tajan zu kämpfen.

»Hast du dich nicht schon längst gefragt, wo deine Wachen bleiben, um dich hier oben zu beschützen?«, fragte Tajan äußerlich ruhig. »Viele von ihnen haben den Worten der alten Regierung geglaubt. Und den Sujim.«

Tajan nickte in Richtung Marktplatz. Warkan folgte seinem Blick und sah, dass seine eigenen Wachen gegeneinander kämpften. Einige Sujim kämpften ganz vorn und entwaffneten schließlich die letzten Wachen, die den Tumult niederschlagen wollten. Die Stimmung auf dem Platz war endgültig umgeschlagen, als Yorak und Jidaho gesprochen hatten.

»Wenn du Divya gehen lässt, liefere ich mich dir aus«, wiederholte Tajan sein Angebot. »Ich könnte dir bei deiner Flucht durch die Stadt helfen. Jedenfalls würde ich dir nicht empfehlen, in deinen Palast zurückzukehren. Die Wache steht jetzt unter dem Befehl der Sujim.«

Warkan zögerte, hielt noch immer das Schwert über Divya in der Hand und überlegte. Auf einmal ertönten Schreie auf dem Marktplatz. Einige Städter versuchten, die besiegten Wachen zum Galgen zu zerren, während Jidaho und Yorak beschwichtigend dazwischengingen. Warkan starrte fassungslos auf das Geschehen.

Divya nutzte den Augenblick und schwang sich über die Kante. Sie war nicht bereit, Tajan zu opfern! Sofort schlug Warkan mit seinem Schwert zu und streifte Divyas Arm, während sie sich über den Boden abrollte. Dann sprang sie auf und wirbelte mit ausgestrecktem Fuß herum.

Diesmal traf der Stiefel Warkans Ohr. Er verlor das Gleichgewicht und torkelte ein paar Schritte vor ... ein paar zu viel. Denn als er die Dachkante erreichte, trat er ins Leere. Wie eine blaue Flamme an einer Fackel wehte sein Umhang hinter ihm her, als er in die Tiefe stürzte und unten auf dem Kopfsteinpflaster aufschlug. Divya sah ihm mit schmerzverzerrtem Gesicht nach.

»Dein Arm?«, fragte Tajan, der plötzlich neben ihr war und seinen Umhang um ihre blutende Wunde wickelte.

Divya schüttelte den Kopf und lehnte sich an Tajans Brust.

»Nein. Es war nur ... Ich wollte niemals jemanden töten. Und nun habe ich es doch getan.«

Tajan strich über ihren Rücken und drückte sie an sich. »Du hast dich verteidigt. Sonst würdest du jetzt dort unten liegen, und in meiner Vorstellung bist du in den letzten Augenblicken schon so oft gefallen, dass ich es nicht mehr ertragen konnte.«

Seine Stimme war unendlich weich, und Divya entdeckte die Sorge der letzten Minuten in seinem Gesicht, als sie ihm mit den Fingern über die Wange strich.

»Tu so etwas nie wieder!«, flüsterte sie, und die Nähe zu ihm war so warm und vertraut, dass es beinahe schmerzte. »Du darfst dein Leben nicht wegwerfen – ich brauche es noch.«

»Ich wollte es nicht wegwerfen. Aber ich würde es gegen deines tauschen. Jederzeit.«

Seine Hände fuhren über ihren Rücken, ihren Nacken und durch ihr Haar, bis sie in jeder Pore ihres Seins fühlte, dass Tajan nun zu ihr gehörte. Und sein Kuss war diesmal ganz anders als gestern im Turm. Sanfter, zarter, geduldiger. Voll von dem Wissen, dass sie von heute an sehr viel Zeit füreinander haben würden.

Viel später, als Yorak und Jidaho die Menschen dazu aufriefen, ihnen bei der Umlagerung der Bibliothek zu helfen, entdeckte Divya endlich Jolissa wieder. Mitten unter den aufgewühlten Menschen fielen sie sich in die Arme und strahlten sich an.

»Roc hat mich befreit!«, seufzte Jo in Divyas Ohr. »Er hat gegen die Wachen gekämpft, als ginge es um sein Leben.«

»Vielleicht war es auch so für ihn«, sagte Divya leise.

Jolissa schob sie zurück und sah sie ernst an.

»Du hast dich verändert, seit du die Schule verlassen hast. Dabei ist das erst wenige Tage her.«

»Du auch«, gab Divya zurück.

»Vielleicht sind wir aber auch die Gleichen geblieben. Nur die Welt hat sich verändert.«

Roc gesellte sich zu ihnen und blieb dicht neben Jolissa stehen, die seine Nähe sichtlich genoss, und auch Tajan legte einen Arm um Divya.

»Sie alle haben euch und Warkan zum Schluss beobachtet«, berichtete Roc. »Was habt ihr bloß so lange mit ihm geredet?«

Divya musste ihre Enttäuschung hinunterschlucken. »Er hat behauptet, ich stamme von einem Magier ab. Aber ...«

»Aber was?«, fragte eine harsche Stimme von hinten.

Divya wandte sich um und stand vor Maita.

»Aber der einzige Magier im Palast war Sannean«, sagte die Schulleiterin mit düsterer Miene.

Divya schüttelte den Kopf. »Sannean kann es nicht gewesen sein, macht Euch keine Gedanken.«

»Was macht dich so sicher?«, fragte Maita voller Anspannung.

Divya meinte zu wissen, was sie hören wollte.

»Diener durften nicht zu ihm in den Turm und ... er hat gesagt, dass Frauen ihm nichts mehr bedeuten, seit die eine, die er geliebt hat, im Gefängnis gestorben ist.«

»Hat Sannean das so gesagt?«

Als Divya sie ansah, hatte sie Tränen in den Augen. Maita konnte weinen?

»Das hätte ich wissen müssen«, sagte die sonst so spröde Frau mit ganz fremder Stimme.

»Hat Jidaho es dir nicht erzählt?«, fragte Divya. »Ich hatte gehofft, dass er es besser tun könnte als ich.«

Maita biss sich auf die Lippen, um ihre Tränen zurück-

359

zudrängen. »Männer ... Den wichtigsten Teil hat er ausgelassen. Außerdem kommt diese Erkenntnis fünfundzwanzig Jahre zu spät.«

»Aber ...« Divya runzelte die Stirn und gab es dann auf. »Ich verstehe nicht ganz ...«

»Beim Palastbrand hatten wir uns aus den Augen verloren, ich wusste nicht einmal, ob er lebte. Im Gefängnis sagte man mir, dass er dort sei, aber niemand konnte mir Genaues sagen. Als ich befreit wurde, war er schon weg, und jahrelang versuchte ich, ihn zu finden. Deshalb habe ich die *Lichter* befragt. Immer und immer wieder.«

Tajan warf Divya einen zweifelnden Blick zu, aber Divya spürte, dass sie diesmal die Wahrheit sagte.

»Eines Tages erfuhr ich von ihnen, dass er noch lebte – und dass er für Warkan arbeitete. Ihr müsst mir glauben, als ich ihn kennenlernte, war Sannean ein überaus begabter Magier und ein guter Mensch. Aber etwas muss ihn gelockt haben.« Maita fuhr sich mit den Händen durchs Gesicht. »Von den *Lichtern* erfuhr ich nicht viel über ihn. Er schaffte es, sie abzuschotten, sodass ich nicht einmal herausfand, wo er sich befand. Deshalb schloss ich mich den Rebellen an. Ich wollte seinen Verführer Warkan tot sehen und Sannean finden, um ihn von dem Einfluss zu befreien. Ich erfand Möglichkeiten, alle wichtigen Männer der Stadt zu belauschen – durch die Sorgensteine –, und doch gab es keinen Hinweis auf Sannean. Nur einmal. Als eines Tages ein junges Mädchen vor meiner Tür stand und mir erzählte, die *Lichter* hätten es zu mir geführt. Im Arm hielt sie das einzige Kind von Sannean.«

Maitas Blick durchbohrte Divya, aber plötzlich verlor er an Schärfe und wurde weich.

»Deshalb habe ich dich geliebt. Und gehasst. Ich habe dich beschützt und hätte dich manchmal gern getötet. Du warst ein Teil von ihm. Und der ständige Beweis für seine Untreue.«

»Hat er meine Mutter denn ... geliebt?«, fragte Divya zweifelnd.

Maita schnaubte. »Das glaube ich kaum. Er hat die Macht seiner *Lichter* genutzt, um seiner Einsamkeit zu entfliehen, und hat eine Frau in seine Räume gelockt. Aber nur einmal. Warkan muss so getobt haben, dass die Frau entsetzliche Angst vor ihm bekommen hat. Er wollte das Kind töten, weil er glaubte, dass es die Fähigkeiten der Tassari und der Magier in sich vereinte.«

Tajan griff nach Divyas Hand und drückte sie.

»Warum hast du die Mutter des Kindes nicht gefragt, wo Sannean ist?«, fragte Tajan.

»Sie wusste es nicht. Sie konnte sich nicht daran erinnern, wie sie zu ihm gekommen war.«

Divya legte zögernd eine Hand auf Maitas Arm.

»Danke! Auch wenn wir wohl niemals Freundinnen sein werden, ich verdanke dir mein Leben – und gleichzeitig die schrecklichste Zeit meines Lebens.«

»Ich weiß«, sagte Maita mit starrem Blick. »Mir ging es genauso.«

Ruckartig wandte sie sich ab und war plötzlich in der Menge verschwunden.

Inzwischen herrschte eine unruhige Aufbruchstimmung auf dem ganzen Platz, überall gab es Diskussionen darüber, wer die Stadt nun regieren solle. Yorak und Jidaho versuchten sich Gehör zu verschaffen und schlugen vor, erst einmal mit den Beratern Warkans zu sprechen und sie über die veränderte Lage aufzuklären. Danach sollte es etwas geben, was es seit fünfundzwanzig Jahren nicht mehr gegeben hatte: öffentliche Wahlen. Die Welt hatte sich verändert, nicht durch einen Mordanschlag, sondern weil die Menschen wieder wagten, ihre Welt infrage zu stellen.

Divya, die Tajans Nähe hinter sich spürte, lehnte sich mit geschlossenen Augen nach hinten gegen seine Brust. Dass er so ganz selbstverständlich da war – ein ganz neues Gefühl, das sie jetzt hätte auskosten können. Aber Maitas Worte lasteten auf ihrer Seele wie Blei.

»Sanneans Kind«, sagte sie leise. »Ich bin das Kind einer Verbindung, zu der ein machthungriger Magier meine Mutter gezwungen hat. Ich dachte immer, ich gehöre zur untersten Kaste der Stadt. Aber ich bin noch viel weniger.«

Tajan legte die Arme um sie, obwohl sie ihn abwehrte, und hielt sie ganz fest, bis sie endlich nachgab und sich fügte.

»Wer bist du?«, fragte er sanft. »Als ich dich kennenlernte, glaubte ich noch, wir wären alle Teil unserer Kaste. Nachfolger unserer Väter und Mütter. Auf einem Weg, der vorgezeichnet ist und den man nicht verlassen darf.«

Er drehte sie so zu sich, dass er ihr fest ins Gesicht sehen konnte.

»*Du* hast alles verändert. Die Tassari befreit, die Rebellen aufgerüttelt und den Menschen die Augen geöffnet. *Du* hast mir beigebracht, dass man seinen Weg selbst bestimmen kann. Durch *dich* weiß ich, dass alle meine Entscheidungen bei mir liegen. Alles, was ich bin. Mein Weg hat mich zu dir geführt, und ich werde dich nicht wieder gehen lassen. Du hast mir geholfen, mir selbst zu vertrauen, vielleicht kann ich jetzt dasselbe für dich tun.«

Divya atmete seine Nähe ein – und die Kraft, die seine Worte ihr gaben.

»Das hast du schon. Glaubst du wirklich, dass ich endlich *jemand* sein kann? Trotz meiner Vergangenheit?«

»Nein, *wegen* deiner Vergangenheit«, erwiderte er, ganz nah an ihrem Ohr. »Du bist ganz du.« Seine Finger fuhren durch ihr Haar und er lachte leise. »Zumindest sehr bald wieder, wenn dein Haar endlich wieder so rabenschwarz ist, wie ich es liebe. Du bist perfekt, wie du bist: Einzigartig. Dickköpfig. Verführerisch.«

Ihre Mundwinkel zuckten, als seine Finger prickelnde Punkte auf ihrem Körper hinterließen. Ganz langsam beugte sie sich vor und sog Tajans Duft ein, bevor sie seine Lippen auf ihren spürte. Das wollte sie nie wieder aufgeben!

TANZ

Der Marktplatz war seit dem frühen Nachmittag voller Tische und Bänke. Es war das größte der vielen Feste, die heute in ganz Pandrea stattfanden. Überall duftete es nach frischem Brot und Kuchen, nach allen möglichen Gewürzen und Speisen. Und mittendrin saßen Divya und Tajan, an einem langen Tisch neben Rebellen, Bürgern und Tassari.

Yorak berichtete von der neuen Bibliothek, die gerade für das Volk eingerichtet wurde, und Jolissas Vater ergänzte, dass im Palast ein großer Saal freigeräumt wurde, in dem die künftige Regierung sich besprechen konnte. Weitere Räumlichkeiten für Wissenschaftler, Magier und Philosophen würden bald hinzukommen.

Soeben beugte Divya sich über den Tisch, um Keiroan nach dem Stand der Vorbereitungen für ihre Reise nach Hause zu fragen.

»Wir wären fertig, wenn unsere Jugend sich endlich mal einigen könnte«, erwiderte er und verdrehte die Augen.

Verua unterbrach ihn lachend. »Jetzt, da sich so vieles geändert hat, wollen viele gar nicht mehr fliehen. Wovor auch?« Sie machte eine Geste, die den ganzen Marktplatz umschloss. »Viele von uns kennen gar nichts anderes, und es gibt jeden Tag so viel Neues zu entdecken, seit wir keine Mauern mehr haben.«

An jenem denkwürdigen Tag vor einer Woche war ein ganzer Pulk von Menschen mit Divya vor die Tore von Pandrea gezogen, um die Tassari zu befreien. Ihr Schicksal

hatte viele Bürger wirklich erschreckt und stark dazu beige-
tragen, die alten Gesetze gleichzeitig mit den Mauern ein-
zureißen. Seitdem lebten die Tassari wieder in ihrem alten
Viertel mitten in der Stadt. Nicht alle Bürger hatten ihre
Bedenken gegenüber den Tassari fallen gelassen, manch einer wich ihnen immer noch aus, aber in den letzten Tagen
sah man immer öfter Frauen und Männer mit schwarzen
Haaren auf den Märkten und Straßen. Und allmählich ge-
wannen sie ein ganz neues Selbstbewusstsein.

»Es wird vielleicht darauf hinauslaufen, dass wir hierbleiben – und nur in unsere alte Heimat reisen werden, um sie
für ein paar Wochen zu besuchen«, ergänzte Keiroan.

Divyas Augen wurden groß. »Reisen ... in ferne Länder ...
Kann ich mitkommen?«

Ihr Onkel nickte, und Divya bemerkte, dass Tajan lächelte. Ob er auch gerade an die Nacht dachte, in der sie ihm
von ihren Träumen erzählt hatte? Von ihren unerreichba-
ren Träumen, die hinter der nächsten Hausecke begannen?

Ihre Aufmerksamkeit wanderte weiter zu Roc und Jolissa, die eng beieinandersaßen, ihren Eltern gegenüber. Der
ehemalige Berater Warkans und seine Frau warfen immer
wieder skeptische Blicke in Richtung ihrer Tochter. Von Jo
wusste Divya, dass sie wohl damit gerechnet hatten, dass sie
sich wie eine trauernde Witwe verhalten und ein Jahr lang
keinen Herrenbesuch empfangen würde. Dennoch gefiel
ihnen Roc, das merkte man ihnen an. Auch sie konnten
nicht übersehen, dass Jolissa in ihrem ganzen Leben noch
nie so glücklich gewesen war.

Divya konnte sich an ihrem Strahlen heute gar nicht
sattsehen, aber als die Diskussion durch Jidaho und Jolissas Vater wieder auf die kommenden Wahlen gelenkt wur-

365

de, spürte sie plötzlich Tajans Hand auf ihrem Arm. Und ihr wurde bewusst, wie wenig Zeit sie in den letzten Tagen füreinander gehabt hatten.

Tajans Hand wanderte über ihren Rücken, und er lehnte sich so weit zu ihr herüber, dass nur sie seine leise Stimme hören konnte.

»Ich finde, wir müssen nicht immer überall dabei sein. Was meinst du?«

Als sie ihm ein verschmitztes Lächeln zuwarf, nahm er ihre Hand und stand auf. Ohne dass die anderen ihren Aufbruch bemerkten, schlichen sie sich von den Festtischen weg, und Tajan zog Divya in eine Seitengasse, wo eine Leiter an einer Hauswand befestigt war. Unbemerkt kletterten sie aufs Dach hinauf und betrachteten Hand in Hand die nächtliche Stadt, die heute fast überall von Fackeln erleuchtet war.

»Und du meinst nicht, dass sie uns vermissen werden?«, fragte Divya schuldbewusst.

»Vielleicht«, erwiderte Tajan und zog sie in seine Arme, bis sie seinen Herzschlag gegen ihren spüren konnte. »Aber was ist mit mir? *Ich* habe dich auch vermisst.«

»Wir waren immer zusammen«, erinnerte sie ihn.

»Wir waren nie allein«, korrigierte Tajan. Inzwischen hatte er seine Finger überall auf ihrem Körper, und er beugte sich vor, bis seine Lippen ihren Nacken berührten. Divya atmete tief die Erinnerungen ein, die der Geruch seiner Haare und seiner Haut heraufbeschwor. Sein Kuss ließ sie innerlich verbrennen, wie von einer Sehnsucht, die jede Nähe unerträglich machte, weil sie niemals nah genug war.

»Dann wird es Zeit, in unseren Turm zurückzukehren«, flüsterte sie in sein Ohr.

Als sie seinem Blick begegnete, wusste sie, dass auch ihm die Nähe ihrer Lippen heute Nacht nicht reichen würde.

Sie küsste ihn atemlos, aber bevor die Leidenschaft sie davontragen konnte, schob sie Tajan von sich und rannte los.

»Mal sehen, ob du mithalten kannst!«, rief sie übermütig.

»Wohin du willst!«, rief Tajan und sprintete hinterher.

Als sie den Abgrund übersprangen, waren sie bereits wieder im Gleichtakt, und als sie über die Dächer der Stadt flogen, war es wie ein Rausch. Kraftvoll wie ein Kampf und beschwörend wie ein Tanz.